ROSIE BLAKE

Ein Laden voller Hygge-Glück

GOLDMANN

Buch

Es ist Herbst in Yulethorpe, und alle Bewohner des kleinen Ortes sind niedergeschlagen, was nicht nur am Wetter liegt. Ein Geschäft nach dem anderen musste schließen, und jetzt kehrt auch noch die Besitzerin des kleinen Spielzeugladens England den Rücken, um in wärmere Gefilde zu fliehen. Ein Glück, dass genau zu diesem Zeitpunkt Clara Kristensen auftaucht. Sie beschließt, den Spielzeugladen zu retten, um Kindern und Erwachsenen ein Stück Lebensfreude zu bewahren. Doch dann taucht der Sohn der Besitzerin auf, der Claras Motiven zutiefst misstraut. Was führt sie wirklich im Schilde? Denn dass jemand so viel Mühe aufwendet, ohne ans Geld zu denken, kann sich Joe beim besten Willen nicht vorstellen. Wird es Clara gelingen, den auf Gewinnmaximierung fixierten Joe, der keine Sekunde ohne Handy sein kann, zu einem entschleunigten Leben zu bewegen? Kann sie ihn für Spaziergänge, Essen mit Freunden, Kerzenlicht – und vielleicht sogar für die Liebe – gewinnen?

Autorin

Rosie Blake hat bereits während des Studiums Stücke geschrieben und sich dabei an Klassikern orientiert – auch an modernen: Die Aufführung von »Harry Potter: Das Musical« (mit dem Eröffnungssong »Der Schrank unter der Treppe ist mein Zuhaus'«) war ein großer Erfolg. Später verfasste sie Reportagen für verschiedene Zeitschriften und Magazine wie z. B. die *Cosmopolitan.* Ihre Karriere als Romanautorin begann 2014 mit einer romantischen Komödie.

Rosie Blake

Ein Laden voller Hygge-Glück

Roman

Aus dem Englischen
von Claudia Franz

GOLDMANN

Die Originalausgabe erschien 2017 unter dem Titel
»The Hygge Holiday« bei Sphere,
an imprint of Little, Brown Book Group, London

MIX
Papier | Fördert
gute Waldnutzung
FSC® C014496

Penguin Random House Verlagsgruppe FSC® N001967

5. Auflage
Deutsche Erstveröffentlichung Dezember 2018

Umschlaggestaltung: UNO Werbeagentur, München
Umschlagmotiv: FinePic®, München
Redaktion: Regina Carstensen
AB · Herstellung: kw
Satz: Vornehm Mediengestaltung GmbH, München
Druck und Einband: GGP Media GmbH, Pößneck
Printed in Germany
ISBN 978-3-442-48841-4

www.goldmann-verlag.de

Für Barnaby –
unseren wunderbaren Sohn

Kapitel 1

Clara war erst zehn Minuten dort, als es geschah.

Alles hatte wie ein gewöhnlicher Dienstagabend begonnen. Der Pub war leidlich gut besucht. In der Ecke saß ein junges Paar. Der Mann hatte erkennbar Schwierigkeiten, auf der schmalen Holzbank eine bequeme Haltung zu finden; die hübsche Frau auf dem Stuhl ihm gegenüber war dezent in Jeans und einen schwarzen Kaschmirpullover gekleidet und hatte das rotblonde Haar im Nacken zu einem Pferdeschwanz zusammengefasst. Eine etwas ältere Frau mit starkem Lidstrich und kastanienbraun gefärbtem Haar saß auf einem Barhocker am Tresen und leerte eine Flasche Rotwein. Der hünenhafte Barkeeper, der ihr gelegentlich nachschenkte, hatte eine Tätowierung am Arm, irgendeinen Vogel, den Clara nicht genau erkennen konnte. Ein weiterer Mann, etwa gleich alt, vermutlich aber nur halb so groß, schaute traurig in sein Glas. Er warf der Frau am Tresen verstohlene Blicke zu und strich sich das schüttere Haar über die kahle Stelle am Schädel. In einer Ecke, neben einem leeren Schwarzen Brett und gegenüber der Stehlampe, in deren Licht

Clara ihr Buch las, blinkte und piepte in gewissen Abständen ein Spielautomat.

Plötzlich erschien eine Frau in der Tür. Ihre Haare waren nass, obwohl es nicht regnete. Sie trug einen türkisfarbenen Wollmantel und violette Gummistiefel. Mit ausgebreiteten Armen marschierte sie auf den Tresen zu. »Einen Gin Tonic, Gavin, einen doppelten. Und nicht zu viel Tonic bitte«, rief sie. »Ich bin am Ende«, verkündete sie dann. Sämtliche Köpfe drehten sich zu ihr um, auch der von Clara. »Aus und vorbei. Ich mach den Laden dicht. Als ich gerade in der Dusche war, dachte ich, Scheiße, ich kann nicht mehr. Schluss, aus, Feierabend.«

Gavin hielt inne, den Mund aufgesperrt, die Hand an der Ginflasche.

»Der Gin gelangt nicht von alleine ins Glas, Gavin«, sagte die Frau und zog den türkisfarbenen Mantel aus, unter dem ein knallpinkfarbener Thermoschlafanzug zum Vorschein kam. »Die Flasche nehme ich mit nach Hause. Meine ist leer, und ich brauche unbedingt etwas Starkes. Man braucht etwas Starkes, wenn man eine schwere Entscheidung getroffen hat. Baileys reicht in Momenten wie diesem nicht aus.«

»Immer mit der Ruhe, Louisa. Erzähl doch erst einmal, was los ist«, bat Gavin und holte ein Cocktailglas unter dem Tresen hervor.

Die Frau mit dem starken Lidstrich murmelte: »Was für ein Drama.«

Clara sah, dass Louisa ihr einen giftigen Blick zuwarf.

Gavin füllte das Glas mit Eiswürfeln. »Nun komm schon, Louisa, meine Liebe. Geteiltes Leid ist hal–«

Louisa trat an den Tresen. »Himmel, du klingst ja wie eine dieser geschmacklosen Grußkarten, Gavin. Aber gut«, sagte sie und warf ihren Mantel über einen Barhocker. »Auf einen Drink bleibe ich, aber du wirst mich nicht umstimmen. O nein, ich habe meine Entscheidung getroffen. Ich gehe gleich wieder zurück und buche den Flug.«

»Den Flug?« Gavin machte eine unglückliche Bewegung und verschüttete Tonic Water.

»Den Flug. Ich bin auf und davon. Spanien. Hier halten mich keine zehn Pferde mehr«, verkündete Louisa, griff zu ihrem Glas und nahm einen Schluck. Nachdem sie sich theatralisch die Lippen geleckt hatte, erklärte sie: »Gin – die größte Erfindung aller Zeiten.«

»Und was wird aus dem Laden?« Gavin schaute sie an, die Finger wie zehn Würste auf dem Tresen aufgefächert.

»Der bleibt dicht«, antwortete Louisa nach einer Weile.

»Was meinst du mit ›der bleibt dicht‹?«

»Dicht eben. Schluss, aus, Feierabend. Ich werde in aller Stille schließen. Das merkt sowieso niemand.«

»Aber bald ist doch Weihnachten, und …«

»Frauen sind gar nicht in der Lage, in aller Stille zu handeln«, schnitt die Frau am Tresen Gavin das Wort ab. Ihre schmalen Lippen waren rot vom Wein, und ihr Gesicht wirkte verwittert, als würde sie an der freien Luft arbeiten.

»Roz!« Gavin schenkte ihr nach und warf ihr über die Flasche hinweg einen warnenden Blick zu.

Louisa schoss zu ihr herum. »Was soll das denn heißen?«

Der ganze Pub schien die Luft anzuhalten. Das Pärchen am Tisch lauschte sichtlich gebannt, und der Mann mit dem spärlichen Haarwuchs, der sich an seinem leeren Glas festhielt, starrte jetzt ungeniert hinüber. Selbst Clara, die sich nach dem langen Tag mit dem schweren Rucksack auf dem Rücken eigentlich nur noch nach dem schmalen Bett oben im Dachgeschoss sehnte, konnte den Blick nicht losreißen.

»Bist du schwer von Begriff?« Roz reckte das Kinn und schaute von der Höhe ihres Barhockers auf Louisa hinab.

Die stand mit tropfendem Haar und knallroten Wangen da. »Von dir Dörrpflaume, die kein Feuer mehr im Arsch hat, lass ich mir gar nichts sagen.«

Der Mann mit der Glatze fuhr auf, ein wildes Funkeln in den Augen. »Hey, sie ist keine Dörrpflaume!« Dann schlug er schnell die Hand vor den Mund, als hätte er Angst, dass noch mehr Worte heraussprudeln könnten.

Louisa schaute ihn an. »Wirfst du dich für deine Geliebte in die Bresche, Clive?«

»Sie ist nicht meine …« Im selben Moment wurde er rot und senkte den Kopf, sodass nur noch die kahle Stelle zu sehen war.

»Keine Sorge, Clive, sie tut es sowieso nicht«, sagte Roz. »Die spielt sich nur auf. Gleich geht sie nach Hause, föhnt sich das Haar und besinnt sich eines Besseren.«

»Ah, verstehe.« Louisa knallte ihr Glas auf den Tresen. Einer der kaum geschmolzenen Eiswürfel hüpfte heraus und fiel zu Boden. »Du denkst offenbar, das gibt sich schon wieder. Das ist nur eine fixe Idee.«

»Eine von vielen«, sagte Roz mit Nachdruck und wandte sich erneut dem Tresen zu.

»Von wegen«, erwiderte Louisa. »Gavin, noch einen Gin«, rief sie und blitzte die Frau mit dem Rotwein weiter an. Die schien an ihren Fingern mit den dunkelviolett lackierten Nägeln etwas abzuzählen.

»Da war der Strickkurs, dann die glutenfreie Phase, dann dieses ganze Affentheater wegen Nick ...« Sie hielt inne und verdrehte die Augen. »Nach Nick dann Reg ... Ach ja, den Fimmel mit der Vogelbeobachtung nicht zu vergessen. Hier drinnen hast du Geld gesammelt, weil du unbedingt nach Island fahren wolltest, um Papageientaucher zu beobachten – wozu es natürlich nie gekommen ist. Clive hat fünf Pfund beigesteuert ...«

»Alle denken, Papageientaucher seien Verwandte der Pinguine, dabei gehören sie tatsächlich einer ganz anderen Familie an«, murmelte Clive in sein Bierglas.

Mit so etwas hätte Clara nicht gerechnet, als sie vor ein paar Stunden zufällig in diesen Pub gestolpert war. Eigentlich wollte sie längst im Bett liegen, erschöpft, wie sie war. Aber das hier war besser als jede schmalzige Fernsehserie.

»... dann der Online-Kurs ›Englische Literatur für Erwachsene‹ oder der Buchclub, den du unbedingt ins Leben rufen wolltest. Nicht ein einziges Mal haben wir uns getroffen, sodass ich *Mansfield Park* vollkommen umsonst gelesen habe. Diese Fanny Price dürfte die langweiligste Frau der Literaturgeschichte sein. Ich dachte, ich sterbe, bevor ich das Buch durchhabe ...«

Viel zu spät hatte sie sich auf die Suche nach einer Unterkunft für die Nacht gemacht, vollkommen versunken in den atemberaubenden Sonnenuntergang über der flachen Landschaft. Der Tee in ihrer Thermoskanne war noch heiß, als sie die orange- und rosafarbenen Fetzen am Himmel bewunderte. Die Fenster des Pubs warfen helle Flecken auf den Boden, und die Silhouetten der Menschen im Innern waren schon aus großer Entfernung zu erkennen.

Als sie sich dem Haus näherte, schaute sie zu dem gewaltigen Strohdach hoch, das auf den gekalkten Mauern lastete. Ein kleines handgeschriebenes Schild im Fenster verkündete »Bed & Breakfast«, und sie verspürte eine gewaltige Erleichterung. Beim Eintreten hievte sie den Rucksack hoch und hoffte inständig, dass noch ein Zimmer frei war. Sie sah schon das Steak mit Kidneybohnen vor sich, das sie vor einem prasselnden Kaminfeuer verspeisen und mit einem großen Ale hinunterspülen würde, um dann noch ein wenig in ihrem Buch zu lesen und schließlich ins Bett zu fallen. Die Realität sah anders aus.

Im Licht der nackten Glühbirne, die zwischen den schweren Holzbalken baumelte, konnte Clara die Flecken auf dem roten Teppich mit dem Schnörkelmuster nicht übersehen. Schlammverkrustete Blätter überzogen den Boden; weitere wehten herein, als sie in der Tür stand. Essen konnte man in dem Pub nicht, und für die »Übernachtung mit Frühstück« stand nur eine Dachkammer zur Verfügung. Auf einem Tablett lagen ein Minipäckchen Müsli und eine Banane.

Allerdings konnte sich Clara beim besten Willen nicht nach einer anderen Unterkunft umschauen, und die Bar wirkte durchaus gemütlich. Trauben von roten Samtstühlen gruppierten sich um walnussbraune Tische herum, und mitten im Raum stand ein hufeisenförmiger Tresen, an dem ein paar Gäste saßen. Clara bestellte gesalzene Essigchips, zwei Snickers und ein Pint des lokalen Ales. Nach dem zweiten Glas hatte sie ihr Verlangen nach einem ordentlichen Mahl vergessen und vertiefte sich zufrieden in ihr Buch, eingekuschelt in einen vielfach geflickten Sessel, der neben dem einzigen Heizkörper und der einzigen Lampe im Raum stand. Dann erschien dieser weibliche Wirbelwind mit den nassen Haaren, und der Abend nahm seinen Lauf.

»… der Pilates-Kurs, wo du nie aufgekreuzt bist. Ganz zu schweigen von der Töpferscheibe, die du auf Gumtree gekauft hast, weil du unbedingt deine eigenen Auflaufförmchen töpfern wolltest …«

Louisa schien in sich zusammenzusacken, als Roz' Liste immer länger wurde. Sie presste die Hände auf die Ohren und schüttelte den Kopf, weil sie offenbar hoffte, dass die Frau irgendwann ein Ende fand.

»… und dann die Geschichte damals, als du das Giraffenbaby in Niger adoptiert und uns alle eingeladen hast, um uns die Dias von seinem ersten Lebensjahr zu zeigen – nur dass leider der Projektor defekt war …«

»Nein«, meldete sich Louisa mit lauter Stimme zu Wort. »Nein, nein. Dieses Mal fahre ich. Nach Spanien. Ich mach den Laden dicht. Ich werde den Flug buchen.«

»Du hängst aber doch an dem Laden«, sagte Gavin und schob ihr einen zweiten Gin Tonic hin.

»Sie wird es nicht tun, Gavin. Alles nur Gerede. Blablabla.« Roz war jetzt richtig in Fahrt.

»Von wegen«, sagte Louisa, die sich langsam im Griff hatte. »Ich werde den Laden schließen. Es kommt sowieso niemand. Man braucht mich hier nicht mehr.«

Clara fragte sich, was es wohl sein mochte, das niemand mehr brauchte. Hatte Louisa ein Internetcafé? Oder einen DVD-Verleih?

»Na schön, dann verschwinde eben. Buch deinen Flug. Wir werden dich vermissen«, sagte Roz und verdrehte abermals die Augen.

Die Blonde mit dem tiefen Pferdeschwanz war aufgestanden und trat zu Louisa. »Wir werden dich sehr vermissen. Willst du wirklich gehen?«

Roz knallte mit der Hand auf den Tresen. »Sie wird nicht gehen, Lauren.«

Die Blonde fuhr herum. »Man muss sie aber auch nicht fortekeln.«

Roz kniff die Augen zusammen.

Der Begleiter der blonden Frau war auf der Bank sitzen geblieben, schaute hilflos zu den Frauen empor und schob die Brille an die Nasenwurzel. »Schatz, sollten wir jetzt nicht lieber …« Er blickte zur Tür hinüber und wollte offensichtlich die Flucht ergreifen, bevor es zu Handgreiflichkeiten kam.

Die drei Frauen an der Theke funkelten sich immer noch an.

»Dann wird es auf der High Street keinen einzigen

Laden mehr geben«, sagte Gavin. Sein Doppelkinn wabbelte. Clara verspürte das spontane Bedürfnis, hinter die Theke zu treten und ihn in die Arme zu nehmen.

»Ich kann die Verantwortung nicht mehr alleine tragen, Gavin«, sagte Louisa und breitete die Arme aus. »Das ist zu viel für eine schwache Frau.«

Bei dem Wort *schwach* prustete Roz in ihren Wein.

»He«, rief die Blonde.

Louisa schien es gar nicht bemerkt zu haben. »Ich kann einfach nicht mehr so weitermachen. Immer diese Hoffnung, dass sich etwas ändert. Es gibt nichts Schlimmeres, als in einem Spielzeugladen zu versauern, wo es eigentlich von glücklichen Kindern wimmeln sollte.« Sie war den Tränen nahe und ließ sich auf einen Barhocker sinken; die nassen Locken hingen ihr ins Gesicht. Clara war drauf und dran, zu ihr zu gehen und sie zu trösten. Nun legte aber die blonde Frau Louisa den Arm um die Schultern und redete beruhigend auf sie ein.

»Oje, jetzt öffnen sich sämtliche Schleusen.« Roz seufzte.

»Sie ist mit den Nerven am Ende«, fuhr die Blonde sie an.

Roz zuckte mit den Achseln und trank ihren Rotwein aus. »Diese Frau veranstaltet ständig irgendein Theater. Das kennen wir doch schon.«

»Gleich wirst du wieder von diesem Fest anfangen, was?« Louisa schaute sie trotzig an. »Das war wirklich keine Absicht damals.«

»Wer's glaubt, wird selig«, spottete Roz.

»Roz«, flüsterte Clive von seinem Platz in der Nähe.

Sie schaute ihn an. »Halt du dich da raus. Ich kann mich nicht erinnern, dass du mich in Schutz genommen hättest.«

»Nicht schon wieder dieses Fest!« Gavin warf beiden einen Blick zu. »Könnt ihr die Sache nicht endlich auf sich beruhen lassen?«

Clara fragte sich, was in drei Teufels Namen bei diesem Fest passiert sein mochte, dass es die Stimmung derart vergiftete.

»Vergiss es, Gavin«, sagte Louisa leise und wischte sich das Gesicht ab. »Gib mir einfach die Flasche.«

»Ich weiß nicht …«

»Wenn du dich weigerst, geh ich eben. Ich habe noch tausend Dinge zu erledigen, und zur Not tut es der Baileys.«

Damit war sie, so schnell sie gekommen war, auch wieder verschwunden, in einem Wirbel aus Türkis. Kalte Luft rauschte herein, als sie die Tür aufriss und den Pub verließ. Sämtliche Blicke folgten ihr.

Kapitel 2

Clara war schon immer eine Frühaufsteherin gewesen. Die Sonne nagte bereits an dem dünnen roten Vorhang, der vor dem kleinen, in die Dachschräge eingelassenen Fenster hing. Clara kniete sich aufs Bett und zog den Stoff zurück.

Als sie in die Wintersonne blinzelte und die Aussicht erblickte, schlich sich ein Lächeln in ihr Gesicht. Sie legte den Riegel um und öffnete das Fenster. Beißende Kälte schlug ihr entgegen. Auf dem Rasen unten im Garten glitzerte der Frost, die Bänke waren weiß gefleckt. Jenseits der Hecke, die den Garten abschloss, eröffnete sich der Blick auf die Felder. In manche waren gleichmäßige Furchen gepflügt, auf anderen schimmerten grüne Flecken durch die dünne, in der Morgensonne funkelnde Diamantkruste. Rosafarbene und blassblaue Streifen zogen sich über den Himmel. Clara verspürte die vertraute Erregung, die das Anbrechen eines neuen Tags in einer fremden Umgebung begleitete.

Die Müslipackung und die müde tröpfelnde Dusche ignorierte sie. Stattdessen kramte sie in ihrem Rucksack und zog ihre Jeans und einen dicken Wollpullover an.

Irgendwo fand sie auch noch eine Mütze, unter der sie die stumpfen, leicht fettigen blonden Haare verstecken konnte. Sie ließ ihre Sachen im Zimmer, schlich sich die Holztreppe hinab, durchquerte Bar und Küche und verließ den Pub durch die Hintertür.

Die Läden würden um diese Zeit noch geschlossen haben, das war ihr klar, aber sie hegte die stille Hoffnung, dass sie einen gutherzigen Bäcker finden würde, der sie schon einmal hereinließ. Den Geschmack von hefig warmen Backwaren hatte sie förmlich auf der Zunge, und sie schnupperte, ob vielleicht ein verräterischer Duft auszumachen war. In dem Städtchen schien es allerdings überhaupt keinen Bäcker zu geben. Und ein Café auch nicht. Als sie die Hauptstraße entlangging, registrierte sie vielmehr schockiert die vielen »Zu verkaufen«-Schilder in den Schaufenstern; bestenfalls ein paar Stühle oder Teppichrollen waren darin zu sehen. Andere Läden waren komplett vernagelt. Selbst Graffiti schienen uninspirierte Kringel aus hässlicher Sprühfarbe zu sein. In die Staubschicht an einem Schaufenster hatte jemand etwas geschrieben, in einem anderen hing ein Schild, das den Räumungsverkauf ankündigte.

Sie steckte die Hände in die Taschen. Der Wind frischte auf, als sie sich in der verlassenen Straße umsah. Unwillkürlich musste sie sich vorstellen, was in den Sommermonaten hier los gewesen sein mochte, wenn die Blumenkästen von Farben überquollen und in den gepflasterten Seitenstraßen unzählige Schätze warteten: versteckte Läden, hoch aufgetürmte Antiquitäten, Cafés, die Smoothies und Säfte anboten. Bestimmt waren viele

Menschen durch das Dorf gebummelt, bevor sie zu einem Spaziergang durch die Felder aufbrachen und sich an der Landschaft erfreuten. Was war hier nur geschehen?

Selbst nach all den Jahren, die sie nun schon in England lebte, war sie immer noch überrascht, wie malerisch viele Städte hier waren, mit all diesen dicht aneinandergedrängten Häuschen. Sie waren so ganz anders als der Ort in Dänemark, in dem sie aufgewachsen war. Wie immer, wenn sie an ihr Zuhause dachte, hatte sie einen Kloß im Hals. Sie schluckte, damit er verschwand.

Dann blieb sie stehen und betrachtete ein ziemlich auffälliges Geschäft. An der weinroten Fassade stand in goldenen Lettern »Alden Toys«. Ein Spielzeugladen. Die Gestaltung war kitschig, fiel aber ins Auge. Clara runzelte die Stirn, als ihr klar wurde, dass dies der frisch geschlossene Laden sein musste. Es erfüllte sie mit großer Traurigkeit, dass die Menschen, die in den nächsten Wochen Weihnachtsgeschenke besorgen wollten, vor verschlossener Tür stehen würden. Das dunkle Innere passte so gar nicht zu der munteren Fassade.

Sie erreichte das Ende der High Street, die hinter einer baumbestandenen Kurve verschwand. Auf der anderen Straßenseite stand eine kleine Kirche, die man durch ein überdachtes Friedhofstor erreichte. Dahinter begannen die Felder. Die Stadt war ein wunderschönes, romantisches Fleckchen, aber Clara hatte das Gefühl, der einzige Mensch hier zu sein. Sie schaute zur High Street zurück, schloss die Augen und holte tief Luft.

»Noch einmal, noch einmal.«

Sie riss die Augen auf, als sie die Stimme hinter sich hörte.

»Wirklich? Na gut.«

In einer Nebenstraße erklang ein Lied: »Fünf kleine Entchen gingen schwimmen, über den Berg und weit hinaus. Mama Ente sagt: ›Quak, quak, quak, quak‹, doch nur vier kleine Entchen kamen nach Haus …«

»Warum?«, fragte eine Kinderstimme.

»Das habe ich dir doch schon erklärt«, sagte die Frauenstimme. »Weil ein Entchen weggelaufen ist, mein Schatz. Also sind nur noch vier übrig.«

»Was ist mit der Ente, die weggelaufen ist?«

»Nichts Schlimmes.«

»Ist sie gestorben?«

»Nein. Ich bin mir sicher, dass sie nicht gestorben ist.«

»Hat sie sich das Bein gebrochen?«

»Nein, das glaube ich nicht. Am Ende kommt sie ja zurück.«

»Warum?«

»Weil sie ihre Mama vermisst, vermutlich. Du würdest mich ja auch vermissen, oder?«

»Vielleicht.«

»Was meinst du mit *vielleicht*? Natürlich würdest du mich vermissen. Wer würde dir denn sonst Pfannkuchen machen?«

»Daddy.«

»Gut, da hast du natürlich recht. Und wer würde dir Saft geben?«

»Oma.«

»Unsinn. Oma würde dir nie Saft geben, weil er angeblich zu viel Zucker enthält.«

»Ich mag Zucker.«

»Ich weiß.«

»Noch einmal, noch einmal.«

Ein Seufzer war zu hören. »Na gut. Aber jetzt fange ich gleich da an, wo nur noch eine Ente übrig ist. Deine Aufmerksamkeitsspanne ist leider … RORY.«

Ein Kleinkind war aus der Seitenstraße gerannt und blieb wie angewurzelt vor Clara stehen, die Augen panisch aufgerissen. Dann machte es auf der Stelle kehrt und rettete sich hinter das Bein seiner Mutter.

»Was ist denn? Ich hatte dir doch gesagt, dass du nicht so renn– Oh, hallo.« Es war die rotblonde Frau von gestern Abend aus dem Pub – Lauren, die Louisa getröstet hatte. »Entschuldigen Sie bitte, wir stören die herrliche Ruhe hier.«

Clara betrachtete sie, ihr unfassbar glattes Haar, ihren Kamelhaarmantel und die Sommersprossen auf der Nase, die das einzig Unordentliche an ihr waren. »Kein Problem. Ich fand das Lied ziemlich lustig.«

Lauren legte den Kopf in die Hände, die in Lederhandschuhen steckten. »O Gott, wie peinlich.«

Clara lachte. »Nein, wirklich, es war wunderbar. Ich hatte es noch nie gehört«, erklärte sie. »Bei mir daheim kennt man dieses Lied nicht.«

»Wo ist denn bei Ihnen daheim?«

»In Dänemark. Bei uns geht es eher um Fische als um Enten.«

»Dann sind Sie ja weit weg von der Heimat«, stellte Lauren fest.

Clara nickte, verspürte aber keine Lust, das Thema zu vertiefen.

Lauren, die Claras Stimmungswechsel nicht bemerkte, erläuterte: »Nun, es geht um fünf Enten, die wegrennen und dann alle zurückkehren. Eine richtige Geschichte ist das nicht. Rory hat schon recht, wenn er ein paar Fragen an das Lied hat.«

»Rory recht, Rory recht.« Der kleine Junge begann, um seine Mutter herumzulaufen.

»Die Küken haben kein Gespür für Gefahr, aber an der Kompetenz der Mutter kommen einem doch Zweifel – ich meine, wenn man schon zwei verloren hat, würde man es sich gut überlegen, ob man sie noch einmal alleine losziehen lässt.«

Clara lachte. Das Geräusch schien in der Straße widerzuhallen. »Wirklich verantwortungslos, diese Entenmama.«

»Andererseits sollte ich mich nicht allzu weit aus dem Fenster lehnen, da ich kaum ein einziges Kind bändigen kann«, sagte Lauren mit Blick auf Rory, der soeben kopfüber vom Ende der Bank herabhing. »Rory, pass auf.«

»Passauf, passauf, passauf«, wiederholte er und ließ mit einer Hand los. Seine Pudelmütze fiel zu Boden, und sein hellbraunes Haar wallte wie ein Vorhang herab.

»Um diese Zeit begegnen wir fast nie jemandem, aber Rory dreht durch, wenn er nicht rauskommt. Und ich hasse es ehrlich gesagt auch, zu Hause zu hocken und ständig daran erinnert zu werden, dass noch ein Stapel

Bügelwäsche auf mich wartet und die Spüle von Töpfen überquillt.« Lauren streckte eine Hand aus, während Rory nun auf wackeligen Beinen zurückgetrippelt kam. »Ach so, Entschuldigung, ich heiße Laur– RORY! NEIN!«, rief sie. Die ausgestreckte Hand sauste hinab, um Rory daran zu hindern, ein leeres Schokoladenpapier aufzuheben. »Lauren«, beendete sie den Satz und nahm ihren Sohn auf den Arm. »Und das hier ist, wie du schon gehört hast, Rory.«

»Ich heiße Clara.«

»Schön, dich kennenzulernen«, sagte Lauren, während Rory nun wild strampelte, damit sie ihn wieder freigab. »Setz dich auf die Bank«, rief sie, als Rory in die andere Richtung davondüste. »Verflucht, er scheint auf einem Ohr taub zu sein«, kommentierte sie lachend. »Tut mir leid, Kinder sind nicht die höflichsten Zeitgenossen. Letzte Woche ist er im Supermarkt zu einem alten Mann gegangen und hat ihn aufgefordert, ihn ins Pipimännchen zu boxen. Ich stand vor dem Müsliregal und wäre am liebsten im Boden versunken.«

Clara verzog das Gesicht und bewunderte Lauren für ihre Energie. »Weißt du übrigens, wo ich hier etwas zu essen bekomme?«, fragte sie dann. »Eigentlich hatte ich gehofft, irgendwo ein Schokocroissant oder einen Muffin kaufen zu können. Oder wenigstens … Na ja, mit einem Kaffee wäre ich schon zufrieden.«

Lauren zuckte mit den Achseln, und ihr Lächeln erlosch. »So etwas gibt es nur noch online. Oder im großen Supermarkt in der nächsten Stadt, falls du ein Auto hast. Aber da fährt man eine Weile.«

Clara schüttelte den Kopf. »Ich habe kein Auto.«

»Sehr umweltfreundlich.«

»Nein, ich habe einfach nie einen Führerschein gemacht. Bei uns zu Hause kosten Autos ein Vermögen, und ich bin immer überall zu Fuß hingegangen. Damals in …« Clara ließ den Satz in der Schwebe, weil sie den Namen ihrer Heimatstadt nicht aussprechen wollte. Sie wollte nicht einmal mehr daran denken. »Es besteht also keine Aussicht, irgendwo etwas zu bekommen?«

Lauren seufzte und schlang die Arme um den Oberkörper. »Früher gab es mal das *Bertie's*. Das war ein großartiges Restaurant, in dem man auch wunderbar frühstücken konnte, nicht übertrieben gesund, aber einfach göttlich – French Toast, Banane und eine Menge Bacon mit Ahornsirup. Mir fehlt Bertie«, sagte sie wehmütig.

»Wo ist er denn hin?«

»Er hat das Restaurant vor über sechs Monaten in die nächste Stadt verlegt, als einer der Letzten, die gegangen sind. Und jetzt …« Lauren zeigte auf den Laden von »Alden Toys«. »Aber sag das bloß nicht laut. Wenn Du-weißt-schon-Wer uns hört, bricht die Welt einer kleinen Person zusammen, ehe es acht Uhr geschlagen hat. Das wirst du nicht erleben wollen.«

Clara nickte. Ihr war klar, dass Lauren sich alle Mühe gab, die Sache herunterzuspielen, aber ihr wehmütiges Lächeln sprach Bände.

»Es ist ein Trauerspiel«, sagte Lauren und schaute sich um. »Als wir vor fünf Jahren hierhergezogen sind, war es ein unglaubliches Fleckchen Erde. Es gab unabhängige Läden, und die Leute grüßten sich auf der High Street. Mittlerweile sind viele vertraute Gesichter verschwunden, und die Läden, nun ja …« – sie zeigte auf die zugenagelten Fenster – »du hast es ja selbst gesehen. Jetzt bleibt nur noch der Pub. Roz verkauft Milch und Postzubehör, aber sie hat komische Öffnungszeiten, die ich mir nie merken kann. Vielleicht kannst du es ja dort versuchen.«

Rory war wieder zurückgekommen und schob seine behandschuhte Hand in Laurens.

»Roz?«, wiederholte Clara und dachte an rote Haare und übertriebenen Lidstrich. »War die nicht gestern im Pub?«

»Ah, du hast es also auch mitbekommen«, sagte Lauren und nickte. »Himmel, was für ein Drama. Louisa und Roz sind sich überhaupt nicht grün. Sie sind zwar Nachbarinnen, verhalten sich aber nicht gerade nachbarschaftlich. Offenbar sind irgendwelche alten Geschichten im Spiel.« Sie winkte ab. »Geschichten aus den späten Achtzigern. Und dann war da dieses Drama bei dem Fest, aber das erspare ich dir lieber.«

»Klingt aber spannend«, sagte Clara.

»Lass mich einfach sagen, dass sie im nächsten Jahr den Wurfstand nicht mehr hatten …«

»Wuffstand, Wuffstand.« Rory drehte sich um die eigene Achse und unterbrach Clara, die eigentlich nachhaken wollte.

Lauren kramte in ihrer Handtasche. »Gestern Abend habe ich wirklich gedacht, ich müsse Schiedsrichterin spielen. Tatsächlich hat sich hier noch nie ein derartiges

Drama zugetragen.« Sie holte ein Taschentuch heraus und wollte Rory einen Flecken von der Wange reiben. »Wir gehen ungefähr einmal im Monat aus, daher war ich begeistert, dass es ausgerechnet an unserem freien Abend passierte. Es hat mich davor bewahrt, unentwegt über Rorys Impfungen und seine innige Beziehung zu George zu reden.«

»George?«, fragte Clara.

»Aus *Peppa Wutz*«, erläuterte Lauren. »Darin besteht im Wesentlichen meine Welt zurzeit.«

Als er den Namen *Peppa Wutz* hörte, schaute Rory auf. Im nächsten Moment verpasste er seiner Mutter, die ihre Anstrengungen mit dem Taschentuch aufgegeben hatte, fast einen Kopfstoß. »George sehen, George. Nach Hause, George.«

»O Gott, was habe ich da nur angerichtet«, sagte Lauren, als er an ihrer Hand zog. »Ich geh jetzt besser.«

»Schön, dich kennengelernt zu haben«, sagte Clara und beugte sich zu Rory hinab. »Dich auch, Rory«, fügte sie hinzu, worauf er sich quiekend hinter Laurens Mantel versteckte.

»Bleibst du lange hier?«, fragte Lauren, Rorys Gequengel ignorierend.

»Eigentlich wollte ich nach Cambridge weiter«, sagte Clara.

Lauren nickte. »Eine tolle Stadt. Man kann wunderbar mit dem Stechkahn fahren. Schade, dass du nicht in der Gegend bleibst. Eine neue Freundin würde mir guttun.«

»Ich Freund«, sagte Rory und zog am Saum ihres makellosen Mantels.

»Klar, das bist du«, sagte Lauren und zauste sein Haar. »Eigentlich meinte ich eine Freundin, mit der man Wein trinken und über andere Freunde lästern kann«, flüsterte sie Clara zu.

»Freunde lästern?«, wiederholte Rory. Sein Gehör war offenbar ziemlich gut.

Lauren zog eine Grimasse.

Bei dem Anblick schlich sich ein Lächeln in Claras Gesicht. »Wirklich schade«, wiederholte sie und wusste plötzlich, wohin sie als Nächstes gehen würde.

Kapitel 3

Joe stand mit dem Rücken zur Tür und klopfte seinen Ärmel ab. Sein Anzug war maßgeschneidert, aber der Stoff spannte ein wenig an den Schultern. Es wurde dringend Zeit, dass er mal wieder ins Sportstudio ging. Er reckte sich und betrachtete sein Spiegelbild im Fenster.

Zu seinen Füßen, jenseits der Scheibe, breitete sich London aus. Die Themse schob sich schmutzig grau um eine Biegung, und in der Ferne war die Spitze des Riesenrads zu erkennen. Da die Sonne noch nicht vollständig aufgegangen war, lag die halbe Stadt im Schatten. Nur die Büros, die vor ihm aufragten, glänzten im Licht. Er schaute auf die Dächer von East London hinab, auf das Straßengewirr und auf die Köpfe der Menschen, die unter ihm durch das Viertel wimmelten. Was würden sie sehen, wenn sie heraufschauten? Nur die elegante Fassade aus Chrom und Stahl und vollverglasten Wänden. Niemand würde aus der Entfernung erkennen können, wie er in seinem dunkelblauen Nadelstreifenanzug dastand, die Schuhe poliert und die Krawatte zu einem Windsorknoten gebunden. Es verlieh ihm ein Gefühl der Überlegenheit, dass die Leute dort unten nicht ahnten, dass er sie beobachtete.

Im Spiegelbild zeigte sich ein schmaler Lichtstreifen, dann der Schatten einer Person, die eintrat. Er schluckte, zu allem bereit. Nachdem er sich umgedreht hatte, nickte er Pam zu. Sie verließ den Raum sofort, weil er sie instruiert hatte, ihnen keinen Kaffee anzubieten. Mit einem letzten Blick auf den Mann, der soeben reingekommen war, biss sie sich auf die Lippe und schloss die Tür hinter sich.

»Morgen, Joe«, sagte der Mann und schritt durch den Raum. An der Schulter seines gut geschnittenen Armani-Anzugs befand sich ein Fleck. Das bestärkte Joe noch einmal in seinem Vorhaben, als er ihm die Hand schüttelte.

»Matt, danke, dass du kommst.«

Matt zog eine Augenbraue hoch. »Das ist ja alles höchst mysteriös. Pam wartete schon auf mich, als ich erschien. Sie hat mich verschleppt, ehe ich auch nur den Computer anschalten konnte.« Er legte die Hand vor den Mund, um ein Gähnen zu unterdrücken.

Joe schaute weg. »Ja. Sie musste eine halbe Stunde auf dich warten.«

Matt ließ sich nichts anmerken. Er schaute auf Joes angebissenes Croissant auf dem Schreibtisch am anderen Ende des Raums und leckte sich die Lippen. Das brachte Joe noch mehr auf. »Pam hat mir von ihrem jüngsten Enkel erzählt. Er ist so alt wie meine Nancy. Ich sagte, wir könnten die beiden doch verkuppeln …« Seine Stimme verlor sich, und er runzelte leicht die Stirn.

Joe musterte ihn, den Kopf zur Seite geneigt. Er hatte gar nicht gewusst, dass Pam Enkel hatte. Schließlich begann er mit seinem sorgfältig geplanten Spielchen. »Ich vermute, du weißt, warum ich dich herbestellt habe?«

Die Falte an Matts Stirn vertiefte sich, die sonst so glatte olivfarbene Haut zwischen seinen Augenbrauen zuckte. »Sicher nicht, um mir von den diesjährigen Squash-Ranglisten zu berichten, würde ich mal vermuten.« Seine Stimme war tiefer geworden und verlor mit jedem Wort an Farbe.

Joe bemühte sich gar nicht erst um ein Lächeln. »Dein Team hat dich mitgezogen. Jules hat in zwei Monaten zwei neue Kunden gewonnen. Paddy ist morgens um halb fünf im Büro, um die Folgen deines Schlendrians auszubügeln …«

Matt wich zurück, als hätte man ihm eine Ohrfeige verpasst. Sein Mund klappte auf, aber es kam kein Ton heraus.

»Die Chefs in den oberen Etagen«, Joe schaute an die Decke, »haben genug von den Ausreden deines Teams. Du warst mal ein Zugpferd, aber du hast seit Monaten kein neues Geschäft mehr angeleiert. Und die Pleite mit Anderson hat das Fass zum Überlaufen gebracht.«

»Das habe ich Karen doch schon erklärt: Mein Mitarbeiter … er hat die Präsentation vermasselt. Unsere Zahlen stimmten nicht.«

Joe hob die Hand und schnitt ihm das Wort ab. »Früher hättest du das gemerkt.«

Matt verstummte. Joe sah weg. Er gefiel sich selbst nicht in dieser Rolle, zumal er plötzlich daran denken musste, dass Matt ihn im letzten Jahr gedeckt hatte. Sie hatten einen wichtigen neuen Kunden zum Mittagessen eingeladen, aber Joe, der verschlafen hatte, kam erst zum Nachtisch. Matt hatte sich einen Spaß daraus gemacht und niemandem etwas davon erzählt. Andere Kollegen hätten die Episode zum Anlass genommen, ihm ein Messer in den Rücken zu stoßen. Er schüttelte den Kopf und verdrängte die Erinnerung.

»Ihr feuert mich also?«, sagte Matt mit fahler Stimme, die Handflächen erhoben. »Ist es das?«

Joe räusperte sich und versuchte sich zusammenzureißen. Er wünschte, Paul hätte diese Angelegenheit übernommen. So etwas lag ihm. Joe verlagerte das Gewicht auf den anderen Fuß und zählte an den Fingern Gründe auf: »Regelmäßig zu spät im Büro. Oft bei Sitzungen verhindert. Die Zahlen stimmen nicht. Ineffizientes Team-Management …«

Matt lauschte. Seine Wangen fingen an zu glühen, als die Liste gar kein Ende nahm.

Joe hielt inne und schaute ihn an. »Reicht das als Warnung, Kumpel?«

»Wir sind keine Kumpel.«

Wieder räusperte sich Joe. Er hatte nichts Besseres verdient.

»Hör zu, für uns zählt nur, dass du die Dinge regelst und wieder zu Topform aufläufst. Wir wollen, dass du wieder gute Zahlen vorlegst. Dass du Geschäfte reinholst.«

Matts Augen waren stumpf, als er Joe anschaute. »Ich habe dich wirklich falsch eingeschätzt. Eigentlich dachte ich …« Er hielt inne, richtete sich dann auf und reckte das Kinn. »Du bist ein eiskalter Bastard, weißt du das?« Joe zuckte nicht mit der Wimper. »Dich und die reichen Saftsäcke da oben interessieren nur Profit, Profit, Profit.«

»Der hat dich auch mal interessiert.«

»Daran hat sich auch nichts geändert.« Matt warf die Hände in die Höhe, und Joe wich einen Schritt zurück. »Ich habe einfach ein bisschen mehr Zeit zu Hause verbracht. Wir haben unser erstes Kind, Joe. Du weißt doch, wie lange wir versucht haben, ein Baby zu bekommen. Himmel.« Er hielt inne und fuhr sich mit der Hand durchs Haar. »Ich war den Tränen nahe, verdammt, als ich dir an jenem Abend in der Bar erzählt habe, was wir durchmachen. Am Anfang war es hart, aber jetzt wird es allmählich leichter. Jetzt schläft sie fast durch. Ich möchte Suzie helfen. Sie schafft das nicht alleine, Joe.«

Joe hob die Hand. »Ich weiß, und es tut mir auch leid, aber …«

»Einen Scheißdreck tut es dir.«

In Joe rastete etwas aus. Er wollte nicht hier sein, wollte das nicht tun müssen. Das verlieh seiner Stimme eine unnötige Härte, als er sich rechtfertigen zu müssen glaubte. »Wir stehen unter Druck, Matt, das weißt du. Dir ist doch auch klar, was hier im Moment los ist. Durch dich haben wir die Fusion mit Anderson Corporate vermasselt. Die Kline Brothers sind uns zuvorgekommen. Wir waren zu langsam. Wir müssen besser sein. Nimm das einfach als erste förmliche Warnung.« Er hielt inne, bevor er hinzufügte: »Du kannst noch von Glück sagen.«

»Glück? Wie nachsichtig von dir, *Kumpel*, vielen herzlichen Dank.« Matt erhob die Stimme. »Einfach eine erste förmliche Warnung. Du weißt doch, dass sie einen Grund finden werden, mich zu feuern. Das weißt du genau.«

Joe wich seinem Blick aus. Das wollte er gar nicht hören, weil er nur zu gut wusste, dass er an Karen berichten musste. Ihm war selbst klar, wie das lief. Matt war angezählt. »Dir wird nichts passieren«, sagte er kleinlaut, und seine Zuversicht schwand.

Matt blitzte ihn an. »Nun, wenn das alles war, bewege ich besser meinen ineffizienten Arsch, kehre zu meinem nutzlosen Team zurück und mache mich an die Arbeit.«

Joe schaute wieder zur Fensterfront.

»Du solltest hoffen, dass du niemals in eine Situation gerätst, in der du auf ein bisschen Nachsicht angewiesen bist«, sagte Matt und wandte sich zum Gehen. Joe verfolgte seine Bewegungen in der Fensterscheibe. An der Tür blieb Matt stehen und drehte sich noch einmal um. »Es gibt mehr im Leben als diesen Job, lass dir das gesagt sein, Kumpel.«

Joe zuckte stumm mit den Achseln. Als er Matt gehen sah, klopfte er noch einmal seine Ärmel ab. Der Lichtstreifen erlosch, als die Tür hinter ihm zufiel.

Die Sonne war jetzt vollständig aufgegangen. Die Lichtreflexe am Bürogebäude gegenüber blendeten Joe für einen Moment. Er holte sein Handy heraus, kontrollierte seine E-Mails und fand den neuesten Stand zu ihrem derzeitigen Geschäft. Außerdem verriet sein

Display, dass seine Mutter angerufen hatte. Vermutlich ging sie, wie immer, in aller Herrgottsfrühe spazieren und wollte vom Sonnenaufgang schwärmen. Er seufzte. Dafür fehlten ihm jetzt die Nerven. Mit dem Anflug eines schlechten Gewissens steckte er das Handy wieder in die Tasche. Er würde später zurückrufen.

Kapitel 4

Louisa warf das Handy entnervt fort. Es landete zwischen zwei großen Haufen aussortierter Kleidungsstücke.

»Glotz nicht so«, sagte sie in Richtung des Käfigs, der in der Zimmerecke stand. »Du weißt doch, dass ich dich nicht mitnehmen kann. Stichwort Vogelgrippe.«

Der Papagei warf ihr über den Schnabel hinweg einen vernichtenden Blick zu und stolzierte demonstrativ über seine Stange, behutsam einen Fuß vor den anderen setzend. »DU BIST GEFEUERT«, rief er, bevor er sich wieder zur Ecke hindrehte.

»Schmoll du nur«, sagte Louisa, hielt eine senfgelbe Jacke hoch und warf sie auf den linken Stapel. Ein großer rötlicher Kater, der sich vor dem Kamin räkelte und seine Pfoten leckte, schaute auf. »O Gott, du nicht auch noch. Könnt ihr euch nicht zusammenreißen? Mein Gewissen plagt mich ohnehin schon, das müsst ihr nicht noch schlimmer machen.«

Im offenen Koffer lagen Handtücher, Badezeug, Bücher und Kleidungsstücke wild auf einem Haufen. Louisa hatte eine Stunde lang nach ihrem Pass gesucht und war jetzt entsetzlich in Eile. Die Küchenuhr machte alles noch schlimmer, da die Batterien schon seit einem Jahr leer waren und Louisa jedes Mal einen Herzinfarkt bekam, wenn sie dachte, es sei wirklich 11:05. Ihr war bewusst, dass sie schon wieder vor sich hin redete, aber seit dem Vorabend im Pub, wo sich diese verdammte Roz so aufgeführt hatte, konnte sie nicht anders. Sie hatte Lady CaCa alles darüber erzählt, aber nun war der Vogel empört, weil er den Koffer gesehen hatte.

»Könntest du dich bitte wieder umdrehen, ich würde die Geschichte gerne zu Ende erzählen«, sagte sie zu dem Käfig. »Ich lass dich auch für ein paar Minuten raus.« Sofort schaute der rötliche Kater auf und sträubte das Fell; die gelben Augen wirkten misstrauisch. »Keine Panik, Roddy, sei nicht albern.«

Das Versprechen hatte gefruchtet. Der Papagei drehte sich um und schritt über die Stange zur Käfigtür, wo er mit herrischem Blick zusah, wie Louisa nach dem Riegel griff. »SUPERKLASSE, SUPERKLASSE.«

Plötzlich klingelte es an der Tür. Louisa fluchte und ließ die Hand sinken, bevor sie den Käfig berührt hatte. Der Papagei krächzte wütend auf.

»Mist. Warte kurz, mein Schatz.«

Lady CaCa trottete an ihren Platz zurück, vollführte eine schwungvolle Drehung und starrte wieder in ihre Ecke. »DU BIST GEFEUERT, DU MISTSTÜCK.«

Louisa verdrehte die Augen. Lady CaCa war wirklich eine höchst divenhafte Papageiendame. Zögernd blieb Louisa neben dem Türöffner stehen. Aus keinem der Fenster konnte man auf die High Street hinabschauen.

Es dauerte nicht mehr lange, bis das Taxi eintreffen müsste, daher drückte sie vorsichtshalber auf den Knopf der Sprechanlage.

»Reg? Bist du das? Du bist zu früh«, sagte sie.

Eine unbekannte Stimme antwortete: »Nein, hier ist Clara. Sie kennen mich nicht, aber ich bin … Clara eben.«

Louisa ließ den Knopf los und betrachtete den Kater, der sich jetzt wieder die Pfoten leckte. »Wer ist Clara?«, fragte sie. Der Kater schaute nicht einmal auf.

Louisa zuckte mit den Achseln, drehte sich wieder um und drückte auf den Türöffner. »Kommen Sie hoch.« Sie schaute sich in der Wohnung um, die mit ihrer gesamten Garderobe übersät war.

Als sie die abgeblätterte Tür öffnete, waren auf der schmalen Treppe Schritte zu hören. Eine junge blonde Frau erschien. Sie trug Jeans, einen weichen Wollpullover und eine violette Strickmütze. Ihre Haut war unglaublich glatt, und aus den leuchtend blauen Augen strahlte ein Lächeln. Das Gesicht kam Louisa irgendwie bekannt vor. Sie runzelte die Stirn.

»Danke. Tut mir leid, dass ich einfach so hereinplatze«, sagte die Frau, als sie die oberste Stufe erreicht hatte. »Himmel, bin ich schlecht in Form.« Sie lachte und hielt sich die Seiten. »Ich muss mich nach jeder Etage hinsetzen.« Irgendetwas an ihr ließ Louisa das Herz aufgehen. Sie merkte, dass sie das Lächeln umstandslos erwiderte.

»Kommen Sie doch rein«, sagte sie und schloss die Tür. »Aber … wer sind Sie denn nun eigentlich?«

Die Frau richtete sich auf. Ihre Wangen waren von

der Kälte gerötet. »Ich heiße Clara und wohne im Pub. Gestern Abend war ich auch dort.«

»O Gott.« Louisa warf die Hände in die Luft. »Was für ein Abend. Ein Stück Möhrenkuchen?«, fragte sie.

»Sehr gerne. Ich war gerade auf der Suche nach einem Café oder so. Ich habe nämlich noch nicht gefrühstückt.«

»Nach einem Café können Sie lange suchen«, sagte Louisa, hob einen fuchsiafarbenen Sarong vom Boden auf und warf ihn in Richtung Koffer. »Der Kuchen steht auf dem Küchentresen. Ich habe ihn gestern gebacken. Es ist der Lieblingskuchen von Lady CaCa.« Sie nickte zu dem Käfig hinüber. »Schneiden Sie sich einfach ein Stück ab. Oder besser noch, schneiden Sie mir auch eins ab, wenn es Ihnen nichts ausmacht. Ich packe gerade. Mein Flug, müssen Sie wissen.«

»Ach so, natürlich.« Clara durchquerte den Raum, steuerte um die Haufen herum und zuckte zusammen, als der Papagei schrie: »DU BIST GEFEUERT!«

Louisa wühlte jetzt hinten im Kleiderschrank herum und wedelte mit der Hand. »Tut mir leid, wie es hier aussieht. Dieses Chaos. Ich würde es gerne auf die Packerei schieben, aber tatsächlich sieht es hier oft so aus.« Sie holte ein Paar bronzefarbene Flip-Flops heraus und grinste. »Hurra! Ich wusste doch, dass sie hier irgendwo sind«, sagte sie und hielt sie hoch.

Clara betrachtete den mächtigen orangefarbenen Kuchen und nahm ein Messer. »Sie gehen also wirklich fort? Wohin fahren Sie denn?«

Louisa, die sich gerade über eine Schublade unter dem Schlafsofa beugte, schaute gar nicht auf. »Madrid«, rief sie.

Clara legte ein Stück Möhrenkuchen auf einen Teller. »Wie romantisch«, seufzte sie und dachte an gewundene Sträßchen mit Kopfsteinpflaster, strahlende Flamencotänzer an jeder Ecke, gewaltige Sangria-Krüge und Menschen, die auf sonnenbeschienenen Plätzen standen und lachten.

Louisa verschwand jetzt fast unter dem Sofa, nur die Füße schauten noch heraus. »Dort sind es im Moment achtzehn Grad, können Sie sich das vorstellen? ACHTZEHN GRAD IM NOVEMBER«, rief sie so laut, dass sich der Kater aufsetzte und nach der Geräuschquelle umsah. Unvermittelt tauchte ihr Kopf wieder auf und schwebte über dem Oberbett, während der Rest des Körpers hinter dem Schlafsofa verschwand. »Ich kann mich gar nicht mehr erinnern, wie es sich anfühlt, Temperaturen von achtzehn Grad zu haben. Der Sommer scheint Ewigkeiten her zu sein und hat uns vorwiegend Regen beschert. Ich sehne mich nach Sonne – Sonne im Gesicht, an den Armen, im Nacken, im Rücken. Meine Füße sollen brennen auf dem Sand, und ich möchte ins kalte Meer gehen und sagen: ›Herrlich, was für eine Erfrischung‹, weil es nämlich derart HEISS draußen ist.« Im nächsten Moment war ihr Kopf wieder unter dem Bett verschwunden. »Ich möchte keine schlechte Stimmung verbreiten, aber Sie verstehen mich sicher.«

Clara ging zu einem Barhocker und setzte sich. »Na ja, ich bin Hitze eigentlich gar nicht gewöhnt. In Dänemark sind im Moment nur drei Grad.«

»DREI Grad?« Louisas Kopf erschien über dem Oberbett, mit wild zerzausten Locken. »Gütiger Gott, wie soll man da überhaupt etwas zustande bringen?« Sie wirkte entsetzt. »Ihr solltet Winterschlaf halten, wie die Bären.«

»Nun ja«, Clara lächelte, weil sie an die Winter daheim denken musste: die Monate mit den vor sich hin köchelnden Eintöpfen, den dampfenden *gløgg*-Tassen, dem prasselnden Kaminfeuer, »in gewisser Weise tun wir das auch.«

Als sie die violette Mütze abnahm und das Haar auf ihre Schultern fiel, erlosch ihr Lächeln für einen Augenblick. Die Winter ihrer Kindheit, als sie alle um den großen Eichentisch herumgesessen hatten, Schüsseln mit dampfenden Fleischbällchen vor sich, gehörten der Vergangenheit an. Sie blinzelte, weil sie sich nicht unentwegt mit diesen alten Geschichten herumquälen wollte.

Lady CaCa hockte in der Ecke und behielt Clara, die ihren Kuchen aß, über den Schnabel hinweg im Auge. Gelegentlich schlug sie aggressiv mit den Flügeln gegen die Käfigstäbe.

Louisa setzte sich jetzt auch auf einen Barhocker. Sie trug einen großen Hut mit gewaltigen, seitlich aufgenähten Sonnenblumen. »Ignorieren Sie sie einfach.« Sie zeigte auf den Käfig. »Lady CaCa ist immer eifersüchtig, wenn jemand kommt und meine Aufmerksamkeit in Anspruch nimmt. Außerdem, ich sagte es ja schon, ist Möhrenkuchen ihr Lieblingskuchen.« Sie schnitt eine Ecke von ihrem Stück ab, legte sie auf die Messerschneide und trug sie zum Käfig. Der Papagei bedachte das Bröckchen mit einem wilden Blick und drehte sich wieder zur Wand um. Louisa seufzte. »Ich fürchte, ihre schlechte Laune wird bis zu meiner Abreise anhalten. Ihr ist vollkommen klar, dass ich packe.«

»Was wird denn überhaupt aus ihr?«, fragte Clara und steckte sich noch ein Stück Möhrenkuchen in den Mund. »Der Kuchen ist übrigens ausgezeichnet«, sagte sie mit vollem Mund.

Louisa nickte. »Ich weiß. Backen kann ich gut, immer schon. Das ist eines meiner großen Talente. Neben dem Legen von Tarotkarten. Oh, und der Glasbläserei. Im Kitesurfen habe ich mich noch nie versucht, aber ich hatte immer das Gefühl, dass ich das auch ziemlich gut könnte. Was können Sie gut, Clara?«

Clara wirkte für einen Moment irritiert. »Na ja, ich denke … Nun ja, ich …«

»Nun kommen Sie schon. Jeder hat irgendwelche Begabungen. Die Leute reden nur nicht gerne darüber, aus lauter Bescheidenheit, was albern ist. In manchen Dingen bin ich absolut unfähig. Ich habe mal versucht, Geige zu lernen – grauenhaft, als hätte ich jeden Abend in meiner Wohnung jemanden massakriert. Und dann puzzeln. O Gott, ich werde so wütend, dass ich sämtliche Teilchen begradige, damit sie zusammenpassen – das treibt mich absolut in den Wahnsinn. Dafür backe ich ausgezeichneten Zitronenkuchen.« Sie hatte die Arme ausgebreitet. Die Sonnenblumen wackelten, wenn sie den Kopf schüttelte.

»Aber was wird denn jetzt aus Ihren Tieren?«, wiederholte Clara ihre Frage, um von ihren Begabungen abzulenken – oder dem Mangel an solchen.

Louisa fuchtelte herum. »Vor der Abreise muss ich

Gavin noch meinen Schlüssel vorbeibringen. Er wird sich um die Tiere kümmern. Das hat er auch getan, als ich zur Schüttelmeditation in Thailand war.«

»Verstehe«, sagte Clara, die sich nicht zu fragen traute, was es mit der Schüttelmeditation auf sich hatte. Sie wischte sich einen Krümel von der Oberlippe.

Louisa hielt inne und fuhr sich langsam mit der Hand über den Mundwinkel. »Was kann ich eigentlich für Sie tun?« Im nächsten Moment sprang sie vom Barhocker, und der Sonnenhut fiel herunter. »Ich habe nur noch wenige Minuten, um zig Dinge zu erledigen. Wenn Sie mir helfen, können wir bei der Arbeit reden.«

Clara glitt von ihrem Barhocker. »Klar. Was soll ich denn tun?«

Louisa zeigte auf eine Rolle mit Müllbeuteln, die auf dem Küchentresen lag. »Lebensmittel. Holen Sie sämtliche verderblichen Lebensmittel aus dem Kühlschrank. Letztes Mal hatte ich das vergessen und bin bei der Rückkehr fast draufgegangen, weil die Gänseleberpastete Beine bekommen hatte.«

Clara rümpfte die Nase und griff nach der Rolle.

»Also …« Louisa kehrte zu dem Haufen Kleidungsstücke zurück, der auf dem Bett lag, warf sich ein paar über die Schulter, hielt andere hoch und trug den Berg allmählich ab. »Was kann ich für Sie tun?«

Clara hatte den Kühlschrank geöffnet und betrachtete den Inhalt: etliche Flaschen Rosé-Sekt, dann Muscheln und Oliven. Eine dicke Scheibe Räucherlachs war viel zu schade zum Wegwerfen. Clara nahm eine halbe Zitrone und steckte sie in den Beutel. »Na ja, ich hatte mich gefragt … Gestern Abend im Pub habe ich mitbekommen, wie Sie sagten, dass Sie weggehen. Ich war nämlich auch da, müssen Sie wissen, und habe dort …«

»Das sagten Sie bereits.« Louisa hielt inne und betrachtete einen gestreiften Badeanzug. »Gütiger Gott, was für ein Wirbel. Roz hängt natürlich am Tresen herum und stiftet Unruhe. Da bin ich einfach ausgerastet. Sie treibt mich wirklich auf die Palme … Ich wusste übrigens gar nicht, dass Gavin Zimmer vermietet. Wie wunderbar, dass er so viel Unternehmergeist …«

Clara saß mit offenem Mund da, weil Louisa sie unterbrochen hatte.

»Entschuldigung, Entschuldigung, Sie wollten gerade etwas sagen.« Louisa bedeutete ihr fortzufahren und stopfte den Badeanzug in die Seitentasche ihres bereits prall gefüllten Koffers.

»Na ja, ich habe mich nur gefragt, ob Sie sich vielleicht vorstellen könnten, dass ich auf Ihre Wohnung aufpasse und nach den Tieren schaue. Aber es klingt so, als hätten Sie bereits Vorkehrungen getroffen. Das war ja auch nicht anders zu erwarten …« Claras Worte verloren sich.

»Kommen Sie und setzen sich mit mir drauf«, rief Louisa.

»Wo drauf?«

»Auf den Koffer. Los, das Taxi müsste jeden Moment eintreffen, und ich möchte nicht, dass der Fahrer meine Unterwäsche sieht. Andererseits, wenn es Reg ist, hat er sie bereits gesehen … Entschuldigung, fahren Sie fort.«

Clara ging durch den Raum und setzte sich neben

Louisa, die wieder den Sonnenblumenhut trug, auf den Koffer. Auf dem Nachttisch stand ein silberner Fotorahmen: Louisa und ein absolut atemberaubender Mann. Verträumte graue Augen, dunkelbraunes Haar, Dreitagebart in einem braun gebrannten Gesicht. Louisa hatte ihm den Arm um die Taille geschlungen und den Kopf an seine Schulter gelegt. Er dürfte zwanzig Jahre jünger sein als sie, eher in ihrem Alter. Clara hatte fast vergessen, was sie eigentlich sagen wollte.

»Das war's eigentlich schon. Aufs Haus aufpassen und … Na ja, ich habe mich gefragt, was aus dem Laden wird. Ich habe schon einmal ein Geschäft geführt, und da dachte ich, sozusagen als Gegenleistung … Miete kann ich nämlich nicht zahlen, aber ich könnte umsonst arbeiten. Es wäre doch schade, kurz vor Weihnachten zu schließen.«

Louisa verzog das Gesicht. »Man kann von Glück sagen, wenn am Tag auch nur ein einziger Kunde kommt.«

»Dann lassen Sie es mich versuchen. Soweit ich das von außen beurteilen kann, ist es ein wunderbarer Laden.«

»Es *war* ein wunderbarer Laden«, sagte Louisa. »In einer wunderbaren Gegend.« Sie verstummte und verlor sich in der Vergangenheit, während sie nebeneinander auf dem Koffer saßen.

»Eigentlich wollte ich weiterreisen, aber es gefällt mir hier. Eine Art Bauchgefühl, falls Sie verstehen, was ich meine«, sagte Clara und legte die Hand auf ihren Unterleib. »Ein Gefühl tief im Innern, das mir sagt, dass ich bleiben soll.«

Louisa zog eine Augenbraue hoch. »Und da behaupten die Leute, *ich* sei exzentrisch …«

Clara spürte, wie ihr das Blut in die Wangen schoss. Sie erhob sich von dem nunmehr verschlossenen Koffer. »Es war einfach ein alberner Gedanke, der mir ganz spontan gekommen ist. Aber jetzt lasse ich Sie mal alleine, damit Sie fertig werden«, erklärte sie und griff nach ihrer violetten Mütze.

Louisa stand ebenfalls auf und blickte sich in der Wohnung um, die nicht ein Stück ordentlicher aussah. »Mit diesem Chaos kann ich Sie unmöglich zurücklassen«, sagte sie. »Ich habe seit 1973 schon nicht mehr geputzt. Im Gästezimmer sieht es aus, als hätte eine Bombe eingeschlagen.«

»Nein, natürlich nicht. Das hätte ich mir ja auch denken können«, stammelte Clara.

»Aber wenn Sie darauf bestehen …« Louisa seufzte und bedachte sie mit einem herrischen Blick. »Wenn Sie mich eindringlich darum bitten …«

Clara registrierte den Meinungsumschwung. »O ja, das tu ich.« Sie nickte. »Ich bitte Sie sehr darum. Das ist doch eine hübsche Wohnung. Ich mag sie sehr, und ich würde mich auch gut um Ihre Haustiere kümmern.« Sie zeigte zum Käfig und zum Teppich hinüber.

»In der Tat, irgendjemand müsste nach Lady CaCa und Roddy sehen«, dachte Louisa laut nach.

»Das würde ich sehr gerne tun. Und ich kann auch putzen, kein Problem«, fügte Clara hinzu. »Es wäre wunderbar, in der Fremde eine eigene Wohnung zu haben, statt ständig in irgendwelchen Pubs zu hausen.«

Louisa war quer durch den Raum in die Küche gegangen und wühlte in einer Schublade neben dem Kühlschrank herum. Erschrocken sah Clara, dass sie ein gewaltiges Schlachtermesser herausholte. »Nun …« Ihre Armreifen klirrten bedrohlich. Nachdem sie noch einmal in die Schublade gegriffen hatte, hielt sie einen kleinen Schlüsselbund hoch. »Der Ersatzschlüssel«, verkündete sie. »Lady CaCa … Roddy …«, sie blickte zum Käfig und dann zum Teppich hinüber, »darf ich euch eure neue Mitbewohnerin vorstellen, Clara.«

Clara, die vor Schreck erbleicht war, strahlte über das ganze Gesicht. »Oh, wunderbar. Ist das wahr? Großartig. Ich kann es kaum fassen.«

An der Tür klingelte es.

»ICH HAB DA EIN GANZ MIESES GEFÜHL«, rief der Papagei im selben Moment, als Louisa verkündete: »Ah, das Taxi.« Sie warf Clara den Schlüssel zu, lief zu ihrem Koffer und murmelte: »Pass, Fahrkarten, Pass, Geld, Pass, Unterwäsche, Pass, Kleidung, Pass, Bücher, Pass, Mütze, Pass, Badeanzug, Pass.«

»Ach so«, Clara stand mit dem Schlüssel in der Hand da, »gibt es noch irgendetwas, das ich wissen muss?«

»Keine Zeit, keine Zeit. Ich maile Ihnen die Details. Schreiben Sie mir Ihre E-Mail-Adresse auf.« Louisa reichte ihr einen Stift und hielt ihr den Handrücken hin.

Clara begann zu schreiben. »Allerdings kontrolliere ich meine E-Mails nicht wirklich regel–«

»Okay, okay.« Louisa nickte und sah zu, wie sie schrieb. »Nur ein paar Dinge, bevor ich verschwinde … ICH KOMME GLEICH, REG!«, schrie sie, als unten jemand durch den Briefkastenschlitz rief. »Sie müssen Lady CaCa und Roddy füttern, klar. Lady CaCa wird sich nicht mit Ihnen unterhalten, wenn ihr Käfig nicht sauber ist. Sie legt Wert darauf, dass man den Boden mit der *Daily Mail* auspolstert – dann kann sie auf die Schlagzeilen scheißen. Das ist ihr wichtig, da sie sich dem extrem linken Flügel zurechnet. Und geben Sie ihr ja kein Huhn oder überhaupt Fleisch, denn dann wird sie einen Monat lang nicht mit Ihnen reden. Einmal habe ich ihr etwas mit Hühnerbrühe untergejubelt, das hat sie alles wieder erbrochen, direkt auf ein Foto von Donald Trump, was sicher nicht gänzlich unbeabsichtigt war. Sie spricht nur in Schimpfwörtern und Fernsehphrasen. Was den Laden betrifft, gibt es nicht viel zu verstehen. Die Kasse klemmt manchmal. Sonntags und montags ist geschlossen, und samstags schließen wir früher. Aber es kommt sowieso kaum jemand. Ein paar Dinge kann ich noch per Mail erläutern. Andererseits weiß auch Lauren Bescheid. Sie war gestern im Pub, erinnern Sie sich? Die Blonde, Hübsche, die gleichzeitig so unglaublich nett ist – das ist fast ungerecht. Sie hat gelegentlich im Laden ausgeholfen, wenn wir viel zu tun hatten. Lauren können Sie immer ansprechen, sie ist wunderbar.«

»Wir sind uns schon über den Weg gelaufen.« Clara steckte die Kappe wieder auf den Stift.

»Ach ja? Was für ein Zufall.« Louisa las die Adresse auf ihrem Handrücken. »Das ist eine Vier, nicht wahr? Gut, perfekt. Lustige Adresse.«

»Ich komme aus Dänemark«, erklärte Clara.

»Großartig. Ich hatte mal was mit einem Mann aus

Kopenhagen. Er konnte das Wort *sixth* nicht aussprechen. Irre komisch war das, aber im Bett war er überwältigend. Extrem kreativ. Ich liebe die Dänen.«

Clara starrte sie mit offenem Mund an.

»An der Korkpinnwand hängt eine Liste mit wichtigen Telefonnummern, falls eine Wasserleitung bricht oder irgendetwas brennt. Man weiß ja nie. Ich musste schon einmal ein Fondue absagen, weil ich fast das Wohnzimmer mit Feuerzeugbenzin abgefackelt hätte. Die Recyclingtonne wird montags abgeholt. Glaube ich zumindest. Ich kann mir das nie merken, daher stelle ich sie einfach gelegentlich heraus und hoffe auf das Beste. Ach so, o Gott, mein Sohn Joe sollte natürlich informiert werden. Er lebt in London. Ich habe ihn seit dem Morgengrauen stündlich anzurufen versucht, leider vergeblich. Kein Wunder, so beschäftigt, wie er immer ist. Wenn er anruft, sagen Sie ihm einfach, dass ich mich bei ihm melde. Seine Nummer hängt ebenfalls an der Pinnwand, falls Sie ihn anrufen möchten. HÖR AUF ZU BRÜLLEN, REG, ICH KOMM JA SCHON. Okay, mein Schatz, ich muss. Wie wunderbar, ich fühle mich tausendmal besser, seit ich weiß, dass Sie hier sein werden. Sie strahlen positive Energien aus.«

Sie küsste sie auf die Wangen. Clara konnte kaum einen Abschied stammeln, da hatte sich Louisa auch schon umgedreht und eilte, den Koffer ans Geländer knallend, die Treppe hinab. Den großen Sonnenhut hatte sie noch auf dem Kopf. Clara starrte auf den Schlüssel in ihrer Hand, hörte die Haustür zufallen und fragte sich, was sie da getan hatte.

Kapitel 5

Die Straße schien in der Zeit, die sie bei Louisa verbracht hatte, noch düsterer geworden zu sein. Die verstaubten Schaufenster waren mit Regentropfen gesprenkelt. Die Pflasterplatten aus Beton, die Teerdecke auf der Straße und die Wolken am Himmel waren alle von demselben schweren Grau.

Clara kehrte über die High Street zum Pub zurück. Ein paar Menschen waren unterwegs. Eine Frau in Gummistiefeln ging mit einem English Springer Spaniel spazieren; ein Mann lud Kisten auf einen Minivan; ein Fahrradfahrer rauschte an Clara vorbei – ein flüchtiges Aufblitzen von Neon, dann war er wieder fort. Ihre Schritte fühlten sich schwer an. Als sie den Pub betrat, war Gavin damit beschäftigt, mit einem Lappen den Tresen abzuwischen.

»Da sind Sie ja.« Er unterbrach seine Tätigkeit, um sie anzuschauen.

Clara ging hin, die Arme vor der Brust verschränkt. Sie hatte eine Gänsehaut, weil es im leeren Pub ziemlich kalt war. »Ich habe einen Spaziergang gemacht.«

Er widmete sich wieder dem Tresen. »Sind Sie über

die Felder zu der Baumreihe gegangen? Der Bach dort fließt bis zur nächsten Stadt.«

»Nein, ich habe die High Street erkundet.« Sie konnte sich gerade noch verkneifen, ihm mitzuteilen, dass sie nach einer Frühstücksgelegenheit gesucht hatte. Schließlich wollte sie ihm nicht zu nahe treten. Sie dachte an die traurige Banane und die Müslischachtel auf dem Tablett neben dem Einzelbett und nahm sich vor, sie in jedem Fall einzustecken. »Tatsächlich bin ich dann bei Louisa gelandet. Ich werde noch eine Weile in der Stadt bleiben und ihre Wohnung hüten, solange sie weg ist«, erklärte sie.

»Sie geht wirklich weg?« Gavin hielt in seiner Tätigkeit inne.

»Sie ist schon fort.«

Er riss die Augen auf. »Fort?«

Clara nickte. »Gerade eben.«

»Hat sie irgendetwas gesagt?« Er schaute Clara nicht an, sondern wischte wieder mit dem Lappen über den Tresen.

»Irgendetwas gesagt?«, wiederholte Clara.

»Eine Nachricht? Für mich oder sonst jemanden … Meist hinterlässt sie etwas, wenn sie fortgeht.«

Clara konnte sich ein Lächeln nicht verkneifen, als sie sah, dass er errötete. »Sie war in großer Eile«, erklärte sie. »Eigentlich wollte Louisa Sie fragen, ob Sie nach den Tieren schauen könnten, aber da ich ja nun in der Wohnung bin, kann ich sie auch füttern und versorgen …«

»Ich werde sie über ›Words with Friends‹ kontaktieren. Wir haben nämlich soeben ein neues Spielchen entdeckt«, sagte er und hielt sein Handy hoch.

»Das sagt mir gar nichts«, erklärte Clara und betrachtete das Feld mit den vielen Buchstaben.

»Im Prinzip ist das so etwas wie Scrabble, nur online. Eine App. Eigentlich ist Louisa dran. Ich warte schon den ganzen Morgen darauf, dass sie sich meinem neuesten Wort widmet. Sechs Buchstaben – DRAPER. Ich hoffe, sie hat kein S, weil das so nah am Verbindungswort ist. Offenbar war sie aber mit Packen beschäftigt. Sicher wird sie mir über die App eine Nachricht zukommen lassen, das machen wir oft so …« Seine Stimme verlor sich, und sein Gesicht war nun knallrot.

»Ich bin mir sicher, dass sie das tun wird. Und ich würde mich freuen, wenn Sie mir ein paar Tipps wegen der Tiere geben könnten. Vor allem der Papagei scheint ja nicht ganz einfach zu sein.«

»Lady CaCa?« Gavin stoppte für einen Moment. »*Nicht ganz einfach* ist weit untertrieben. Das Vieh ist ein vulgärer Albtraum.«

Clara lachte. »Um Gottes willen. Aber – bevor ich es vergesse. Louisa hat mich gebeten, ihren Sohn anzurufen. Ich habe mir seine Nummer notiert, aber ich habe gar kein Telefon in ihrer Wohnung gesehen.«

»Das hat sie vermutlich vergraben.« Gavin schnaubte. »Keine Ahnung, wie diese Frau überhaupt irgendetwas wiederfindet. Sie sollten mal sehen, was sie alles in ihrer Handtasche mit sich herumschleppt.«

»Ich hatte mich gefragt, ob Sie hier vielleicht einen Festnetzanschluss haben, den ich mal benutzen dürfte.

Oder Ihr Handy eventuell? Ich dachte, es wäre vielleicht nett, wenn ich mich bei dem Sohn vorstelle.«

Gavin wirkte für einen Moment verwirrt.

»Ich habe keins.« Clara zuckte mit den Achseln.

»Kein Handy?«, wiederholte Gavin und starrte sie mit offenem Mund an. »Ich ging bislang davon aus, die Menschen unter dreißig seien untrennbar damit verwachsen.«

Wie immer fühlte sich Clara verpflichtet, eine Erklärung abzugeben. »Ich hatte mal eins, aber …« Sie hielt inne, weil sie das Thema nicht vertiefen wollte. Es zog einfach zu viele Fragen nach sich. »Jetzt habe ich jedenfalls keines mehr.«

»Bedienen Sie sich einfach, wann immer Sie mögen«, sagte er und hielt ihr sein Handy hin. »Oder benutzen Sie den Festnetzanschluss neben der Kasse. Erwarten Sie aber nicht, dass jemand drangeht. Louisa klagt immer, dass sie ein wesentlich intimeres Verhältnis zu Joes Mailbox hat als zu irgendeinem Mann.« Darüber musste er selbst lachen. Sobald er ihren Namen nannte, verklärte sich sein Blick.

Clara ging zum Telefon und wählte die Nummer, die sie sich auf einem Fetzen Papier notiert hatte. Wie angekündigt schaltete sich sofort die Mailbox an. Eine glatte, selbstbewusste Stimme drang an ihr Ohr und bat sie, eine Nachricht zu hinterlassen. Den Signalton hätte sie fast verpasst.

»Hallo, mein Name ist Clara. Ich wohne zurzeit … Nun ja, Ihre Mutter hat mich gebeten, Ihnen mitzuteilen, dass ich in ihrer Wohnung wohne. Während sie in Madrid ist. Ich werde auch das Geschäft führen. Ich glaube, sie hat versucht, Sie zu errei–«

Eine weibliche Computerstimme schnitt ihr das Wort ab: »Die Sprechzeit ist abgelaufen. Bitte drücken Sie die Eins, um die Nachricht zu speichern.« Clara war so verwirrt, dass sie schnell auflegte.

»Oh«, sagte sie und trat vom Telefon weg.

»Alles in Ordnung?«, fragte Gavin, der jetzt auf einem Barhocker saß und in die Ferne schaute, den Lappen noch in der Hand.

Clara nickte. Ihr war klar, dass ihre Nachricht keine Glanzleistung war. Sie wollte aber keine zweite hinterlassen, um es nicht noch schlimmer zu machen.

»Ich geh jetzt besser hoch und packe meine Sachen.«

»Ich trage Ihnen den Rucksack hinunter«, sagte Gavin und folgte ihr die schmale Treppe hoch. Er musste sich bücken, um nicht an die niedrigen Balken zu stoßen. »Der sah schwer aus.«

»Kein Problem«, rief Clara über die Schulter. Ihr wurde bewusst, dass sie am Morgen nicht einmal geduscht hatte und ihre Haare fettig waren. Gavins breite Schultern und sein massiger Körper füllten das Treppenhaus. Clara hatte das Gefühl, dass sich die Wände auf sie zubewegten, als sie mit dem Schlüssel herumhantierte. Die niedrige Decke mit den dunklen Balken schien schwer auf ihr zu lasten. »Vermieten Sie nur diesen einen Raum?«, fragte sie, nur um etwas zu sagen.

»Ja. Mehr brauche ich nicht«, sagte Gavin und näherte sich unauffällig einer Tür in der Nähe.

Clara hatte das eigentümliche Gefühl, dass er nervös

war. Sie nickte in Richtung des langen Flurs. »Da scheinen aber noch mehr Zimmer zu sein«, sagte sie und sah etwas aufblitzen, als er die Tür zu dem Raum zuzog. Der alte Riegel knackte, dann drehte Gavin schnell den Schlüssel herum.

»Nein, nein, das ist alles … privat«, erklärte er und kontrollierte zweimal, ob die Tür auch wirklich abgeschlossen war. Seine Augen huschten hin und her und mieden Claras Blick.

Clara fragte sich, was sich wohl hinter der Tür befand. Die Atmosphäre hatte sich spürbar verändert. Von Gavins umgänglichem Wesen war nichts mehr zu spüren. Die Stille im Raum war angespannt.

»Nun«, sagte sie, in dem Versuch, die alte Stimmung wiederherzustellen, »das Zimmer ist sehr hübsch. Ich habe wunderbar geschlafen. Die Matratze ist super.« Mit diesen Worten stürzte sie in den Raum, um sich die Banane zu schnappen. Eigentlich hätte sie sich nach dem süßen Möhrenkuchen gerne die Zähne geputzt, aber da Gavin draußen auf sie wartete, wollte sie nur noch weg.

Er nahm ihren Rucksack und bedeutete ihr, schon einmal vorzugehen. Als sie an der verschlossenen Tür vorbeikamen, beschleunigte er den Schritt. Plötzlich hatte Clara das schreckliche Bild vor Augen, wie ein früherer Gast gefesselt und geknebelt auf Rettung wartete. Das könnte Gavins Unruhe erklären.

Schweigend bezahlte sie das Zimmer, bedankte sich und wollte gehen.

»Hier, nehmen Sie«, sagte er und hielt ihr einen Gutschein hin. Jetzt in der Bar war er wieder ganz der Alte;

die Nervosität war wie weggeblasen. »Der ist für den Steak-Abend, immer dienstags. Ein Steak und ein Glas Wein für zehn Pfund. Dienstags und samstags kann man hier nämlich auch essen.«

»Oh, danke.« Clara nahm den Gutschein und steckte ihn in ihre Jeanstasche. »Das klingt gut.«

Er bestand darauf, die Bar zu schließen und Clara über die High Street zu begleiten. Den Rucksack über die Schulter geworfen, als wöge er nichts, wies er sie auf alte Läden hin und erzählte ihr von der Geschichte der Stadt. Seine Augenwinkel kräuselten sich, als er davon berichtete, wie Louisa und er auf dem Parkplatz der Stadthalle Schlittschuh gelaufen waren und Louisa gestürzt war. Fast hätte er sich den Rücken verrenkt, als er sie aufgefangen hatte. Er kicherte vor sich hin, vollkommen versunken in der Vergangenheit.

»Danke«, sagte Clara, als er ihr vor der Ladentür den Rucksack reichte. Er hob die Hand zum Gruß und verschwand, während Clara den Rucksack zur Wohnung hochschleppte. Sie hatte allerdings keine Lust, ihn auszupacken. Vielmehr trieb die Neugierde sie wieder hinab, um sich den Laden anzusehen.

Nachdem sie die Treppe hinuntergeeilt war, probierte sie, ob einer der Schlüssel in die Tür passte, die vom Treppenhaus abging, ein Seiteneingang zum Laden. Nachdem sie sich Zutritt verschafft hatte, suchte sie den Lichtschalter. Da die Fensterläden geschlossen waren, lag das Geschäft im Dunkeln. Jetzt hätte sie sich ihr Handy mit der Taschenlampenfunktion zurückgewünscht. »Autsch!«, rief sie, da sie an etwas Scharfes gestoßen war.

Endlich ertasteten ihre Finger vielversprechendes Plastik, sie drückten auf einen Knopf, dann auf noch einen, worauf verschiedene Neonröhren aufflammten und sämtliche Winkel des Ladens ausleuchteten.

Er war bis zum Bersten mit Waren gefüllt, die vollkommen chaotisch ausgestellt waren. In den Regalen drängten sich Puppen, Puzzles, Spielzeugautos, Brettspiele, überdimensionale Holzbuchstaben und -zahlen. Weidenkörbe quollen über von verschiedensten Wunderwerken: neonfarbenen Fußbällen, gewaltigen Schaumstoffhänden und Stofftieren. Clara spazierte durch die Gänge und staunte über das Übermaß an Zeug. Manche Dinge verbargen sich hinter anderen, Schachteln waren hinter andere gerutscht, und auf manchen Regalen lag eine feine Staubschicht, bei deren Anblick sich die Frage stellte, wann hier zum letzten Mal jemand genau hingeschaut hatte. Ein Feuerwerk der Sinne war das, so grell, dass es einen schier überwältigte. Es erinnerte an eine exzentrische Tante, die zwischen einem Dutzend vollgestopfter Taschen hockte und sich knallbunte Schals um den Hals geschlungen hatte, während ihre opulenten Perlenketten mit den Diamantohrringen um die Wette strahlten. Clara schaltete eine der Lampen aus, um die Wirkung etwas abzumildern, bevor sie ihre Inspektionstour fortsetzte.

Die Kasse befand sich im hinteren Teil des Ladens, auf einem Tresen, der mit Papier, Quittungen, Schlüsselringen, Bonbons, Stiftdosen, Lutschern und anderem Krempel übersät war. Clara bekam schon vom bloßen Hinsehen Kopfschmerzen. Unter einer Matte schaute ein Taschenrechner hervor, und auf jeden Zettel war etwas gekritzelt: Papageien, Katzen, jede Menge Blumen, Sterne, Herzen, Augen und Gs in jeglicher Größe.

Im hinteren Bereich des Ladens gab es weitere Regale. Clara runzelte die Stirn, als sie im Vorbeigehen die Tausenden von Schachteln mit den unterschiedlichsten Dingen sah, alles in mehreren Reihen übereinandergestapelt. Sie zog am Griff eines Schranks, der in der Ecke stand. Die Tür klemmte, öffnete sich dann aber mit einem lauten Quietschen. Clara streckte die Hand nach dem obersten Schrankbrett aus und holte ein paar Gegenstände herunter: wunderschöne geschnitzte Holzfiguren, deren Glanz unter einer Staubschicht verschwand. Sie fuhr mit dem Finger über den Rücken eines herrlichen Schaukelpferds, das in prächtigen Farben angemalt war; die Mähne fiel ihm ins Gesicht.

Noch während sie den Inhalt des Schranks erkundete, kam ihr ein Gedanke, der sich immer mehr verfestigte. Sie spürte, wie sich ihr Magen zusammenzog, und ihre Finger zuckten, weil sie am liebsten gleich angefangen hätte. Als sie die Schranktür schloss, hatte sie ein Lächeln im Gesicht, und sie war drauf und dran, ein paar Zeichnungen anzufertigen. Sie blieb nur noch einmal kurz stehen, weil sie von einer weiteren Tür abgelenkt wurde. Als sie sie öffnete, verschlug es ihr den Atem, weil sich ein ganzer Raum dahinter verbarg. Sie wollte schon hineingehen, als sie ein Klopfen vernahm und zusammenfuhr. Sie drehte sich um und sah, dass Lauren die Nase an die Scheibe der Seitentür drückte.

»Entschuldigung, habe ich dich erschreckt? Du hast

die Tür aufgelassen«, erklärte Lauren und zeigte hinter sich. »Dann habe ich gesehen, dass hier Licht brennt.«

»Habe ich das? O Gott, entsetzlich. An meinem ersten Tag als Hausmeisterin hier. Ich bin ein hoffnungsloser Fall.« Claras Herz raste immer noch von dem Schrecken.

»Hausmeisterin?« Lauren neigte den Kopf zur Seite.

»Lange Geschichte.«

»Nun, in diesem Flur gibt es nicht viel zu klauen, abgesehen von ein paar Flyern vom Pizza-Service. Falls die Diebe einen Schraubenzieher mitbringen, können sie sich vielleicht mit den Mantelhaken aus dem Staub machen. Das ist aber nicht ganz einfach.« Lauren musterte Clara und grinste. »Tut mir leid. Ich kam gerade vorbei, um Rory aus der Kita abzuholen. Er ist jetzt jeden Tag für ein paar Stunden dort. Bin ich verabscheuenswürdig, wenn ich zugebe, dass das manchmal die besten Stunden des Tages sind?«

Clara lächelte. »Natürlich nicht. Ich kann mir vorstellen, dass du die Verschnaufpause brauchst.«

»Unbedingt«, sagte Lauren und folgte Clara in den Laden. »Die Folgen von *The Crown* sehen sich schließlich nicht von selbst.«

Clara lachte. »Ich habe keine einzige gesehen.«

»Die Serie ist historisch korrekt und sehr interessant, weil man eine Menge über das Königshaus lernt. Von Matt Smith ganz zu schweigen. Mmh.«

»Siehst du sie vor allem wegen Matt Smith?«

Lauren neigte den Kopf, sodass ihr das rotblonde Haar ins Gesicht fiel. »Ja.«

»Den kenne ich auch nicht. Ich bin mir nicht sicher,

ob er in Dänemark sehr bekannt ist. Wir schwärmen eher für Viggo Mortensen.«

»Aha?«

Clara hob eine Augenbraue. »Willst du sagen, dass du noch nie *Herr der Ringe* gesehen hast? Da verpasst du was. Er spielt König Aragorn.«

»Geht es da nicht um Elfen?« Lauren rümpfte die Nase. »Ich bin nicht wirklich ein Fan von Feenwelten.«

»Er ist doch keine Elfe. Der sieht toll aus, glaub's mir.«

Lauren war jetzt allerdings abgelenkt. Sie hatte eine große Schaumstoffhand aus einem Korb genommen und über ihre Finger gestülpt. »Vielleicht würde Rory ja besser hören, wenn ich bei meinen Standpauken so etwas hier tragen würde.«

»Keine Ahnung, ob das den gewünschten Effekt hätte«, sagte Clara, als sie Lauren und ihre überdimensionierte Hand betrachtete. »Aber der hier …«, sie nahm einen Polizeihelm aus einem Regal und setzte ihn auf, »der könnte es vielleicht tun.«

Lauren nickte. »Unbedingt. Der würde mir sicher die nötige Autorität verleihen.« Sie streckte die Hand aus, als wolle sie den Verkehr regeln. »Du kümmerst dich also um das Geschäft?«

Clara nickte. »Ich wohne bei Louisa und kümmere mich im Gegenzug um den Laden.«

»Super. Yeah, eine Freundin!«, sagte Lauren und wackelte mit der Hand aus Schaumstoff.

»Ich würde ihn ja auch öffnen.« Clara zuckte mit den Achseln. »Zunächst muss ich aber etwas tun, um die Aufmerksamkeit auf ihn zu lenken. Na ja …« Sie spürte, wie ihr Gesicht heiß wurde, nahm den Polizeihelm ab und sagte: »Ich denke, ich habe auch schon eine Idee. Willst du hören?«

Sie fühlte sich beschwingt, als sie die Treppe zur Wohnung hochstieg. Nachdem Lauren wieder gegangen war, hatte sie den ganzen Tag im Laden verbracht, beflügelt von der Reaktion ihrer neuen Freundin. Sie hatte angefangen, die Waren zu sichten, und erst innegehalten, als ihr Magen so laut geknurrt hatte, dass sie schon dachte, die Vibrationen eines Spielzeugs ausgelöst zu haben. Draußen war es bereits dunkel, als sie die Tür öffnete und ihren Rucksack aus dem Weg schob.

Sie wusste, dass sie die Wohnung aufräumen musste, aber in diesem Moment hatte sie nur noch die Kraft, sich bettfertig zu machen.

Offenbar war es aber ein Fehler, den Papagei nicht zu beachten. »IST ES, WEIL ICH SCHWARZ BIN? IST ES, WEIL ICH SCHWARZ BIN?«, rief er, als sie ins Bad ging.

Sie blieb in der Tür stehen und lächelte, als sie die große Badewanne mit den Krallenfüßen sah, die über und über mit Handtüchern übersät war. Schnell huschte sie durch den Raum, warf Handtücher, Kleidungsstücke und andere Dinge auf einen Haufen, um sie später zu waschen, und wienerte die Emaille. Sie kramte im Badezimmerschrank und zog aus den Tiefen eine Glasflasche mit Rosenöl hervor. Davon ließ sie etwas in die Wanne tropfen und lauschte dem Klopfen der Rohre, als das Wasser aus dem Hahn rauschte. Während die Wanne volllief, holte sie ein Teelicht aus einer Seitentasche ihres Rucksacks, zündete es an der Flamme des Gasherds an und stellte es auf die Fensterbank. Dann schaltete sie das Licht aus. Schatten flackerten durch den Raum.

Als sie in die Wanne stieg, wurde sie vom seidigen Wasser umhüllt, roch den Duft, der aus dem Dampf aufstieg, und fühlte sich vom goldenen Schein der Wände besänftigt. Sie legte den Kopf zurück und fühlte, wie sich ihre Muskeln entspannten. Als Roddy, der Kater mit dem rötlichen Fell, in den Raum getrottet kam und sich sofort auf dem Handtuchstapel zusammenrollte, kicherte sie. Sie schloss die Augen und genoss ihr erstes Bad seit über einer Woche. Das war das, was sie am meisten an ihrem alten Zuhause vermisste, da viele Bed & Breakfasts nur eine Dusche hatten. Herrlich, dachte sie, als sie ihrem Gehirn erlaubte, sich zu beruhigen und zu den Entdeckungen des Tages, dem Laden und ihren Plänen zurückzukehren.

Dann lichtete sich der Nebel, und ihr kam eine Idee, und zwar mit einer solchen Macht, dass sie sich plötzlich aufsetzte und nach einem Handtuch tastete. Mit triefnassem Haar stieg sie aus der Wanne, verließ das Bad und durchquerte die Wohnung. Zu zielbewusst, um erst ihre Hüttenschuhe zu suchen, eilte sie wieder zum Laden hinab und ließ in ihrer Aufregung fast den Schlüssel fallen, als sie aufschließen wollte. Sie wusste, wo sie hinwollte, wusste, was sie sehen wollte.

Sie ging an der Kasse und dem mächtigen Schrank in der Ecke vorbei und öffnete die Tür zum Hinterzimmer. Es war ein großer Raum mit zwei Fensternischen, in denen unter Stapeln von Papier Kissen für die Fenstersitze lagen. Von ihnen schaute man auf einen quadratischen Garten hinaus. Selbst im Winter, das hatte sie noch bei Tageslicht gesehen, hatte der Rasen üppig grün gewirkt; er war von einer Hecke umgeben, und in Töpfen waren Reste von Blumen und Kräutern zu erkennen gewesen. Mitten im Raum stand ein großer Tisch mit achtlos verteilten Stühlen. Clara schritt langsam um ihn herum, vorbei an leeren Pappschachteln und kaputtem Spielzeug, und hinterließ feuchte Fußspuren, während die Idee, die ihr in der Wanne gekommen war, Gestalt annahm. Dies war das Herzstück ihres Plans, und sie spürte den vertrauten Kitzel, ihre Begeisterung. Ungeduldig biss sie sich auf die Lippe. Am liebsten hätte sie sich sofort angezogen und losgelegt.

»Louisa. LOUISA.«

Clara erstarrte in der Tür, als die Stimme im Raum widerhallte.

»LOUISA.«

Zaghaft schritt sie durch den Laden, in Richtung der Stimme. Gerade als sie durch die Seitentür in den Flur trat, erschien ein Auge im sich öffnenden Briefschlitz.

»Louisa, bist du das?«

»Äh«, sagte Clara und zog das Handtuch enger um sich, als das Auge nun in ihre Richtung blickte.

»Sie sind nicht Louisa«, verkündete die Stimme das Offensichtliche. Die Klappe vor dem Briefschlitz schlug wieder zu.

»Nein«, sagte Clara und kam sich blöd vor, weil sie mit einer Tür redete.

Die Klappe öffnete sich wieder. »Wer sind Sie, und wo ist Louisa?«

Die Augen waren mit schwarzem Kajal umrandet und misstrauisch zusammengekniffen. Clara musste beinahe lachen. Sie ging zur Tür. Ihre nackten Füße fühlten sich kalt an auf den Fliesen im Flur.

»Einen Moment bitte.« Sie schob den Riegel zurück. Als sie die Tür öffnete, stand sie vor Roz, die eine Hand in den Rücken gelegt hatte und sich mit der anderen über das kastanienbraune Haar strich.

Dann zeigte sie auf Clara. »Ihre Haare sind nass«, sagte sie, als wüsste Clara das nicht selbst.

»Ich habe gebadet«, erklärte Clara und fühlte sich komisch, weil sie nur mit einem Handtuch bekleidet war. Keinen Slip zu tragen flößte ihr unweigerlich eine gewisse Verletzlichkeit ein.

»Gebadet?« Roz hob eine ihrer markant nachgezogenen Augenbrauen.

»Möchten Sie nicht hereinkommen?«, fragte Clara, die jetzt unbedingt in die Wohnung zurückkehren und sich etwas anziehen wollte. Sie dachte sogar schon über den besten Weg nach, die Treppe hochzusteigen, ohne sich vor ihrem ersten Gast eine Blöße zu geben.

»Eigentlich wollte ich mit Louisa reden«, sagte Roz und verschränkte die Arme vor der Brust.

»Die ist nicht da.«

»Und wer sind Sie?«

Clara runzelte die Stirn. »Ich bin Clara.«

»Nun, Clara, wann kommt sie denn zurück?«

»Zurück?«

»Louisa.« Roz tippte ungeduldig mit einem ihrer langen Fingernägel auf den Handrücken.

»Ach so, die ist fort«, erklärte Clara. »Nach Spanien. Das hat sie doch gestern Abend angekündigt.«

Roz' Augenbrauen hoben sich. »Sie ist fort.« Das schien sie wachzurütteln. Sie trat über die Schwelle und marschierte die Treppe hinauf, sodass Clara schnell abschließen und ihr folgen musste.

Roz blieb in der Tür stehen und verzog das Gesicht, als sie das Chaos in der Wohnung sah: Louisas Sachen, die verstreut herumlagen, Claras Rucksack, aus dem der Inhalt herausquoll, Roddys Haare, die alles bedeckten.

»HIER IST EINE HEXE, WIR HABEN EINE HEXE ERWISCHT.« Lady CaCa stolzierte auf ihrer Stange hin und her, betrachtete Roz und warf gelegentlich den Kopf zurück, um diese Worte auszustoßen. Clara schlug die Hand vor den Mund, um nicht zu kichern. Dabei ließ sie das Handtuch los, das in dem Moment, als Roz sich zu ihr umdrehte, eine Brust freigab.

»O Gott«, sagte Clara und bedeckte sich schnell. Hinter ihr ahmte der Papagei immer noch die Fernsehmoderatorin Anne Robinson nach. »Entschuldigung. Was kann ich für Sie tun?«, fragte sie, schaffte es aber nicht, ihren Lachreiz völlig zu unterdrücken. Sie hickste.

»Sie haben mir noch nicht verraten, was Sie hier tun. Sind Sie eingebrochen?«

Clara hickste noch einmal. »Eingebrochen? Nein, natürlich nicht.« Sie reckte sich zu ihrer ganzen, nicht sehr imposanten Größe auf. »Louisa hat mich gebeten, auf die Wohnung aufzupassen und nach den Tieren zu sehen.« Sie zeigte auf Roddy, der sich mitten auf dem Bett in einem Nest aus Batikkleidern eingerollt hatte, und auf Lady CaCa, die nun ihren Fuß ausschüttelte und die Flügel aufplusterte.

»ICH HAB DA EIN GANZ MIESES GEFÜHL.«

Clara tat so, als hätte sie den Papagei nicht gehört, aber ihre Mundwinkel zuckten schon wieder.

»Sie ist also einfach abgeschwirrt und überlässt den Laden seinem Schicksal?«

»Nein, nein, überhaupt nicht. Ich werde ihn weiterführen«, antwortete Clara mit einem breiten Lächeln, weil sie erneut dieselbe Begeisterung verspürte wie zuvor. Fast hätte sie von ihrer jüngsten Idee erzählt, weil sie die unbedingt mit jemandem teilen wollte. Sie wusste, dass es funktionieren würde.

Als sie soeben loslegen wollte, schnitt Roz ihr das Wort ab. »Was meinen Sie mit *weiterführen*? Sie können sich doch nicht einfach in den Laden stellen. Lächerlich.«

Claras Mund klappte wieder zu.

»Sie verstehen gar nichts davon. Nicht einmal Louisa würde Schlüssel und Kasse so gedankenlos aus der Hand geben.« Sie musterte Clara, als wollte die sich gerade mit einer großen Tasche voller Beutestücke aus dem Staub machen. »An eine völlig fremde Person.«

Clara war zu schockiert, um zu reagieren. Durch die offene Eingangstür wehte Zugluft herein, und sie bekam eine Gänsehaut. Roz ließ sich auf einem Barhocker am Küchentresen nieder.

»Das ist unerhört. Schlimm genug, dass sie mir nichts,

dir nichts verschwindet, aber den Laden einem Niemand zu überlassen, einer Frau, die gar nicht aus unserer Stadt stammt, ja nicht einmal aus England …« Roz hob eine Augenbraue.

Clara zog das Handtuch enger um sich. War ihr dänischer Akzent so deutlich zu erkennen? Betrachteten die Leute sie als Fremde? Sie dachte daran, wie Louisa in der Wohnung herumgewirbelt war – hatte sie sich die Sache wirklich reiflich überlegt? Oder hatte Clara sie zu einer überstürzten Entscheidung gedrängt, die sie später bereuen würde? Claras Zuversicht, dass sie das Richtige tat, geriet zunehmend ins Wanken.

»Ich wollte mit ihr über ein paar Dinge reden«, fuhr Roz fort. »Wenn sie den Laden satthat … Nun, mit Ihnen werde ich das bestimmt nicht diskutieren. Wann kommt sie zurück?«

»Das weiß ich nicht«, sagte Clara und ballte innerlich die Fäuste. Immer noch barfuß stand sie da und musste zusehen, wie diese ungehobelte Frau vom Barhocker herunterstieg und in der Wohnung herumstapfte.

»Das ist so typisch für sie. Absolut gedankenlos. Dampft einfach ab und überlässt es den anderen, die Trümmer zu beseitigen.«

Auf einem Beistelltisch hinter Roz blinkte ein rotes Licht, als wollte es ihren nächsten Satz unterstreichen.

»Und Sie meinen, den Laden kurzerhand ohne sie wieder aufmachen zu können. Was für eine Anmaßung. Sie haben doch gar keine Ahnung, was diese Stadt braucht, nicht die geringste.«

»Ich glaube nicht, dass man Raketenforscher sein

muss, um das herauszufinden.« Clara reckte sich und wickelte sich fester in das Handtuch. Sie wünschte, sie wäre angezogen, dann würde diese Frau sie bedeutend ernster nehmen.

Roz schnaubte. »Dann überlass ich Sie mal sich selbst«, sagte sie. Als sie erneut am Küchentresen vorbeikam, legte sie ein Stück Möhrenkuchen auf ein Blatt Küchenrolle und wickelte es ein. »Den braucht sie ja jetzt nicht mehr«, sagte sie und hatte nicht einmal den Anstand, rot zu werden. Mit einem letzten scharfen Blick in Claras Richtung marschierte sie durch die Wohnung zur Tür.

»GUTEN TAG, GUTEN ABEND UND GUTE NACHT, DU MISTSTÜCK«, krächzte Lady CaCa.

Nachdem Clara gehört hatte, wie die Haustür ins Schloss fiel, eilte sie ins Schlafzimmer, rubbelte sich schnell mit einem Handtuch die Haare trocken, suchte ihre Sachen zusammen und zog so viele Schichten übereinander, bis ihr warm wurde. Was für eine unsympathische Frau. Kein Wunder, dass Louisa sich mit ihr überworfen hatte. Sie war durch und durch gemein. Nun, diese unerfreuliche Begegnung würde Clara nicht von ihren Plänen abbringen.

Als sie noch einen Pullover über den Kopf zog, fiel ihr Blick wieder auf das blinkende rote Licht. Es war ein Anrufbeantworter, ein altmodischer mit einem Kabel, das in eine halb geöffnete Schublade führte, direkt zu dem bereits vermissten Telefon. Eine rote Drei war auf dem kleinen Display zu erkennen. Drei Nachrichten. Die mussten eingegangen sein, als sie im Laden war.

Sie drückte auf den Knopf und suchte schnell nach

Stift und Zettel, um die Nachrichten für Louisa zu notieren. Als sie eine dröhnende Männerstimme vernahm, wich sie zurück. Es war der Mann mit der glatten, selbstbewussten Stimme von der Mailbox, nur dass er jetzt um einiges lauter und wütender klang.

Lady CaCa hatte ihrerseits zu schreien begonnen: »HERR DES HAUSES, HERR DES HAUSES, LOVE ISLAND JOE«, sodass Clara die ersten Sätze kaum hören konnte. Der Tonfall war aber eindeutig.

»Ich weiß nicht, wer Sie sind, aber Sie können mir nicht einfach eine Nachricht hinterlassen, dass Sie jetzt in der Wohnung meiner Mutter wohnen – die angeblich nach Spanien abgehauen sei. Ich habe nicht einmal mit ihr gesprochen. Und den Laden führen? Wir kennen Sie doch gar nicht …« Der aggressive Vortrag war noch lange nicht zu Ende, aber Clara hatte genug gehört. Mit hängendem Kopf ließ sie sich auf einen Barhocker sinken, ihre Arme schwer. Wollte sie hier denn wirklich niemand? Sie fühlte sich bedrückt, während die Stimme weiterhin durch die Wohnung hallte.

Dann dachte sie an Laurens Reaktion, an Gavin, an das Spielzeug unten, an ihre Idee. Sie durfte die Hoffnung nicht aufgeben. Und sie hatte das Städtchen ja gesehen: Es hatte einen Wandel bitter nötig. Sie wollte dabei mithelfen. Sie *musste* dabei mithelfen. Sie hob den Kopf und sagte in die Stille: »So schnell lasse ich mich nicht kleinkriegen.«

Und mit einem Schrei aus dem Hintergrund fügte Lady CaCa hinzu: »IST HEUTE DEIN GLÜCKSTAG, PUNK?«

Kapitel 6

Joe knallte das Handy auf seinen Schreibtisch. Keine Antwort und auch keine weitere Nachricht. Was hatte sich seine Mutter nur dabei gedacht, zu gehen, ohne irgendeine Vorwarnung?

Er fuhr mit den Daumen über seinen Schädel, massierte sich die Schläfen und versuchte sich auf den Bildschirm zu konzentrieren. Im Fenster gegenüber sah man das erleuchtete London, das East End zu seinen Füßen, die Menschen, die in die Pubs drängten und Restaurants betraten, dick eingepackt gegen die Kälte. Auch die Silhouette seines eigenen Spiegelbilds konnte er erkennen, die gelockerte Krawatte, die Jacke über dem Stuhl, die hochgekrempelten Ärmel. Die Zentralheizung im Büro war immer auf tropische Temperaturen eingestellt; er spürte Schweißperlen am Haaransatz, als er sich schwer auf seinen Stuhl sinken ließ.

Er hatte für alle Abendessen bestellt. Es würde geliefert werden, und sein Team würde jeden Moment wieder aufkreuzen. Sie würden am Schreibtisch essen müssen. Joe hatte eine lange Nacht anberaumt, um noch einmal die Details für das Geschäft durchzugehen, um das sie sich bemühten. Den Abschluss brauchten sie um jeden Preis, es war eine große Sache. Er stellte sich schon seinen Bonus-Scheck in wenigen Wochen vor. Mit einem Abschluss wäre die Sache geritzt.

Über ihm summten die Neonröhren. Tote Fliegen hatten sich im grellen Licht angesammelt, ihre ausgetrockneten Kadaver Fremdkörper in diesem sterilen Büro. Er sollte die Hausverwaltung anrufen und sie entfernen lassen. Seine Hand schwebte über dem Hörer der internen Telefonanlage. Sie sollten alle hier sein, warum also nicht? Er drückte die Taste für den Empfang und ordnete an, seinen Anruf weiterzuleiten. Sie würden im Laufschritt angerannt kommen, darauf war Verlass. Wenn in diesem Unternehmen eine Führungskraft anklingeln ließ, sollte man das nicht ignorieren, wenn man an seinem Job hing. Er verspürte einen Anflug von Zufriedenheit, von Tatkraft.

Pam erschien an seinem Schreibtisch. »Ich habe die Akten für die Fusion von Hache auf den neuesten Stand gebracht und die Post vorbereitet, damit sie morgen früh sofort rausgeht«, sagte sie und schaute zu ihrem Mantel, den sie über ihren Schreibtisch gelegt hatte. »Wenn das dann alles wäre …«

Joe lehnte sich zurück, den Stift im Mund. »Sie haben sämtliche Akten fertig und das Protokoll vom heutigen Meeting getippt. Sie haben Mercers Bericht für Andrew Korrektur gelesen – der muss dreifach geprüft werden …«

Sie nickte bei jedem Satz und schaute unwillkürlich noch einmal zu ihrem Mantel. Sie war den ganzen Tag hier gewesen, fast so lange wie Joe. Er wusste, dass er sie gehen lassen sollte. Aber die Angst machte ihn nervös, da alles absolut korrekt sein musste. Pam war ein ausgleichender Faktor, eine Mutterfigur. Er konnte sich auf sie verlassen.

»Sie müssen in jedem Fall morgen in aller Frühe wieder da sein. Alle werden heute im Büro bleiben. Nach der Nachtschicht wird es noch eine Menge zu korrigieren geben. Punkt fünf. Ich kann den Wagen schicken.«

Pam wirkte entsetzt. Die Falten um ihre Augen waren tiefer, als er es in Erinnerung hatte, und die grauen Schläfen im Neonlicht nicht mehr zu übersehen. Der Anblick versetzte ihm einen Stich. Ihm fiel ein, was Matt über ihr jüngstes Enkelkind gesagt hatte. Er sollte sie danach fragen. Er sollte sie demnächst abends eher fortlassen, damit sie bei ihrer Familie sein konnte. Allerdings hatten sie so viel zu tun.

»Der Wagen wäre gut, danke. Um die Zeit fährt noch keine U-Bahn«, sagte sie.

Joe nickte knapp und registrierte erfreut, dass hinter ihrem Rücken sein halbes Team aus dem Aufzug stieg.

»Mercer, Adams, irgendetwas für Pam, bevor sie Feierabend macht?«, fragte er schnell. Pam fuhr herum, womöglich graute ihr vor der Antwort.

Mercer, ein rundlicher Typ mit dicken Wangen und einem dröhnenden Lachen, schaute zu ihnen. »Von meiner Seite aus nicht. Starten Sie gut in die Nacht, Mädchen.«

Adams, ein drahtiger, ruhiger Mann mit Brille, schüttelte den Kopf. »Danke, dass Sie so lange da waren, Pam«, sagte er. Pams Wangen röteten sich.

Joe hob die Hand. »Der Wagen fährt Sie heim.« Dann wandte er sich an Mercer und Adams. »Ich habe bei *Nobu* Essen bestellt, aber denkt ja nicht, wir widmen uns genüsslich Sushi und Kaviar. Es ist eine Menge zu tun.«

Mercers Lächeln erlosch. »Das würden wir nie denken, Chef«, sagte er und zog die Jacke aus.

Adams blickte bereits auf seinen Bildschirm. »Ich werde die neuesten Zahlen eingeben …«

Joe spürte, dass sich in seinem Magen etwas entkrampfte, als er die Schreibtische betrachtete. Es war nicht so, dass er sich ohne diese Leute einsam fühlen würde. Sie mussten einfach anwesend sein, das Geschäft war wichtig. Eine andere Bank könnte es ihnen vor der Nase wegschnappen. Trotzdem konnte er sich ein kleines Lächeln nicht verkneifen, als er das Spiegelbild in der Scheibe sah: drei Köpfe, die sich über ihre Computer beugten, Stimmen im Raum.

Kapitel 7

Sie hatte unbedingt rausgemusst. In der letzten Stunde hatte sie mit sich selbst gesprochen und dänische Schimpfwörter gemurmelt, wenn sie an das Gespräch mit Roz gedacht oder Joes Nachricht auf dem Anrufbeantworter abgespielt hatte, wieder und wieder. In ihren Mantel gehüllt marschierte sie durch die High Street, stampfte sich den Ärger von der Seele und stieß Atemwölkchen in die kalte Luft.

Zum ersten Mal bemerkte sie die altmodischen Straßenlaternen mit ihrem warmen orangefarbenen Licht in dem Meer aus Grau. Der Laden verschwand in der Ferne. Sie ging zu dem einzigen Ort, der nicht ausgestorben war und sie mit hell erleuchteten Fenstern empfing. Als sie den Pub betrat, stellte sie überrascht fest, dass niemand dort war. Der gewaltige Kamin war ordentlich gefegt, aber es brannte kein Feuer darin. Die Tische waren gesäubert, aber Untersetzer und Gläser fehlten, und Gäste saßen auch nicht daran.

Gavin tauchte auf, aus dem Treppenhaus, das zu den Zimmern führte, leise vor sich hin summend. Als er Clara entdeckte, blieb er abrupt stehen.

»Wo waren Sie? Sie strahlen ja förmlich«, sagte sie, fast erleichtert, ihn zu sehen. Er hatte ein so offenes Gesicht. Seine roten Wangen erinnerten sie an die ihres Vaters. Sie sollte ihm schreiben, dachte sie. Er würde sich über einen Besuch freuen, auch wenn er mit ihren kleinen Stiefschwestern, Zwillingen, alle Hände voll zu tun hatte.

Gavins Lächeln erlosch. Er warf schnell einen Blick über die Schulter. »Nirgendwo«, stieß er hervor und knallte die Tür zum Treppenhaus zu. Der Schankraum erzitterte.

Clara riss die Augen auf und fragte sich, was sie wohl Falsches gesagt haben mochte.

»Sie wollen doch nicht wieder hier wohnen, oder? Es ist nur, dass ich das Zimmer noch nicht geputzt habe, und der andere Raum …« Er schweifte ab, und Claras Verwirrung vergrößerte sich. Hatte er nicht definitiv behauptet, es gebe nur ein Zimmer oben?

»Der andere Raum?«, hakte sie nach und trat einen Schritt auf ihn zu.

»Einen anderen Raum habe ich nicht, wollte ich sagen.« Clara sah, dass sein Hals rot anlief, bis zu einer Tätowierung, die sie nicht genau erkennen konnte.

»Ist schon in Ordnung, ich wollte ohnehin nicht bleiben«, erklärte sie. Der Kommentar schien Gavin daran zu erinnern, wo sie den Tag verbracht hatte.

»Warum sind Sie denn überhaupt hier? Müssen Sie nicht auf eine Wohnung aufpassen und sich um den Laden kümmern?«

Clara hatte sich auf einen Barhocker gesetzt und

kratzte mit dem Fingernagel über das Holz. Gavin war hinter den Tresen getreten und beobachtete sie.

Sie nickte. »Ja, das muss ich.«

»Ja und?«

Sie zögerte und holte tief Luft. »Glauben Sie, Louisa möchte mich wirklich dort haben?« Den Satz hatte sie in einem einzigen Rutsch vorgebracht.

Gavin runzelte die Stirn. »Was meinen Sie damit? Natürlich möchte sie das. Sie hat Ihnen doch den Schlüssel gegeben, oder?«

»Ja, das hat sie.« Clara kratzte wieder über das Holz, langsam schwanden die Zweifel. Gavin hatte recht, sie hatte nichts missverstanden. »Ich hatte nur plötzlich Angst, dass ich sie vielleicht dazu gedrängt habe.«

Er schnaubte. »Sie haben Louisa doch selbst erlebt. Frauen kann man nicht zu irgendetwas drängen. Sie hat schon einmal einen Stadtrat von der UKIP mit dem Schirm über die Straße gejagt.«

Clara musste lachen.

»Was ist denn passiert? Sie waren doch so begeistert. Wieso jetzt diese Bedenken?«, erkundigte sich Gavin.

Clara biss sich auf die Lippe, da sie ihm nicht von Roz und der Stimme auf dem Anrufbeantworter erzählen wollte. »Nichts. War nur eine alberne Sorge.«

Gavin griff unter die Theke, holte ein Glas hervor, schaufelte etwas Eis hinein und füllte es mit Limonade. »Hier«, sagte er und schob ihr das Glas hin. »Aufs Haus.«

Die freundliche Geste trieb ihr fast die Tränen in die Augen. Ihr war gar nicht klar gewesen, dass man sie daran erinnern musste, wie hilfsbereit Menschen sein konnten. »Danke.« Sie nahm einen Schluck und sah zu, wie er sich die Schürze hinter dem Rücken zuband und sich dann bückte, um einen der kleinen Kühlschränke aufzufüllen. Die Bierflaschen klirrten. Sie spürte, wie sich ihre Muskeln entspannten. Der Zucker der Limonade schoss durch ihre Adern und verlieh ihr neue Kraft.

Sie war drauf und dran, sich nach dem Hintergrund des Streits am vergangenen Abend zu erkundigen und nach den Vorfällen zwischen Roz und Louisa, als die Tür aufflog und eiskalte Luft in den Schankraum wirbelte. Clara wünschte, der große Kamin wäre angezündet oder wenigstens der Radiator. Dann vernahm sie eine Stimme und spürte, wie eine eiskalte Hand nach ihrem Innern griff.

»Sie schon wieder.«

Sie warf einen Blick über die Schulter, in der Hoffnung, sie habe sich geirrt. Leider nein, da war sie wieder, denselben misstrauischen Ausdruck im Gesicht und die Lippen noch röter. In dem langen schwarzen Wintermantel sah sie aus wie der Tod persönlich. »Ich wollte gerade gehen«, rief Clara, sprang vom Barhocker und stieß sich das Knie am Tresen. »Autsch, *lort*!«

»Wie haben Sie mich genannt?«, fragte Roz, die immer noch in der Tür stand, den Mantel am Hals zugeknöpft.

»Gar nicht. Das war Dänisch für … Okay, es war ein Schimpfwort, aber damit hatte ich nicht Sie gemeint. Es war wegen des Knies, wissen …«

»Ich weiß nicht, was *desknies* bedeutet. Ist das auch ein obszönes dänisches Wort?«

»Roz, jetzt mach mal halblang«, rief Gavin.

»*Des Knies* habe ich gesagt, nicht *desknies*«, wiederholte Clara langsam.

»Ich dachte, sie wäre längst verschwunden.« Roz redete, als sei Clara gar nicht da.

Gavins Mund zuckte. »Ah, verstehe. Ihr hattet eine kleine Auseinandersetzung, oder?«

Clara merkte, dass ihre Augen über den Teppich glitten und die fadenscheinigen Stellen, die bunten Schnörkel sowie die Beine der Stühle und Barhocker registrierten. »Ich bin schon weg«, sagte sie, weil sie keine Lust hatte, sich noch einmal von Roz abkanzeln zu lassen.

»Trinken Sie erst Ihre Limonade aus«, knurrte Gavin. Der bedrohliche Unterton war neu, und Clara kletterte sofort wieder auf ihren Barhocker. Sie wäre ohnehin nicht erpicht darauf gewesen, sich an Roz vorbeidrücken zu müssen. »Also, Roz. Kommst du rein, oder gehst du wieder?«, erkundigte er sich.

»Der Durst ist mir vergangen«, schnaubte sie und machte auf dem Absatz kehrt. Das Rauschen des Winds wurde lauter, als sie den Pub verließ. Gavins Murmeln verlor sich, als die Tür ins Schloss fiel.

Der Raum schien die Luft anzuhalten. Schließlich biss sich Clara auf die Lippe und schaute Gavin an. »Tja, um Ihre Frage von vorhin zu beantworten: Könnte sein, dass mich jemand zur Rede gestellt hat.«

Unversehens erzählte sie ihm von Roz' Besuch und Joes Nachricht. Er schenkte ihr Limonade nach und gab schließlich auch einen Schuss Wodka hinzu. »Offenbar wollte sie mit Louisa über irgendetwas sprechen, aber sie wollte mir nicht sagen, worum es geht.«

Gavin seufzte, holte einen Stapel Bierdeckel heraus und verteilte sie auf dem Tresen. »Sie ist seit Ewigkeiten an dem Geschäft interessiert und hat sogar schon einmal ein Angebot gemacht. Aber Louisa hat sie abblitzen lassen. Roz hat immer alles getan, um sie zu vergraulen. Sie haben ja selbst gesehen, dass die beiden nicht gerade Busenfreundinnen sind.«

»Das habe ich wohl gemerkt.« Clara konnte sich ein Lächeln nicht verkneifen. »Und was hat es mit diesem Fest auf sich? Was ist auf ihm vorgefallen?«

»Ach das.« Gavin hielt in seiner Tätigkeit inne. »Na ja, das war eine unglückliche Geschichte. Es gab eine Meinungsverschiedenheit beim Wettbewerb um den saftigsten Kuchen. Roz' Beitrag war irgendwie durchgefallen. Sie hat das dann an Louisa ausgelassen, die der Jury angehörte, und zwar ausgerechnet am Wurfstand. Die Kokosnüsse lagen in Roz' Reichweite, und so …«

»Wahnsinn.«

»Ja, das war wirklich ein Spektakel. Für eine so dünne Frau hat sie eine beachtliche Wurfkraft. Es ging aber nicht nur um den Kuchen. Roz und Louisa haben schon seit Jahren eine sehr wechselhafte Beziehung. Entzogene Baugenehmigungen, Streitigkeiten wegen eines gemeinsamen Zauns, ein Mann, auf den sie offenbar beide scharf waren …« An dieser Stelle musste er husten. »An jenem Tag ist es einfach irgendwie explodiert. Buchstäblich.« Er beugte sich über den Tresen. »Kommen Sie, Clara, Sie waren vorhin so begeistert. Lassen Sie sich von dieser Frau nicht beirren. Eigentlich ist Roz in Ordnung. Hunde, die bellen, beißen nicht. Sie zeigt ihre Sympathie eben auf ihre Weise.«

»Für mich empfindet sie keine Sympathie«, sagte Clara missmutig.

»Roz' Problem.« Er grinste. »Warten Sie, das habe ich vorhin erhalten.«

Er wischte sich die Hände an der Schürze ab, griff nach seinem Handy und hielt es ihr hin, damit sie eine Nachricht von Louisa lesen konnte: *Habe ein unglaublich hübsches Mädchen gefunden, das sich um die Wohnung, Lady CaCa und Roddy kümmert. Sie wird auch den Laden übernehmen, das arme Lämmchen. Geh oft hin, damit sie nicht vereinsamt. Aber wenn es jemand kann, dann sie.* Clara musste lächeln. Das Kompliment brachte ihre Wangen zum Glühen.

»Oh, und sie hat tatsächlich ein S und das Verbindungswort gefunden, SUNG. Zweiundvierzig Punkte.« Gavin schenkte dem Handy ein liebevolles Lächeln. »Sie dürfen also nicht klein beigeben.« Er hustete und schaltete das Display aus, um das Handy wieder neben die Kasse zu legen. »Louisa verlässt sich auf Sie. Sie haben es ihr versprochen.«

»Und was ist mit Joe? Seine Nachricht war s–«

Gavin hob die Hand. »Nein, nein, nein, das geht niemanden etwas an. Es ist Louisas Entscheidung. Sie möchte, dass Sie es machen, und damit basta.«

Clara war für einen Moment sprachlos.

»Wollen Sie eine Weile hier in der Stadt leben?«, fragte Gavin.

Clara nickte.

»Und? Wollen Sie das Geschäft führen?«

Sie dachte an ihre Pläne und nickte dann schnell.

»Dann wäre das ja geregelt«, sagte Gavin und stieß mit ihr an. »Sie bleiben.«

Plötzlich trat aus dem Treppenhaus eine Frau, das Haar mit einem Kopftuch zurückgebunden. »Alles erledigt, Gavin. Ich habe es wieder so eingerichtet, wie du ...«

»NA WUNDERBAR«, sagte Gavin und eilte auf sie zu, ihren Satz offensichtlich abwürgend. »Daran habe ich überhaupt keinen Zweifel«, fügte er hinzu.

Die Frau schaute ihn überrascht an. »Gut, dann sehen wir uns nächste Woche um dieselbe Zeit«, erklärte sie und trat an ihm vorbei. Gavin nickte schnell. »Dieselbe Zeit, genau, dieselbe Zeit.«

Stumm verfolgte Clara diesen eigentümlichen Austausch. Der Wodka war ihr zu Kopf gestiegen. Es schien Ewigkeiten her, dass sie zuletzt etwas gegessen hatte. Wer war diese Frau? Was hatte sie oben getan?

Gavin war knallrot, als er zur Theke zurückkehrte, nachdem er die Frau zur Tür hinauskomplementiert hatte. Die beiden hatten noch eine Weile unter dem Vordach gestanden, und Gavin hatte der Frau etwas zugesteckt. Clara wollte sich schon erkundigen, was das alles sollte, aber die Frage blieb ihr im Hals stecken, als sie seinen Gesichtsausdruck sah.

»Nun«, sagte sie, glitt vom Barhocker und schob das leere Glas über die Theke. »Ich sollte jetzt besser gehen.«

Gavin mied ihren Blick und wienerte den makellos sauberen Tresen.

»Danke für alles. Auch für alles, was Sie gesagt haben«,

begann Clara in der Hoffnung, er würde aufschauen und lächeln.

Er sah sie flüchtig an. »Nichts zu danken«, murmelte er. »Ich würde mich freuen, wenn Sie bald mal wieder vorbeischauen.« Schließlich blickte er sie direkt an.

Clara riss sich zusammen und hob die Hand. »Werde ich tun. Und ich werde Sie hoffentlich im Laden begrüßen dürfen. In zwei Tagen, okay? Kommen Sie in zwei Tagen. Dann werden Sie eine Überraschung erleben.«

Der Gedanke beflügelte auf dem Heimweg ihren Schritt. Sie schloss die Tür auf und eilte unmittelbar in den Laden, wo sie eine der überdimensionalen Holzzahlen aus einem Regal holte, eine große Zwei. Sie hängte sie ins Schaufenster und konnte sich ein Grinsen nicht verkneifen.

Morgen würde sie einen Anfang machen, dachte sie, als sie die Treppe hochstieg. Morgen würde sie auspacken und sich um das Chaos in der Wohnung kümmern und um alles andere auch. An Roz oder andere Leute, die sie hier nicht wollten, würde sie keinen Gedanken verschwenden. Sie würde etwas bewirken. Den Anrufbeantworter bemerkte sie nicht und auch nicht, dass in der Dunkelheit eine rote Vier aufblinkte.

Aus der Finsternis aber hörte sie eine Stimme. »MEIN SCHAAATZ, MEIN SCHAAATZ, MISTSTÜCK.« Wenigstens Lady CaCa freute sich über ihre Anwesenheit.

Ze ist kein richtiges Wort, Gavin, und warum hast du IMMER die Zs, Xs, Qs und Js, während ich mit sechs Vokalen dasitze und davon ausgehen muss, dass ich sie nicht nutzen kann?

Es tut mir leid, dass ich so überstürzt abgereist bin, aber ich konnte es wirklich nicht länger aufschieben. Mir war klar, dass du versuchen würdest, mich zurückzuhalten, aber ich musste unbedingt weg. Ich bin so froh, dass Clara die Wohnung übernommen hat. Lady CaCa liebt Gesellschaft. Vielleicht schnappt sie sogar ein paar Brocken Dänisch auf. Roddy wird gar nicht merken, dass sich etwas verändert hat. Erinnere Clara in jedem Fall daran, dass er Lachsfilet mit süßer Chilisoße liebt. Der Kühlschrank ist voll davon.

Madrid ist wahnsinnig heiß. Ich wohne mitten im Trubel. Es gibt unzählige Geschäfte, Plätze und Straßencafés, wo man Tapas bekommt. Innerhalb von vierundzwanzig Stunden habe ich so viel Paella gegessen, dass ich mich fühle, als wäre ich halb Frau, halb Garnele.

Ich bin überall herumgelaufen und kenne mich schon ganz gut aus. Die Galerien sind wirklich etwas Besonderes. Ich bewundere die hiesige Kunst und gelange allmählich zu der Erkenntnis, dass ich mich als surrealistische Malerin versuchen sollte. Der Stil scheint meiner Persönlichkeit zu entsprechen. Du weißt doch, wie gern ich in der Küche experimentiere, und der Surrealismus scheint das Pendant in der Malerei zu sein. Niemand hätte je gedacht, dass man aus Bacon, Ahornsirup und Schokoladenstreuseln etwas machen könnte – bis ich meine berühmte Chocolate Surprise kreiert habe. Ich musste eine Menge Goyas anschauen, da er eine Art Lokalheld zu sein scheint. Aber seine Bilder sind düster und erschreckend. Ich denke, dass ich mich an Telefone mit Hummerhörern halten werde und an Männer mit Apfelgesichtern.

Ich schreibe dir von dem Café vor meinem Hotel und rauche dazu die Shisha! Es handelt sich nur um Erdbeertabak, du musst also keinen Herzinfarkt bekommen. Wir sind hier ja nicht in Amsterdam. Später werde ich mich in mein Zimmer zurückschleppen. Ich habe einen kleinen Steinbalkon, auf dem ich sitzen kann, während überwältigende Spanier – viele dunkle Heathcliff-Typen! – mit wundervollen Frauen im Arm vorbeiflanieren. Später werde ich mich in Schale werfen und ins Nachtleben stürzen.

Kapitel 8

Sie hatte Louisas Bett frisch bezogen, mit cremefarbener Bettwäsche, die nach Lavendel roch. Das Daunenkissen war unglaublich weich. Aus dem obersten Fach des Kleiderschranks hatte sie eine graue Kaschmirdecke geholt und über das Oberbett gelegt. Nun zündete sie auf dem Nachtschränkchen eine Kerze an, holte einen zerlesenen Roman aus dem Rucksack und kuschelte sich unter die Decken. Aber obwohl sie sich ein Paradies geschaffen hatte, konnte sie kaum schlafen, da ihr so viele Gedanken im Kopf herumschwirrten. Ständig musste sie an Roz' mürrische Miene und Gavins freundliche Worte denken. Sie fühlte sich hin- und hergerissen.

Als die ersten Sonnenstrahlen durch die Ritzen der Vorhänge und das an der Decke befestigte Rollo drangen, stand sie auf und gähnte. Lady CaCa schaute sie verächtlich an, und sie hielt sich schnell die Hand vor den Mund. Mit verschlafenen Augen schlüpfte sie in ihre Hüttenschuhe und blieb dann stehen, die Hände um eine Kaffeetasse gelegt, um Pläne für den Tag zu schmieden. Zu den melodischen Klängen der Countrymusic von Louisas Plattenspieler machte sie sich an den

Hausputz. Sie räumte Kleidungsstücke fort, warf Bügelwäsche auf einen Haufen, schrubbte Bad und Küche, wischte Staub und polierte Oberflächen, bis alles funkelte. Als sie schließlich fertig war, knurrte ihr Magen. Ihre Arme schmerzten, und ihr Körper verlangte dringend nach einer Dusche.

Als sie aus dem Bad trat, fühlte sie sich erleichtert. Die Wohnung wirkte plötzlich viel größer, und über allem lag ein Hauch von Bleiche. Irgendwann würde sie den Räumen eine persönliche Note verleihen, aber jetzt steckte sie sich erst einmal die Reste des Möhrenkuchens in den Mund und nahm sich vor, bald einkaufen zu gehen.

Lady CaCa öffnete ein Auge, als Clara sich näherte, und wurde ganz nervös, als Clara nach dem Tragering des Käfigs griff.

»Komm schon, Mädchen«, versuchte Clara sie zu beruhigen. Sie hatte beschlossen, den Papagei mit hinunterzunehmen, damit sie im Laden Gesellschaft hätte.

»BIN BALD WIEDER ZURÜCK.«

Sie stieg die Treppe hinab, überrascht über das Gewicht des Käfigs. Lady CaCas Flügel schlugen gegen die Käfigstangen.

»AM SCHÖNSTEN IST ES ZUHAUSE«, rief der Papagei mehrfach.

»Dein Zuhause sollst du auch gar nicht verlieren.« Clara schnaufte, stellte den Käfig vor der Tür zum Laden ab und drehte sich wieder zur Treppe um.

»ICH HAB DA EIN GANZ MIESES GEFÜHL, ICH HAB DA EIN GANZ MIESES GEFÜHL.«

»Wir werden eine Menge Spaß miteinander haben«, rief Clara über die Schulter, als sie noch einmal zur Wohnung hochstieg, um Roddy mit einer Schüssel Futter nach unten zu locken.

Der Kater war vom Bett zum Teppich und wieder zurück getrottet, an etwas anderem schien er kein Interesse zu haben. Mit Fressen konnte man ihn nicht ködern, also holte Clara ein bisschen Wolle und ließ es vor seinem Gesicht baumeln. Er schaute sie an, als wollte er sagen: »Willst du mich für blöd verkaufen? Das ist Wolle – du musst schon etwas Lebendiges nehmen.« Dann rollte er sich auf die Seite und schaute in den leeren Holzofen. Clara musste ihn hochheben und die Treppe hinuntertragen. Sie fummelte mit dem Schlüssel herum, um die Tür aufzubekommen. Als er den Käfig sah, geriet er in Panik – Lady CaCa war so ungefähr das Einzige, das ihn aufscheuchen konnte –, sprang aus Claras Armen und schoss in den Laden. In seiner Eile kratzte er sie sogar. Entsetzt sah er, dass Clara ihm mit dem Käfig folgte, und rannte im großen Bogen ans andere Ende des Ladens, wo er sich in einem Haufen Prinzessinnenkleider niederließ und wieder einschlummerte.

»Okay.« Clara klatschte in die Hände und schenkte beiden ein Lächeln. »Das ist ein großer Tag«, verkündete sie.

»MORGEN IST AUCH NOCH EIN TAG, MORGEN IST AUCH NOCH EIN TAG.«

»Mit dieser Einstellung kommt man nicht weit«, sagte sie und verschwand in dem Schrank, um einen Staubsauger und einen Lappen auszugraben.

Die nächsten Stunden verbrachte sie damit, aufzuräumen, zu putzen und die Warenbestände zu sichten. Alles, was im Laden nichts zu suchen hatte, legte sie in den Schrank, dann verteilte sie das Spielzeug ordentlich auf den Regalen und versah es mit farbenfrohen Preisetiketten. Sie nahm einen Hocker und spannte Girlanden mit bunt getupften Fähnchen auf. Dann hängte sie noch ein paar Bilder auf, die im Hinterzimmer an der Wand lehnten: einen riesigen gerahmten Clown mit einem Bündel bunter Luftballons in der Hand, zwei Jongleure, einen Zirkusdirektor und einen Elefanten. Ein neuer Spiegel an der Wand hinter der Kasse ließ den Raum größer wirken, und sie schenkte ihrem Spiegelbild ein Grinsen.

Sie wischte den Boden, bis die schwarzen und weißen Fliesen makellos sauber waren. Danach ging sie zur Ladentheke, schob die verstreuten Papiere auf einen Haufen und legte sie unter die Kasse. Auf den blank polierten Tresen, direkt neben der Kasse, stellte sie ein paar Trolle mit wild abstehenden neonfarbenen Haaren. Nachdem sie eine weitere Wimpelkette quer durch den Raum aufgehängt hatte, trat sie zurück und bewunderte lächelnd ihr Werk. Als sie auf die große Uhr über der Tür schaute, stellte sie erschrocken fest, wie spät es schon war. Im selben Moment begann ihr Magen zu knurren, als hätte er soeben gemerkt, dass sie das Mittagessen hatte ausfallen lassen.

Da sie kein Auto hatte, gab es nur einen einzigen Ort, an dem sie jetzt Lebensmittel einkaufen konnte. Bei dem Gedanken war ihre gute Laune sofort wieder verflogen. Sie zog den Mantel an und wickelte sich einen warmen

Schal um den Hals, als sie die wenigen Schritte zu Roz' Postamt zurücklegte.

Der Laden war vollgestopft mit Zeug. Das einzige Licht kam durch die schmierigen Fenster und von einer flackernden Glühbirne. In Ständern an den Wänden steckten Magazine, auf dem Boden stapelten sich Zeitungen. Auf der gegenüberliegenden Seite standen Regale mit den verschiedensten Dingen für den Grundbedarf; eine Verkaufsinsel in der Mitte quoll ebenfalls vor Waren über. Clara suchte schnell ein paar Dinge zusammen, ihren Mantel als provisorischen Einkaufskorb benutzend.

Sie spürte, dass Roz sie von ihrem Hocker hinter der Ladentheke beobachtete. Ein paarmal hörte sie sie auch seufzen und zuckte jedes Mal innerlich zusammen. War der nächste Streit vorprogrammiert? Sollte sie vielleicht lieber hungern? Sie spürte die Blicke, als sie die Waren neben die Kasse legte. Roz' dünne Lippen verschwanden fast, als sie die Produkte inspizierte.

»Sie bleiben also«, stellte sie mit Blick auf die Auswahl fest: ein Brot, eine Packung Milch, ein Glas Marmelade, eine Gurke und ein Päckchen Schinken.

»Ja«, stieß Clara aus und nahm sich vor, sich nicht provozieren zu lassen. »Ich bleibe«, bestätigte sie und zahlte mit ihrer Karte.

»Wo ist Ihre Tasche?« Roz hob eine ihrer gezupften Augenbrauen. »Sonst bekomme ich fünf Pence dafür.«

»Oje, die habe ich vergessen«, stammelte Clara. Wieso machte diese Frau sie nur so nervös? »Kein Problem«, sagte sie und schüttete Kleingeld aus ihrem Portemonnaie, um nach einer der winzigen Münzen zu suchen. Roz wirkte fast enttäuscht, als sie eine fand und über den Tresen schob.

Clara eilte rasch hinaus. Der Griff der prall gefüllten Tüte schnitt ihr in die Hand. Roz' Blicke bohrten sich auch noch durch die Fensterscheibe in ihren Rücken.

»Clara!« Lauren winkte ihr zu.

Clara stoppte. Ihr Herz pochte immer noch von ihrem Einkaufserlebnis. Sie schwor sich, am selben Abend von Louisas antiquiertem Computer eine größere Online-Bestellung aufzugeben.

»Wie geht es dir?«, fragte Lauren keuchend, als sie vor ihr stehen blieb. Ihre Wangen waren gerötet von der Kälte. Sie trug eine auffällige Kunstpelzkappe.

»Mir geht es gut. Sehr gut sogar. Ich bin gerade dabei, im Geschäft Ordnung zu schaffen«, erklärte Clara gestenreich und spürte, wie sich ihre Anspannung löste.

»Super. Hör zu, ich muss Rory aus der Kita abholen, aber ich komme morgen mal vorbei, dann können wir ein bisschen spielen. O Gott, ich meinte, einen Kaffee trinken. Tut mir leid, ich rede nur noch mit Müttern. Spielen meinte ich nun gerade NICHT. Ich werde dich nicht bitten, die Legokiste oder so rauszuholen. Höchstens ›Doktor Bibber‹, weil ich das Spiel tatsächlich mag, obwohl es verdammt schwer ist. Ich bring den Patienten immer um, wenn ich seinen Adamsapfel entfernen soll. Entsetzlich.«

»Mmh«, sagte Clara, unsicher, wovon Lauren überhaupt sprach. »Keine Ahnung, ob wir das Spiel in Dänemark kennen. Lego natürlich schon. Wir lieben Lego.«

»Ach ja«, bemerkte Lauren und winkte mit ihrer behandschuhten Hand. »Klar. Hör zu, ich muss wirklich los. Mrs Stevens wird stinksauer, wenn ich zu spät aufkreuze. Es steht zu befürchten, dass sie das Sozialamt anruft, daher sollte ich jetzt besser geh–«

»Renn!« Clara kicherte. »Ich bin im Laden, komm einfach vorbei, falls du Zeit hast. Ich würde sehr gern einen Kaffee mit dir trinken.«

»Und deine Pläne? Läuft alles reibungslos?«, erkundigte sich Lauren.

»Es wird allmählich«, antwortete Clara.

»Wunderbar. Ich kann es kaum erwarten, mir alles anzuschauen. Jedenfalls bin ich sehr froh, dass du hier bist«, rief sie, als sie im Laufschritt davoneilte.

Clara sah ihr hinterher. Laurens glattes, glänzendes Haar wehte, als sie in eine Seitenstraße einbog. Clara lächelte. Die Aussicht auf diese neue Freundschaft wärmte ihr Herz, und das Projekt, das auf sie wartete, erfüllte sie mit Enthusiasmus.

Bevor sie in den Laden zurückkehrte, blieb sie davor stehen und betrachtete die weißen Fensterläden, die immer noch geschlossen waren, und das weinrote Schild darüber. Sie wusste, was sie als Nächstes zu tun hatte.

Kapitel 9

Am Abend fiel Clara ins Bett, vollkommen erschöpft. Die Decken waren eiskalt, aber sie war zu müde, um noch einmal aufzustehen und sich Socken anzuziehen. Sie wickelte sich in ihr Oberbett und wartete darauf, dass es wärmer wurde. Ihr Rücken schmerzte, und ihre Hände waren rot gescheuert vom Putzen, Wienern und Umräumen. Um ein Feuer zu entfachen, fehlten Holz und Zündmaterial. Sie nahm sich vor, es zu ihrer Online-Bestellung hinzuzufügen. Lady CaCas Käfig hatte sie nur mit äußerster Mühe die Treppe hochschleppen können. Roddy war einen Moment später gefolgt, aber nur, weil Clara noch eine Büchse Katzenfutter geöffnet hatte. Fressen konnte ihn also doch locken.

Was würden die Leute wohl sagen? Sie konnte vor Aufregung kaum Ruhe finden, fast wie ein Kind vor Weihnachten. Wie würden sie reagieren, wenn sie es sahen? Was würden Gavin, Lauren und Roz denken? Sie stellte sich die Jungen und Mädchen vor, mit ihren leuchtenden Gesichtern unter den Wollmützen. Zuversicht erfüllte sie, und sie biss sich auf die Lippe. In den letzten Monaten war sie ziellos durch die Welt geirrt, und sie empfand es wie eine Fügung des Schicksals, dass sie sich nun in dieser Stadt befand und das Gefühl hatte, etwas bewirken zu können. Sie kniff die Augen zusammen und versuchte zu schlafen, damit sie an dem großen Tag morgen hellwach sein würde.

Es schienen nur wenige Minuten vergangen zu sein, als der Wecker neben ihr klingelte. Sie stieg aus dem Bett und hüpfte von einem Bein aufs andere, während sie sich nach ihren Hüttenschuhen, Louisas Morgenmantel und der fuchsiafarbenen Fleecejacke umschaute. Nachdem sie den Wasserkocher angestellt hatte, machte sie sich in aller Eile fertig, fand aber noch einen Moment, um Wimperntusche aufzutragen. Aus dem kleinen Badezimmerspiegel funkelten sie ihre blauen Augen an.

Der große Moment war gekommen. Unten setzte sie sich auf einen Hocker hinter der Kasse, trank ihren zweiten Kaffee und schaute zu, wie der Uhrzeiger auf neun vorrückte. Dann öffnete sie mit großer Geste die Fensterläden. Die Wintersonne strömte ins Geschäft und beschien ihre neue Schaufensterauslage. In diesem Licht sah sie besonders gut aus.

Sie hatte die alten Holzspielzeuge herausgeholt, die auf einem lieblosen Haufen im Schrank gelegen hatten, und das in leuchtenden Violett-, Grün- und Rottönen bemalte Holz gereinigt. Dann hatte sie die bunten Räder poliert. Aus verschiedenen Landschaftspuzzles, die ihr in die Finger gefallen waren, hatte sie ein Patchwork aus Feldern und Himmeln zusammengestellt. Vor diesem Hintergrund hatte sie Holzschienen verlegt, die sich durch das Schaufenster schlängelten und mithilfe von

Brücken immer wieder kreuzten. Gruppen von Holzpuppen saßen beieinander und betrachteten die Strecke, Holztiere an ihrer Seite. Mit angehaltenem Atem nahm Clara einen Zugwaggon und setzte ihn auf die Schienen. Sie ließ ihn los und betrachtete entzückt, wie er losfuhr und eine Reihe von Ereignissen auslöste, die das Schaufenster in eine bewegte Szene verwandelten.

Sie kehrte zu ihrem Hocker zurück und konnte kaum stillsitzen, während sie darauf wartete, dass die Menschen neugierig draußen stehen blieben und Kinder hereinkamen und es selbst einmal versuchen wollten. Irgendwann sprang sie wieder auf und blieb neben dem Tresen stehen. Bei jeder Bewegung klopfte ihr Herz. Mit der weinroten Fassade und der Puzzlekulisse musste das Schaufenster unweigerlich sämtliche Blicke auf sich ziehen. Die Uhrzeiger rückten vor. Ein Mann im Anzug lief vorbei, das Handy am Ohr, aber seine Augen lösten sich nicht vom Boden. Auf der anderen Straßenseite zog eine ältere Frau einen karierten Trolley hinter sich her. Auf dem Pflaster direkt vor dem Laden pickte eine Taube nach Futter und zeigte keinerlei Interesse an den hölzernen Attraktionen. Clara ließ sich auf den Hocker sinken. Niemand. Eine ganze Stunde lang war niemand in den Laden getreten.

Gegen elf fühlte sie sich erschöpft und kehrte in die Wohnung zurück, um sich einen weiteren Kaffee zu kochen. Nicht einmal Lady CaCa konnte ihr mit ihrem »ICH BIN DER KÖNIG DER WELT« ein Lächeln entlocken. Sie hob Roddy hoch und schmiegte ihr Gesicht in das weiche Fell. Der Kater schnurrte behaglich. Sie war sich so sicher gewesen, dass die Leute kommen würden. Mutlos kehrte sie in den Laden zurück und hatte das Gefühl, dass alle ihre Pläne zerstoben.

Noch immer hatte keiner das Geschäft betreten. Sie saß auf ihrem Hocker und aß mit trockenem Mund ein Sandwich mit Schinken und Gurke. Die Zeit verrann quälend langsam. Sie schob die Trolle beiseite. Sie schob sie wieder zurück. Als sie langsam zum Hinterzimmer ging und sich an den Türrahmen lehnte, spürte sie unvermittelt den Schlafmangel. Eigentlich hatte sie am Abend in diesem Raum arbeiten wollen, überzeugt davon, dass ihre Ideen den Laden in etwas Wundervolles verwandeln würden. Jetzt fragte sie sich, ob sie nicht lieber in die Badewanne gehen, bei Kerzenschein ein Buch lesen und das Gefühl der Hoffnungslosigkeit bekämpfen sollte.

Ihre Verzweiflung war so groß, dass sie das Türglöckchen überhörte. Erst als hinter ihr jemand plapperte, reagierte sie und fuhr herum. Mitten im Laden stand Lauren und schaute sich mit offenem Mund um. Rory klammerte sich an ihre Hand und wollte sie irgendwohin ziehen.

»Schau mal, Mumma. Mumma, schau mal.«

»Clara«, sagte Lauren leise. »Das ist überwältigend. Du hast das Geschäft verwandelt.«

Clara spürte, wie ihr die Hitze in die Wangen stieg, als sie zu ihr ging. »Eigentlich bin ich noch längst nicht fertig«, sagte sie. »Ich hatte so viele Pläne, aber …« Die ganze Enttäuschung der letzten Stunden brach nun über sie herein. »Es ist niemand gekommen. Die Leute interessiert das alles nicht. Louisa hatte recht.«

Noch während sie das sagte, sah sie allerdings einige Gestalten auf dem Bürgersteig stehen, in kleinen, dicht gedrängten Gruppen. Ein Gesicht presste sich an die Scheibe, den kleinen Mund zu einem »Oh« verzogen.

»Kita-Schluss war erst eben«, erklärte Lauren. »Rory hat mich gleich hier reingeschleppt. Er liebt Eisenbahnen, und das Schaufenster ist wirklich entzückend.«

»Eisenbahn, Eisenbahn, Eisenbahn«, wiederholte Rory und trottete in den vorderen Teil des Ladens.

»Ich kann sie dir zeigen, Rory, wenn du magst«, rief Clara und ging ihm nach. Das Glöckchen läutete erneut, als sie den Zug wieder in Gang setzte. Rory schaute begeistert zu, wie sie ihn auf die Schienen stellte und anschob. Die roten und grünen Farben verschwammen, als er im Kreis herumschoss. Rory klatschte in die Hände. »Noch einmal, noch einmal.«

Eine kleine Gruppe drängte in den Laden, die Kinder an die Beine ihrer Mütter geklammert. Ein vereinzelter Vater wirkte etwas verloren in diesem Getümmel. Clara bat sie alle herbei, um das Schauspiel noch einmal vorzuführen. Plötzlich war der Laden erfüllt vom Kichern und den Stimmen der Menschen, die durch die Gänge wanderten. Clara spürte, wie sich ihr ganzer Körper entspannte, und begab sich wunderbar leichtfüßig hinter die Kasse.

Ein Junge, dem beide oberen Schneidezähne fehlten, verrenkte sich den Hals, um das Spielzeug auf einem hohen Regalbrett sehen zu können.

»Soll ich dir etwas herunterholen?«, fragte Clara. Der Junge schaute zu Boden und kaute auf seiner Lippe herum, nickte aber schließlich heftig. Er zeigte auf eine große Kiste über Claras Kopf, und sie nahm sie aus dem Regal.

»Und wie sagt man, Chris?« Eine Frau – vermutlich Chris' Mutter – war hinter ihm erschienen.

»Danke«, sagte der Junge und starrte durch das Plastikfenster auf das ferngesteuerte Auto in der Schachtel.

»Und das hättest du gerne?«, fragte die Frau.

Der Junge nickte. Die Luft zischte durch seine Zahnlücken, als er sagte: »Wir könnten im Büro eine Rennstrecke aufbauen.« Dann wandte er sich an Clara. »Mein Dad ist nämlich ausgezogen, er braucht es nicht mehr«, erklärte er. »Meine Eltern werden sich scheiden lassen.«

»Oh«, sagte Clara unbehaglich.

»Chris!« Die Frau wurde knallrot. »Entschuldigen Sie bitte. Er erzählt es im Moment wirklich jedem. Wie ein scheidungsbedingtes Tourette-Syndrom ist das.«

Der Junge betrachtete immer noch die Schachtel. »Das ist so cool«, befand er ehrfürchtig.

»Er hat heute Geburtstag«, erklärte die Frau. »Sein Vater hat eine elektronische Postkarte geschickt«, sie verdrehte die Augen, »daher dachte ich, dass ich das irgendwie wiedergutmachen muss.«

»Ich kann es für Sie einpacken. Papier, Schleifen und so habe ich da.«

»Das ist sehr nett von Ihnen«, sagte die Frau und reichte ihr mit einem Lächeln das Geld. »Aber das wäre verlorene Liebesmüh. Das Auto wird keine zwei Sekunden in der Schachtel sein.«

»Mein Dad ist auch ausgezogen, als ich in deinem

Alter war«, sagte Clara zu dem Jungen, der sie mit großen, feierlichen Augen anschaute. »Er wird dich genauso lieben wie vorher.«

Der Junge holte Luft. »Das hat er auch gesagt.« Aber er schien sich da nicht so sicher zu sein.

Die Mutter schenkte Clara über seinen Kopf hinweg ein erneutes Lächeln und bedankte sich stumm, bevor sie ihren Sohn zur Tür schob. »Komm, Chris. Wir können ja bald mal wieder vorbeischauen.«

Lauren kam durch den Laden geeilt. »Gut gemacht, Clara. Wirklich, das ist überwältigend. Hast du eigentlich am Montagnachmittag schon etwas vor? Patrick geht dann immer mit Rory schwimmen, sodass ich Zeit hätte, um Sport zu treiben oder so.« Sie lächelte. »Dabei könnte ich etwas Gesellschaft gebrauchen. Ich lass dir einfach mal meine Adresse da. Drei Uhr?«

Clara nickte, während sie einen Preis in die Kasse tippte. »Unbedingt. Danke.«

»Und ich werde alle meine Bekannten hierherschicken«, sagte Lauren und holte Rory, der gerade mit zwei anderen Jungen aus Sitzsäcken und Schachteln eine Burg baute. Clara lächelte, als sie sah, wie sie den zappelnden Jungen packte und aus dem Laden schleifte. »Weiterspielen, Mumma, weiter.«

Dann wurde sie vom nächsten Kunden abgelenkt. Sie ging zur Kasse zurück und gab den Preis ein. Als sie einen Moment später aufblickte, sah sie Roz auf dem Bürgersteig stehen und hereinschauen, still und bedrohlich. Den Mund verächtlich verzogen, ließ sie den Blick über die neue Schaufensterauslage schweifen. Plötzlich hätte Clara fast laut losgelacht. »O *lort*«, murmelte sie.

»Was bedeutet das denn?«, fragte der einsame Vater. Die grünen Augen hinter den dicken Gläsern seiner Designerbrille blitzten amüsiert.

»Nun ja.« Clara wurde rot und betrachtete das kleine Mädchen auf seinem Arm. »Das bedeutet, äh, ›einen schönen Tag noch‹. Das ist Dänisch«, sagte sie und hatte das Gefühl, bei dieser Lüge vor Scham im Boden zu versinken.

»*Lort*, *lort*«, wiederholte das kleine Mädchen.

Clara zog eine Grimasse und konnte nur hoffen, dass der Vater das Wort nicht googelte, wenn er nach Hause kam.

Der Mann bemerkte ihre Miene gar nicht, sondern grinste nur, als er einen Eisenbahnwaggon bezahlte. »Tolles Schaufenster. Sie haben wirklich einen Blick für Details.«

Clara fühlte sich eigentümlich schüchtern, als sie seinen Blick auffing. »Danke«, murmelte sie und hatte Roz schon wieder vergessen.

»Amber ist ganz begeistert. Nicht wahr, Amber?«, fragte er. Amber streckte die Hand nach dem Eisenbahnwaggon aus und wand sich, damit ihr Vater sie runterließ.

Der Mann setzte seine Tochter ab und wuschelte ihr durchs Haar, das hellbraun war wie seines. »Vollkommen überdreht. Wenn ihre Mum sie nur sehen könnte …« Seine Worte verhallten. Als er laut seufzte, neigte Clara unwillkürlich den Kopf zur Seite und schenkte ihm einen mitleidigen Blick. »Aber egal«, sagte er und klatschte in die Hände, »das hier hat uns aufgemuntert.« Er grinste ein weiteres Mal, und das Licht spiegelte sich in seiner Brille.

»Das freut mich«, bemerkte Clara, die gern noch etwas gesagt hätte. Aber es standen schon neue Kunden hinter dem Mann.

Der lächelte schräg und hob die Hand zum Abschied. »Wir sehen uns«, sagte er.

»Sehr schön«, antwortete Clara und blickte ihm hinterher, als er sich seiner Tochter zuwandte und sie aus dem Geschäft führte. Bildete sie sich das nur ein, oder hielt er an der Tür tatsächlich einen Moment inne, um sich noch einmal nach ihr umzuschauen?

Die nächste Kundin riss sie aus ihren Grübeleien. »Entschuldigen Sie bitte, aber was hat denn die große Holz-Vier in der Schaufensterecke zu bedeuten?«

»Die Vier?« Clara blinzelte, in Gedanken immer noch bei dem einsamen Vater mit seinem Kind. »Die Vier«, wiederholte sie. »Das bedeutet, noch vier Tage.«

»Vier Tage bis was?«, fragte die Frau. Ihr Sohn schaute erwartungsvoll zu Clara hoch.

Clara riss sich zusammen und beugte sich zu ihm hinab. »Bis zum nächsten Wechsel der Schaufensterauslage. Vier Tage noch, dann wird sich das Schaufenster über Nacht in etwas anderes verwandeln.«

»Wie von Zauberhand?«, fragte der Junge mit großen Augen.

»Genau. Wenn ich aufwache und die Treppe hinuntergehe, werde ich feststellen, dass es plötzlich ganz anderes aussieht.«

»Elfen«, flüsterte der Junge.

Clara nickte feierlich. »Höchstwahrscheinlich Elfen«, stimmte sie zu.

Die Mutter strahlte. »Nun, Lucas, dann müssen wir wohl wiederkommen und uns das anschauen, oder?«

»In vier Tagen«, wiederholte Lucas, als wäre seine Mutter schwer von Begriff.

»Genau. Die Vier kommt nach der …?«, fragte sie ihn.

»Zwei«, erwiderte er ernst.

Die Frau schaute Clara an und verzog das Gesicht. »Ganz unrecht hat er natürlich nicht.« Sie senkte die Stimme. »Trotzdem sollte ich vielleicht mal mit den Erziehern sprechen. Okay«, fügte sie dann laut hinzu, »in vier Tagen werden wir dieser netten Dame wieder einen Besuch abstatten. Bedank dich schön.«

Der Junge war aber zu sehr mit dem Karton beschäftigt, den er in der Hand hielt.

»Danke schön.«

»Das kann man gelten lassen.«

Was meinst du damit, du hättest meine Chocolate Surprise nicht gemocht? Damals hast du gesagt, es sei der ultimative Nachtisch. Ich werde nie wieder ein Wort von dem glauben, was du so von dir gibst. Ist Sinn und Sinnlichkeit *wirklich dein Lieblingsfilm mit Emma Thompson, und findest du Noel Edmonds wirklich abstoßend? Wie du siehst, werde ich alles hinterfragen, was du mir je erzählt hast.*

In Madrid hat es zwei Tage am Stück geregnet, daher habe ich einen Bus nach Valencia genommen. Die Fahrt selbst war furchtbar, aber es ist sehr schön, an der Küste zu sein und aufs Mittelmeer zu schauen. Die Sonne hat beschlossen, mich zu begrüßen, und ich habe die Gegend erkundet. Sie ist wirklich sonderbar: Gelegentlich sieht es hier aus wie in einem Science-Fiction-Film, überall große weiße Gebäude und flache Pools mit türkisfarbenem Wasser. Ständig erwarte ich, dass Typen mit weißen Helmen am Horizont auftauchen.

Heute bin ich viel herumgeradelt. Der Fluss ist ausgetrocknet, daher hat man beschlossen, das Flussbett in grüne Parks mit Fahrradwegen zu verwandeln. Wunderschön ist das. Meine Beine tun jetzt weh, daher habe ich mich auf das Hoteldach zurückgezogen, wo es einen Whirlpool gibt, von dem aus man auf den Strand schaut. Es ist echt hart, Gavin, eine so furchtlose Abenteurerin zu sein. Ich musste viel Sangria trinken, um sicherzugehen, dass ich tatsächlich die spanische Kultur in mich aufsauge. Vielleicht solltest du in deinem Pub mal einen Spanienabend veranstalten? Du könntest Paella und Sangria servieren und Flamencotänzer engagieren. In einer kleinen Bar

habe ich eine Frau gesehen, die Flamenco getanzt hat. Sie war unglaublich. Ihre Füße haben sich so schnell bewegt, dass sie ineinander verschwammen, und ihr Körper hat sich auf schier unmögliche Weise verdreht. Der Rüschenrock ist nur so geflogen, atemberaubend war das. Wenn ich da an meine energetischen Bemühungen zum Macarena aus der Jukebox denke, fühle ich mich entsetzlich steif. Denk drüber nach, das wäre wirklich ein großer Spaß. Andererseits weiß ich natürlich nicht, wo man in Suffolk echte Flamencotänzer aufspüren kann.
Morgen findet das Viertelfinale von irgendetwas im Tennis statt, im L'Àgora – das ist ein komisches Gebäude, das aussieht wie eine Monstermuschel, die aus dem Boden hervorbricht. Andy Murray spielt auch, daher habe ich Karten gekauft, um ihn sehen zu können. Ich werde mich in den Union Jack hüllen und mein Gesicht anmalen, so wie diese Fanatiker in Wimbledon. Vielleicht schaffe ich es ja ins Fernsehen. Wenn auf Sky Tennis läuft, musst du das auf jeden Fall einschalten. Die müssen mich einfach bringen. Auf meinem Schild wird stehen »GO ANDY«, denn alle Leute nennen Tennisspieler beim Vornamen. Kannst du dich noch erinnern, dass wir Henman immer nur Tim genannt haben, als wäre er unser Lieblingssohn? Das ist schon merkwürdig. Ich würde nie auf die Idee kommen, Rooney einfach Wayne zu nennen. Wie läuft's bei ManUnited? Ich vermisse es, Match of the Day mit dir schauen zu können, weil ich so viel dabei gelernt habe. Ich recke immer noch die Faust, wenn ich Ronaldo auf den hinteren Seiten der Zeitungen sehe, weil ich daran denken muss, dass du ihn nicht magst.

Gibst du Roddy und Lady CaCa ganz dicke Küsse von mir, und kannst du Clara sagen, dass sie ein absoluter Schatz ist? Ich mochte ihr Gesicht, daher freue ich mich, dass ich mich nicht in ihr getäuscht habe. Sie hat eine absolut wunderbare Haut, oder? Als würde sie nie im Leben Falten bekommen. Vermutlich isst sie in Dänemark nur rohe Eier und Rotkohl. Würde es dir etwas ausmachen, sie mal danach zu fragen? Ich hingegen vergesse ständig meine Nachtcreme, daher ist es kein Wunder, dass ich aussehe, als hätte man mich aus den Tiefen des Ozeans gezogen.

In der vergangenen Woche bin ich nicht ans Handy gegangen, wenn Joe angerufen hat. Ist das schlimm? Auf dem Anrufbeantworter klingt er immer so sauer, und ich ertrage es nicht, wenn er sauer auf mich ist.

Oh, es hat mir gut gefallen, wie du all deine Buchstaben an mein Wort geklebt hast. TO und AT gehen in Ordnung, aber denk ja nicht, ich hätte das JE nicht bemerkt und das J an dem Doppelbuchstaben. Das ist wirklich unfair, wenn du nicht erklären kannst, was das bedeuten soll. Bei Language Friends würde dich niemand verstehen. Trotzdem, ich werde bald aufholen. Ich habe ein paar wirklich göttliche Buchstaben im Ärmel.

Kapitel 10

»Mum? MUM?« Er beendete die Verbindung und durchquerte die Lobby. Seine Schuhe klapperten auf dem Marmorfußboden und hallten in dem gewaltigen Raum wider. Er eilte durch die Drehtür und tippte erneut auf ihren Namen.

Der Mercedes wartete mit laufendem Motor in der Parkbucht. Den Fahrer kannte Joe nicht, aber er redete ohnehin nicht mit den Chauffeuren, mit denen sein Unternehmen zusammenarbeitete. Meist saß er auf der Rückbank und arbeitete. Das Fahrtziel hatte er dem Mann schon bei der Bestellung genannt, daher blieb ihm jetzt nichts anderes zu tun, als zum zehnten Mal in einer Stunde seine Mutter anzurufen.

Sie war durch einen Hafen in Valencia gelaufen und hatte nach einem Boot gesucht, als die Leitung plötzlich unterbrochen gewesen war.

»MEIN SCHATZ, Gott sei Dank. Fährst du ständig durch irgendwelche Tunnel?«

»Nein, es muss an dir liegen. Ich sitze im Wagen und bin auf dem Weg nach Hause.«

»Jetzt schon?«

»Ich war die ganze Nacht im Büro.« Joe rieb sich das Gesicht. Das Gespräch war schon jetzt anstrengend.

»Wahnsinn, du bist so fleißig. Läuft es gut im Job? Alle fragen nach dir, aber ich habe immer Schwierigkeiten, genau zu sagen, was du überhaupt machst. Schrecklich, nicht wahr? Nach so vielen Jahren. Ich lasse dann einfach irgendwas mit M und A fallen – ich weiß ja, dass das Mergers and Acquisitions heißt – und bemühe mich um einen wissenden Tonfall. Die Leute sind IMMER beeindruckt, wirklich immer. Was die Details betrifft, stehe ich allerdings ein bisschen auf dem Schlauch. Wie nennt sich dein Beruf noch mal? Wie lautet der Titel? Ich weiß nur, dass er ziemlich hochtrabend klingt. Mir wird immer ganz schwindlig, wenn ich das höre …«

»Mum.« Joe wurde seit Mitternacht von Kopfschmerzen geplagt, und bei diesem ewigen Geplapper konnte er keinen klaren Gedanken fassen. Dabei musste er ein ernstes Wörtchen mit ihr reden, über ihre Pläne.

»… Senior Vice President oder Deputy President oder so. Ich weiß, das ist Amerikanisch …«

»MUM«, rief er. Der Fahrer schaute mit großen Augen in den Rückspiegel. Joe war schon drauf und dran, eine Hand auf die Sprechmuschel zu legen und ihm alles zu erklären, aber was sollte er denn sagen? Er ignorierte den Blick einfach.

»Hast du viel auf dem Herzen? Ich muss nämlich unbedingt Pedro finden. Er wartet auf einem dieser Boote, aber es scheint Dutzende davon zu geben. Und für mich sehen sie alle gleich aus …«

»Ich wollte mit dir darüber sprechen, wieso du Yulethorpe und das Geschäft verlassen hast, und …« versuchte Joe dazwischenzukommen.

»… Ich werde nämlich heute Nachmittag einen Jetski mieten. Diesen Pedro habe ich gestern Abend in einer Bar kennengelernt. Er hat mir ein großartiges Geschäft unterbreitet: zwei Stunden für zwanzig Euro, ein absolutes Schnäppchen, meinst du nicht auch, mein Schatz? Ich bin noch nie in meinem Leben Jetski gefahren. Es sieht absolut spektakulär aus. Wasserski hat mir dein Vater ausgetrieben, als ich noch jung war. Ich sollte es in den unruhigen Gewässern vor der Isle of Wight lernen und habe das halbe Meer geschluckt und einen Ski ins Gesicht bekommen. Nicht ausgeschlossen, dass ich mir damals die Nase gebrochen habe. Die untere Hälfte ist seither nämlich ein wenig nach links gebogen.«

Die bloße Erwähnung seines Vaters ließ Joe verstummen. Plötzlich war er wieder der kleine Junge, der unbedingt Geschichten über ihn hören wollte, aber seine Mutter nicht danach fragen mochte, weil sie dann immer so wütend oder traurig wurde. Er stellte sich vor, wie sein Vater seiner Stiefschwester und seinem Stiefbruder das Wasserskifahren beibrachte. Joe hatte es nie versucht. Warum tat es immer noch so weh?

»Ich glaube, Jetski ist ganz mein Ding. Ich muss allerdings einen Surfanzug tragen, kannst du dir das vorstellen? Kannst du dir vorstellen, wie ich mich in einen Neoprenanzug quetsche? Grauenhaft. Ich fürchte, Pedro wird sich ausschütten vor Lachen. Nicht dass er sich für eine Alte wie mich interessieren würde. Er ist ja noch so jung. Vielleicht ist er auch schwul. Keine Ahn–«

»Mum. Kannst du mal fünf Minuten innehalten, damit wir über deine überstürzte Abreise sprechen können?«

»War nur so ein Gedanke, aber man kann die Leute ja nicht einfach fragen, oder?«

Joe hegte allmählich den Verdacht, dass seine Mutter absichtlich einen großen Bogen um das Thema machte. Er ließ sie noch eine Weile weiterreden, den Kopf zurückgelehnt, die Augen geschlossen. Ihre Stimme zu hören war wundervoll. Es versetzte ihn um Jahre zurück – in die Zeit, als er sich auf einem Sofa oder im Bett in ihre Armbeuge geschmiegt und den fantastischen Geschichten gelauscht hatte, die sie sich für ihn ausgedacht hatte. Sie hatte immer schon wunderbar erzählen können, und jetzt war sie ganz in ihrem Element und schmückte sämtliche Details ihres Barbesuchs aus: Pedros Kleidung, sein Akzent, alles. Als der Fahrer vor dem Haus hielt, in dem er wohnte, kippte Joes Kopf zur Seite.

Er fuhr hoch und merkte, dass er fast eingeschlafen war, die anstrengende Nacht steckte ihm noch in den Knochen. Sein Mund war trocken. Er wartete, dass der Fahrer ihm die Tür öffnete, stieg aus, dankte dem Mann und hielt das Handy wieder ans Ohr. Seine Mutter hatte gar nicht gemerkt, dass sich etwas verändert hatte.

»Und alle tragen Lederhosen. Ich glaube, ich werde mir auch eine kaufen. Oder denkst du, das sieht so aus, als wollte ich auf jung machen? Ich kann mich erinnern, dass Gavin mal gesagt hat, er sei immer scharf auf Olivia Newton-John gewesen. Am Ende von *Grease* sah die aber auch sensationell aus, erinnerst du dich? Andererseits war sie natürlich fünfzig Jahre jünger als ich und viel, viel dünner.«

Joe hatte die oberste Etage des Gebäudes erreicht. Der Aufzug öffnete sich auf ein Penthouse. Die verglasten Wände auf der anderen Seite des Raums waren makellos sauber, nirgendwo lag Staub, seine Sachen waren alle ordentlich weggeräumt, aufgehängt oder in Schubladen verstaut. Er war nie ein großer Sammler gewesen, aber einen Moment lang war er schockiert, wie nackt der Raum wirkte. Vielleicht sollte er seinen Innenarchitekten noch einmal bemühen.

»Mum«, sagte er, ließ sich auf das Ledersofa sinken und legte den Kopf zurück. »Reiß dich zusammen. Was ist passiert?«

Die direkte Frage beendete den Monolog. Am anderen Ende der Leitung herrschte Schweigen. Joe hörte eine Möwe schreien, in der Ferne riefen Menschen. Er stellte sich den Hafen vor: braun gebrannte Spanier, die von Boot zu Boot springen und eimerweise glänzenden Fisch schleppen. Seine Mutter mit flatterndem Rock, die in der Nähe steht und auf ihr Handy schaut.

»Mum«, wiederholte er mit sanfter Stimme. »Was ist geschehen? Du bist von einem Tag auf den anderen abgetaucht.«

Er wollte nicht *schon wieder* sagen. Ob ihr wohl klar war, dass er an die Jahre zurückdachte, als sie zusammen durchs Land gereist und niemals irgendwo geblieben waren? Manchmal waren sie nach nur wenigen Wochen erneut aufgebrochen. Joe wusste nicht mehr, in wie viele verschiedene Schulen er gegangen war, um sie im selben Jahr zu verlassen. Irgendwann hatte er sich gar keine Freunde mehr gesucht, weil ihm klar war, dass er bald wieder fort sein würde. Das Ziel dieser Irrfahrten hatte er nie ganz begriffen. Erlitt Mum jetzt einen Rückfall? Dabei hatte er gedacht, sie sei glücklich verwurzelt in der Stadt. Ihr jetziges Verhalten beunruhigte ihn, als hätte es die letzten Jahre nicht gegeben und sie wäre wieder die gebrochene Frau von damals, als ihr Vater sie beide verlassen hatte, praktisch über Nacht und nur einen Brief auf dem Ankleidetisch hinterlassend. Von Joe hatte er sich nicht einmal verabschiedet.

Sie waren aus ihrem Haus ausgezogen, und seine Mutter hatte davon geredet, an der Küste ein fantastisches neues Leben beginnen zu wollen. Joe hatte die Idee gefallen – welcher Achtjährige würde seine Tage nicht gerne am Strand verbringen, mit den Wellen spielen, Gezeitentümpel erkunden, Sandburgen mit Wassergraben bauen, Löcher buddeln? Im Küstenstädtchen waren sie keine acht Wochen geblieben. Danach waren sie in eine richtige Stadt gezogen, nach Manchester, um in der Nähe der Großmutter zu sein, die nach Pfeifenqualm und Senf roch. In der Schule hatte man ihn wegen seines vornehmen Akzents gehänselt, sodass er auf dem Schulhof das Reden eingestellt hatte, damit seine Mitschüler nicht, sobald sie in seine Nähe kamen, sämtliche Vokale in die Länge zogen. Damals wäre er am liebsten im Erdboden versunken. Über vier Jahre lang waren sie auf diese Weise herumgezogen, bis sie sich schließlich in Yulethorpe niedergelassen hatten.

Hatte sie in Spanien dasselbe vor? Lief sie vor einer

anderen Verletzung davon? Hatte sich etwas ereignet? Steckte mehr dahinter als nur der Laden? Er wünschte, er könnte sie einfach fragen. Sie hatte ihm immer alles anvertraut, aber in den letzten Jahren war es ihm nicht leichtgefallen, offen mit ihr über alles zu sprechen. Er hatte angenommen, sie sei glücklich. Plötzlich befielen ihn dieselben Ängste, die im Innern des Achtjährigen genagt hatten – wenn er oben auf der Treppe gesessen und darauf gewartet hatte, dass sie von irgendwelchen abendlichen Vergnügungen zurückkehrte, auf das Geräusch der Haustür und das Klappern ihrer Absätze auf dem Fliesenboden lauschend. Dann das Gefühl der Erleichterung, dass sie ihn nicht auch noch verlassen hatte.

»Es war so niederschmetternd, mein Schatz«, begann sie. Ihre Stimme war kaum mehr als ein Flüstern. »Die Leute sind einfach nicht mehr gekommen.«

»In den Laden?«

»In *unseren* Laden«, korrigierte sie. »Ich musste daran denken, wie wir den Laden vor so vielen Jahren eröffnet haben. Die Leute sind meilenweit gefahren, um bei uns zu kaufen. Erinnerst du dich?«

Joe nickte unwillkürlich, unfähig, ein Wort herauszubringen.

»Es war ein so wundervoller Ort, das schlagende Herz der Stadt. In letzter Zeit schien es, als wäre jemand in der Stadt aufgetaucht und hätte den Stöpsel herausgezogen. Es ist eine Geisterstadt. Wenn Gav– Wenn meine Freunde nicht wären, hätte ich schon vor einiger Zeit das Weite gesucht.«

»Und was hast du jetzt vor, Mum?«

»Keine Ahnung«, sagte sie kleinlaut. »Es ist nur so, dass ich nicht länger bleiben konnte.«

»Möchtest du für eine Weile verreisen? Möchtest du, dass ich den Laden so lange führe?«

Ihr Tonfall veränderte sich, und Joe merkte, dass er sie wieder verlor. »Ach, mein Schatz. Ich weiß nicht, was ich will. Die Lage ist ernst, und ich bin noch vollkommen durch den Wind. Oh, ich glaube, ich sehe Pedro … Ach nein, es war nur ein Mann mit einem sehr eleganten Hüftschwung … Ich laufe hier wirklich schon seit Stunden herum.«

»Mum, mal ernsthaft, lass mich dir helfen«, sagte Joe, der verzweifelt versuchte, das Gespräch wieder auf das Thema zurückzulenken. »Ich könnte Kostenvoranschläge einholen. Ich könnte den Laden auf den Markt bringen, wenn du das Kapital freisetzen willst. Ich möchte, dass es dir gutgeht und dass du dich nicht um deine Alterssicherung sorgen musst.«

»Das weiß ich doch, mein Liebling – du bist so herzensgut. Jetzt lass uns aber nicht mehr über so traurige Dinge reden, das ertrage ich nicht. Erzähl mir von London. Hast du eine Freundin? Nicht dass ich dich drängen möchte. Enkelkinder sind nicht meine größte Sorge. Meine Strickkünste sind so bescheiden, dass ich ohnehin keine gute Großmutter abgeben würde …«

Sie schweifte wieder ab. Er wusste, dass sich die Unterhaltung dem Ende nahte und sie keine ernsthaften Dinge mehr berühren würde. Er selbst musste unbedingt schlafen – in wenigen Stunden würde er wieder im Büro sein –, aber es war schön, sie am anderen Ende der Leitung reden zu hören. Er ließ sie einfach weitersprechen. Ihre Stimme hüllte ihn ein und durchdrang ihn, als er auf seinem Ledersofa die Augen schloss und in den Schlaf glitt.

Kapitel 11

Gegen Ende der Woche fühlte sich Clara erschöpft. Sie brauchte unbedingt einen *søndagshygge*, einen faulen Sonntag. Also unternahm sie ausgedehnte Spaziergänge und kochte aus den Lebensmitteln ihrer gewaltigen Online-Bestellung einen Eintopf, eine Sauce für Spaghetti bolognese und noch andere Gerichte zum Einfrieren. Mit den neu erworbenen Brennscheiten entzündete sie ein Feuer im Holzofen.

Am Montag bereitete sie im Laden alles vor und hängte eine neue Holzzahl für den Countdown ins Schaufenster. Vor Begeisterung kniff sie sich selbst. Morgen würde sie die neue Auslage präsentieren, sie konnte es kaum erwarten, denn sie lag ihr besonders am Herzen. Kurz vor drei ging sie nach oben und zog etwas an, in dem sie Sport treiben konnte: Leggings, die sie in ihrem Rucksack fand, und ein Oberteil, das weit genug war, um überflüssige Kurven zu kaschieren. Vielleicht sollten wir joggen, sagte sie sich. Der eiskalte Wind blies weniger stark, als sie von der High Street in eine Seitenstraße einbog. Sie ging durch die Straße bis an ihr Ende, wo, ein Stück zurückversetzt, ein paar Cottages lagen.

Das von Lauren war weiß gestrichen und hatte ein Strohdach. Töpfe mit Lavendel flankierten die Haustür, und unter einem Fenster stand eine weiß gestrichene Bank, von der die Farbe abblätterte. Clara griff nach dem großen Türklopfer und lachte, als Lauren im nächsten Moment in schwarzen Leggings, einem kurzärmeligen T-Shirt und einem Stirnband in Pink vor ihr stand.

»Wirke ich übereifrig?«, fragte Lauren und blieb auf der Schwelle stehen. »Die beiden sind jetzt zehn Minuten weg, und ich bin total aufgekratzt, weil du kommst … O Gott.« Sie hielt inne und schlang sich die Arme um den Leib. »Das ist ja wahnsinnig kalt, komm schnell rein.« Sie zog Clara am Arm.

Clara warf noch einen Blick über die Schulter. »Das ist ja wunderschön hier. So unglaublich englisch.«

»Ja, nicht wahr? Das Cottage steht allerdings unter Denkmalschutz, weshalb man mir wohl nie einen Anbau für meine Küche genehmigen wird.« Sie wirkte betrübt. »Und Patrick hätte es fast wieder verkauft, als ihm bewusst wurde, dass wir nicht einmal eine Satellitenschüssel anbringen dürfen.«

Clara schaute sie an, eine Augenbraue hochgezogen.

»Um Sky zu empfangen«, erklärte Lauren, als sie den fragenden Blick sah.

»Ach so, klar«, sagte Clara. »Das gibt's auch in Dänemark. Und In-ter-net ebenfalls«, fügte sie betont langsam hinzu.

»Du bist schon komisch. Aber jetzt komm herein«, sagte Lauren munter und trat beiseite, damit Clara sich an ihr vorbeischieben konnte. »Tut mir leid, unser Flur ist der engste der Welt. Geh in das Zimmer gleich links. Ich habe den Kamin angezündet, daher das absurd dünne T-Shirt, obwohl wir draußen sicher minus zwanzig Grad haben.«

Clara bückte sich, um den Raum zu betreten. »In meiner Heimat wird es tatsächlich so kalt«, sagte sie und dachte an die dicke Schneedecke, die wohl jetzt den Park in der Nähe ihres Elternhauses überzog. »Das ist ja ein Traum«, rief sie und vergaß ihre Gedanken an ihr früheres Zuhause, um sich in dem Raum mit den cremefarbenen Wänden, den mächtigen Holzbalken und den Fenstersitzen mit den gelb-grau bezogenen Kissen umzuschauen. Aus einer großen Plastikkiste in der Ecke quoll Spielzeug, und auf dem Boden lagen verstreut Legosteine.

An der gegenüberliegenden Wand brannte ein Holzofen; im Innern flackerte es, als hätte er ein orangefarbenes Herz. »Überwältigend«, sagte sie und fühlte sich sofort entspannt, als sie vor dem Ofen stand und automatisch die Hände nach der Wärmequelle ausstreckte.

»Ich hatte große Lust gehabt, ihn mal wieder anzuzünden«, sagte Lauren, die ihr in den Raum gefolgt war. »Das tu ich viel zu selten, da ein Kleinkind ein leicht entflammbares Sicherheitsrisiko darstellt. Außerdem würde ich mich nie darauf verlassen, dass Rory nicht über das Kamingitter klettert, die Tür öffnet und sich mit Asche vollschmiert, wenn nicht gar Schlimmeres.« Sie schüttelte sich bei dem Gedanken. »Es ist, als würde er Gefahren magisch anziehen, egal, was man macht. Neulich war er überzeugt davon, dass er fliegen kann. Er hatte ein Flugzeug gesehen, und ich habe eine höchst ungenügende Erklärung von der Auftriebskraft gegeben. Das hatte zur Folge, dass er dachte, er könne sich aus seinem Bett stürzen, weil er auch eine große Flügelspannweite hat. Ich bin fast gestorben, als ich den dumpfen Knall hörte – und war dann absolut erleichtert, als er weinte und vor mir davonlief, weil ich kontrollieren wollte, ob er sich verletzt hatte.«

»O Gott, das kann ich mir vorstellen«, sagte Clara und fragte sich, was sie wohl für eine Mutter wäre. Würde sie in ständiger Angst um ihre Kinder leben, oder würde sie sie wild und frei herumlaufen lassen? »Es ist so schön, die Kinder im Laden zu sehen«, fuhr sie fort. »Ich bin es nicht gewöhnt, Kinder um mich zu haben, aber sie sind so verrückt und übermütig. Ich liebe das.«

»Verrückt sind sie zweifellos«, bestätigte Lauren. »Bist du eigentlich erst vor Kurzem aus Dänemark gekommen? Du klingst so … englisch. Und wie bist du ausgerechnet in Suffolk gelandet?«

»Einfach so, durchs Reisen. Ich lebe bereits ein paar Jahre in England. Meinen Job habe ich allerdings schon vor einer Weile aufgegeben.« Da sie das nicht vertiefen wollte, fuhr sie fort: »Ursprünglich kam ich hierher, weil ich eins dieser Städtchen aus *Inspector Barnaby* sehen wollte. In Dänemark ist die Serie ein Riesenerfolg«, erklärte sie lachend, weil sie die heitere Stimmung nicht zerstören wollte.

»Wirklich?«

Clara nickte. »DCI Barnaby ist absolut ein Held bei uns.«

»Sonderbar«, sagte Lauren und warf ein Scheit nach.

»Ein paar Jahre habe ich in London gearbeitet, aber das ist Vergangenheit«, sagte Clara schnell und zupfte an einem losen Faden ihres Oberteils.

Glücklicherweise wurde Lauren von einem lauten Knall im Holzofen abgelenkt und hakte nicht nach. »Sag mal, da du ja nun in Sportsachen gekommen bist, draußen aber arktische Temperaturen herrschen, warum legen wir uns nicht einfach eine Gymnastik-DVD ein? Ich habe eine aus Amerika, für verschiedene Schwierigkeitsstufen. Heute könnten wir uns die erste Stufe vornehmen und in der Woche darauf dann vielleicht zur nächsten übergehen.«

»Prima«, sagte Clara erfreut, weil das Thema vom Tisch war. Die Aussicht auf gymnastische Übungen fand sie allerdings auch nicht gerade erhebend.

»Dann kann ich die DVD ja reinlegen. Möchtest du vorher noch etwas? Tee? Kaffee?«

Sie war schon auf dem Weg in die Küche, als Clara »Kaffee« rief. Wenige Minuten später kehrte Lauren mit einem vollbeladenen Tablett mit Bechern, Keksen und sogar einer Schale Popcorn zurück.

»Vielleicht sollten wir erst ein paar Minuten zuschauen, um zu sehen, worauf wir uns einlassen«, schlug sie vor und riss die Hülle der DVD mit den Zähnen auf.

»Die ist ja noch ganz neu«, stellte Clara fest.

Lauren verzog das Gesicht. »In gewisser Weise stimmt das. Ich hab sie aber schon seit letzte Weihnachten, um ehrlich zu sein. Erzähl das aber nicht Patrick. Er denkt, ich habe inzwischen Stufe drei von AbsTastic erreicht.« Sie klopfte sich auf den Bauch. »Männer sind Idioten«, sagte sie. Dann machte sie es sich auf dem Sofa bequem und zeigte auf das Tablett. »Nimm Milch oder Sahne, die sind in den kleinen Krügen. Zucker ist auch da, wenn du möchtest.« Sie nahm sich eine kleine Handvoll Popcorn, als die Musik des Vorspanns erklang.

Zehn Minuten später hatten sie den Kaffee getrunken und ihre Turnschuhe ausgezogen. Gemütlich auf dem Sofa eingerollt betrachteten sie die drei schwitzenden Frauen auf dem Bildschirm, die auf dem Boden lagen und mit Gymnastikbällen trainierten.

Lauren steckte sich einen zweiten der gesunden Schokoladenkekse in den Mund. »Das sieht hart aus«, erklärte sie krümelspuckend. Clara musste kichern. »Denkst du, dass es vielleicht Roboter sind?«

»Ich frage mich eher, ob sie den ganzen Tag trainieren, um so auszusehen.« Clara verzog das Gesicht.

»Oder sie sind photoshopped.«

»Das kann man nur mit Fotos machen, glaube ich.« Clara griff ebenfalls nach einem weiteren Keks.

»Das treibt einen in den Wahnsinn«, sagte Lauren mit Blick auf den Bildschirm. »Ich wette, die haben irgendwelche Spitzenjobs, halten ihren durchtrainierten Körper in Topform *und* verwöhnen ihre Partner jeden Abend mit Hochleistungssex.«

»*Hold da kæft*«, sagte Clara voller Bewunderung für das Trikot einer der Frauen.

»Was soll das denn heißen?«, erkundigte sich Lauren.

»Wie man das genau übersetzen soll, weiß ich nicht. Es ist nicht sehr vornehm. In England würde man vielleicht *bloody hell* sagen.«

»Ah.« Lauren machte große Augen. »Super.« Sie schaute Clara an. »Ich benutze ständig irgendwelche dummen Alternativen zu Schimpfwörtern, damit Rory keine aufschnappt. Patrick ist der Meinung, ich solle nicht immer *verdammt* sagen, was gar kein Schimpfwort ist, aber egal.« Sie reckte den Arm und steckte sich ein Stück Popcorn in den Mund. »Bring mir einfach ein paar dänische Schimpfwörter bei. Die meisten englischen machen nicht einmal Sinn. Gestern sagte ich tatsächlich: *Oh for actual fudge sake* statt *fuck's sake*. Ich hätte fast geweint. Das muss ein Ende haben.«

»Gut, meinetwegen. Das derbste ist vermutlich *rend kusse* oder *fuck dig*«, sagte Clara.

Lauren spuckte ihren Tee aus. »Ich bin mir nicht sicher, ob das schon die Lösung ist.« Sie wischte sich mit dem Handrücken über den Mund.

»*Rend dig* bedeutet dasselbe und ist somit ebenfalls ziemlich vulgär«, erklärte Clara. »*Skøge* meint ›Schlampe‹, aber das benutze ich vor allem, wenn ich wirklich sauer bin und ein Ventil brauche. ›Scher dich zum Teufel‹ ist *gå ad*. Du könntest es aber auch mit *lort* versuchen, was so viel heißt wie ›Scheiße‹ oder ›Mist‹.«

»Das gefällt mir, weil es aggressiver klingt, als es ist«, sagte Lauren und übte schon einmal: »*Lort!*« Dann zeigte sie auf den Holzofen, bevor sie einen Action Man in ihrer Nähe aufhob und ihm »*Gå ad!*« ins Gesicht schrie.

»Sehr gut!«, sagte Clara und kicherte. »Oje, schau mal. Jetzt machen sie Burpees – Liegestützsprünge.« Sie zeigte auf den Bildschirm.

Lauren kuschelte sich tiefer ins Sofa. »Was für Frauen.

Ich habe das Gefühl, dass ich schon dadurch abnehme, dass ich mich im selben Raum wie sie befinde.«

Clara legte ihren Kopf an das weiche Sofaleder. Das knisternde Holz und der Geruch von Popcorn machten sie schläfrig. Sie schloss für einen Moment die Augen, genoss die Wärme und dachte an Zuhause: wie sie mit ihrer Familie am Kamin *gløgg* trank und stundenlang Karten spielte, geschützt vor der bitteren Kälte draußen. Plötzlich verspürte sie ein starkes Verlangen nach *romkugle*, einer Schokoladenspezialität mit Rumaroma. Sie erschrak und hatte einen Kloß im Hals, als sie sich daran erinnerte, wer sie so gerne gemocht hatte. »Das ist alles so *hygge*«, sagte sie und atmete langsam aus.

»Ist das auch ein schlimmes Schimpfwort?« Lauren runzelte besorgt die Stirn.

»Nein.« Clara lächelte. »*Hygge* ist etwas Positives. Es meint … Nun, im Englischen gibt es keine gute Entsprechung dafür, aber es bedeutet, dass etwas sehr, sehr gemütlich ist. Das Feuer, die Getränke, die Gesellschaft, das sanfte Licht … das alles ist *hygge*.«

»*Hygge*«, wiederholte Lauren. »Schönes Wort.«

Von draußen erhellten die Scheinwerfer eines vorbeifahrenden Autos den dämmrigen Raum. Lauren stieß einen Schrei aus und brach den Zauber, indem sie vom Sofa aufsprang, sich auf den Boden warf und rief: »Schnell, Clara, schnell.«

Clara gehorchte, obwohl sie nicht wusste, was damit bezweckt werden sollte. Lauren lag flach auf dem Rücken und hatte die Knie angezogen, als stünde sie kurz vor der Entbindung. Clara tat es ihr nach und wollte sich gerade nach dem Sinn der Übung erkundigen, als sie hörte, wie die Haustür aufgeschlossen wurde und Stimmen erklangen.

»*Lort*«, flüsterte Lauren und machte einen Sit-up.

Clara tat es ihr kichernd nach. Beim Aufrichten bemerkte sie Kekskrümel auf ihrem Oberteil.

Als Patrick und Rory in der Tür auftauchten, schauten die Frauen, die in eigentümlichen Positionen auf dem Boden lagen, zu ihnen hinüber und schnauften vor Anstrengung. Patrick musterte sie, dann fiel sein Blick auf das Tablett mit den Schokoladenkeksen, dem Popcorn und den Kaffeetassen. »Gut trainiert?«, fragte er und zog eine Augenbraue hoch.

»Mmh«, sagte Lauren, setzte sich umständlich auf und legte einen Arm hinter den Kopf, um eine Art Stretching-Übung zu starten. »Wirklich sehr anregend, der Film«, antwortete sie dann.

Clara, die mit dem Gesicht nach unten vor dem Kamin lag, konnte nicht gut lügen und nickte nur. Gott sei Dank war es so warm im Raum, dass sie beide glühende Wangen hatten. Vielleicht würden sie damit durchkommen.

»Mumma, ist das Popcorn?«

»Oh, *lort* …«

Kapitel 12

Clara blieb zum Abendessen bei Lauren und Patrick. Sie aßen im Wohnzimmer, die dampfenden Teller mit dem Risotto auf Tabletts gestellt. Danach sahen sie einen unheimlichen Film über einen Schriftsteller, der im Wald haust. Hinterher begleitete Patrick sie zum Laden. Clara war dankbar dafür, weil sie immer noch an die Filmszenen denken musste und bei jedem Schatten zusammenzuckte.

Sie wusste nicht, wie spät es war, als sie das Geräusch hörte. Mit aufgerissenen Augen starrte sie ins finstere Nichts. Den Zahlen auf der Digitaluhr zufolge war es zwei. War Roddy erwacht? Hatte sich Lady CaCa in ihrem Käfig bewegt? Wieder musste sie an den Film denken, an den Mann, der dem Schriftsteller im Wald hinterhergeschlichen war. Da war das Geräusch wieder: eine Stimme, eine leise Stimme. Clara lag im Bett und spürte, wie sie vor Angst unter den Decken erstarrte. Ihr ganzer Körper war steif und ihre Muskulatur angespannt, während sie auf das Geräusch lauschte. Da war es erneut: ein Mann, der stöhnte, als irgendetwas aneinanderstieß. O Gott, das bildete sie sich definitiv nicht ein. Unten im Laden war jemand. Sie konnte hören, wie Leute an der Tür herumschlichen – Einbrecher vielleicht, die die Einnahmen von Samstag stehlen wollten. Warum hatte sie die Kasse nur im Laden gelassen?

Vielleicht war es die Vorstellung, Louisa mitteilen zu müssen, dass sie fahrlässig einen Diebstahl provoziert hatte, was sie wachrüttelte. Langsam stellte sie die Füße auf den Boden, richtete sich auf und griff nach dem Morgenmantel, den sie über einen Stuhl geworfen hatte. Ihr Gehirn raste und war bereits meilenweit voraus, als sie so leise wie möglich ihre Hüttenschuhe anzog. Mittlerweile war das Geräusch verstummt. Clara hielt inne und hoffte, dass etwas die Diebe dazu bewogen haben mochte, das Weite zu suchen. Panisch zerbrach sie sich den Kopf. Hatte sie die Innentür abgeschlossen? Hatte sie daran gedacht?

Sie wusste, dass sie nach dem Rechten schauen musste. Als sie sich aus dem Bett erhob, sah sie sich nach einer Art Waffe um. Sie griff nach dem Steckenpferd, das sie tagsüber mit in die Wohnung genommen hatte. Als sie seine Mähne geflochten hatte, war ihr die Idee gekommen, irgendwann vielleicht ein Cowboy-Fenster zu gestalten. Jetzt packte sie es am Kopf und spürte das vertrauenerweckende Gewicht des Holzes. Zusätzlich wickelte sie sich wie ein Lasso eine Lichterkette um den Arm. Derart gewappnet, packte sie der Ärger über die Dreistigkeit des Diebs. Wie konnte er es wagen, sich hier einzuschleichen und sie zu erschrecken? Wie konnte er es wagen, einen Spielzeugladen auszurauben? Sie würde ihm sagen, dass er ein *brændt* war.

Schnelligkeit schien ihr jetzt von entscheidender Bedeutung zu sein. Also riss sie die Wohnungstür auf, polterte die Treppe hinunter und fluchte lautstark, eine lange Abfolge englischer und dänischer Schimpfworte. Eine stämmige Gestalt in einem langen, dunklen Übermantel drehte sich zu ihr um, die Augen vor Entsetzen aufgerissen. Ihre Schocktaktik hatte funktioniert, dachte sie, als sie das Steckenpferd hochriss und dem Mann mit der Stange eins überzog.

»Verflucht«, rief er und krümmte sich, die Hände erhoben, um seinen Kopf zu schützen. Clara warf ihn zu Boden und wickelte rasch die Lichterkette um ihn.

»Was zum T– Wer zum Teufel sind Sie?« Seine Worte klangen dumpf, weil Plastikkabel in sein Gesicht einschnitten, quer über Wangen und Mund.

Er war nicht bewaffnet, wie sie erleichtert feststellte, sondern hatte nur einen gefährlichen Schlüsselbund in der Hand. Sie riss ihn an sich.

Er brüllte, und sie sprang zurück. »Geben Sie … zurück … meiner …«

Sie drehte sich um und eilte hoch in die Wohnung, wo sie den Stecker für das Festnetztelefon wieder einstöpselte. Sie hatte ihn herausgezogen, nachdem der Vertreter einer Fensterfirma viermal innerhalb einer halben Stunde angerufen hatte, bis sie ihm erklärte, dass er ein *svin* sei und sich seine dreifachverglasten Kunststofffenster in den *røv* stecken könne.

Sie hatte es getan. Sie hatte einen Einbrecher gefesselt. Jetzt musste sie nur noch die Polizei rufen, dann konnte sie sich wieder entspannen. Zumal der Mann es noch nicht geschafft hatte, in den Laden einzudringen, dachte sie mit einiger Erleichterung.

»Rühren Sie sich nicht, die Polizei ist schon auf dem Weg! Machen Sie keine Dummheiten!«, schrie sie unvermittelt, weil sie wieder an den Horrorfilm denken musste. Sie sah es vor sich, wie der Mann stöhnend die Treppe hochkroch und mit verkrampfter Hand nach den einzelnen Stufen griff, dann nach der Waffe, die unweigerlich irgendwo herumlag – einer Mistgabel, einem Küchenmesser, einer Axt.

Er schrie ebenfalls, in den verschiedensten Tonlagen, aber die Worte waren immer noch gedämpft. Sie suchte auf dem Küchentresen und zwischen den Sofakissen nach dem Telefon. Schließlich entdeckte sie es in der Schublade, in die sie es selbst geräumt hatte, unter einem Geschirrtuch. Als sie auf den Hörer schaute, wurde ihr allerdings klar, dass sie sich in ihrer Panik nicht mehr an die Nummer des englischen Polizeinotrufs erinnerte. Sie versuchte es mit der dänischen. Ihr Atem ging schneller.

»Kein Anschluss unter dieser Nummer.«

»*Lort!*« Das musste er ja nicht erfahren. »Sie sind schon auf dem Weg«, rief sie ein weiteres Mal. Bei der Vorstellung, sein Gesicht könne in der Tür auftauchen, die Glieder befreit von den Fesseln, zog sich alles in ihr zusammen. Er würde durch die Wohnung kriechen und sie umbringen.

Die Augen auf die Tür gerichtet tippte sie eine der Nummern von der Korkpinnwand in den Hörer. Am anderen Ende hörte man das Klirren von Gläsern und

Stimmengewirr, dann eine vertraute Stimme. »Hallo, hier ist das Fox and Hounds, was kann ich für Sie tun?«

»Gavin«, zischte sie, »ich bin's, Clara. Können Sie mich verstehen?« Sie drückte den Hörer ans Ohr und wünschte sich verzweifelt, in dem Pub zu sein, umgeben von friedfertigen Bürgern.

»Wer ist *ich*? Louisa, bist du das? Rufst du aus Spanien an? Wir tricksen gerade die Sperrstunde aus, wie damals in alten Zeiten. Aber wir vermissen dich …«

Clara hatte nicht die Zeit zu registrieren, dass seine Stimme anders klang als sonst, weicher. »Nein, ich bin's«, wiederholte sie. »Clara. Jemand ist eingebrochen. Ich rufe aus der Wohnung an. Er ist jetzt unten vor dem Laden.«

Gavin hatte offensichtlich genug verstanden, um den Ernst der Lage zu begreifen. »Clara? Okay. Bleib da«, sagte er etwas lauter. Sie verspürte sofort Erleichterung, weil er sie nicht im Stich ließ. »Ich bin in zwei Sekunden da.« Sie hörte, wie er durch den Raum rief: »Clive, ich muss schnell weg. Übernimm die Bar und pass auf, dass sich niemand an der Vorkasse für die Getränke vergreift. Das war beim letzten Mal nicht lustig und würde es auch diesmal nicht sein.«

Der Nachsatz aus der Alltagswelt verlieh Clara ein Gefühl der Sicherheit. Sie klammerte sich so fest an den Hörer, dass ihre Fingerknöchel weiß hervortraten.

Dann war Gavins Stimme wieder in der Leitung. »Verstecken Sie sich an einem sicheren Ort. Ich werde jetzt auflegen, okay? Aber ich werde mich sofort auf den Weg zu Ihnen machen. Verstanden, Clara? Es ist alles in Ordnung. Suchen Sie sich einfach ein sicheres Versteck.«

»Danke«, flüsterte Clara. Sie hatte vor Rührung einen Kloß im Hals.

Nachdem sie aufgelegt hatte, blieb sie stehen und lauschte auf Geräusche. Außer ihrem eigenen Atem und den scheppernden Klängen einer unheimlichen Musik in ihrem Kopf war nichts zu hören. Unten war Ruhe eingekehrt. Sie schlich zur Wohnungstür und schaute hinab.

Erleichterung durchflutete sie. Der Mann lag immer noch da, wo sie ihn zurückgelassen hatte, obwohl er sich wand, um sich von dem Kabel zu befreien. Kurz verspürte sie sogar Stolz, weil sie fähig war, einen Einbrecher in Fesseln zu legen. Vielleicht sollte sie sich im Badezimmer verbarrikadieren? Gavin würde nicht lange brauchen, so beunruhigt, wie er geklungen hatte. Bald würde er eintreffen. Sie sollte sich unbedingt verstecken.

Der Mann hörte auf, sich zu krümmen und zu drehen, vielleicht weil er ihre Gestalt im Türrahmen entdeckt hatte. »Ich bin ihr Sohn«, rief er, während er in seiner embryonalen Haltung verharrte. »Ich bin Louisas Sohn.«

Clara erstarrte. Woher kannte er Louisas Namen? Hatte er ihn zufällig richtig erraten? Hatte er Post im Flur liegen sehen?

»Das kann ein Einbrecher auch behaupten«, rief sie unsicher und trat einen Schritt zurück.

Plötzlich erwachte Lady CaCa, spreizte die Flügel und reckte den Hals. »JOE JOE MASTER JOE, LOVE ISLAND JOE.« Ihr Geschrei verschluckte den Anfang dessen, was der Einbrecher nun hinauf zu Clara brüllte.

»Ich bin der Sohn der Frau, die Ihnen die Wohnung überlassen hat. Die es Ihnen erlaubt hat, den Spielzeugladen wiederzueröffnen, obwohl sie ihn eigentlich schließen wollte. Die Ihnen diesen Albtraum von einem Papagei und den entspanntesten Kater der Welt anvertraut hat. Würde ein Dieb das alles wissen?«, keuchte er.

Je länger Clara seinen Worten lauschte, desto stärker wurde das Gefühl des Entsetzens. Schließlich eilte sie aus der Wohnung, rannte die Treppe hinunter und beugte sich über ihn. »Sie sind Louisas Sohn? Sie sind Joe?«

Er schaute sie durch das Kabelgitter an, ein Augenlid von einem Licht zugedrückt. »Der bin ich. Und Sie müssen die Frau sein, die auf unsere Wohnung aufpasst.«

Sie schluckte. »Ich heiße Clara«, sagte sie kleinlaut. Vorsichtig begann sie, ihm die Fesseln abzunehmen. »Nun, Entschuldigung … Warten Sie, lassen Sie mich … Tut mir leid, da steckt ein Lämpchen unter Ihrem … in Ihrem, äh, Oberschenkel.«

Er murmelte etwas vor sich hin. An seinem Haaransatz hatte sich Schweiß gebildet, seine Wangen waren gerötet, sein Haar zerzaust.

Clara spürte, wie ihr die Hitze ins Gesicht stieg, als sie die Lichterkette zu entwirren versuchte. Als sie versehentlich den Schritt seiner Anzughose berührte, zog sie schnell die Hand weg. »Tut mir leid, da war … Da hat sich das Kabel irgendwie blöd verheddert«, sagte sie und schaute dann zu, wie er sich selbst befreite.

Als er sich schließlich erhob, füllte seine Gestalt den Flur und verdeckte die nackte Glühbirne über ihm. Er glättete sein Haar und schaute hochmütig auf sie herab.

»KEINE BEWEGUNG. GEH IN DECKUNG, CLARA!«, erklang ein Schrei von der Haustür. Gavin stürmte in den Flur und schaltete das Licht an, sodass plötzlich alles hell wurde. Clara blinzelte.

Gavin marschierte in Gummistiefeln herum, ein Geschirrtuch über der Schulter. Der Einbrecher – Louisas Sohn Joe – stand in einem Gewirr aus Plastikkabeln, einen roten Fleck an der Wange, wo Clara ihn mit dem Steckenpferd getroffen hatte. Das lag nun bedrohlich zu seinen Füßen. Joes braunes Haar stand ab, und seine grauen Augen blitzten sie an. Sie musste an das Foto denken, das sie in seiner Wohnung gesehen hatte. Abgesehen davon, dass der Mann auf dem Foto lächelte, handelte es sich eindeutig um dieselbe Person. Er war schmaler im Gesicht, als sie es sich vorgestellt hatte, blasser. Und wesentlich besser gekleidet. Der Wollmantel war sicher ein Designerstück und der Anzug darunter auch.

»Verschwinden Sie«, rief Gavin und trat vor. Bevor Clara ihn davon abhalten konnte, hatte er Joe den Arm auf den Rücken gedreht.

»Autsch.« Joe kippte vornüber. »Scheiße.«

»Ich habe ihn, Clara, keine Panik.« Gavin zerrte Joes Arm noch weiter nach oben.

»Auaah.«

»Nicht zappeln«, rief Gavin. »Alles in Ordnung, Clara, dir kann nichts mehr passie–«

Clara fuchtelte mit den Händen herum, um ihm das Wort abzuschneiden, wobei auch sie ihn duzte. »Gavin, hör auf, es ist Joe. Ich habe mich geirrt. Er ist okay.« Sie sah, wie ihre Worte zu Gavin durchdrangen.

»Joe?«, wiederholte er. Dann ließ er dessen Arm los und drehte ihn zu sich. »Joe wie … Louisas Joe?« Verblüfft trat er einen Schritt zurück. »Wieso zum Teufel kriechst du um zwei Uhr morgens hier herum?«

»Ich bin direkt aus London gekommen, nach Geschäftsverhandlungen in New York«, sagte Joe, den Mund grimmig verzogen. Er bückte sich, um die Kabel von seinen Füßen zu entfernen. »Das kann doch wohl nicht wahr sein, dass ich in meinem eigenen Zuhause angegriffen werde«, knurrte er und warf Clara einen derart verächtlichen Blick zu, dass sie zusammenzuckte.

»Ich dachte, er sei ein Einbrecher«, raunte sie, als wollte sie sich selbst davon überzeugen, dass sie das Richtige getan hatte. Das Steckenpferd starrte mit seinen Glasaugen zu ihr empor.

»Warum gehen wir nicht hoch und wärmen uns ein wenig auf?«, schlug Gavin vor, der spürte, dass die Atmosphäre immer frostiger wurde.

»Gute Idee.« Clara war ihm zutiefst dankbar für seinen Vorstoß. »Ich werde Wasser aufsetzen. Die Engländer lieben Tee. Ein Tee kann alles wiedergutmachen.«

Damit stapfte sie in ihren Hüttenschuhen die Treppe hinauf. Ihr war bewusst, dass sie Louisas exzentrischen Morgenmantel trug und darunter nur einen Schlafanzug. Als sie zum Küchentresen ging, fuhr sie sich durchs Haar. Sie fühlte sich immer etwas unwohl, wenn sie keinen BH trug, zumal ihr nicht entgangen war, dass Joe selbst mit hochrotem Kopf überwältigend aussah.

Sie schaltete den Wasserkocher an, und beklommen verfolgte sie, wie Gavin und Joe in die Wohnung traten.

Joe zog seinen Mantel aus, unter dem er einen schicken blauen Anzug und eine makellose weiße Krawatte trug. Er war viel zu förmlich gekleidet, jedenfalls für diese chaotische Umgebung.

Einzig Lady CaCa schien sich wirklich zu freuen, ihn zu sehen. Sie stolzierte auf ihrer Stange herum, warf den Kopf zurück und wiederholte ständig: »GUTEN TAG, GUTEN ABEND UND GUTE NACHT«, ohne ihn ein einziges Mal »Miststück« zu nennen. Roddy schlug nur ein Auge auf, registrierte den ungewöhnlichen Menschenauflauf in der Wohnung und rollte sich wieder zusammen, die Pfoten vor seinen Augen, als wollte er ihnen mitteilen, dass sie gefälligst leise sein und ihn schlafen lassen sollten.

»Du bewirkst wirklich Wunder«, sagte Gavin, als er in den Raum trat und die polierten Oberflächen, die allgemeine Ordnung und die persönliche Note der Wohnung wahrnahm.

Clara nickte, erfreut, dass er es bemerkt hatte. Die schmerzenden Arme und die rot gescheuerten Hände waren das allemal wert gewesen.

»Man kann sogar den Fußboden sehen.« Gavin lachte. »Mir war gar nicht bewusst, dass die Zimmer so groß sind. Louisa hatte einfach immer so viel … Zeug herumliegen. Alles wirkt so anders jetzt.« Er schritt durch den Raum und bewunderte die neue Wohnlichkeit. Clara hatte einen Stapel Kisten entdeckt und Hunderte von Dingen weggeräumt. Dann hatte sie Decken über das Sofa geworfen, die Stühle mit Kissen versehen und in jeden Winkel Lampen gestellt.

Joe blickte von seinem iPhone auf. Seine Augen schweiften durch den Raum, bevor sie sich wieder auf die Nachricht konzentrierten, die er gerade tippte. Clara fühlte, wie ihre Schultern nach unten sanken, als sich der Wasserkocher ausschaltete und Dampf in die Luft stieg.

»Tee?«, fragte sie.

»Ich bleibe nicht«, sagte Joe, ohne aufzuschauen.

»Oh.« Clara merkte, dass sie von einem Bein aufs andere trat. Etwas an Joe machte sie nervös. Sie musste sich beherrschen, sich nicht permanent zu entschuldigen. Der leuchtend rote Fleck auf seiner Wange trug nicht zur Entspannung bei.

»Du hast so viele Kerzen«, sagte Gavin und beugte sich, um die vielen Kerzen zu betrachten, die sie zu beiden Seiten des Holzofens aufgestellt hatte. Auf dem Kaminsims, den Beistelltischchen und dem Fensterbrett standen weitere, in allen möglichen Größen und Formen. »Es ist bestimmt schön, wenn sie alle brennen.«

»Und vielleicht die Bude abfackeln«, murmelte Joe laut genug, dass Clara es hören konnte. Sie spürte, wie sie sich verkrampfte.

»So etwas Weiches habe ich in meinem Leben noch nicht in der Hand gehabt.« Gavin war zum Schaukelstuhl gegangen und strich über die Decke, die sie über die Lehne geworfen hatte. »Es ist unglaublich gemütlich hier.«

»Ich habe noch mehr Pläne.« Clara schenkte ihm ein Lächeln, froh über die Ablenkung.

»Vermutlich ziehen Sie einen Architekten hinzu, damit er ein paar Wände einreißt, was?«, schimpfte Joe, der nun sein Handy in die Innentasche seines Jacketts steckte.

»Ich …« Clara sah ihn mit offenem Mund an. Sie war zu überrascht, um etwas erwidern zu können. Trotzig verschränkte sie die Arme vor der Brust.

Joe rieb sich die rote Stelle an seiner Wange.

»Möchten Sie etwas Eis?«, fragte sie und drehte sich zum Kühlschrank.

»Wie bitte? Eis für die gewaltige Beule, die *Sie* mir verpasst haben?« Er kniff die Augen zusammen.

Sie biss sich auf die Lippe. »Es tut mir leid, wirklich.« Nach kurzem Zögern fügte sie hinzu: »Aber immerhin habe ich *Ihr* Eigentum geschützt.« Sie lächelte verhalten, um ihn ein wenig zu besänftigen.

Er bedachte sie mit einem stummen, eisigen Blick. Zu früh.

»Vielleicht solltest du dich mal in meinem Pub umschauen und mir ein paar Anregungen geben«, grübelte Gavin. Er war nun in seiner eigenen Welt versunken und bekam von dem frostigen Wortwechsel nichts mit.

»Das mache ich mit Freuden, Gavin«, sagte Clara, die verzweifelt im Gefrierfach nach dem Eiswürfelbehälter kramte. Als sie ihn gefunden hatte, richtete sie sich wieder auf, drückte Eiswürfel in ein Geschirrtuch und hielt es Joe hin. Der schüttelte den Kopf. »Wo wollen Sie denn jetzt hin?«, entfuhr es ihr, als sie sah, wie er durch die Wohnung schritt und mit geschürzten Lippen das ungemachte Bett und einen zu Boden gefallenen BH betrachtete. Sie spürte, wie ihr Gesicht heiß wurde, als er sich zu ihr umdrehte.

»Ich wohne im Pub. Hast du ein Zimmer für mich, Gavin?«

»Klar. Du musst auch nichts zahlen«, erwiderte Gavin mit einer wegwerfenden Handbewegung.

»Natürlich zahle ich«, knurrte Joe.

»Nein, wirklich, das ist doch albern«, sagte Clara. »Sie können gern hierbleiben. Bitte bleiben Sie, es ist doch Ihr Zuhause. Die Wohnung Ihrer Mutter.«

»Lieber nicht«, sagte er und holte wohl zum siebenhunderttausendsten Mal das Handy aus der Tasche.

Clara fühlte sich, als hätte er ihr Eiswürfel über den Kopf gekippt. »Nicht nötig, sich wie ein *svin* aufzuführen.«

»Ein was?«

»Nichts«, murmelte sie und rief sich in Erinnerung, dass sie diesem Typen einen Stock ins Gesicht geknallt hatte und in seiner Wohnung schlief. Da sollte sie nicht auch noch unverschämt werden. Mit seinen schmalen Augen, dem stylischen Anzug und dem ständigen Getippe auf seinem Handy, das nie zu vibrieren aufhörte, trieb er sie aber zunehmend auf die Palme. Als kaltes Wasser auf ihr Bein tropfte, legte sie schnell den Eisbeutel in die Spüle hinter ihr.

Joe griff zu seinem Mantel. Lady CaCa, die spürte, dass er sich verabschieden wollte, schrie: »ICH BIN DEIN VATER!«

Gavin runzelte die Stirn. »Nun, so lustig es ist, hier herumzustehen, sollte ich wohl mal besser heimkehren. Morgen ist ein langer Tag.« Er wandte sich an Clara. »Es gibt bei dir auch wieder eine neue Attraktion, nicht wahr?«

»Attraktion?« Joe zog fragend eine Augenbraue hoch.

»Das ist Stadtgespräch, Joe. Clara hat sich eine Art Countdown für das Schaufenster ausgedacht«, erklärte er.

Clara lächelte matt. Die Pläne für den Laden schienen Lichtjahre entfernt.

»Wird es etwas Aufregendes?«, fragte Gavin mit einem breiten Grinsen. Als Clara antworten wollte, hob er die Hand. »Nimm mir nicht die Überraschung. Ich bin nämlich auch schon neugierig, musst du wissen. Okay, Joe, wollen wir gehen, damit Clara ein wenig Schlaf bekommt?«

»*Ich* könnte doch im Pub übernachten, während Joe …«, begann Clara. Sie stolperte über ihre eigenen Worte, geplagt von Schuldgefühlen.

Joe war aber bereits zur Tür gegangen. »Nein, bitte, ich bestehe darauf.« Seine Stimme troff vor Sarkasmus.

»Aber …« Clara biss sich auf die Lippe, als Gavin an ihr vorbeiging und ihr eine Hand auf den Arm legte. »Ich versteh dich«, sagte er leise.

Sie schluckte ihre Gefühle hinunter und nickte, dann drehte er sich zur Tür. Joe war bereits aufgebrochen. Seine Schritte hallten im Treppenhaus wider.

Kapitel 13

Joe schritt schweigend neben Gavin her, der, wie er erst jetzt bemerkte, ein Geschirrtuch über die Schulter geworfen hatte. Er schlug den Kragen seines Wintermantels hoch. Seine Wange schmerzte von dem Stockschlag. Was hatte sich diese dämliche Tusse nur dabei gedacht? Hätte sie ein wenig härter zugeschlagen, wäre er jetzt vielleicht tot. Sein Kopf pochte. Die leisen Kopfschmerzen, die ihm in letzter Zeit immer häufiger zusetzten, wurden plötzlich übermächtig; er konnte sich kaum auf das konzentrieren, was Gavin ihm erzählte.

»Hier hat sich vermutlich einiges verändert, seit du das letzte Mal da warst, oder?«, fragte Gavin und zeigte auf die Läden auf der anderen Straßenseite. Joe hatte gar nicht hingeschaut und erblickte nun die toten Schaufensterfronten. In etlichen hingen Schilder mit der Aufschrift »Räumungsverkauf«.

Er grummelte etwas vor sich hin, weil er wegen der Kopfschmerzen möglichst wenig sprechen wollte.

»Louisas Kapitulation lässt die Sache real erscheinen«, fuhr Gavin fort. »Eigentlich hatte ich stets gehofft, wir machen nur eine schwierige Phase durch. Wie Gigglesworth ein paar Meilen weiter, als der alte Pub zumachte und alle Läden woanders hinzogen. Ich dachte, wir stehen das durch, überwintern irgendwie und fangen dann von vorne an. Schließlich wurde Yulethorpe erst vor vier Jahren zum schönsten Städtchen in der Gegend gekürt. Es ist ein wunderbarer Ort …« Seine Stimme verlor sich, und er ließ den Kopf hängen.

»Nur liegt er leider in der Pampa«, sagte Joe.

»Die Menschen, die hier leben, sehen das anders.« Gavins Stimme klang schroff.

Joe zuckte mit den Achseln. »Man braucht keine Geschäftsstraße, wenn man alles im Internet bestellen kann. Achtundsiebzig Prozent der Bevölkerung besorgen sich ihre Konsumgüter online. Die Supermärkte liefern auch in die hintersten Winkel des Landes.«

»Grauenhafte Vorstellung«, sagte Gavin.

Joe zögerte. Dieser Gedanke war ihm noch nicht gekommen. Ihm gefiel es, wenn sich alles bequem erledigen ließ. Die Unterstellung, dass er falschlag, behagte ihm gar nicht.

»Ich finde es überhaupt nicht grauenhaft, wenn ich innerhalb einer Stunde California Rolls mit Wasabi-Garnelen aus einem Londoner Spitzenrestaurant auf dem Tisch habe. Im Internet bekommt man die Dinge sogar billiger – wobei das nicht meine größte Sorge ist.« Diesen Kommentar konnte er sich nicht verkneifen.

Bildete er sich das nur ein, oder verdrehte Gavin die Augen?

»Ich vermute mal, dass du bei jedem Sandwich, das du dir kaufst, zwischenmenschliche Kontakte pflegen willst«, fuhr Joe etwas gequält fort. Sein Kopf pochte derart, dass er kaum einen klaren Gedanken fassen konnte.

Gavin zuckte mit den Achseln. »Wahrscheinlich bin ich altmodisch.«

Sie hatten den Pub erreicht. Gavin hielt ihm die Tür mit der Glasscheibe auf. Der Raum war so hell, dass sie blinzeln mussten. Ein glatzköpfiger Mann stand hinter dem Tresen und stapelte Gläser auf. »Alles in Ordnung, Gavin. Alle sind fort. Niemand hat sich an der Vorkasse vergriffen.«

Gavin bedankte sich, und Joe schaute sich um. Der Pub sah wirklich trostlos aus. Joe war noch nie hier gewesen, obwohl er von seiner Mutter viel gehört hatte: von den Steak-Abenden, den montäglichen Quizrunden, von ihren Dart-Partien mit diesem Gavin. Joe musterte ihn. Er war eine gewaltige Tonne; der fleischige Schädel saß auf massigen Schultern. Der Ärmel seines Hemds verdeckte zum Teil eine Tätowierung. Joe tippte auf eine Meerjungfrau oder ein durchbohrtes Herz. Er war ein Arschloch, das wusste er selbst, aber er konnte nicht anders. Eigentlich wollte er nur noch ins Bett und schlafen. Vorsichtig betastete er die pulsierende Stelle an seiner Wange.

»Ich zeige dir dein Zimmer.« Gavin deutete auf eine Tür links von der Theke.

»Was ist sie eigentlich für ein Typ?«, fragte Joe unvermittelt.

Gavin warf ihm einen hohlen Blick zu. Die Wanduhr erinnerte ihn daran, dass es fast drei war. »Clara?«

Joe nickte und widerstand dem Drang hinzuzufügen:

»Natürlich Clara, was denkst du denn? Mutter Teresa?« Sein Kopf marterte ihn. Es war eine lange Nacht gewesen, nach einem langen Tag.

Gavin dachte nach. »Sie gehört zu den Menschen, die auch den schlichten Dingen etwas abgewinnen können.«

»Schlichten Dingen?«, wiederholte Joe.

»Na ja, sie nimmt sich Zeit, sich auf die Dinge einzulassen. Für den Moment zu leben. Sie ist einfach ... Nun, sie ist friedfertig.«

Joe schaute ihn belustigt an und wollte schon auf den Fleck an seiner Wange zeigen. Friedfertig war sie bestimmt nicht.

Gavin legte eine Hand auf die Türklinke. »Sie hat im Geschäft in kurzer Zeit Erstaunliches geleistet. Die Menschen kommen in Strömen seit ihrer ersten Schaufensterauslage.«

»Schaufensterauslage?« Joe zog eine Augenbraue hoch.

»Sie hat all diese Holzspielzeuge gefunden, echte Raritäten. Louisa wusste vermutlich gar nicht, dass sie so etwas besitzt. Du weißt ja, wie sie ist: Sie hortet das Zeug, das sie überall sammelt. Eine richtige Manie ist das.«

Joe wusste das nicht. Es war Jahre her, dass er sich mal länger zu Hause aufgehalten hatte. Den Laden hatte Louisa eröffnet, als sie vor über zwanzig Jahren nach Yulethorpe kamen. Joe war damals zwölf gewesen und hatte einen Spielzeugladen für das Coolste überhaupt gehalten. Er wollte immer im Geschäft sein, wollte die Kunden bedienen, ihnen das Spielzeug zeigen, seiner Mutter bei den Bestellungen helfen. Sogar zu den Lieferanten fuhren sie gemeinsam. Er war der glücklichste Junge der Welt. Als Teenager entdeckte er dann die Mädchen, trat in die Fußballmannschaft ein und strebte nach Bestnoten. Als er in London studierte und seinen ersten Job in der City antrat, war der Laden nur noch eine ferne Kindheitserinnerung. Ihm wurde bewusst, dass er sich in den letzten Jahren nicht einmal mehr danach erkundigt hatte.

»Sie muss Stunden dafür gebraucht haben. Die Holzgleise, die funkelnden Waggons, der Hintergrund aus vielen Puzzles, die sie zu einer gewaltigen Landschaft angeordnet hatte – absolut überwältigend. Sie hat eine wahnsinnig kreative Ader. Louisa wäre begeistert.« Gavin schaute in die Ferne, ein trauriges Lächeln im Gesicht.

»Und was verspricht sie sich davon?«, fragte Joe.

»Versprechen?« Gavin runzelte die Stirn und kehrte in die Wirklichkeit zurück. »Vermutlich will sie einfach nur helfen«, sagte er.

»Mmh.« Daran glaubte Joe nicht eine Sekunde. Niemand tauchte in einer Stadt auf und übernahm einen Laden und eine Wohnung, ohne sich etwas dabei zu denken.

»Wo kommt sie eigentlich her?«

»Aus Dänemark, glaube ich«, antwortete Gavin. »Oder aus Norwegen. Jedenfalls aus einem der skandinavischen Länder. Woher kommt IKEA?«

»Was hat sie dann ins ländliche Suffolk verschlagen?«, erkundigte sich Joe.

»Das habe ich sie nie gefragt«, sagte Gavin. »Sie ist sehr zurückhaltend, was sie selbst betrifft. Offenbar ist sie viel herumgereist – sie schleppt ihr Leben in einem großen Rucksack mit sich herum. Ihr Englisch ist allerdings ziemlich gut, als wäre sie schon jahrelang hier.«

»Zurückhaltend, was sie selbst betrifft? Hat sie vielleicht etwas zu verbergen?« Joe griff sofort diesen Punkt auf.

»Wenn ja, dann ist es sicher nichts Schlimmes. Sie ist ein großartiges Mädchen, Joe, du musst ihr eine Chance geben. Wenn sie nicht wäre …« Gavin redete nicht weiter, womöglich abgeschreckt von seiner Miene. Hatte er behaupten wollen, dass Louisa sonst niemanden kannte, der ihr helfen würde? Der Gedanke trieb Joe erst recht auf die Palme.

»Wir werden ja sehen.« Sein Vater hatte ihm immer geraten, Menschen nicht nach dem Äußeren zu beurteilen. Leicht auszumalen, wie sich seine Mutter um den Finger hatte wickeln lassen: dieses viele blonde Haar, die rosigen Wangen, die Grübchen. Er würde auf der Hut sein müssen, wenn schon alle anderen ihr auf den Leim gingen.

Er folgte Gavin die Treppe hoch, tief in Gedanken versunken, und blieb vor einer Tür zu seiner Rechten stehen.

»Die nicht«, rief Gavin schrill.

Joe nahm sofort die Hand von der Klinke. Er wollte ganz bestimmt nicht in ein Zimmer platzen, in dem ein Pärchen schlief oder jemand nackt herumlief.

Gavin hatte förmlich die Augen aufgerissen. »Hier, dieses ist es. Dies ist dein Zimmer«, sagte er und führte ihn in den nächsten Raum, wo unter der Dachschräge ein Einzelbett stand. Joe gab sich Mühe, sich seine Abscheu nicht allzu deutlich anmerken zu lassen. Er war es gewöhnt, dass man ihm große Penthouse-Wohnungen finanzierte. Hier konnte er vermutlich alle vier Wände berühren, wenn er sich auf dem Teppich ausstreckte

»Danke«, sagte er und trat an Gavin vorbei.

»Du hast ja gar kein Gepäck«, sagte Gavin, und Joe fiel ein, dass er seine Tasche im Flur seiner Mutter vergessen hatte. Aber er würde den Teufel tun, zurückzukehren und sich noch einmal eins über den Schädel ziehen zu lassen.

»Mist«, zischte er.

»Ich hole dir eine Zahnbürste.«

Joe rümpfte die Nase, da er schon das Relikt eines früheren Gasts vor sich sah.

»Ich habe vermutlich noch eine originalverpackte«, fügte Gavin hinzu, als hätte er seine Gedanken erraten.

Joe war Badezimmer mit Toilettenartikeln von Molton Brown gewöhnt, außerdem Marmorflächen und superweiche Handtücher aus ägyptischer Baumwolle mit hoher Fadendichte. Er rümpfte die Nase, als er die enge Dusche, das Klo in dem unappetitlichen Avocadoton und den winzigen quadratischen Spiegel sah. Als Gavin mit der Zahnbürste zurückkehrte, schaffte er es, sich einen dankbaren Blick abzuringen und auch Zahnpasta und ein Handtuch entgegenzunehmen.

»Okay, dann mal gute Nacht. Ich hoffe, es ist alles zu deiner Zufriedenheit«, sagte Gavin mit gedämpfter Stimme, als er sich zum Gehen wandte.

Joe nickte, schloss die Tür und bereute im nächsten

Moment seine schlechte Laune. Nach einem wahnsinnigen Arbeitstag hatte er einfach nur in sein eigenes Bett fallen wollen. Er würde sich morgen früh entschuldigen. Gavin schien kein nachtragender Typ zu sein.

Die Zimmerdecke schwebte nur wenige Zentimeter über seinem Kopf, als er mitten im Raum stehen blieb und das winzige Bett unter der Dachschräge, die offenen Vorhänge und das Fenster betrachtete. Draußen sah man nichts als den dunkelblauen, mit Sternen übersäten Himmel. Meilenweit war kein anderes Licht zu erkennen. Wie anders es hier war als in London. Die Stille hatte etwas Beunruhigendes.

Er schaute auf seine Uhr: 3:10. Er würde noch schnell seine E-Mails kontrollieren und ein paar an sein Team schicken. Es war immer gut, sie daran zu erinnern, dass er noch arbeitete.

Nachdem er den geblümten Vorhang zugezogen hatte, lehnte er den Kopf an das samtbezogene Kopfende des Betts und versuchte sich auf seine Mails zu konzentrieren. Seine Gedanken wanderten aber immer wieder zu den Ereignissen des Abends zurück. Sein Team schien den Abschluss des jüngsten Geschäfts erfolgreich über die Bühne zu bringen. Es stand zwar noch eine weitere Unternehmensübernahme an, aber das könnte er vielleicht für eine Weile von hier steuern. Er würde Pam einfach sagen, dass sie keine Termine annehmen soll. Ein paar Kunden wohnten in nicht allzu weiter Ferne, also könnte er behaupten, er bereite den nächsten Deal vor. Er wollte hierbleiben und herausfinden, was diese Frau im Schilde führte. Die Furcht davor, was Tom, der andere Geschäftsführer, sagen würde, wenn er ihm auf die Schliche kam, verdrängte er.

Als er aufstand, um sich die Zähne zu putzen, erblickte er sein Gesicht im Spiegel. Es musste am Licht liegen, dass er so grau aussah und seine Augen blutunterlaufen wirkten. Er holte eine silberne Schachtel aus der Innentasche seines Jacketts und hoffte, dass die Tabletten seine Kopfschmerzen lindern würden. Schließlich kehrte er zum Bett zurück, zog die Schuhe aus, kroch unter die dünne Decke und schloss die Augen. Sein Schädel pochte, und vor seinem inneren Auge sah er Clara, als er in einen unruhigen Schlaf fiel.

Auf dem spanischen Festland war es einfach zu kühl, daher bin ich auf die Kanarischen Inseln gefahren. Jetzt bin ich in El Cotillo, an der Westküste von Fuerteventura. Hier ist es viel heißer. Allerdings ist es so windig, dass ich beide Sonnenhüte verloren habe. Ich habe mich zu einem Yoga-Kurs am Strand angemeldet – sag Clara doch bitte, dass in meiner Gruppe ein Däne ist, der die unglaublichsten Sirasanas-Übungen beherrscht. Ich hege den Verdacht, dass er doppelt bewegliche Gelenke hat. Es ist nicht mehr normal, wie er sich verbiegen kann.
Ich fasse es nicht, dass sie Joe eins übergezogen haben soll. Die Armen. Ich hätte Clara warnen sollen, dass er auftauchen könnte. Ist es eine dicke Beule? O Gott, was wird er sauer sein. Gib ihm bitte einen Kuss von mir – das ist so wundervoll, dass er zu Besuch gekommen ist. Ich hoffe, die beiden verstehen sich. Clara bringt jedes Herz zum Schmelzen, und Joe muss mal ein bisschen kürzertreten. Als er klein war und sein Vater uns verlassen hat, waren wir dicke Freunde. Ich habe dir doch erzählt, dass er immer auf unseren Küchentisch gestiegen ist und Gedichte aufgesagt hat, wenn ich traurig war. Kannst du dich erinnern? Er wusste, wie gerne ich Gedichte mag. Im Grunde seines Herzens ist er ein wunderbarer Junge. Es fehlt mir, mit ihm lachen zu können. Er ist jetzt oft so entsetzlich ernst.
Fuerteventura ist großartig. Alle laufen nackt herum, das ist herrlich. Wir plantschen im Meer und zeigen alles, was wir haben. Einer der Männer im Bunker in meiner Nähe (sie haben hier kleine Steinbunker, die einen vor der Meeresbrise schützen, wie schicke Windfänge) trägt nur einen

neongelben Penisring. Ich muss unbedingt herausfinden, ob er ihn irgendwann gegen eine andere Farbe austauscht, daher werde ich die nächsten Tage nur an diesen Strand gehen. Ich schicke dir einen geschnitzten Flaschenöffner in Penisform, die sie hier verkaufen, dann kannst du ein bisschen an unserem Spaß teilhaben. Leg ihn hinter den Tresen, er wird für Gesprächsstoff sorgen!
Ich bin froh, dass der Laden gut läuft. Die Beschreibung der Schaufensterauslage klang wunderbar. Aber was ist mit meinen Tieren? Führt sich Lady CaCa unerträglich auf? Spuckt sie immer noch mit Wasser um sich, wenn Phillip Schofield im Fernsehen ist? Armer Phil, ich weiß auch nicht, was sie gegen ihn hat. Er ist ein DERART wunderbarer Mann. Weißt du, dass mir der Tierarzt geraten hat, ihren Käfig auf den Boden zu stellen, damit sie ihre Persönlichkeitsstörung überwindet? Wenn Papageienkäfige zu hoch hängen, halten sich die Vögel offenbar für etwas Besseres und spielen sich auf. Was für ein fieses Männchen, dieser Tierarzt, vielleicht sollte ich irgendwann zu dem in Gigglesworth wechseln. Ich habe ihm klargemacht, dass die Probleme nichts mit der Position des Käfigs zu tun haben. Lady CaCa hat sich schon seit Anfang an aufgeführt, als sei sie den Menschen überlegen, und ihre treffenden Kommentare zu den Nachrichten beweisen meines Erachtens, dass sie jedes Recht dazu hat. Stell dir vor, ich wäre seinem Rat gefolgt: Kannst du dir eine sanfte, unterwürfige Lady CaCa vorstellen, die Sachen sagt wie: »GIB MIR EINEN CRACKER?« Schrecklich.
Hat Roddy endlich beschlossen, etwas aus seinem Leben

zu machen, oder läuft er immer noch in seiner eingebildeten Smokingjacke herum und träumt in den Tag hinein? Ich sehne mich nach dem Moment, in dem er eine tote Maus anschleppt. Wenn er mit einem dänischen Mädchen zusammenlebt, entdeckt er vielleicht den Krieger in sich. Clara wird gutes, starkes Wikingerblut in sich haben.
Ich habe das Plättchen mit dem Doppelbuchstaben eingesetzt, aber leider hilft mir das kaum. Ich sehe einer schrecklichen Niederlage entgegen. Es steht zu befürchten, dass ich mich nur retten kann, wenn ich alle meine Buchstabensteine einsetze. Wenn du das Q bekommst, kriege ich einen Schreikrampf. Ich habe schon Us angesammelt, um mich darauf vorzubereiten.

Kapitel 14

Clara ersetzte die hölzerne Eins durch eine Null, öffnete die Fensterläden und hielt die Luft an, als sie sah, dass bereits drei Kinder mit ihren Eltern vor dem Geschäft warteten. Sie winkte ihnen schüchtern zu und lächelte, als sie vortraten, um das Ergebnis ihrer Arbeit zu begutachten. Ein kleines Mädchen klatschte in die Hände, zog ihre Mutter am Ärmel, um sich alles genau anzuschauen, und zeigte auf einen der Roboter in der Auslage.

Clara war sehr zufrieden mit ihren jüngsten Bemühungen. Sie hatte Stunden damit verbracht, all die Roboter zu reinigen und Batterien für sie zu finden. Manche hatte sie so fixiert, dass sich ihre Arme auf und ab bewegten, sie aber trotzdem an Ort und Stelle stehen blieben. Den Boden des Schaufensters hatte sie in eine Kraterlandschaft verwandelt, in der sich die verschiedensten Außerirdischen um piepende, surrende und sich bewegende Roboter herumgruppierten. Den Hintergrund hatte sie dunkelblau gestrichen – die Farbe hatte sie immer noch unter den Nägeln – und mit Leuchtsternen in unterschiedlichen Größen beklebt. Große blinkende Lichter mit rot angemalten Birnen vervollständigten die futuristische Szene.

Noch bevor sie zur Ladentheke zurückgekehrt war, vernahm sie das Türglöckchen; ihr Herz klopfte.

»Clara, das ist überwältigend«, schwärmte Lauren, die wie ein Wirbelwind herbeigeeilt kam, auf dem Arm Rory, der plapperte und sich zu befreien versuchte. »Rory ist total begeistert von dem Roboter mit den unheimlichen Wimpern und den Schraubstockhänden. Ich kann nicht lange bleiben, aber Kompliment, das ist fantastisch. Ich werde sämtlichen Erziehern davon erzählen, andererseits sieht man die blinkenden Lichter auch aus großer Entfernung. Der Laden ist ein Leuchtturm inmitten von all diesem Grau.«

»Das freut mich. Die Auslage hat mich selbst begeistert.«

Lauren beugte sich vor, die Stirn gerunzelt. »Das sieht man. Du wirkst, als hättest du überhaupt keinen Schlaf bekommen.«

»Lustig, dass ausgerechnet du das sagst.« Clara unterdrückte ein Gähnen. »Ich hatte letzte Nacht Besuch.«

»Besuch?« Lauren zog eine Augenbraue hoch. »Das klingt ja sehr geheimnisvoll.«

Ein Kunde näherte sich, bevor Clara es erklären konnte.

»Hör zu«, sagte Lauren und hievte Rory auf die andere Hüfte. »Ich muss jetzt schnell weg. Komm später vorbei, wenn du den Laden schließt, und erzähl mir alles.« Sie war schon auf dem Weg zur Tür. »Ich weiß, mein Schatz, wir sind zu spät dran. Aber wir sind immer zu spät dran, und niemand erwartet etwas anderes von uns«, sagte sie zu Rory, als sie zur Tür hinausstürmte.

Die nächste Stunde verbrachte Clara hinter der Kasse

und packte Spielzeug ein. Die ferngesteuerten Roboter, die sie in die Auslage gestellt hatte, waren fast ausverkauft, ebenso die achtäugigen Außerirdischen. Und das an einem einzigen Morgen, dachte sie. Am liebsten wäre sie zu Gavin gelaufen, um ihn zu bitten, Louisa anzurufen. Sie fotografierte rasch den Laden, der von Kunden wimmelte. Es war wunderbar, den Lärm und das Gekicher und das Gelächter zu hören.

Als sie ihre Kamera weglegte, sah sie, dass Clive den Laden betrat. Er strich sich über die Koteletten und kaute auf seiner Lippe herum. Sie lächelte und winkte ihm zu, dann fragte sie sich, was er wohl hier suchte. Seine Wangen und die kahle Stelle an seinem Schädel waren rot angelaufen.

Er kam direkt zur Kasse. »Ich habe mich gefragt, ob ich nicht ein paar von den Leuchtsternen kaufen sollte. Ich würde sie im Gästezimmer an die Decke kleben, als Überraschung für meinen Neffen, wenn er mal zu Besuch kommt.« Er sprach leise und stolperte über seine Worte. Dann blickte er schnell über die Schulter und wirkte irgendwie unbehaglich.

»Natürlich.« Clara strahlte. »Eine großartige Idee.« Das führte dazu, dass er noch röter wurde.

Gerade als sie ihm eine Tüte mit Sternen hinschob, spürte sie einen Luftzug. In der Tür stand die spindeldürre Roz und funkelte sie beide an. Clive wäre fast hinter den Tresen gesprungen.

»Roz«, entfuhr es ihm.

»Clive.« Sie kam näher und starrte ungeniert auf die Tüte. »Du hast etwas gekauft?«

Clive sah elend aus und rang die Hände, als wollte er mit seinem Einkauf und der daneben liegenden Quittung nichts zu tun haben.

Bevor Clara ihm irgendwie helfen konnte, bemerkte sie den Vater mit den intensiv grünen Augen, diesmal ohne Tochter, dafür mit noch mehr Bartstoppeln. Er stand neben den Plastikfiguren der Boygroup One Direction und warf ihr ein schiefes Lächeln zu, die Hand zum Gruß erhoben.

»Hey.«

Ihr war bewusst, dass sie ihn anstarrte, als er eine große Kamera herausholte und sich der Kasse näherte. »Hey.« Er schenkte ihr ein umwerfendes Lächeln und zeigte seine weißen Zähne. Zwischen den oberen Schneidezähnen hatte er eine kleine Lücke. »Ich bin Sam.« Er reichte ihr die Hand. Sein Händedruck war kräftig, und wenn er redete, roch er nach Pfefferminz. »Wir sind uns kürzlich schon einmal begegnet.«

»Ich erinnere mich«, sagte Clara und hätte beinahe hinzugefügt: »Sie sind der gut aussehende Witwer mit dem eindringlichen Blick«, konnte sich aber gerade noch beherrschen. »Ich bin Clara.«

»Hallo, Clara.« Das »l« in ihrem Namen sprach er irgendwie sexy aus. Ganz in seinen Anblick vertieft schenkte sie seinem nächsten Satz keine große Beachtung. »Ich bin Journalist bei einer Lokalzeitung. Ihre Schaufensterauslagen würden eine gute Story abgeben. Haben Sie etwas dagegen?«, fragte er und hielt die Kamera hoch.

Clara schwieg. »Oh«, sagte sie, als die Worte endlich

zu ihr durchdrangen. »Ich bin mir nicht sicher.« Sie wollte erklären, dass es nicht ihr eigener Laden war und sie erst mit der Besitzerin sprechen müsste, als Joe in der Tür erschien. Er betrachtete die begeisterten Kinder, die Schaufensterauslage und den Mann, der seine Kamera auf Clara richtete, die hinter der Kasse für ein Foto zu posieren schien. Sie wusste, wie das aussehen musste: dass sie die Lokalpresse eingeladen hatte, um über sie zu berichten. Er musste denken, dass sie ein Ego von der Größe des Ladens hatte.

»Joe, das ist Sa–«

Joe verzog verächtlich den Mund und schnitt ihr das Wort ab. »Ich bin nur hier, um meine Tasche zu holen«, sagte er und ging zur Seitentür. »In einer Minute bin ich wieder weg. Ich werde doch nicht eure Fotosession stören«, erklärte er vielsagend und verschwand im Flur.

Clara spürte, dass ihr heiß wurde. Sie wollte ihm darlegen, dass man die Bitte um ein Foto an sie herangetragen hatte und sie ihn noch um Erlaubnis hatte fragen wollen.

Roz schien erfreut über die Wendung der Ereignisse. Sie eilte zur Seitentür und rief Joes Namen. Er kehrte mit seiner Tasche zurück und begrüßte Roz mit einem steifen Lächeln, während sie ihn auf die Wangen küsste. Clive wich zurück, als hoffte er, mit dem Spielzeug hinter ihm zu verschmelzen. Auf diese Weise würde man ihn vielleicht übersehen. Clara wurde von einem anderen Kunden abgelenkt, der jetzt an die Kasse trat.

»Das macht zwölf Pfund«, sagte sie und versuchte zugleich in Erfahrung zu bringen, worüber Roz und

Joe redeten. Mittlerweile hatte sich eine Schlange an der Kasse gebildet, während Sam aus einer Ladenecke Fotos schoss. Sie konnte den Blick nicht von ihm losreißen, als er an ihr vorbeikam.

Roz und Joe standen abseits und beobachteten jede ihrer Bewegungen. Als irgendwann der Strom von kleinen und großen Kunden abriss, drangen Roz' Kommentare an Claras Ohr. Unwillkürlich ballten sich ihre Fäuste. Der Laden sei »geschmacklos« und die Auslage nur ein »billiges Lockmittel«, weshalb sie, Roz, nicht nachvollziehen könne, warum alle so ein Theater darum machten.

»Die Sterne leuchten doch sowieso nicht, jetzt, am helllichten Tag«, fügte sie mit einem gehässigen Lachen hinzu.

Clara fuhr herum. »Nachts entfalten sie eine unglaubliche Wirkung. Ich werde die Fensterläden nicht schließen, damit die Kinder die Auslage abends bewundern können. Es wird doch momentan so früh dunkel.«

»Klingt nach einem eklatanten Sicherheitsrisiko.« Roz wandte sich wieder an Joe, der Claras Erläuterungen nicht gefolgt war.

»Man kann die Fensterläden nachts nicht offen lassen«, erklärte er nun. Er schien sich in seinen Befürchtungen, sie sei viel zu leichtsinnig, bestätigt zu fühlen.

»Das ist mir schon klar«, zischte Clara, kurz danach lächelte sie, als ein sommersprossiger Junge einen Außerirdischen auf den Tresen legte, während seine Mutter, die eine Hand auf seinem rötlichen Haar, nach dem Portemonnaie suchte.

»Das wäre absolut verantwortungslos. Dann würden Sie tatsächlich einen Einbruch provozieren«, redete Joe weiter auf sie ein. In seinem eleganten Anzug wirkte er ziemlich fehl am Platz zwischen all den Barbiepuppen und den knallgelben Lastwagen.

Clive nutzte den Moment, um sich aus dem Staub zu machen. Roz, der das nicht entgangen war, eilte hinterher und fauchte ihm etwas zu. Armer Clive, dachte Clara, offenbar zahlte er einen hohen Preis für seinen Besuch im Laden. Vielleicht sollte sie selbst noch netter zu ihm sein.

Joe war zu ihr getreten, als plötzlich Sam mit seiner Kamera auftauchte. Als es blitzte, holte Clara tief Luft, trat hinter der Kasse hervor und hakte sich bei Joe unter. Sie musste ihn für sich gewinnen und an all den wundervollen Dingen teilhaben lassen, die sie im Laden noch vorhatte.

»Dies ist der Sohn der Besitzerin«, erklärte sie Sam aufgekratzt. »Lächeln, Joe. Das ist gute Presse für den Laden.«

Joe hob die Hand, um sein Gesicht zu verdecken, als wäre er ein A-Promi, der sich vor Paparazzi schützen muss. Etwas an der Geste hätte Clara fast verleitet, sich über ihn lustig zu machen. Er wirkte so ernst, als könne er sich gar nicht mehr erinnern, wie man sich entspannt. Sie dachte an das Foto von oben, die jüngere Version dieses Mannes, die lässige Haltung, den sorglosen Blick. Was war nur aus ihm geworden?

»Nun kommen Sie schon, Joe. Sie wollen doch sicher, dass die Leser Ihren markanten Kiefer sehen, diesen stahlharten Ausdruck in Ihren Augen«, sagte sie und warf sich in Pose, während die Kamera klickte. »Wir wollen doch, dass alle zu dem großen Ereignis kommen.«

»Was für ein großes Ereignis?«, fragte Joe. »Davon höre ich zum ersten Mal.«

»Unser neues Projekt.« Clara bedachte ihn mit einem feierlichen Blick und wandte sich dann an Sam. »Das wird eine große Sache. Ein Aufbruch in neue Zeiten. Ich erzähle es Ihnen exklusiv. Berichten Sie in Ihrem Artikel darüber, damit alle es erfahren. Und Sie müssen natürlich auch kommen. In vier Tagen ist es so weit.«

»Aber … was zum …« Joe klappte den Mund auf und schloss ihn dann wieder, während Clara unermüdlich in die Kamera lächelte.

Sam schaute sie beide an. »Und jetzt Clara alleine, bitte«, sagte er und ließ die Augen auf ihr ruhen.

»Soll ich in den hinteren Teil des Ladens gehen, oder möchten Sie das Foto lieber hier machen?«, fragte Clara liebenswürdig, während Joe davonmarschierte. Als sie ihm nachsah, musste sie ein Schmunzeln unterdrücken. Normalerweise war ihr dieses Ansinnen fremd, aber irgendetwas an Joe löste in ihr den Wunsch aus, ihn zu provozieren. Sein Bedürfnis, das Leben allzu ernst zu nehmen, erinnerte sie an jemanden. Bei dem Gedanken wurde ihr ganz anders. Sie wusste genau, wie es war, eine solche Person zu sein, und sie wusste auch, wie wundervoll es war, einfach loszulassen.

Kapitel 15

Er würde zur Ladenschlusszeit zurückkehren. Kaum zu glauben, dass sie vorgeschlagen hatte, die Fensterläden nicht zu schließen. Was würde ihr als Nächstes einfallen? Die Kasse offen herumstehen lassen und zuschauen, wie die Nachbarschaft mit dem Geld seiner Mutter davonspaziert? Sie war wirklich ein unbekümmerter Hippie. Sicher, der Laden war voll gewesen, aber vermutlich hatte Roz recht: Das war ein Strohfeuer, bloße Neugierde. Der Reiz des Neuen würde sich schnell wieder legen.

Er hatte gut daran getan, in der Stadt zu bleiben. Sie würde viel zu viel Zeit damit vertun, sich diesem Fotografen an den Hals zu werfen, als dass sie sich um den Laden kümmern könnte. Er schüttelte sich, als er daran dachte, wie sie ihn angeschaut hatte. Warum wollte er sie überhaupt fotografieren? Und dann hatte sie ihn, Joe, auch noch ins Bild gezerrt. Was würden seine Chefs wohl sagen, wenn sie das sähen? In seinem Terminkalender stand, dass er an diesem Morgen bei einem Kunden in Norwich war. Er wollte nicht, dass ein Artikel in einer Lokalzeitung seine Lüge platzen ließ.

Den Tag verbrachte er am Handy, ein ständiges Hin und Her von E-Mails und Anrufen, die die letzten Details der jüngsten Unternehmensübernahme betrafen. Einer seiner Mitarbeiter war am Tag zuvor unentschuldigt ferngeblieben und ging auch nicht an sein Handy. Tom wollte ihn feuern. Joe brauchte zwanzig Minuten, um den Typen zu retten, der praktisch im Büro lebte und E-Mails auch in der Morgendämmerung beantwortete.

Die Kopfschmerzen waren wieder da, direkt hinter den Augen. Er massierte sich die Schläfen. Dann fiel ihm ein, dass es in der Stadt kein Café gab. Nicht dass er je in das alte Restaurant gegangen wäre, Bertie's – viel zu viel Rummel und der Service zu langsam, weil der Besitzer ständig irgendwo stehen geblieben war, um sich nach dem Wohlergehen seiner Gäste zu erkundigen. Er stieg in seinen Wagen, immer noch am Handy, und fuhr in die nächste Stadt mit einem Starbucks. Halbzivilisation, dachte er, als er einen Parkschein löste und an einer Frau vorbeikam, die Zeitung las, dann an einem Pärchen, das auf einer Bank saß und knutschte.

Verdammt, er sollte sich bei Gemma melden. Letzte Woche hatten sie sich getroffen, nachdem sie auf Tinder ein paar Nachrichten ausgetauscht hatten. Sie schien in Ordnung zu sein und sah gut aus. Eigentlich hatten sie verabredet, sich an diesem Abend nach der Arbeit auf einen Drink zu treffen. Er tippte eine SMS, schickte sie ab und wusste, dass er Gemma nie wiedersehen würde. Dann rief er sein Profil auf: sechs neue Angebote. Er warf schnell einen Blick auf die Frauen. Sie schienen zu einer einzigen, mit makelloser Haut gesegneten und in sterilem Schick gekleideten weiblichen Person in den Dreißigern zu verschmelzen. Es gab so viele von ihnen in London, so viele mögliche Verabredungen. Er wusste nicht einmal, ob er noch Lust dazu hatte. Wann würde der Moment kommen, in dem er sagen würde: »Halt, bei dieser werde ich schauen, wie sich die Sache entwickelt«? Er wischte nochmals über die Gesichter der Frauen.

Als er in den Pub zurückkehrte, nahm er eine Dusche und wusch sich die Haare, wobei er sich angesichts der Enge ziemlich den Hals verrenkte. Dann zog er ein frisches Hemd und seine Hose an. Anzugjacke und Krawatte ließ er weg und entschied sich stattdessen für einen Kaschmirpullover von Ralph Lauren und Wildlederschuhe von Grenson. Nun fühlte er sich ein kleines bisschen besser. Er nahm die zweite Tablette an diesem Tag, verließ das Haus und zog sich, überrascht von der Kälte, den Schal enger um den Hals.

Sie hatte den Laden geschlossen, aber die Fensterläden waren noch offen, sodass man das Weltraum-Fenster schon aus großer Entfernung sehen konnte. Eine bessere Reklame konnte man für potenzielle Diebe nicht machen. Ein Mädchen mit einem langen Zopf stand an der Hand ihres Vaters vor dem Schaufenster und blickte in den Hintergrund mit dem Sternenhimmel. Joe versuchte sich in das Kind hineinzuversetzen und musste zugeben, dass die Wirkung überwältigend war. Trotzdem war es verantwortungslos … Er schüttelte den Kopf und war drauf und dran, nochmals mit Clara zu sprechen, als die Fensterläden plötzlich geschlossen wurden.

Er holte seinen Schlüssel hervor und trat im selben Moment in den Flur, als Clara die Seitentür zum Geschäft absperrte. »Oh, Sie sind es«, sagte sie, die Hand an der Brust.

»Sollte ich erleichtert sein, dass Sie kein Steckenpferd in der Hand haben?«, entfuhr es ihm zu seiner eigenen Überraschung.

Clara stutzte, musste dann aber lächeln, und er spürte, wie etwas in ihm schmolz. Sie setzte sich auf die unterste Treppenstufe und begann, Wanderschuhe anzuziehen.

»Ich wollte eigentlich mit Ihnen sprechen«, sagte er.

Sie schaute auf und sagte fast entschuldigend: »Ich habe die Fensterläden doch geschlossen. Sie waren nur eine Weile länger offen, damit die Kinder die Auslage auf dem Weg von ihrer Schule nach Hause sehen konnten.«

»Es geht nicht darum. Tut mir leid, Sie hatten recht. Es sieht sehr schön aus. Jetzt geht es um …«

»Ich hatte einen langen Tag.« Clara stand auf und zog ihren Mantel an. »Ich muss unbedingt einen Spaziergang machen, bevor es zu dunkel wird. Und zu kalt. Wenn Sie mit mir reden wollen, können wir das unterwegs tun.«

Er war es nicht gewohnt, dass man ihn mitten im Satz unterbrach. Und spazieren ging er auch nicht. »Können Sie nicht …« Aber sie schnalzte bereits ungeduldig mit der Zunge. »Na gut«, lenkte er ein.

Er ging zu einem Schrank, der unter der Treppe stand, und holte einen Wintermantel heraus. »Ich bewahre ein paar Sachen hier auf, für meine Besuche. Alte Klamotten.« Der Mantel stammte aus einer gar nicht so alten Kollektion von Canada Goose. Joe nahm Handy und Schlüssel aus der Tasche und legte sie auf die Treppe, um sie später in den Mantel zu stecken.

»Kommen Sie?« Clara trug eine violette Mütze, unter der ihr langes Haar hervorquoll und über ihren Rücken fiel. Sie ging vor und ließ Joe allein im Halbdunkel des Flurs zurück.

Er zog schnell den Mantel an und folgte ihr. »Heiliger Himmel«, murmelte er und beobachtete, wie sie in eine Nebenstraße einbog. Warum hatte sie es so eilig? Er beschleunigte den Schritt, um sie einzuholen.

Sie lehnte an einem Holzgitter und schaute auf ein gepflügtes Feld. In den schnurgeraden Furchen hatte sich trübes Regenwasser gesammelt.

»Also, der Laden«, begann er, um endlich die kleine Rede zu halten, die er vorbereitet und auf dem Weg von London hierher geübt hatte.

»Ist das nicht herrlich? Man könnte glatt vergessen, dass es so etwas wie Häuser gibt«, sagte sie und verlor sich in der durch nichts gestörten Aussicht auf die Landschaft, die sich meilenweit in die Ferne erstreckte.

Er trat neben sie und stampfte mit den Füßen, um sich aufzuwärmen. Der Wind zerzauste sein Haar. Er hatte ganz vergessen, wie schnell die Stadt in Land überging, mit den Wäldern im Hintergrund. Als Junge hatte er lange Entdeckungstouren unternommen und mit seinen Schulkameraden über Stunden im Wald gespielt. Sie hatten Wigwams gebaut, Bäche aufgestaut und mit ihren BMX-Rädern im Karacho Hänge genommen und

Schlamm aufspritzen lassen. Irgendwann war das vorbei gewesen. Als Teenager hatte er für seine Prüfungen gebüffelt oder war an den Wochenenden zu seinem Vater nach London gefahren. Oft hatte er es bedauert, überhaupt wieder zurückkehren zu müssen, weil er viel zu viel zu tun hatte, um die strammen Märsche zu unternehmen, von denen seine Mutter immer geschwärmt hatte. Man hätte meinen können, sie hätte das achte Weltwunder entdeckt.

»Ja, das stimmt«, sagte er und wollte wieder zu seinem Thema zurückkehren. »Also, der Laden. Das ist ja gut und schön, dass Sie einfach hier hereinspaziert sind und die Sache übernommen haben, aber … Hören Sie mir eigentlich zu?«

»Entschuldigung.« Clara drehte sich zu ihm. Die schwindende Sonne verlieh ihrer Haut einen rötlichen Schimmer. »Es ist einfach nur so ein wunderschöner Abend in der freien Natur. Aber ich höre«, fügte sie derart vage hinzu, dass man vom Gegenteil ausgehen konnte. »Wollen wir?« Sie schlug den Weg ein, der am Feld entlangführte.

Joe fühlte seine Zuversicht schwinden, als er neben ihr herging und einer Pfütze auswich, in die er fast mit seinen Wildlederschuhen hineingetreten wäre. »Ich werde wohl kommen und Inventur machen müssen.«

Er versuchte, einen Flecken von seinem Ärmel zu reiben, als Clara schon wieder stehen geblieben war und in die Ferne schaute. Was hatte diese Frau nur im Sinn? Wie konnte man in dieser Weise durch die Welt bummeln? Wer konnte es sich leisten, Zeit zu vertrödeln, an Blumen zu schnuppern und beim Übersteigen von Zauntritten zu seufzen?

»Ich werde die Buchhaltung in Ordnung bringen und eruieren, wie sich die Situation hinsichtlich von Ausgaben und Einnahmen darstellt.« Er schaute sie an, weil er ihre Reaktion sehen wollte. Kam das ihren Plänen ins Gehege? »Und dann einen Käufer suchen.«

Er legte eine Pause ein. Als sie nichts sagte, wollte er weiterreden.

»Entspricht das den Wünschen Ihrer Mutter? Den Laden zu verkaufen?« Ihre Stimme war ruhig und leise.

Er zuckte innerlich zusammen. In der Art, wie sie das sagte, schwang die Unterstellung mit, dass er seine eigene Mutter nicht kannte. »Nun, sie ist verschwunden und wollte ihn schließen. Ich würde behaupten, dass sie dankbar sein wird, wenn ich ein bisschen Geld aus der Sache ziehe.« Er trat in eine Pfütze. Eiskaltes Wasser ergoss sich über seinen Fuß, durchnässte seinen Strumpf und bedeckte Schuh und Hosensaum mit Schlamm.

»Alles in Ordnung?«, fragte Clara mit provozierend verträumter Stimme, als hätte sie nicht mitbekommen, was ihm soeben widerfahren war.

»Klar«, giftete er.

Clara zuckte mit den Achseln. »Das Geld schien Ihre Mutter nicht allzu sehr zu bekümmern. Ihr hat eher zugesetzt, dass niemand mehr erschienen ist. Und das hat sich ja nun geändert.«

Er hatte es gewusst. Sie wollte ihn davon abbringen, einen Käufer zu suchen. Offenbar hatte sie andere Pläne mit dem Laden.

»Und kommen wieder Kunden, kommt auch wieder Geld rein«, fügte sie hinzu.

Er lachte höhnisch. »Und das wollen Sie nach einer Woche schon wissen?«

Clara zog die Schultern hoch und ließ sie wieder fallen. Worauf wollte er hinaus? Verbarg sich eine Absicht hinter seinen harmlosen Ausführungen?

»Ich werde also im Laden aufkreuzen, alles prüfen und tagsüber die Wohnung belegen, da ich ja Wi-Fi brauche …«

Clara stoppte erneut und stützte sich auf einem Zaun ab. Als sie Joe anschaute, verstummte er. »Ich weiß, dass Sie mit mir reden wollen, aber können Sie nicht mal ein paar Sekunden still sein? Entspannen Sie sich doch und lassen Sie das alles auf sich wirken.« Sie verwies mit einer schwungvollen Handbewegung auf die Landschaft.

Er nickte und fragte sich insgeheim, was sie im Sinn hatte. War das ein Machtkampf? Interessierte sie sich tatsächlich für die Aussicht, oder spielte sie nur auf Zeit? Er beobachtete, wie sie das Kinn auf ihre Arme legte und die Augen schloss, während hinter den Bäumen die Sonne unterging. Clara hatte die längsten Wimpern, die er je gesehen hatte, fast wie eine Porzellanpuppe, und strahlende Haut. Das Abendlicht milderte ihre Züge noch einmal. Er vergaß beinahe, wer sie war und warum er sich vor ihr in Acht nehmen sollte.

»Wenn wir ohnehin nicht darüber reden, sollten wir dann nicht besser zurückkehren?«, fragte er. »Jetzt, wo es völlig dunkel wird.«

Sie seufzte leise, als habe er die Stimmung ruiniert.

Das war ihm egal, er wollte nur ein paar Dinge regeln. Die Frau ging nur halb so schnell wie er. Herrgott, bei der Heimkehr würde es stockduster sein, dabei hatte er noch eine Menge zu erledigen. Andererseits wollte er sie auch nicht hier alleine lassen.

»Was für ein herrlicher Sonnenuntergang«, sagte sie und zeigte auf die Felder, die sich bis zum Horizont zogen.

Jetzt war er es, der seufzen musste, und er tat sich keinen Zwang an. Sie behandelte ihn, als hätte er auf dem gesamten Spaziergang die Augen geschlossen gehalten. »O ja, großartig«, sagte er. Dann schaute er in die Richtung, in die sie zeigte, und musste feststellen, dass sie recht hatte. Es war wirklich schön. Die schnurgeraden Reihen gepflügter Erde gingen in einen Flickenteppich von Feldern über und schließlich in einen gewaltigen Himmel, der milchig-rosafarben leuchtete, untermalt von changierenden Blautönen. Solche Sonnenuntergänge erlebte man in London nicht, weil die Häuser den Horizont verdeckten. Aber er war ja sowieso immer im Büro, wenn die Sonne verschwand und ihn daran erinnerte, dass er noch viel zu tun hatte.

Bei dem Gedanken ans Büro schlug sein Herz gleich schneller, und sein Verstand kehrte zu den Dingen zurück, die er an diesem Tag in der Schwebe gelassen hatte. Er fragte sich, ob sich das Unternehmen, mit dem sie Verhandlungen führten, bei seinem Team gemeldet hatte. Das letzte Angebot war bei weitem nicht hoch genug gewesen. Ihm war klar, dass er sich in die Sache einschalten und ab einem bestimmten Punkt Druck ausüben sollte. Fast reflexartig griff er in seine Manteltasche. Pam würde ihn auf den letzten Stand bringen. Außerdem wollte er wissen, ob Tom seine Abwesenheit registriert hatte. Der sollte jetzt bloß keinen Aufstand machen. Das Letzte, was Joe gebrauchen konnte, war, dass jemand aus dem Team zu Karen rannte.

Die Manteltasche war leer.

Clara hatte sich vom Zaun abgewandt und ging an ihm vorbei, während er sämtliche Taschen nach außen stülpte, als könnte das Handy im Futter auftauchen. Er trat einen Schritt zurück und landete mit dem trockenen Schuh in einem aufgeweichten Kuhfladen. Der Verlust seines Handys beschäftigte ihn aber zu sehr, als dass er den Dreck an seinem Schuh bemerkt hätte.

»Wo zum Teufel …«, murmelte er. Die Kopfschmerzen, die er bei dem Spaziergang gar nicht bemerkt hatte, kehrten zurück. Seine Schläfen pochten. Noch einmal klopfte er vergeblich auf seine Taschen.

Clara war ihm ein paar Schritte voraus; im Hintergrund sah man die Stadt. Jetzt rief sie: »Suchen Sie etwas?« Ihre Miene war unergründlich, und auf ihrem Gesicht lag ein leises Lächeln, als sie die Hände in die Taschen ihres Mantels steckte und auf seine Antwort wartete.

»Mein Handy. Ich dachte, ich hätte es eingesteckt, aber …« Jetzt klopfte er seine Hosentaschen ab, und mit jeder Enttäuschung fing sein Herz stärker zu rasen an. O Gott, wenn er es nicht fand, musste er sofort ins Büro zurück. Sein ganzes Leben steckte in diesem Handy. In wenigen Stunden hatte er eine Telefonkonferenz, und die Kontakte waren alle in seinem Adressbuch gespeichert. Warum hatte er sie nicht noch woanders notiert?

»Das liegt im Flur«, sagte sie unbekümmert. »Auf der Treppe. Sie haben es dort liegen lassen, zusammen mit Ihrem Schlüssel.«

»Was?« Er sah auf. Claras Worte waren noch nicht ganz zu ihm durchgedrungen. Sein Kiefer verkrampfte sich. »Warum haben Sie nichts gesagt?«

»Ich dachte, es tut Ihnen mal gut, sich davon zu trennen. Sie scheinen ja mit Ihrem Telefon verheiratet zu sein.« Damit drehte sie sich in Richtung Stadt um. Ihr dämliches blondes Haar folgte ihr.

Stolpernd folgte er ihr auf dem unebenen Grund. Seine Füße waren jetzt klatschnass und seine Hose vermutlich ruiniert. »Sie haben keine Vorstellung, was Sie damit womöglich angerichtet haben. Ich muss jederzeit erreichbar sein. Milliarden hängen an diesem Deal, Milliarden.«

Sie blieb stehen, drehte sich aber nicht um.

»Für Sie ist das natürlich erhebend, durch die Gegend zu streifen und Sonnenuntergänge und Tiere zu beobachten. ›Ah und oh, ein Reh … ein Blümchen … ein Sonnenuntergang‹«, rief er in dem Versuch, die hohe Stimme eines Mädchens mit entschieden deutschem Akzent nachzuahmen. »Andere Leute gehen aber einem Beruf nach und haben ihre Arbeit zu erledigen. Andererseits ist Ihr romantisches Getue vielleicht auch nur vorgeschoben. Es kann Teil eines durchtriebenen Spiels sein, das Sie mit mir spielen.«

Sie sah ihn nun an und rümpfte die Nase. »Durchtriebenes Spiel?«, wiederholte sie. »Hier ist nicht Canary Wharf, Joe. Yulethorpe ist kein exklusives Geschäftsviertel.«

»Richtig, durchtriebenes Spiel«, sagte er und trat auf sie zu. »Irgendwie sind Sie zu dem Schluss gelangt, dass meine Mutter ein dankbares Opfer ist. Sie verschwindet nach Spanien, überlässt Laden und Wohnung sich selbst, und zwar praktischerweise gerade in dem Moment, als Sie auf den Plan treten. *Voilà*, einfach so aus dem Nichts, mit all Ihren guten Absichten …«, er malte Anführungszeichen in die Luft, »… und dieser herzerwärmenden Art. Schnell ein paar Leuchtsterne angebracht, und schon sieht alles wie ein großer, glücklicher Zufall aus.« Er wusste, dass er paranoid klang, aber er konnte nicht an sich halten. Sein Herz raste noch immer, und seine Hände waren schweißnass.

Clara öffnete den Mund und schloss ihn wieder.

»Es war aber tatsächlich Zufall«, stellte sie dann fest. »Was sollte ich für ein Interesse daran haben, dass Ihre Mutter von hier fortgeht? Der Laden ist ja auch nicht gerade ein Luxuskaufhaus wie das Harrods …«, sagte sie und fühlte mit jedem Wort, dass ihr Selbstbewusstsein stieg. Ihre Wangen röteten sich.

»Reden Sie das Geschäft nur schlecht. Immerhin ist es das Leben meiner Mutter«, fiel er ihr ins Wort, weil er ihre jämmerlichen Ausflüchte nicht hören wollte.

»Das weiß ich doch, und ich versuche auch nur, etwas Nettes zu tun.« Die letzten Worte ließ sie nachklingen. Aus ihrer Mütze hatte sich eine Haarsträhne gelöst und wehte ihr ins Gesicht. Sie strich sie rasch zurück.

»Und für Sie springt natürlich nichts dabei heraus, klar«, sagte Joe, dessen Stimme jetzt vor Sarkasmus troff. »Sie sind einfach nett zu jemandem, den Sie nie zuvor gesehen haben und von dem Sie nicht das Geringste wissen.«

»Ich mochte Ihre Mutter einfach«, sagte Clara leise, und ihre Fäuste lösten sich. Eine Sekunde lang dachte Joe, sie würde zu weinen anfangen. Eigentlich war sie nicht der Typ dafür, aber man konnte nie wissen. Seine Stimme wurde weicher.

»Ich mag sie auch«, sagte er langsam. »Und das ist genau der Grund, warum ich wissen möchte, was Sie hierhertreibt und welche Absichten Sie verfolgen.«

»Hören Sie, Joe, ich weiß nicht, was Sie erlebt haben, dass Sie derart misstrauisch sind. Dort, wo ich herkomme, vertraut man sich jedenfalls …«

Wieder fiel er ihr ins Wort, die Hand an der Brust, die Stimme erhoben. »Im Land der Elfen und Feen, was? Wo alle im Reigen tanzen und den Wind ansingen und Einhörner an den Regenbogen im Himmel vorbeigleiten sehen?«

Im ersten Moment war sie sprachlos und starrte ihn an, wie er von einem Bein aufs andere trat. »Eigentlich meinte ich Dänemark.«

Da er sich selbst albern vorkam, hielt er inne und holte tief Luft. »Nun, dann kann ich mir nicht erklären, warum Sie nicht MÄRCHENHAFT nett zu jemandem in Dänemark sind.« Das schien ihm ein gutes Schlusswort zu sein. Mit einem knappen Nicken ging er an ihr vorbei und gab sich Mühe, in seinen matschigen Schuhen nicht auszurutschen. Er beschleunigte den Schritt und registrierte verwundert, dass ihm der Schweiß ausbrach. War er wirklich derart schlecht in Form? Glücklicherweise trödelte sie so herum, dass er zum Laden zurückkehren, sein Handy holen, eine E-Mail verschicken und wieder fort sein konnte, bevor sie auch nur die Felder verlassen haben würde.

Nett, höhnte er innerlich. Er musste an ihren Gesichtsausdruck denken, als er ihr die Vorwürfe an den Kopf geknallt hatte: ihre traurigen Augen, den leicht sehnsüchtigen Blick. Einen kurzen Moment fragte er sich, ob sie vielleicht die Wahrheit sagte. Dann drückte er die Schultern durch und eilte weiter. Nein, sein Instinkt trog ihn nicht: So nett war niemand.

Kapitel 16

»Super, du bist tatsächlich gekommen«, sagte Lauren, als sie die Tür öffnete. »Rory ist schon im Bett, und Patrick muss heute lange arbeiten, daher …« Sie hielt die Weinflasche hoch, die sie in der Hand hatte.

Clara war kaum über die Schwelle getreten, als sie auch schon loslegte. »Er ist ein *rend kusse*«, verkündete sie, riss die violette Mütze herunter und bückte sich, um die Schuhe auszuziehen. »Ein absoluter *rend kusse.*«

»Wow, wow, wow, wer ist was? Ist das nicht ein wirklich schreckliches Wort? Eines von denen, die man nur im absoluten Notfall benutzen darf? Bedeutet das nicht …« Lauren flüsterte die Übersetzung und machte gleichzeitig eine ziemlich obszöne Geste.

Clara nickte. »Es handelt sich auch um einen Notfall. Er ist ein absoluter *kusse*, der denkt, ich will seiner Mutter den Laden wegnehmen und mir die Wohnung unter den Nagel reißen, mitsamt ihrem Schmuck und Gold. Und …«, sie war Lauren in die Küche gefolgt und nahm ein Glas Wein entgegen, mit dem sie sofort herumzufuchteln begann, »… ihre Tiere will ich vermutlich auch entführen und … und …«

»Und erst einmal tief durchatmen.« Lauren lachte. »Hör zu, bevor du mit deinem Ausbruch noch Rory weckst, lass uns lieber in den Wintergarten gehen.« Sie zeigte hinter sich und griff auf dem Weg dahin nach ein paar Decken.

Lauren machte es sich auf einem fadenscheinigen Sofa bequem, legte sich eine Decke über die Beine und bedeutete Clara, sich zu ihr zu setzen. Sie kuschelten sich in die karierten Decken. Claras Wein schwappte im Glas, als sie zu erzählen begann.

»Er denkt, ich sei eine, wie lautet das Wort noch mal? Eine Trick– Trick– eine Trick *kunstner.*«

»Herrje, deine Sprache.« Lauren wurde von einem leichten Lachen geschüttelt.

»Du weißt schon. Eine Trick–«, Clara fuchtelte mit ihrem Weinglas herum, »Trickbetrügerin«, schrie sie dann fast, als ihr endlich die Übersetzung eingefallen war. »Er denkt, ich habe Schlimmes im Sinn, obwohl ich doch einfach nur nett sein will.« Die letzten Worte betonte sie und ließ sich dann zurücksinken, tief zwischen die Kissen. Die Wut war verraucht.

»Nun«, sagte Lauren und nippte langsam an ihrem Wein. »Da bin ich aber froh, dass wir das geklärt hätten.« Sie schaute Clara von der Seite her an. »Und über wen reden wir hier, und was ist genau vorgefallen?« Ihr Mund zuckte, als wolle sie sich ein Lächeln verkneifen. Bei ihrem Anblick fühlte sich Clara schon ein wenig ruhiger.

Sie lehnte den Kopf in die Kissen. »Lass uns einfach Wein trinken und in die Nacht schauen«, sagte sie, als ihr auffiel, dass man durch das Glasdach des Wintergartens den Himmel mit seinen Sternenkonstellationen sehen konnte. »Wunderschön«, flüsterte sie und spürte, wie sich der Wein warm in ihrem Innern ausbreitete. Ihr Körper entspannte sich. Eine Sternschnuppe schoss über das Firmament, als habe man sie ihr persönlich zum Trost geschickt.

»Wohl wahr.« Lauren klatschte in die Hände und schenkte Clara dann nach. »Das reicht aber augenblicklich an Begeisterungsstürmen für die Wunder des Weltalls. Ich brauche eine Kurzversion, und ich brauche sie jetzt.«

»Gut«, sagte Clara und trank einen Schluck. »Joe ist nach Ladenschluss ins Geschäft gekommen und hat mir vorgeworfen, dass ich in der Stadt bleibe, um seine Mutter ihrer Lebensgrundlage zu berauben.«

»Das hat er gesagt?« Lauren saß mit offenem Mund da.

Clara dachte an die Unterredung mit ihm. »Im Großen und Ganzen – ja.«

»Wow.« Lauren trank einen Schluck Wein. »Das ist ein starkes Stück.«

Clara nickte unglücklich.

»Und was willst du tun?«, erkundigte sich Lauren.

»Vielleicht sollte ich von hier verschwinden.« Clara seufzte. »Das will er jedenfalls.«

»Und willst du das auch?«

Clara dachte an ihre Pläne für den Laden und schüttelte den Kopf. »Nein, ich möchte bleiben. Nicht für immer, aber lange genug, um etwas bewirken zu können.«

»Dann solltest du auch bleiben. Du kannst dich doch von Joe nicht rausekeln lassen. Louisa hat dir ihre Habseligkeiten anvertraut, und dieser Verantwortung kommst du nach. Und zwar großartig, wenn ich das sagen darf.« Lauren legte Clara eine Hand auf den Arm.

»Und wie soll ich ihm dann begegnen?« Clara nahm noch einen Schluck von ihrem Wein. Schon der Gedanke an das Gesicht dieses Mannes ließ sie schneller trinken.

»Nun, niedergeschlagen und schachmatt gesetzt hast du ihn ja schon.«

Clara schaute sie entsetzt an.

Lauren zuckte mit den Achseln. »Wir leben in einer kleinen Stadt, da spricht sich so etwas schnell herum.«

»Gavin hat es dir erzählt.«

»Ja, brühwarm. Am besten gefiel mir die Sache mit der Lichterkette. Dein nächster Zug könnte also sein … mmh … ihn krankenhausreif zu schlagen?«

»Lauren«, jammerte Clara. »Jetzt mal im Ernst. Ich brauche deine Hilfe.«

Lauren nickte feierlich. »Du hast recht, tut mir leid. Ich werde dir helfen … Also gut«, sagte sie nach einer kleinen Pause, »du könntest es nachher mit ihm ausdiskutieren. In der Wohnung.«

»Er befindet sich nicht in der Wohnung. Er wohnt im Pub.«

Lauren runzelte die Stirn. »Während du bei seiner Mutter lebst, die zwei Schlafzimmer hat? Komisch.«

»Er wollte nicht bleiben, nachdem ich ihm das Steckenpferd an den Kopf geknallt habe«, gab Clara zu.

»Kann man durchaus nachvollziehen. Okay, vergiss

es, wir müssen uns etwas Besseres ausdenken.« Wenige Sekunden später richtete sich Lauren plötzlich kerzengerade auf und verschüttete dabei Wein auf die Decke. »Ich hab's.«

»Du hast es?« Clara tupfte an den Weinflecken herum.

Lauren schaute sie an und nickte wild. »Du solltest das genaue Gegenteil tun. Streite dich gar nicht mit ihm. Zieh ihn auf deine Seite. Er soll sich mit eigenen Augen davon überzeugen, dass du nicht mit finsteren Absichten gekommen bist. Betöre ihn! Mach ihm den Hof«, sagte sie und betonte das letzte Wort.

»Den Hof?«

»Verzaubere ihn!«

»Wie denn? Er ist absolut überzeugt davon, dass ich drauf und dran bin, mich mit den Einnahmen aus dem Staub zu machen.«

»Bitte ihn, bei dir einzuziehen, und überzeuge ihn davon, dass du Gutes im Sinn hast, nicht Böses.«

»Versuchen könnte ich es ja mal.« Clara drehte den Stiel ihres Weinglases in ihrer Hand. »Ich bin mir aber nicht sicher, ob er das überhaupt wissen will. Vor allem bin ich mir nicht sicher, ob es ihm liegt, freundlich und verständnisvoll zu sein.«

Lauren nickte. »Louisa hat mir erzählt, dass er ein bisschen schwierig und ziemlich hart gegen sich selbst ist. Immer nur Arbeit, immer unterwegs, nie auch nur eine kurze Pause.« Während sie redete, leuchteten ihre Augen auf. »Ah, besser noch«, sagte sie, von sich selbst begeistert. »Du musst ihm zu verstehen geben, dass es im Leben nicht nur um große Deals, Stress, Profit und

Geld geht. Dir ist doch dieses *hygge*-Zeugs so wichtig, nicht wahr?« Sie sprach es *huegaaaaaah* aus. »Den Laden und die Wohnung hast du schon verwandelt. Wenn man Gavin Glauben schenken darf, kann man mit Aufnahmen von der Wohnung eine Fotostrecke in einem Einrichtungsmagazin gestalten.«

Sie hielt inne und blickte Clara triumphierend an. Clara nickte bedächtig, obwohl ihr nicht klar war, worauf Lauren hinauswollte.

»Nun, du könntest *ihn* verwandeln! *Hygge* ihn! Im Laden und in der Wohnung hast du bereits Wunder vollbracht. Denk doch nur, was du bei einem Menschen ausrichten könntest.«

Clara schüttelte den Kopf. »Nein, das ist unmöglich. Man kann nicht jemanden *hyggen*, der nicht *gehyggt* werden möchte.« Das waren natürlich keine zulässigen Wörter, aber das wusste Lauren ja nicht.

»Du sollst es ihm auch nicht unter die Nase reiben!« Lauren schlug sich mit der Hand an die Stirn. »Fang langsam an. Nimm die Anspannung aus seinem Leben, mach ihn weicher, zeig ihm das *hygge*-Leben«, erklärte sie mit funkelnden Augen. Mittlerweile befand sich mehr Wein auf der Decke als im Glas.

Clara wollte abermals protestieren, doch dann ließ sie den Gedanken zu. Joe stand offensichtlich unter großem Druck. Sie wusste, wie das war. Sie dachte an die Phase in ihrer eigenen Vergangenheit, als auch sie eine Veränderung gebraucht hatte. Als sie noch Designerklamotten getragen und ständig Blasen gehabt hatte, weil sie mit himmelhohen Absätzen über Marmorböden stolziert war. Das nächste Meeting, die nächste Telefonkonferenz, der nächste Anruf bei einem Kunden. Die Angst, wenn sie im Fahrstuhl auf den Knopf ihrer Etage drückte und die Wände des Stahlgehäuses auf sich zukommen sah. Die Angst, nicht gut genug zu sein, trotz der Schufterei, trotz der Überstunden. Aber war Joe nicht in dieser Welt gefangen? War er überhaupt bereit, sich auf eine Veränderung einzulassen? Konnte sie ihm wirklich nahebringen, dass es noch etwas anderes gab?

»Okay, lass uns noch eine Flasche köpfen und konkrete Pläne schmieden«, sagte Lauren und eilte aus dem Wintergarten, das Glas in der Hand. »Ich hole Rorys Maltafel. Jetzt wird es ernst.«

Stunden später kehrte Clara in die Wohnung zurück. In ihrem vom Wein benebelten Geist überschlugen sich die Gedanken. Bevor sie zu Joe gehen würde, musste sie natürlich noch Vorarbeit leisten. Sie schloss die Tür auf, ignorierte Lady CaCas Schrei: »GUTEN TAG, GUTEN ABEND UND GUTE NACHT, DU MISTSTÜCK«, und kramte in den verschiedenen Schränken nach den nötigen Utensilien. Phase eins: »Mach Joes Zimmer super-*hygge*.«

Sie gab sich alle Mühe, den Raum zu verwandeln, putzte und räumte, bis er eine Art Zen-Oase war. Sie zog die frische Bettwäsche glatt, schüttelte die Kissen auf, legte eine große Kunstfelldecke über das Doppelbett und steckte eine Wärmflasche zwischen die Laken. Dann hielt sie inne, um noch etwas Wein zu trinken, wohl wissend, dass sie keinesfalls fertig war. Vor dem viktorianischen Kamin breitete sie ein Schaffell aus, dann fegte sie den Feuerraum und verteilte im Zimmer Kerzen in verschiedenen Größen. Nachdem sie noch etwas Wein getrunken hatte, polierte sie jede Oberfläche, bis der gesamte Raum nach Bienenwachs roch. Leicht torkelnd zog sie die anthrazitfarbenen Vorhänge zu. Danach holte sie zwei Lampen aus ihrem Zimmer und stellte eine neben den durchgesessenen kirschroten Ledersessel, der am Fenster in der Ecke stand, und die andere neben das Bett. Auf den Beistelltisch drapierte sie eine kleine Auswahl an Büchern, vor allem Gedichtbände. Schließlich trat sie zurück, um ihr Werk zu bewundern. Perfekt. Die »Operation Hygge« war angelaufen. Jetzt fehlte nur noch ihr Versuchskaninchen.

Der Weinnebel war hilfreich, als sie zum Pub marschierte und voller Energie in die Tür trat. Mit ihrer violetten Mütze und dem nicht dazu passenden Mantel fühlte sie sich an jenen ersten Abend zurückversetzt, als Louisa in einem solchen Aufzug aufgekreuzt war. Offenbar war sie in ihre Fußstapfen getreten.

»Clara!«, rief Gavin, der hinter dem Tresen stand, ein Bier zapfte und sie anstrahlte.

Schwankend ging sie zum Tresen und lief auf dem Weg dorthin in einen Barhocker und einen Gast.

»Uff, oh, ’tschuldigung.«

»Kommst du, um zu feiern?«

Clara schaute ihn verwirrt an.

»Die Schaufensterauslage.« Er lachte. »Ein wahrer Triumph. Die Kinder versuchen schon zu erraten, was du dir als Nächstes ausgedacht hast.«

Das Schaufenster schien Ewigkeiten zurückzuliegen. Clara blinzelte. »Klar. Schaufenster«, sagte sie.

Gavin ließ den Zapfhahn los und beugte sich vor. »Alles in Ordnung?«

Clara nickte, aber ihr Blickfeld verschwamm. »Alles okay.« Sie fragte sich, ob sie wohl lallte. »Nur hier, um Joe zu sehen.«

»Warte«, sagte Gavin und kam zu ihr. »Das habe ich ganz vergessen. Ich hatte Louisa ein Bild von dem Schaufenster geschickt. Sie war absolut aus dem Häuschen. Sie schreibt: ›Ich sehe überall lächelnde Kinder, da hüpft mir das Herz in der Brust. Aber KE ist kein Wort …‹ Oh, Letzteres war an mich gerichtet.« Er hustete, um seine Verlegenheit zu verbergen.

Louisas Kommentar war der entscheidende Anstoß, den Clara noch brauchte, und so begab sie sich mit neuer Entschlossenheit zu der schmalen Treppe hinter dem Tresen. Sie wollte unbedingt in der Stadt bleiben, und dazu musste sie sich mit Joe einigen. Als sie an der verbotenen Tür vorbeikam, blieb sie unschlüssig stehen. Sie könnte schnell hineinschauen, nur kurz, bevor sie zu Joe gehen würde. Plötzlich war hinter ihr ein Geräusch zu hören, und Gavins Kopf erschien unten an der Treppe. »Er wohnt in dem Zimmer geradeaus durch«, rief er laut. »Da, wo du auch warst. Es ist das einzige Zimmer«, fügte er hinzu und behielt sie genau im Blick.

»Ja klar, natürlich«, antwortete Clara. Sie fuhr zusammen, als hätte man sie mit einem Elektroschocker berührt.

Ihre Hand befand sich über der Türklinke zu Joes

Zimmer, zur Faust geballt. Jetzt konnte sie keinen Rückzieher mehr machen. Drinnen hörte sie seine Stimme. War jemand bei ihm? Stille. Vielleicht war sie betrunkener, als sie dachte.

Sie klopfte. Keine Antwort. Sie klopfte noch einmal, da sie wusste, dass sie nicht den Mut haben würde wiederzukommen, wenn sie es jetzt nicht schaffte.

Plötzlich wurde die Tür aufgerissen. Clara, die sich schwer dagegen gelehnt hatte, taumelte in das Zimmer.

»Sie!«, sagte er und wich zurück, weil er zweifellos den nächsten Angriff fürchtete. Sie richtete sich auf und hob beide Hände, als wolle sie unter Beweis stellen, dass sie weder einen scharfen Gegenstand noch ein schweres Holzspielzeug dabeihatte.

Sie keuchte. »Musste Sie sehen. Mich entschuldigen.«

»Wie bitte?«

»Ich bin gekommen«, sagte sie und schnappte nach Luft, »um mich zu entschuldigen.«

Er sah aus, als wollte er über sie herfallen. Als sie jedoch ihre Worte hervorgebracht hatte, fuhr er sich mit der Hand durchs Haar und stieß ein »Oh« aus. Plötzlich fiel ihr auf, wie merkwürdig er aussah. Sein Hemd war gebügelt, der Kragen gestärkt und die Krawatte perfekt gebunden, aber die Hose war bis zu den Knien hochgekrempelt, als sei er auf dem Weg zum Stehpaddeln. Die völlig verschlammten Socken und Schuhe lagen achtlos neben dem Bett. »Clara, das ist sehr nett von Ihnen, aber ich befinde mich mitten in …«

Sie hörte gar nicht zu und schaute auch nicht in die

Richtung, in die sein Arm zeigte. Sie wollte nur loswerden, was sie zu sagen hatte.

»Ich bin gekommen, um Sie zu fragen, ob Sie sich vorstellen könnten, noch einmal von vorne anzufangen. Möchten Sie nicht zu Ihrer Mutter ziehen? Mir ist nicht wohl bei dem Gedanken, dass Sie hier wohnen und ich dort. Vielleicht können wir eine Lösung finden, wie wir vorgehen wollen.«

Sie nahm wahr, dass Joe zu dem kleinen Bett unter der Dachschräge schaute, und stellte sich vor, dass er sich vermutlich zusammenkrümmen musste, um darin zu schlafen. »Tut mir leid dieses hier, es dauert nicht mehr lange.« Er schien mit dem Bett zu reden, höchst merkwürdig.

»Bitte«, schob sie nach. »Warum haben Sie denn ein Laken vor die Wand gehängt?« Sie ging darauf zu. Er hatte ein weißes Laken an der Decke befestigt, sodass es wie der Hintergrund bei einem Fotografen bis zum Boden herabhing. Machte er gerade Aufnahmen?

Jetzt redete er wieder, aber es klang eher wie Chinesisch. Offenbar war sie total hinüber. Sie beugte sich vor, um seinen Blick aufzufangen. Und in diesem Moment sah sie ihn: den aufgeklappten Laptop auf der Kommode neben dem Bett. Der Bildschirm war in vier Felder geteilt. Vier Männer in vier verschiedenen über die Erde verteilten Büros starrten sie an. Eine Telefonkonferenz. Die Gesichter wirkten ziemlich verwirrt.

»Oh! Hi!« Sie winkte zum Monitor hinüber. Zwei der vier Männer hoben die Hand zum Gruß, die anderen musterten sie mit versteinerten Mienen. »Holla«, sagte sie zu Joe, der erbleicht war und verzweifelt versuchte, sie aus dem Bild zu schieben.

»Clara, es dauert nur noch einen Moment …« Er wandte sich dem Computer zu. »Entschuldigung, es ist nur, äh … Sie will mein Zimmer machen … in dem Hotel, in dem ich wohne.«

»Oh.« Clara begriff, dass er von ihr sprach. »Zimmer machen.« Aus irgendeinem Grund beschloss sie, sich einen Akzent zuzulegen, und nahm ein Wasserglas von dem Tisch hinter Joe. *»Oh aya Mr Alden, Sir, och.«* Sie hatte sich für Schottisch entschieden, warum, wusste sie auch nicht. »Ich werde dann mal gehen, *och.*« Sie machte noch einen Knicks und trat beiseite.

Joe schaute sie entgeistert an, als sie ihm von der Tür aus einen bedauernden Blick zuwarf. Sie hoffte, nicht mehr im Bild zu sein. Er drehte sich zu seinem Laptop und sagte etwas, es war tatsächlich Chinesisch. Einer der Männer nickte und beugte sich vor, um seinen Bildschirm auszuschalten. Zwei weitere Felder wurden ebenfalls schwarz, sodass nur noch ein Mann übrig blieb, einer mit einem sehr kleinen Kopf und so breiten Schultern, dass sie den gesamten Monitor füllten.

»Tom, ich lasse mich morgen von dir auf den neuesten Stand bringen. Klingt so, als hättet ihr die Sache im Griff.« Sie vernahm ein leichtes Zittern in Joes Stimme. Hatte sie etwas vermasselt? Tom wirkte nicht sonderlich beeindruckt.

»Wo bist du?«

»Kurz vor Norwich. Du weißt ja, wie das in der Pampa ist. Nach einem Hilton kann man lange suchen.« Joe lachte, ein kurzes, scharfes Bellen. So einen Laut hatte Clara noch nie von ihm gehört. Seine Schultern waren vollkommen verspannt, und seine Halsmuskeln zuckten, als er in den Bildschirm lächelte.

Schließlich verschwand auch Tom. Joe klappte den Laptop zu und ließ sich aufs Bett sinken, den Kopf in die Hände gestützt. Clara schwieg und kaute auf ihrer Lippe herum, bis er sie ansah.

»Ups«, sagte sie. »Sie sprechen also Chinesisch. Das ist, nun ja … eindrucksvoll.«

»Und Sie sprechen … Irisch?«

»Schottisch«, murmelte sie.

Zu ihrer Erleichterung lachte er, ein echtes Lachen, tief und wohltönend. Vielleicht würde die Sache doch noch gut ausgehen.

»O Gott.« Er rieb sich die Augen und verkrampfte sich wieder. Dachte er an ihre Unterredung während des Spaziergangs? »Also …«

Clara konnte nicht an sich halten, sie musste sagen, was sie zu sagen hatte. »Bitte, ziehen Sie in die Wohnung. Es tut mir leid, was geschehen ist.« Sie schaute ihn an, und er schaute zurück, mit einer Hand löste er die Krawatte. Dann nickte er steif und begann, seine Sachen in die lederne Reisetasche zu stecken. Er griff in den Kleiderschrank, holte etliche Kleidersäcke heraus und legte sie sich über den Arm. Schließlich nickte er. »Okay, ich komme mit.«

Clara lächelte verhalten, weil der erste Teil des Plans glatt über die Bühne gegangen war. Annähernd glatt, vielmehr. Bevor er es sich noch einmal anders überlegen konnte, verließ sie das Zimmer und eilte durch den Flur zur Treppe.

Viel redeten sie nicht auf dem Weg zur Wohnung. Clara musste sich darauf konzentrieren, auf dem Kopfsteinpflaster nicht zu stolpern, und Joe hatte die jüngste Wendung der Ereignisse sichtlich die Sprache verschlagen. Auf halber Strecke holte er sein Handy heraus und legte die Hand auf die Sprechmuschel. »Arbeit«, erklärte er und wandte sich ein bisschen von ihr ab. »Nachbesprechung mit meinem Team.« Sie nickte und hatte einzig den Wunsch, ziemlich bald ein großes Glas Wasser zu trinken.

In der Wohnung setzte sie sich auf die Sofakante und wartete, dass er unten im Flur seinen Anruf beendete. Das Telefonat hatte ihr die Zeit verschafft, sämtliche Kerzen in seinem Zimmer und im Wohnzimmer anzuzünden und die Lampen anzuschalten. Schließlich sank sie zurück und fieberte seiner Reaktion entgegen.

Sobald Joe in der Tür erschien, schaltete er das große Licht an.

»Oh.« Clara blinzelte und wäre fast vom Sofa gefallen. Lady CaCa krähte: »GOOOOOD MORNING, VIETNAM.« Selbst Roddy erwachte aus seinem Schläfchen im Wäschekorb. »Könnten Sie das Licht vielleicht wieder ausschalten?«, bat Clara.

Sie hörte ihn seufzen und murren, aber dann wurde der Raum wieder nur vom Schein der Kerzen und kleinen Lampen erhellt. Schatten flackerten an den Wänden.

»Ziemlich düster hier«, grummelte Joe und verschwand in sein Zimmer.

Clara hielt die Luft an.

Im nächsten Moment tauchte er wieder auf. »Sie haben Kerzen angezündet. Ziemlich viele sogar«, sagte er und konnte die Überraschung in seiner Stimme nicht verhehlen. War es eine schöne Überraschung? Eine böse?

»Ich dachte, das ist vielleicht gemütlicher. Entspannend«, sagte sie.

Er schaute über die Schulter. »Ganz nett«, sagte er. Offenbar war er nicht der Typ für überschwängliche Komplimente.

Sie lächelte. Mit *nett* konnte sie sich anfreunden.

»Das ist gut«, sagte sie. »Tut mir leid wegen vorhin. Aber ich bin froh, dass Sie jetzt hier sind. Ich geh dann mal ins Bett«, fügte sie hinzu, stand auf und gähnte.

»Ich bleibe noch auf. E-Mails und so'n Zeug, Sie wissen schon.« Er mied ihren Blick. »Und ja, äh, danke. Ich bin auch froh.«

»Das ist gut. Dann mal gute Nacht. Und: willkommen daheim.«

Sie eilte in ihr Zimmer, ohne auf eine Antwort zu warten, und lehnte sich von innen an die Tür. Die Sache würde sich entschieden schwieriger gestalten, als sie es sich vorgestellt hatte.

Wie wundervoll, dass alle über den Laden reden. Es scheint, als hätte Clara ihn wieder zu dem gemacht, was er vor all den Jahren mal war – damals haben die Menschen ja Umwege in Kauf genommen, um zu uns zu kommen. Ich bin begeistert, und du bist ein Engel, dass du dich um sie kümmerst. Danke für die großartigen Fotos, schick mir gerne mehr. Dann habe ich das Gefühl, bei euch zu sein.

Fuerteventura erweist sich immer mehr als der ideale Ort für mich. Soeben habe ich eine Wohnung gemietet, von der aus ich auf den Hafen schaue. Man kann auf dem Balkon sitzen und den Sonnenuntergang am Horizont betrachten. Über dem Atlantik hat es ein Unwetter gegeben. Die Wellen, die heranrollen, sind gewaltig. Es ist faszinierend zu beobachten, wie sie sich auftürmen und dann auf spektakuläre Weise an den Felsen in der Bucht brechen. Vom tosenden Lärm ganz zu schweigen.

Die Felsen schützen die Bucht vor dem schlimmsten Ansturm der Wogen. Es gibt eine Leiter wie im Schwimmbad, die direkt ins Meer führt. An ruhigen Tagen steige ich bei Flut die Sprossen hinunter und stürze mich in den Ozean. Das ist herrlich erfrischend. Ich könnte für immer hier leben, Brassen essen und mir einbilden, ich sei eine Malerin/Schriftstellerin/Liebesdienerin. In den Restaurants werden die köstlichsten Fischgerichte serviert. Den frischen Fang stellen sie in einer großen Vitrine draußen vor der Tür zur Schau. Ich wähle immer den Fisch mit der traurigsten Miene, weil ich hoffe, dass er seinen Frieden mit dem Schicksal machen kann, wenn ich ihn esse.

Wie läuft der Pub? Hast du dich dazu durchgerungen,

einen neuen Quizabend zu organisieren? Lass dich nicht von dem letzten Vorfall abschrecken: Es war vollkommen richtig, dass du sie rausgeschmissen hast. Sie hatte viel zu viel getrunken und lag absolut falsch. Jeder weiß, dass Maria I. die erste Königin von England war. Matilda klang nach einer völlig frei erfundenen Person. Mach es an einem Abend, an dem Roz nicht kann, dann vermag sie auch nicht das ganze Quiz zu ruinieren, indem sie Belanglosigkeiten infrage stellt. Wenn du magst, schicke ich dir ein paar Fragen. Erstens, frag die Leute nach dem Namen von Simon Cowells Sohn. Er heißt Eric. Ist das nicht wunderbar. Er ist so mutig. Und wusstest du, dass Gran Canaria nicht nach dem Kanarienvogel benannt wurde, sondern nach dem lateinischen Wort für Hund? Das wird diese Frau aus dem Rennen werfen.

Kapitel 17

Die nächsten Tage verschwammen ineinander. Wenn Clara nach unten in den Laden ging, schaute sie zu Joes Tür, die immer verschlossen war, sodass sie nie wusste, ob er da war oder nicht. Wenn sie Kunden bediente, erblickte sie manchmal durchs Fenster seinen Wagen, oder sie sah ihn einsteigen, stets das Handy am Ohr. Abends backte sie Kuchen und bereitete ihm Speisen zu, außerdem hinterließ sie ihm Zettel und kleine Geschenke. Sie war enttäuscht, weil sie ihn immer verpasste und nur hin und wieder eine Tür zuschlagen hörte oder das Surren einer elektrischen Zahnbürste oder ein leises Murmeln, wenn er mal wieder mitten in der Nacht telefonierte. Wie sollte man einen Mann *hyggen*, wenn man ihn nicht zu Gesicht bekam?

An diesem Morgen hingegen war sie in Gedanken ganz woanders. Ihre große Idee war zum Greifen nahe. Den Countdown hatte sie mit einer großen Eins im Schaufenster angekündigt und einem kleinen Jungen und seinem Vater zugewinkt, die draußen vorbeigegangen waren. Im Laufe des Vormittags registrierte sie, dass auf der High Street vertraute Gesichter vorbeiflanierten.

Das gab ihr ein bisschen das Gefühl, Teil der Stadt zu sein und keine Touristin.

Es war der letzte Tag, an dem sie an ihrer Überraschung arbeiten würde. Ständig rannte sie aus dem Hinterzimmer in den Laden, weil sie das Türglöckchen bimmeln hörte, was bedeutend häufiger geschah als sonst. Sie konnte es kaum erwarten, am nächsten Tag alles in Gang zu bringen, und gestaltete sorgfältig ihre Ankündigungstafel. Farbige Kreidebuchstaben verkündeten die Neuheit, und der Gedanke, dass sie die Tafel gleich am nächsten Morgen vor den Laden stellen würde, ließ die Sache für sie real werden.

Der Tag verging wie im Flug. Da ihr niemand im Laden half, taten ihr alle Knochen weh, als sie abends abschloss. Das Hinterzimmer war aber bereit für die große Eröffnung. Sie hatte Lauren um Unterstützung gebeten, damit alles glattlief. Müde, aber glücklich goss sie etwas Wein in die Soße, die sie fürs Abendessen zubereitete. Als sie die Pfeffermühle über dem blubbernden Topf drehte, schloss sie die Augen und genoss den würzigen Geruch und den aufsteigenden Dampf in ihrem Gesicht. Joe war eine Stunde zuvor heimgekehrt und hatte sich wie ein Zombie in sein Zimmer zurückgezogen, wo sie ihn total erledigt mit dem Gesicht nach unten auf dem Sofa liegen sah, die Schuhe noch an den Füßen. Vielleicht lag es am Geruch, jedenfalls stand er plötzlich im Türrahmen und strich sich mit einer Hand die Haare zurück. Die Schatten unter seinen Augen waren noch dunkler als sonst.

»Abendessen«, rief sie, wobei ihr klar war, dass die »Operation Hygge« einen Etappensieg brauchte.

Er betrachtete den Tisch, der mit Sets und Servietten gedeckt war. Um eine Glasvase mit knorrigen Ästen und krausen Blättern standen Kerzen. »Das mache ich normalerweise nicht …« Er sah wirklich blass aus.

»Was? Essen?«, fragte sie lachend und stellte einen großen Teller auf eines der Sets.

»Normalerweise habe ich keine festen Zeiten dafür. Meistens hole ich mir etwas und esse es am Schreibtisch.«

»Oh«, sagte sie und hoffte, dass er ihr das Mitleid nicht allzu deutlich ansah. »Nun, ich habe Unmengen gekocht.« Sie gab sich Mühe, beiläufig zu klingen.

Er blieb vor dem Teller stehen. »Sieht aber gut aus«, sagte er und setzte sich langsam auf den Stuhl.

»Etwas zu trinken?«, fragte sie, worauf er sofort wieder hochschoss. Sie zuckte zusammen. Er stand wirklich unter Spannung.

»Das mache ich. Setzen Sie sich. Sie haben gekocht. Was würden Sie denn gern trinken?«, erkundigte er sich. Er ging in die Küche und betrachtete hilflos die Schränke.

»Im Kühlschrank steht eine offene Weinflasche«, sagte sie. Clara setzte sich und gab sich Mühe, ein Kichern zu unterdrücken.

Er kehrte mit der Flasche zurück und schenkte ihr ein Glas ein. Seine Hand zitterte leicht, und er verschüttete etwas Wein.

Es war schön, jemandem an dem großen Tisch gegenüberzusitzen. Früher hatte sie sich immer mit der Familie und Freunden zu den Mahlzeiten versammelt. Abendessen in Dänemark zogen sich oft bis in die Nacht hinein. Sie selbst war eine gute Gastgeberin. Sie kochte gerne und liebte es, alles hübsch herzurichten. Sie vermisste ihren Kerzenleuchter – den Kubus von Mogens Lassen –, aber eine Reiseversion hatte der Designer noch nicht kreiert. So freute sie sich an den Zweigen und Blättern, die sie während ihres Spaziergangs gesammelt hatte.

»Schwein?«, fragte Joe zwischen zwei Bissen.

Clara nickte. »Ich habe es sehr lange kochen lassen, damit es besonders weich wird«, erklärte sie. »Das Fleisch stand den ganzen Tag bei niedriger Hitze im Ofen. Es ist ein wärmendes Wintergericht, das meine Mu–, das wir zu Hause oft gegessen haben«, schloss sie und verspürte einen Stich.

Joe hatte ihr Zögern offensichtlich nicht gemerkt, er schlang das Essen nur gierig in sich hinein. Sie hatte noch nie jemanden gesehen, der so schnell aß. Vermutlich sollte sie das als Kompliment für ihre Kochkünste auffassen. Sie schaute auf ihren eigenen Teller, der noch fast voll war.

Joe wischte seinen Teller mit einem Stück Brot sauber, während sie darauf wartete, dass er etwas von sich gab, ein Wort des Dankes vielleicht. Stattdessen blinkte sein Handy auf, das er auf den Tisch gelegt hatte, und er schob heftig den Stuhl zurück. »Da muss ich rangehen«, sagte er. Wut überkam sie, als er aufsprang und sich in sein Zimmer zurückzog, wo er sich lautstark unterhielt.

»Ich hatte doch gesagt, du sollst mir Bescheid geben, wenn sie anrufen. Erzähl mir nicht, du hättest erst jetzt etwas von ihnen gehört …«

Sie blieb sitzen, aß und hörte ihm durch die dünnen Wände zu.

»Sag Clarke, er soll aufhören, uns zu verarschen, wenn er von uns erwartet, mit einem anständigen Angebot aufzuwarten. Du weißt doch, wie das läuft …«

Ihr wurde klar, dass er kaum zurückkehren würde, also erhob sie sich mit einem Seufzer und räumte den Tisch ab. Die Teller schepperten, und sie vergewisserte sich, dass sie keinen Sprung bekommen hatten. Sie wusch sie ab, die Hände heiß und rot von der Lauge. Nebenan konnte man ihn immer noch reden hören, die Stimme gelegentlich erhoben. Sie fragte sich, wer am anderen Ende der Leitung war.

Er tauchte erst wieder auf, als sie sich im Wohnzimmer in einen großen Wildledersessel gekuschelt hatte. Im Licht der Lampe und brennender Teelichter überall hatte sie sich in ihr Buch vertieft, sich in der Geschichte, die in den Fünfzigerjahren in einem Küstenort in Devon spielte, verloren.

»Tut mir leid, berufliche Angelegenheit. Ein Geschäftsabschluss, der kurz vor dem Scheitern steht.« Er massierte sich die Schläfen.

Etwas an dieser Geste und seinem ausgemergelten Gesicht stimmte sie milder. »Ich habe *risalamande* gemacht«, sagte sie. »Und im Topf ist heiße Schokolade.«

»Danke«, sagte er und schaute zum blitzsauberen Küchentisch und dem trocknenden Geschirr hinüber. »Auch für … oh.« Das Handy klingelte abermals, und er ließ Clara mit einem angespannten Lächeln sitzen.

»Keine Ursache«, murmelte sie. »War mir ein Vergnügen.« Er schaute zu ihr hinüber, aber sie ging davon aus, dass er sie nicht gehört haben konnte.

Das Gespräch dauerte nicht lange und bestand darin, dass Joe, den Rücken ihr zugewandt, ein paar ziemlich eindeutige Botschaften in die Sprechmuschel zischte. »Nun, dann hol ihn wieder zurück. War es ein Fehler, dass ich dir vertraut habe? Nein? Dann klär die Sache.« Verärgert beendete er die Verbindung.

»DU BIST GEFEUERT!«, krächzte Lady CaCa auf ihrer Stange, ein durchaus angemessener Kommentar.

Clara wollte schon aufstehen und sich in ihr Zimmer zurückziehen, weil sie gern in Frieden lesen und ihre heiße Schokolade trinken wollte. Aber dann dachte sie an Laurens Worte, dass sie diesen Mann einfach zwingen musste, zur Ruhe zu kommen. »Bitte, setzen Sie sich doch«, sagte sie, sprang auf und zeigte auf das Sofa, über das sie verschiedene Decken drapiert hatte. Unsicher ließ er sich nieder, die Füße flach auf dem Boden, den Rücken steif, als würde er im Wartezimmer eines Arztes sitzen.

Kurz darauf trug sie ein Tablett mit dampfender heißer Schokolade und einer Schüssel *risalamande* herein, einem Milchreispudding mit Kirschsoße. »Sie sollten das hier genießen und ein wenig relaxen«, sagte sie. Mit einem leisen Triumphgefühl bemerkte sie, dass er mit großen Augen auf das Tablett schaute, das sie auf dem Tisch vor ihm absetzte. Sie durchquerte den Raum und legte eine von Louisas Klassik-Schallplatten auf. Mit den Lampen und dem flackernden Kerzenlicht hatte sie das perfekte *hygge*-Heim geschaffen.

Von ihrem Posten im Sessel aus behielt sie ihn im Blick und vergaß sogar, so zu tun, als blättere sie die Seiten ihres Buchs um. Er nippte an der heißen Schokolade und schloss die Augen, als ihm die warme Flüssigkeit durch die Kehle rann.

Der erste Löffel Reispudding entlockte ihm sogar einen Laut der Verzückung. Er entspannte sich sichtlich; sein Körper sank in die Decken zurück, sein Kopf ruhte auf Kissen. Sie wurden von der Musik umfangen, dem lieblichen Klang einer Flöte und dem samtigen Chor der Holzbläser. Clara spürte, dass sich ihre Muskeln ebenfalls lockerten. Musik und Essen lösten ein schläfriges Glücksgefühl aus. Aber gerade, als ihr schon die Augen zufallen wollten, zerriss ein durchdringender Ton die Stille.

Roddy schoss von dem Schaffell hoch, das zu Claras Füßen lag, und versteckte sich unter dem Sessel. Lady CaCa schrie unentwegt: »O GOTT, SIE HABEN KENNY GETÖTET!«, während Joe aufsprang und seinen leeren Becher aufs Tablett knallte.

»Was zum …« Clara hatte sich mit Schokolade bekleckert.

»Ein Alarm«, erklärte Joe, als könne sie etwas anderes gedacht haben. Sie war Dänin, nicht dumm.

»Das habe ich begriffen. Aber warum?«, fragte sie und tupfte vergeblich an ihrem ruinierten Oberteil herum.

Joe hielt bereits sein Handy in der Hand. Ohne sie anzuschauen, sagte er: »Das soll mich daran erinnern, dass in New York der Börsentag zu Ende gegangen ist. Ich muss anrufen und die neuesten Zahlen abfragen.«

»Aber es ist neun, und wir essen *risalamande*«, entgegnete sie.

Er schaute sie an, als hätte sie Dänisch gesprochen. »Der Börsentag in New York ist vorbei«, wiederholte er, als hätte sie es nicht kapiert. »Das könnte unseren Deal betreffen.«

»Gut«, sagte sie und klappte ihr Buch zu, weil sie dem Mann heute Abend kein Theater mehr vorspielen wollte. »Sie können den Raum für sich haben und meinetwegen *sämtliche* Börsen anrufen.« Ihr war klar, dass sie gereizt klang, aber sie war müde und wollte einfach den Abend genießen. Dieses Experiment würde niemals zum gewünschten Ergebnis führen.

Von Joe kam keine Antwort. Er schaute immer noch auf das Handy in seiner Hand und schien sie gar nicht gehört zu haben. Er merkte auch nicht, dass sie aufstand, um den Raum zu verlassen.

Sie löschte die Kerzen auf dem Kaminsims und schaltete die Lampe am Sessel aus. Joe tippte auf der Tastatur seines Telefons herum, ein unerträgliches Geräusch. Mit zusammengebissenen Zähnen riss sie den Tonarm vom Plattenspieler und brachte die Musik mit einem hässlichen Kratzen zum Verstummen. Nicht nur, dass sie von *hygge* weit entfernt war – sie fragte sich sogar, ob er ihr auf Dauer womöglich die Fähigkeit zur Entspannung raubte.

Auf dem Weg zu ihrem Zimmer kam sie an ihm vorbei.

»Clara«, rief er, das iPhone noch immer in seinen Händen, als er sie anschaute.

Sie atmete schnell aus. »Ja?«, erwiderte sie.

»Danke für das Abendessen.«

Sie war zu wütend, um gelassen zu reagieren, eine halbherzige Handbewegung war ihre Antwort. Dann eilte sie in ihr Zimmer und knallte die Tür hinter sich zu.

Kapitel 18

Clara lag in ihrem Bett und spürte ein Kribbeln im Bauch, als sie an den bevorstehenden Tag dachte. Sie konnte es kaum erwarten, zu sehen, wie ihr neuestes Abenteuer aufgenommen wurde. Warum sie lange nicht einschlafen konnte und sich ewig hin und her gewälzt hatte, war ihr längst entfallen. Die Ereignisse des Tages nahmen sie derart in Anspruch, dass sie ihren Zorn auf Joe vergessen hatte. Als er aus seinem Zimmer auftauchte, schenkte sie ihm sogar Kaffee ein und teilte ihr Croissant mit ihm. Während er auf seinem Tablet die Nachrichten las, konnte sie sich kaum auf ihr Frühstück konzentrieren. Sie beobachtete, wie die Zeiger der Uhr vorrückten.

»Ich wünsche Ihnen einen schönen Tag«, rief sie, bevor sie die Treppe zum Laden hinablief.

Im selben Moment schrie Lady CaCa: »DUMM IST DER, DER DUMMES TUT, SIE SCHEISSKERL«, doch es war nicht auszumachen, ob er etwas erwiderte. Hatte sie sich das im Vorbeigehen nur eingebildet, oder hatte er tatsächlich in seine Tasche gegriffen und eine Tablette aus einer Packung gedrückt? Der Gedanke war so schnell, wie er gekommen war, wieder verschwunden, denn jetzt zog sie die Tafel nach draußen und stellte sie mit einem Gefühl der Genugtuung auf dem Gehweg auf. Die in Primärfarben gehaltenen Wörter mit den comicartigen Buchstaben stachen ins Auge. Würde die Ankündigung Neugierde wecken?

Es war ein klarer Tag. Der Himmel war strahlend blau, und die Häuser auf der anderen Straßenseite wurden von der Sonne zweigeteilt, unten der dunkle Schatten, im oberen Bereich glänzte es golden. Der Wind hatte sich gelegt; nur noch ein leises Lüftchen wehte. Clara kehrte in den Laden zurück, holte die große hölzerne Null für das Schaufenster hervor und brachte sie an. Das war geschafft. Würden die Leute neugierig sein?

Wenig später traf Lauren ein. Keuchend schälte sie sich aus Schals und Handschuhen. »Ich bin für den tiefsten Winter angezogen, dabei ist es draußen kochend heiß«, sagte sie mit roten Wangen. »Na ja, *kochend heiß* ist vielleicht übertrieben, immerhin ist November. Aber dennoch …«

Als sie sich in dem leeren Laden umsah, befielen Clara plötzlich Zweifel. Was, wenn niemand kam und sie Lauren umsonst herbestellt hatte?

»Und?«, sagte Lauren. »Darf ich es mal sehen?«

Clara brachte kein Wort heraus, weil sie einen Kloß im Hals hatte. Langsam schritt sie durch den Laden und führte Lauren zum Hinterzimmer. Es hatte sich gänzlich verwandelt. Clara beobachtete Lauren, als die sich umsah.

»Der Raum ist ja riesig. War das nicht nur ein Lager?«

Clara freute sich über ihre verwirrte Miene. Der beste Beweis dafür, wie wenig der Raum noch an die staubige Kammer erinnerte, die sie vorgefunden hatte – eine Lagerstätte für kaputtes Spielzeug und Pappkartons.

Der Tisch war poliert und mit Zeitungspapier bedeckt. Drum herum standen Stühle. Mitten auf dem Tisch lagen Pinsel, Farben und Klebstofftuben neben Wasserkrügen und Dosen mit Pailletten, Knöpfen und Perlen. In einer Ecke befand sich eine große rote Tonne. Gegenüber waren bequeme Sessel um niedrige Tische gruppiert. Überall sah man Lampen, und an den Wänden hingen Halter für Teelichter. Auf einem kleineren Tisch mit karierter Decke gab es Becher und einen Wasserkocher, außerdem Teller mit einer Auswahl an selbst gebackenen Keksen und Kuchen, geschützt unter einer Klarsichtfolie.

»Umwerfend«, sagte Lauren, die fast traumwandlerisch durch den Raum schritt. »Es wirkt so gemütlich und einladend. Ich kann mir genau vorstellen, wie es ist, wenn sich die Menschen hier drängen.« Mit funkelnden Augen drehte sie sich zu Clara. »Eine Ewigkeit musst du daran gearbeitet haben. Fantastisch. Das ist das, was wir hier brauchen: einen Ort, wo wir unsere Kinder hinbringen und ein wenig Zeit mit Freunden verbringen können.«

»Falls überhaupt jemand kommt.« Clara biss sich auf die Lippe. Die Anspannung schlug ihr auf den Magen.

»Natürlich. Das Schild draußen ist großartig, und hast du nicht die Lokalzeitung heute Morgen gelesen? Dort gibt es einen tollen Artikel zu dem heutigen Anlass, mit einem umwerfenden Foto von dir. Auch online haben sie dich erwähnt.«

»Wirklich?« Clara spürte, wie ihre Euphorie allmählich zurückkehrte. Dann drehten sie sich beide um, weil das Türglöckchen geläutet hatte.

»Gut«, sagte Lauren und eilte in den Laden. »Die Show beginnt.«

Clara folgte ihr und stellte erfreut fest, dass bereits ein paar Kinder an den Ladentischen mit den Holzspielzeugen standen.

»Im Bastelraum könnt ihr euer eigenes Spielzeug anmalen, soll ich es euch mal zeigen?« Lauren schickte sie nach hinten durch. Dann beugte sie sich zu einem kleinen Mädchen mit einem langen braunen Zopf hinunter, das einen Holzsaurier in der Hand hielt. »Möchtest du diesen Dinosaurier bemalen?« Das Mädchen nickte schnell, als ihre Mutter schon auf einen der Sessel zusteuerte. »Clara, sie möchte einen *Tyrannosaurus rex* anmalen«, und damit hatte Clara ihre erste Kundin.

Lärm, Fragen, Kaffeeduft, Gelächter und Anekdoten der Eltern erfüllten das Hinterzimmer. Kuchen und Kekse waren bis auf den letzten Krümel vertilgt. Lauren konnte sich kaum von der Kasse entfernen, weil sie unentwegt Preise eintippen musste.

Claras Herz hüpfte vor Freude, als sie den großen Tisch mit den vielen Kindern sah, dicht gedrängt saßen sie nebeneinander. Die Zungenspitze herausgestreckt konzentrierten sie sich angestrengt auf ihr Tun. Manche Eltern beugten sich vor, um ihnen zu helfen, andere hatten es sich in den Sesseln gemütlich gemacht, beobachteten die Szene und tranken genussvoll ihren Kaffee.

Nur einmal wäre es fast zu einer Katastrophe gekommen. In seinem Eifer, dass er die Räder seines Holzautos feuerwehrrot angemalt hatte, rannte ein Junge zu seinem Vater, um es ihm zu zeigen. In diesem Moment erschien Joe in der Tür, stolperte über das Kind und fluchte, während der Junge in Tränen ausbrach. Die anderen Kinder schauten von ihren Tätigkeiten auf, Hände und Gesicht derart mit Farbe verschmiert, dass sie kleinen Wilden glichen. Clara schluckte, als Joe auf sie zukam und hektisch an seiner Hose herumtupfte.

»Warten Sie«, sagte sie und griff nach einem Schwamm. »Die Farbe ist wasserlöslich. Sie geht auf jeden Fall raus«, fügte sie hinzu.

Er schaute erst sie und dann den Schwamm an, nahm ihn aber nicht entgegen. »Was ist denn hier los? Haben Sie eine Kinderkrippe eröffnet? Haben Sie die halbe Stadt eingeladen, um den Laden in Schutt und Asche zu legen?«

Clara holte Luft. Sie wollte unbedingt, dass er ihre Bemühungen würdigte. »Ich habe im Lager einen Bastelraum mit Café eingerichtet«, erklärte sie. »In der ganzen Stadt gibt es nichts, wo man tagsüber hingehen kann. Ich wollte einen gemütlichen Ort schaffen, wo es möglich ist, Zeit mit seinen Kindern zu verbringen. Der Raum lag ungenutzt da. Jetzt blüht hier das Leben.«

»Wohl eher der Dreck«, korrigierte er sie.

»Das auch.« Sie nickte und versuchte, sich nicht unterkriegen zu lassen. Sein Stirnrunzeln machte sie nervös.

»Aber hinterher wird alles wieder sauber sein. Und sehen Sie doch nur, was für einen Spaß die Kinder haben.«

Joe schaute flüchtig zum Tisch hinüber und knurrte etwas. Bei diesem Geräusch schaute der kleine Junge auf, der Clara von der Scheidung seiner Eltern erzählt hatte. Er grinste Joe an und zeigte seine Zahnlücken. Als Joe seinen freudestrahlenden Blick auffing, änderte sich seine Miene.

»Kannst du Enten malen?«, fragte der Junge.

Joe trat einen Schritt vor. Dann schaute er schnell über die Schulter, in der Hoffnung, der Junge würde sich einen anderen Gesprächspartner suchen.

»Kannst du Enten malen?«, wiederholte der Junge beharrlich, den Kopf zur Seite geneigt.

»Enten?«, fragte Joe unbehaglich, als er sich in seinem teuren Anzug zu ihm hinabbeugte.

»Ja. Ich kann das nämlich nicht. Mein Vater konnte das, aber der lebt nicht mehr bei uns. Kannst du es versuchen?«

»Ich … Oh, na ja, ich …« Der Junge drückte Joe einen Stift in die Hand. »Mmh … Ich weiß nicht …« Joe wandte sich an Clara und hielt den Stift, als sei er vergiftet. »Er möchte, dass ich eine Ente für ihn male.«

»Tolle Idee.« Clara strahlte den Jungen an. »Ich denke oft, dass Züge häufiger mit Enten bemalt sein sollten.« Sie unterdrückte ein Kichern, als Joe sich umdrehte und das Holzspielzeug unsicher beäugte.

Dann begann er zu malen: ein sorgfältig abgezirkeltes rundes Auge, einen Schnabel, Flügel, dünne Beinchen. Mit jedem Strich stieg die Begeisterung des Jungen. Er schaute einfach nur zu und rief: »Genau! Genauso! Das ist wirklich absolut cool!«

Es dauerte eine Ewigkeit, aber Clara sah gebannt zu, wie Joe eine Comic-Ente erschuf. Einmal griff er nach dem Radiergummi, weil er die Schwanzfedern nicht so gelungen fand. Er war hoch konzentriert und ging absolut methodisch vor, aber in seinem Mundwinkel lauerte ein verhaltenes Lächeln. »Ich habe Füße mit Schwimmhäuten gemalt«, erklärte er dem Jungen.

Der verrenkte den Hals, um sie besser erkennen zu können. »Super.«

»Denkst du, die Flügel stimmen so?«, fragte Joe und presste den Stift an den Mund, als würde er ein Porträt studieren.

»Die Flügel sind das Beste«, erklärte der Junge ernst.

»Danke, Kumpel«, sagte Joe. Clara schlug die Hand vor den Mund, um nicht laut loszulachen.

Er war rot im Gesicht, als er aufstand und dem Jungen den Stift zurückgab. Der inspizierte bereits die Farbtuben. »Ich werde sie blau anmalen.«

»Gute Idee«, sagte Joe und legte dem Jungen die Hand auf die Schulter. Als Clara ihn ansah, nahm er sie schnell wieder weg.

»Er mag Sie.« Clara lächelte, als der Junge beide Daumen in Joes Richtung reckte, um dann einen Pinsel in die blaue Farbe zu tauchen.

»Netter Knabe«, murmelte Joe vor sich hin.

Lauren steckte den Kopf zur Tür herein. »Clara, dein Typ wird verlangt«, rief sie und nickte Joe flüchtig zu.

Mit großen Augen schaute Joe in Laurens Richtung.

In geschäftsmäßigem Tonfall fragte er: »Sind Sie hier angestellt?«

Lauren riss überrascht die Augen auf. »Ich habe Clara meine Hilfe angeboten. Und wer sind Sie?«

Joe murmelte, dass er der Eigentümer des Ladens sei.

Lauren atmete langsam aus. »Das hätte ich mir ja denken können.«

Clara zuckte zusammen. »Sag, ich komme gleich.«

»Mach ich«, erklärte Lauren munter und wandte sich dann erneut an Joe. »Freut mich, Sie kennenzulernen.« Mit finsterer Miene kehrte sie zur Kasse zurück.

Clara lachte, um die Stimmung aufzulockern, aber Joe hatte den Misston gar nicht bemerkt. Mittlerweile wirkte er wieder gehetzt, strich unentwegt seinen Anzug glatt.

»Hören Sie, ich muss zu einem Meeting. Ich bin schon ziemlich spät dran, und ich weiß noch nicht, ob ich heute Abend zurück bin.«

»Aha, okay.« Claras Blick huschte an ihm vorbei. Hoffentlich merkte er nicht, dass eines der Kinder auf der frisch gestrichenen Wand hinter ihm einen dicken violetten Handabdruck hinterlassen hatte.

Er holte sein Handy heraus. »Wie lautet Ihre Handynummer, falls ich Sie erreichen muss?«

»Aah …« Das Kind mit den violetten Händen kam jetzt auf sie zu. »Äh … Ich habe kein Handy.« Als das Kind ohne ein weiteres Malheur an ihnen vorbeigegangen war, atmete sie erleichtert auf.

»Wie?« Er ließ sein iPhone sinken, unfähig, seine Überraschung zu verbergen. »Jeder hat ein Handy.«

Sie zuckte mit den Achseln. »Ich nicht.«

»Aber … das ist ja archaisch. Wie soll man Sie dann kontaktieren? Mit Rauchzeichen? Einem Telegramm? Kein Handy, nicht zu fassen«, sagte er, als hätte sie soeben verkündet, ohne Organe auszukommen.

Eine Mutter warf ihm von ihrem Sessel aus einen scharfen Blick zu.

»E-Mail habe ich aber!«, sagte Clara, weil sie ihn ein wenig aufmuntern und den Joe von zuvor zurückholen wollte. »Obwohl ich …«, fühlte sie sich bemüßigt hinzuzufügen, »… meine Mails selten lese.«

Joe verdrehte die Augen.

Einen Witz über Brieftauben konnte sich Clara gerade noch verkneifen. Joe schien nicht zu Scherzen aufgelegt zu sein, und sie wollte die winzigen Fortschritte der letzten achtundvierzig Stunden nicht gefährden.

»Okay, jetzt muss ich aber wirklich los.« Er rieb sich den Kiefer. »Sollte ich doch hier übernachten, rufe ich auf dem Festnetz an und teile Ihnen meine voraussichtliche Ankunftszeit mit.«

»Gute Idee«, sagte sie und boxte ihn sanft in den Arm. Er wich zurück. »Ich hoffe, es läuft gut.«

Er schaute sie mit zusammengekniffenen Augen an.

»Ihr Meeting«, sagte sie und fragte sich, warum er sie so merkwürdig anschaute. Wo wollte er hin? Hatte er wirklich ein Meeting?

»Ach ja, das«, murmelte er und wich ihrem Blick aus. Er drehte sich um und bahnte sich einen Weg durch den Raum. Nur knapp entging er dem Schicksal, mit dem Fuß am Boden kleben zu bleiben, weil das Kind mit den violetten Händen mit einer Tube Klebstoff zurückgekehrt war.

»Sollen wir mal gucken, wo deine Mutter ist?«, fragte Clara und führte das Kind schnell weg.

Als sie sich zu Lauren in den Laden begab, war Joe verschwunden.

Kapitel 19

In den frühen Morgenstunden klappte Joe den Laptop endlich zu und dachte darüber nach, eine Dusche zu nehmen. Er hatte sich gegen Mitternacht in die Wohnung geschlichen, Clara war schon im Bett gewesen. Fast war er versucht gewesen, sie zu wecken, sich zu entschuldigen und ihr zu sagen, dass die Sache mit dem Bastelraum eine hervorragende Idee sei. Nachdem er aufgebrochen war, hatte er Zeit gehabt, über das Hinterzimmer nachzudenken. Seine Reaktion war einer verwirrenden Mischung aus Müdigkeit, Nostalgie und Schuldgefühlen entsprungen. Der von Leben erfüllte Raum hatte ihn an frühere Zeiten erinnert, als er mit seiner Mutter im Laden gewesen war. Überall hatten Kinder herumgetobt, hatten gekichert und gequasselt; ständig waren neue Waren angeliefert worden. Damals hatte er den Laden geliebt. Warum war er heute so unfreundlich gewesen?

Er zog den Arm über den Kopf und ließ die Gelenke knacken.

Sein Rücken schmerzte, weil er sich so lange über die Tastatur gebeugt hatte, und seine Augen brannten vom

Bildschirmlicht. Am liebsten hätte er die vergangenen Stunden einfach abgeschüttelt.

Als er ins Bad ging, ein Handtuch um den Hals, blieb er vor Claras Schlafzimmer stehen. Die Dusche war sehr alt, und sobald man das heiße Wasser andrehte, begannen die Leitungen zu klopfen. Das Geräusch würde sie zweifellos aufwecken. Noch vor wenigen Tagen hätte ihn das vermutlich nicht von seinem Plan abgehalten, aber jetzt merkte er, dass er zögerte. Clara hatte sicher Stunden gebraucht, um den Bastelraum vorzubereiten. Sie musste erledigt sein.

Seit jenem Tag in den Feldern, als er seine teuren Schuhe ruiniert hatte, war sie ausgesprochen nett zu ihm gewesen. Das hatte ihn überrascht. Ihr Angebot, in die Wohnung zu ziehen, hatte er nur angenommen, weil er nach einer einzigen weiteren Nacht in dem winzigen Bett ein Jahr lang zum Chiropraktiker hätte rennen müssen. Aber dann hatte sie ihn die ganze Woche über mit Speisen und kleinen Nachrichten versorgt und seine anfänglichen Bedenken zum Schwinden gebracht. Vielleicht war es Berechnung, um ihn auf ihre Seite zu bringen, aber er war sich da nicht mehr so sicher. So schroff er sich ihr gegenüber immer verhalten hatte, konnte er ihre Freundlichkeit nicht für selbstverständlich nehmen. Gott sei Dank wusste sie nicht, was er inzwischen getan hatte.

Er beschloss, in sein Zimmer zurückzugehen. Das Wohnzimmer war leer. An einer Wand hingen die Familienfotos. Unvermittelt trat er näher und betrachtete sie, die Hände feucht.

Seine Mutter hatte etliche Aufnahmen von ihm aufgehängt, aus den verschiedensten Phasen seines Lebens: vom Tag der Abschlussfeier an seiner Schule, als ihm das Haar in scheußlichen Strähnen ins Gesicht hing; in einem viel zu großen Anzug, noch vor der Pubertät, bei der Hochzeit eines älteren Cousins; zusammen mit seiner Mutter, als sie im Vergnügungspark Alton Towers mit der Achterbahn in den Abgrund rasten, die Münder aufgerissen und die Arme in der Luft; neben seinem ersten Wagen, einem verbeulten Ford Fiesta, den er sich von seinem ersten Gehalt gekauft hatte. Unglaublich jung sah er darauf aus, wie eine andere Person, dabei war es erst zehn Jahre her.

Dann ein Foto, das er zunächst ignoriert hatte. Das letzte, älter noch als die anderen und verblichen: er an seinem achten Geburtstag, die Kerzen ausblasend; sein Vater in einem dicken Pullover mit Zopfmuster, einen Arm um Joes Schulter gelegt; seine Mutter auf der anderen Seite, die widerspenstigen Locken zurückgebunden und stolz darauf, dass er alle Kerzen erwischte. Er betrachtete das Bild mit den gleichen Gefühlen wie immer, verspürte den gleichen Schmerz. Eine Woche später hatte sein Vater sie verlassen und seiner Mutter erklärt, er wolle mit Rachel zusammen sein, seiner Assistentin, die ihn für gewöhnlich auf seinen Geschäftsreisen nach Übersee begleitete. Was für ein Klischee.

Andere Fotos von seinem Vater gab es nicht, und er hatte es als zu demütigend empfunden, seine Mutter zu bitten, ihm diese Aufnahme zu überlassen, obwohl es ihn bei jedem Besuch unwiderstehlich anzog. Als er das Gesicht des Mannes betrachtete, stiegen ungebetene Erinnerungen in ihm auf. An dem Tag, an dem seine Mutter ihm mitgeteilt hatte, dass sein Vater ausgezogen war, hatte sie einen Kuchen mit Schoko-Cornflakes gebacken; bei ihren Worten war er in seinem Mund zu Brei geworden. Über Scheidungen hatte er nicht viel gewusst. Jenny aus seiner Klasse hatte ständig darüber geklagt, aber Jenny hatte er nicht gemocht, daher war ihm verborgen geblieben, was es damit auf sich hatte.

Seinen Vater sah er am Wochenende. Er bekam mit, wie Rachel immer dicker und dicker wurde, bis man ihm eines Tages Harry vorstellte, seinen Halbbruder, ein winziges Bündel mit verklebten Augen und Himmelfahrtsnase. Als er einmal in der Einfahrt darauf wartete, dass sein Vater ihn abholte, hatte er sein Zeugnis in der Hand, weil er ihm unbedingt die Bestnote in Mathe zeigen wollte. Sicher würden die Augen seines Vaters vor Stolz leuchten. Irgendwann fing es an zu regnen, und er steckte das Zeugnis unter die Jacke. Seine Mutter konnte nur davon ausgehen, dass er längst abgeholt worden war, aber er stand noch unter einem Baum, als der Regen heftiger wurde und seinen Rücken hinabrann. Das Papier wurde feucht, die Schrift verschwamm, und die Mathenote ließ sich von den anderen nicht mehr unterscheiden. Langsam wurde ihm klar, dass sein Dad nicht kommen würde. In der Dunkelheit kehrte er ins Haus zurück, wo seine Mutter ihn in ein Handtuch wickelte. Ihre Tränen, die auf seinen Kopf tropften, fühlten sich wie der Regen an.

Dann Petes spöttische Miene, wenn er sich erkundigte, wo sein Vater eigentlich sei, worauf der Rest der Fußballmannschaft betreten zu Boden sah. Joe ballte die Fäuste, während die Erwiderung irgendwo in seinem Innern stecken blieb. Sein Blick glitt über die Seitenlinie, und er sehnte den Tag herbei, an dem er in der Lage sein würde, Pete sein spöttisches Grinsen aus dem Gesicht zu prügeln. Joes Welt bestand aus den widerspenstigen Locken und dem Lächeln seiner Mutter, die immer anders gekleidet war als andere Mütter. Schließlich der Schlag gegen Petes Kiefer, das Pochen in den Knöcheln noch Tage später. Der Rauswurf aus der Schule.

Er ging zurück in sein Zimmer und setzte sich mit nacktem Oberkörper aufs Bett, unendlich müde und gleichzeitig hellwach. Sein Kopf schwirrte von den Ereignissen des Tages: Clara, sein Besuch, die Anrufe, die nicht abgeschickten E-Mails, Toms abfällig formulierte Nachfrage, ob er vom Erdboden verschwunden sei. Ihm war bewusst, dass er sofort nach London zurückfahren sollte. Er könnte ein paar Stunden schlafen und dann aufbrechen. Reflexhaft griff er zur Anzugjacke, die er über das Bettgestell geworfen hatte, und fasste in die Innentasche. Ein paar Pillen würden reichen, um ihn in einen tiefen Schlaf zu versenken oder wenigstens die Kopfschmerzen zu mildern.

Als er aufwachte, war er orientierungslos. Er sah den Lichtfleck an der Decke und hörte das Klappern von Töpfen. Noch nicht richtig wach, war er schon aufgesprungen. Küche und Wohnzimmer waren lichtdurchflutet. Clara stand in der Schürze seiner Mutter am Herd und hielt einen Pfannenwender in der Hand.

»Ach, Sie sind zurück. Ich habe Sie gar nicht kommen hören. Aber ich wollte auch nicht einfach in Ihr Schlafzimmer platzen, für den Fall, dass … nun, dass es unangemessen …« Sie hielt inne. »Pfannkuchen?«

»Wie spät ist es?«, fragte er und rieb sich das Gesicht, immer noch mit nacktem Oberkörper. Als er sich den Zeh stieß, hüpfte er hoch. »Scheiße«, rief er und ließ sich auf einen Stuhl sinken.

»Kurz vor neun.«

»Ich hätte schon vor Stunden aufbrechen müssen«, sagte er. Sein Zeh pochte.

»Sie sollten besser zusehen, dass Sie ein wenig Schlaf bekommen«, bemerkte sie und stellte ihm einen Teller hin. »Der ist mit Zimt und Muskat, so wie wir es in Dänemark machen.«

Ihre Haare glänzten in der Sonne, und ihr Gesicht wirkte absurd frisch, zu allem bereit. »Keine Zeit«, erklärte er und hätte fast die Hand auf das Glas gelegt, als sie ihm Orangensaft eingießen wollte.

»Für Pfannkuchen ist immer Zeit. Sie gehören zu den wesentlichen Dingen im Leben. Wie Sauerstoff, Hunde, Kinder und Schokolade. Und WEIN«, fügte sie hinzu. Sie sagte das derart laut, dass er zusammenzuckte. »Kaum zu glauben, dass ich fast den Wein vergessen hätte.« Kopfschüttelnd kehrte sie zu ihrer Pfanne zurück.

War sie morgens ständig so gut gelaunt? Er hatte noch nie jemanden erlebt, der schon vor dem zweiten Kaffee so voller *joie de vivre* steckte. Geistesabwesend griff er nach Messer und Gabel. In der Luft lag ein Duft, er beschwor Bilder von frischem Brot herauf.

»REGNET ES NOCH? ICH WEISS ES GAR NICHT.«

Joe schaute zu Lady CaCa hinüber und fragte sich, was für Filme seine Mutter wohl sah.

Der Pfannkuchen war noch warm. Wie hungrig Joe war, wurde ihm erst bewusst, als er Sekunden später auf den leeren Teller blickte.

»Das ging ja flott«, sagte Clara und ließ rasch noch einen zweiten Pfannkuchen auf seinen Teller gleiten.

»Danke. Die sind wirklich gut.« Er lächelte breit, bekam dann aber Angst, dass er Essensreste zwischen den Zähnen haben könnte. »Nun denn …« Er steckte einen Bissen in den Mund und kaute schnell, weil er nicht mit vollem Mund reden wollte. Es erschien ihm wie eine Ewigkeit, bis er alles hinunterschlucken konnte. Clara sah ihn erwartungsvoll an. »Haben Sie heute viel vor?«, fragte er.

Sie schüttelte den Kopf. »Eigentlich nicht. Die ersten Kunden werden kommen, um die bemalten Spielzeuge abzuholen, außerdem müssen wir die nächste Schaufensterauslage planen.«

»Wir?«

»Nicht Lauren«, sagte sie rasch. »Gavin hat seine Hilfe angeboten. Umsonst. Na ja, für ein Essen heute Abend. Er bittet Clive, ausnahmsweise den Pub für ihn zu übernehmen.«

»Sie haben Gavin zum Abendessen eingeladen?« Joe schaute sie überrascht an, er stellte sich den massigen Mann neben ihr vor. Ihr zarter Teint und das blonde Haar wollten nicht so recht zu seinen Tätowierungen und den kräftigen Unterarmen passen. Nicht direkt ein

Traumpaar, von dem Altersunterschied von fünfundzwanzig Jahren mal abgesehen.

»Ich habe Lauren und ihren Mann Patrick ebenfalls eingeladen. Möchten Sie dazukommen? Es gibt dänisches Bierfondue; ich liebe dieses Essen. Die Zutaten habe ich im Internet bestellt.«

Joe nickte unwillkürlich, um sich Sekunden später zu fragen, was nur in ihn gefahren war. Er musste ziemlich müde sein. Für gewöhnlich aß er mit Kollegen oder Kunden Sushi, oder er stopfte hastig etwas in sich hinein, während er am Schreibtisch saß. Stundenlange Abendessen mit irgendwelchen Fremden, bei denen man sich krampfhaft um Gesprächsstoff bemühen musste, waren nichts für ihn. Er hatte ohnehin nichts zu sagen, falls die Gäste nicht zufällig über Börsenkurse reden wollten. Man würde ihn fragen, was für ein Buch er gerade las und was für Hobbys er hatte. Vielleicht konnte er sich aus der Affäre ziehen, indem er sich plötzlich an einen wichtigen Wochenendtermin erinnerte. Er öffnete den Mund, um irgendwelche Ausflüchte vorzubringen, aber Clara strahlte ihn an, mit ihren makellosen Zähnen und den leuchtenden Augen, und klatschte in die Hände.

»Wunderbar. Ich kann es kaum erwarten, Gäste zu haben. Zu Hause waren wir beim Abendessen immer mehrere Leute. Das vermisse ich so …« Hatte er sich eingebildet, dass sich ihr Blick leicht verschattete? Hatte sie den Mund nicht zu einer schmalen Linie zusammengepresst? Er wollte, dass sich ihre Miene sofort wieder aufhellte.

Energisch schob sie ihren Stuhl zurück. »Okay, die

Arbeit wartet.« Sie wich seinem Blick aus, als sie seinen Teller zur Spüle trug.

»Auf mich auch«, sagte er. »Aber lassen Sie das stehen«, fügte er hinzu, als sie die Teller aufeinanderstapelte. »Ich übernehme den Abwasch.«

»DU VERVOLLSTÄNDIGST MICH.«

Er ignorierte Lady CaCa und wollte gerade aufstehen, als sein Handy vibrierte. Das Display zeigte eine lokale Nummer an. Unbehagen regte sich in ihm. Das war ja schnell gegangen. Er tippte auf eine Taste und wies den Anruf ab. War es richtig, was er tat?

»Sie gehen gar nicht ran?«, fragte Clara, die Augenbraue hochgezogen.

Er rutschte auf seinem Stuhl herum. »War nicht dringend«, sagte er und wollte auf einmal nicht mehr erklären, was er in die Wege geleitet hatte. Lächerlich war das. Es war schließlich seine Entscheidung. Es ging um den Laden seiner Mutter und ihre Zukunft.

Clara musterte ihn, den Kopf zur Seite geneigt. Er stand rasch auf, weil ihm bewusst wurde, wie desolat er wirken musste. »Okay, gut. Ich mache hier klar Schiff und fahre dann nach London.«

»Aber es ist Wochenende«, protestierte sie.

Joe zuckte mit den Schultern. »Wir stehen kurz vor einem großen Abschluss.«

»Aber …« Er sah, dass sie den nächsten Satz hinunterschluckte. »Klingt gut«, sagte sie dann munter und begab sich in ihr Zimmer.

Er biss sich auf die Lippe und blickte ihr nach, bevor er zur Spüle ging. Sollte er es ihr nicht doch erzählen?

Er ließ heißes Wasser ein und begann mit dem Abwasch. Feigling, dachte er, als er einen Teller ins Spülwasser tauchte.

Er konnte sich nicht entsinnen, wann er zum letzten Mal abgewaschen hatte, aber im nächsten Moment war er völlig in seine Aufgabe vertieft. Alles andere war vergessen, als er das Geschirr schrubbte und abtrocknete. Am liebsten wäre er den ganzen Tag an der Spüle stehen geblieben, ohne etwas überlegen zu müssen, nur um den Moment des Aufbruchs hinauszuschieben. Aber dann besann er sich, einen nassen Teller in der Hand, der auf den Fußboden tropfte. Was waren das für Gedanken? Er liebte seinen Beruf, versuchte er sich in Erinnerung zu rufen. Etwas anderes beherrschte er auch gar nicht.

Clara war bereits im Laden, als er auf die High Street trat und seine Krawatte zurechtzupfte. Er sah sie hinter der Kasse stehen und einem kleinen Mädchen zulächeln, das eine Schachtel hochhielt. Sie trug ein geblümtes Kleid, ihr Haar fiel offen herab. Er musste daran denken, was Gavin gesagt hatte – dass sie so friedfertig sei. Außer diesem plötzlichen Schatten in ihren Augen, den er oben in der Wohnung wahrgenommen hatte, kam sie ihm tatsächlich wie die Arglosigkeit in Person vor. Sie schien so in sich zu ruhen, so mit sich in Einklang zu stehen. Er selbst war ein unruhiger Geist, konnte nie innehalten, musste unentwegt arbeiten, telefonieren, in Bewegung sein, Schlaf nachholen, von Ort zu Ort hetzen. Claras Lebenstempo hingegen schien gebremst. Er dachte wieder an den Spaziergang durch die Felder, als sie ständig stehen geblieben war, um den Ausblick zu genießen und die Landschaft zu bewundern, als würde sie das alles in sich aufsaugen. Mit ihrer Fähigkeit, im Moment zu leben, wirkte sie glücklich.

Wenn man bedachte, wie viel Geld er ausgab, um dieses Gefühl zu erlangen – die Physiotherapeuten, die er ins Büro bestellte, um die Rücken- und Nackenprobleme in den Griff zu bekommen; die Akupunktur, von der er niemandem erzählte; die Pillen, die er einwarf; die Recherchen im Internet nach Mitteln, die stärker waren als Bachblüten; der Verschleiß von Stressbällen mit Firmenlogo; kurze Auszeiten, neue Autos, neue Klamotten, neue Freundinnen. Was war Claras Geheimnis?

Plötzlich wurde ihm bewusst, dass er immer noch auf dem Gehweg herumlungerte und Clara ihn aus dem Laden beobachtete. Jetzt winkte sie ihm sogar zu, die Stirn leicht gerunzelt. Er zuckte zusammen, fuhr herum und drückte auf seinen Autoschlüssel. Das vertraute Piepsen ertönte, dann leuchteten die Rückleuchten auf, so rot, wie sein Gesicht vermutlich war.

Nachdem er den Wagen gestartet hatte, schloss er das Handy an die Freisprechanlage an. Dann aber schaltete er es, getrieben von einem unerklärlichen Impuls, auf stumm. Er stellte das Radio an und ging auf Classic FM. Sanfte Klänge erfüllten den Wagen, als er in die Hauptstadt aufbrach.

Die Gelassenheit, die sich seiner bemächtigt hatte, schien sich im selben Moment in Luft aufzulösen, als er durch die Drehtür in das Bürogebäude trat. Die bleichen Gesichter seines Teams empfingen ihn; auf den Schreibtischen lagen, zwischen Stapeln von Papier und Handelsmagazinen, die leeren Schachteln chinesischer Gerichte, die man bei einem exzellenten Restaurant in der City bestellt hatte. Es herrschte das reinste Chaos. Neben den unentwegt klingelnden Telefonen klebten vollgekritzelte gelbe Zettel, und überall standen halb ausgetrunkene Kaffeetassen herum. Bei dem Anblick stellten sich erstmals an diesem Morgen Joes Kopfschmerzen wieder ein, und sein Herz raste, als er seine Mitarbeiter zur Eile mahnte. Niemand wagte es, auf die Uhrzeit zu verweisen, aber das Wissen, dass sie natürlich über sein spätes Eintreffen gesprochen hatten, verstärkte seine innere Anspannung. Seine Stimme klang eher wie ein Bellen, da er seine Autorität retten und klarstellen musste, wer hier der Boss war. Er konnte nur hoffen, dass sich in der oberen Etage noch nichts herumgesprochen hatte. Er selbst hätte längst Bericht erstatten müssen.

Stunden später telefonierte er mit seinem Kunden, die Präsentation vor sich auf dem Schreibtisch, und spulte Zahlen herunter, um den Geschäftsabschluss auf Kurs zu bringen. Als er die Toilette aufsuchte, wurde ihm bewusst, dass er bei diesem Tempo nicht vor Mitternacht in Suffolk sein würde, wenn er es überhaupt noch dorthin schaffte. Das verschlafene Städtchen schien einer anderen Welt anzugehören. Auf dem Rückweg zum Schreibtisch holte er sich seinen fünften Kaffee und ging, als er vor dem Automaten stand, noch einmal die letzten Details durch, sein Kopf angefüllt mit Kunden, Übernahmen und Dollarzeichen.

Ein Bastelraum! Herrlich, was für eine wundervolle Idee. Das Hinterzimmer ist so groß, es bietet sich förmlich für eine sinnvolle Nutzung an. Clara ist so umtriebig, dass ich wohl nie wieder nach Hause kommen muss.
Ehrlich gesagt könnte ich im Moment nicht sagen, ob ich das überhaupt je möchte. Gleich um die Ecke von meiner Wohnung habe ich eine französische Patisserie entdeckt (in Spanien!, ich weiß), und so ernähre ich mich jetzt vorzugsweise von Schokoladen-Eclairs. Sie sind köstlich und schmelzen auf der Zunge. Mit einer der Verkäuferinnen bin ich mittlerweile dick befreundet, weil ich ihr eine kleine Auswahl meiner Bücher überlassen habe. Sie lernt nämlich Englisch und ist begeistert, dass sie nun Lee Child und Jilly Cooper lesen kann.
Bald fahre ich nach Corralejo auf der anderen Inselseite. Dort gibt es ein hippes Hotel, wo wir Tennis spielen und uns im Wellnessbereich verwöhnen lassen wollen. Ich werde mich völlig in Seegras einwickeln lassen, dann verliere ich trotz der Eclairs so viel Gewicht, dass du mich kaum wiedererkennen wirst. Wenn ich in den Pub trete, wirst du Clive fragen, wer denn diese umwerfend schlanke Frau ist, und ich werde TA-DA machen und mich zu erkennen geben. Aber erst nach der Seegrasbehandlung.
Gut, du musst mir Fotos von dem Bastelraum schicken und Clara sagen, dass sie einen fantastischen Job macht. Was für eine Offenbarung. Ich bin so froh, dass sie ein wenig Freude in die Stadt zurückbringt. Aber was meinst du mit ›Joe ist da‹? Er ist sonst nie zu Hause. Beim letzten Mal war gerade die »Rachel«-Frisur in Mode, erinnerst du dich? Der Stufenschnitt hat mir nie gestan-

den – wobei Paula, die mobile Friseurin, hinterher zugegeben musste, dass sie Friends *nie gesehen hat. Weiß der Teufel, wen sie sich für die Frisur zum Vorbild genommen hat. Das muss man sich mal vorstellen: hat* Friends *nie gesehen. Das ist, als würde man behaupten, man habe nie masturbiert. Ich bin allerdings froh, dass Joe da ist und ein wenig hilft. Ich hatte schon die Befürchtung, wir hätten ihn vollständig an sein Londoner Leben verloren.*

Kapitel 20

Gavin saß in einer Ecke des Hinterzimmers, servierte Kaffee und plauderte mit den Kunden. Er hatte darauf bestanden, und Clara strahlte ihn an, bevor sie in den Laden und zu ihrer Kasse zurückkehrte. Er reckte beide Daumen empor. Heute hatte er die Ärmel hochgekrempelt, sodass Clara die Möwe an seinem Unterarm erkennen konnte.

Die Leute hatten sich die Klinke in die Hand gegeben und Weihnachtsgeschenke gekauft. Clara half ihnen bei der Auswahl, holte Spiele aus dem Schaufenster, erkundigte sich nach den Interessen ihrer Kinder und lachte über ihre Geschichten. Sie spürte, dass ihr das Geschäft sehr ans Herz gewachsen war; in einem Spielzeugladen konnte man einfach nicht traurig sein. Es war wunderbar, von Kindern umgeben zu sein und die leuchtenden Gesichter zu sehen, wenn sie durch die Gänge stromerten oder Holzspielzeug für den Bastelraum aussuchten. Ihre Begeisterung wuchs noch einmal, als sie zu dem verschlossenen Schrank hinüberschaute, in dem die Kisten mit den Teilen für ihre nächste Schaufensterauslage standen. Der Countdown lief erneut, und viele Kinder versuchten zu erraten, welchem Thema sie das nächste Mal gewidmet sein würde.

»RIESEN.«

»NICHT RIESEN. FEEN.«

»PIRATEN.«

Clara schenkte allen ein Lächeln und ließ sich nichts entlocken.

Als sie sich umdrehte, stand ein dickbäuchiger Mann mit zurückgegeltem Haar am Tresen. Er hatte eine dicke Mappe unter dem Arm und streckte die Hand aus, als sie sich näherte.

»Mrs Alden, nehme ich an. Ihr Ehemann war diese Woche bei uns gewesen und hat uns gebeten, Fotos zu machen und Vermessungen vorzunehmen, das ganze Programm.«

Clara schaute ihn an, irritiert von dem Wort *Ehemann*. Den Rest verstand sie sowieso nicht. »Entschuldigung, ich bin nicht … Louisa Alden ist im Moment nicht da.«

Der Mann mit dem gegelten Haar schaute auf seine Mappe und runzelte die Stirn. »Ah, die Besitzerin. Nein, wir haben mit Mr Joseph Alden gesprochen.«

»Joe?«

»Ja. Mr Alden war es wichtig, die Sache möglichst schnell über die Bühne zu bringen, Mrs …?«

»Miss … Ich bin … Ich bin niemand«, sagte sie, da ihr klar wurde, dass sie keinerlei Befugnisse hatte. Ein hässliches Gefühl stieg in ihr auf.

»Nun, wir kommen von *Strutt and Sons* und tun unser Bestes, den Laden zu schätzen und so schnell wie möglich auf den Markt zu werfen.« Als er lächelte, sah man, dass sich der eine Schneidezahn über den anderen schob. Clara starrte unwillkürlich auf die Stelle. »Wir haben heute Morgen versucht, mit Mr Alden zu telefonieren, aber er hat den Anruf nicht entgegengenommen. Eigentlich sollten wir später in der Woche kommen, aber wir hatten gerade Kapazitäten frei, und da er es eilig zu haben schien, bin ich gleich los. Besser die Nase vorn haben, dachte ich.«

»Den Laden zu schätzen …«, wiederholte sie, als ihr plötzlich aufging, was das bedeutete. Joe dachte tatsächlich daran, das Geschäft zu verkaufen. Sie schaute sich um und wurde von einer großen Kälte gepackt. Das alles – alles, was Louisa aufgebaut und über die Jahre hinweg gestaltet hatte – würde verschwinden.

Der Mann wirkte nun leicht verunsichert und wühlte in seiner Mappe herum. »Nummer vierzehn«, las er. »High Street. Alden Toys.« Er zog ein Blatt heraus, auf das jemand die Angaben gekritzelt hatte.

»Stimmt«, sagte Clara leise. Was konnte sie schon tun? Ihn wegschicken? Sich weigern, ihn hereinzulassen, mit seinem blöden Maßband und der Kamera um den Hals?

»Über dem Laden befindet sich noch eine Wohnung?«, fragte er. Sein Kopf ruckte nach oben, und seine Augenbrauen schossen hoch.

Clara nickte, da sie es nicht wagte, den Mund aufzumachen.

»Zwei Schlafzimmer, Bad, Küche, großes Wohnzimmer?«, las er von seinem Zettel ab. »Wenn wir hier unten beginnen, können Sie mir später oben alles zeigen, oder?«

Clara schaute sich hilflos um. Der kleine Junge, der

eine Gummischlange in der Hand hielt, und das Mädchen, das einen weichen Stoffpinguin küsste, waren keine wirkliche Hilfe. »Gut …«

Der Mann machte Fotos und sprach gelegentlich in ein schmales silbernes Diktiergerät, das er aus der Jackentasche geholt hatte. »Jahrhundertwendehaus, umgebaut zu einem Laden mit dazugehöriger Wohnung im Obergeschoss. Im Ladengeschäft wenig von der ursprünglichen Ausstattung erhalten, aber großzügiges Schaufenster, das sich zu vielen Zwecken eignet. Gegenwärtige Nutzung: Spielzeugladen …«

»Da drinnen?«, fragte er und zeigte auf die verschlossene Schranktür.

»Stauraum«, flüsterte sie.

Er nickte und eilte weiter, um Ladentheke und Kasse zu inspizieren. Seine Augen schienen hungrig über sämtliche Oberflächen zu gleiten. Sollte sie ihm Einhalt gebieten? Es kam ihr nicht richtig vor, ihn hier herumkriechen zu lassen, ohne Louisa vorher zu fragen.

Nun ging er zum Hinterzimmer. »Ist es okay, wenn ich mich hier umschaue?«, rief er, wartete aber nicht auf eine Antwort.

Sie hörte ihn im Bastelraum reden und vernahm auch die Antworten, die Gavin mit seiner tiefen Stimme gab. Vielleicht bestand ja Hoffnung, dass er den Mann rausschmiss. Aber sie hörte nur die gelegentlichen Wortfetzen; kein Immobilienmakler flog durch den Laden, dicht gefolgt von seiner Aktenmappe.

Schließlich erschien Gavin im Türrahmen und näherte sich wie eine wandelnde Leiche, auf seinem Handy herumtrommelnd. »Es wird verkauft?«, fragte er, ohne eine Reaktion zu erwarten. Er lief knallrot an und blies die Wangen auf. »Die Frau hat über zwanzig Jahre hier gelebt. Sie würde nicht einfach verkaufen, ohne einen Ton zu sagen, oder?« Er schaute Clara an, die Augenbrauen zusammengekniffen.

Vielleicht hatte Louisa ja mit Joe darüber gesprochen. Clara wollte nichts mehr ausschließen.

»Sie hätte etwas gesagt«, wiederholte Gavin. Seine Stimme klang jetzt bestimmter.

Der Mann erschien und klopfte mit dem Fuß auf den Boden, während er auf sie wartete. »Die Wohnung«, sagte er irgendwann gequält, als habe sie vergessen, warum er da war.

»Gavin, würde es dir etwas ausmachen, kurz den Laden zu übernehmen? Er möchte die Wohnung sehen.« Clara zeigte auf den Mann.

Gavin nickte betrübt und setzte sich auf den Hocker an der Kasse, die mächtigen Beine verschränkt. »Verkaufen«, bemerkte er ein weiteres Mal und starrte ins Leere. Nicht einmal auf das Türglöckchen reagierte er.

»Ich bin gleich zurück«, sagte Clara, die sich so niedergeschlagen fühlte, wie er aussah. Sie hatte so hart daran gearbeitet, Louisa zu beweisen, dass der Laden noch ein Mittelpunkt der Stadt sein konnte. Inzwischen hatte sie sogar das Gefühl, dass sie es vielleicht – ganz vielleicht – schaffen könnte. Aber jetzt war da dieser Mann mit dem ekelhaft gegelten Haar und diesem schlauen Blick, der jedem Kamin, jedem Sims und jedem Geländer ein Preisschild anzuheften schien.

»Sind Sie Mieterin?«, fragte er, als er ihr die Treppe hinauffolgte.

»Ich hüte die Wohnung«, erklärte Clara, als sie in der Tür stand und zuschaute, wie er den Holzofen und den Spiegel über dem Kaminsims inspizierte. Dann betrachtete er die Zimmer, die Fenster und den alten Stuck. Sie bedauerte ihre Verschönerungsmaßnahmen, da er zu ihrem Missfallen erklärte, die Räumlichkeiten könnten als Musterwohnung durchgehen.

Lady CaCa behielt ihn die ganze Zeit über im Blick, ließ ihren Schnabel auf- und zuklappen und wartete nur darauf, dass er sich unter ihren Käfig bückte, um zu schreien: »ICH HABE EINE WASSERMELONE GETRAGEN!«, worauf er hochschoss und sich den Kopf am Kaminsims stieß.

Clara unterdrückte ein Kichern und fühlte sich fast ein bisschen besser, als ihr plötzlich bewusst wurde, dass Lady CaCa bald obdachlos sein würde.

»Nun«, sagte er nach einer Ewigkeit, »für den Anfang weiß ich Bescheid. Innerhalb einer Woche werden wir es auf unserer Website haben. Wo ist denn Mr Alden? Ich würde mich gerne vergewissern, für wie viel wir es auf den Markt werfen sollen. Er war erpicht darauf, dass wir den Wert schnell ermitteln. Seine eigene Schätzung war gar nicht so schlecht.«

Clara fühlte sich elend, wenn sie sich vorstellte, dass Joe mit diesem Mann den Preis für Laden und Wohnung aushandelte und so tat, als gehöre ihm das alles. Wollte er sein Erbe schützen? Das war kein netter Gedanke, das war ihr klar, aber er ließ sich auch nicht ganz abtun.

Angeblich handelte Joe im Interesse seiner Mutter, aber tat er das wirklich?

Der Makler wartete noch immer auf eine Antwort.

»Ich weiß nicht, wann er zurückkommt«, erwiderte Clara, die den Mann einfach nur loswerden wollte.

»Gut, hier ist meine Karte. Sagen Sie ihm, er soll nach Paul fragen.«

»Paul«, flüsterte sie und ließ die Hand mit der Karte sinken.

Mit hängenden Schultern folgte sie ihm die Treppe hinab. Paul sah sich noch einmal im Laden um, bevor ein entschiedenes Klingeln des Türglöckchens seinen Aufbruch signalisierte. Gavin saß weiterhin zusammengesunken auf dem Hocker an der Kasse. Von seiner gutmütigen Art war nichts mehr zu spüren, als er in den Bastelraum zurücktrottete. Clara wagte es kaum, den Mund aufzumachen. Was sollte sie schon äußern? Es war nicht ihr Laden. Es war nicht ihr Leben.

Kapitel 21

Nachdem er den Motor ausgestellt hatte, blieb Joe auf dem Fahrersitz sitzen und trommelte mit den Fingern aufs Lenkrad. In Gedanken war er noch im Büro; die Einzelheiten des Deals wirbelten in seinem Kopf wild durcheinander. An die Fahrt hatte er nur nebelhafte Erinnerungen. Die vertrauten Straßen waren wie ein Blitz an ihm vorbeigesaust.

Als er aufschaute, verspürte er eine unerwartete Erleichterung, wieder in der kleinen Stadt zu sein. Das Büro und der Deal verblassten, als er über die Straße schaute. Es war richtig gewesen hierherzukommen, dachte er und verdrängte die Gesichter seines Teams, als er plötzlich aufgestanden war, sein Zeug in die Aktentasche gestopft und sich unter einem gemurmelten Vorwand verabschiedet hatte. Er war nur wenige Stunden dort gewesen, aber plötzlich hatte er es nicht mehr ertragen. Er hatte nur noch rausgemusst. Letztlich konnte er den Vorgang auch von hier betreuen. Seine Leute würden die Sache schon schaukeln.

Er blickte zu der weinroten Fassade hinüber. Angesichts der blinkenden Roboter verzog sich sein Mund zu einem Lächeln. Clara hatte ein gutes Auge für Details. Ihm wurde bewusst, dass er sich freute, sie zu sehen. Vielleicht sollte er ihr zu dem Essen heute Abend etwas mitbringen. Er fragte sich, ob Roz in ihrer Postfiliale Blumen verkaufte.

Es war ein kalter Tag. Er bewegte den Hals und spürte, wie die Kälte an seinen Muskeln zerrte. Schließlich öffnete er den Kofferraum, holte seine Tasche heraus und begab sich zur seitlichen Haustür. Auf halbem Wege beschloss er, durch den Laden zu gehen. Er konnte Clara hinter der Kasse stehen sehen. Inzwischen hatte sie das Haar zu einem hohen Knoten gebunden und einen Pullover über das geblümte Kleid gezogen. Er stieß die Tür auf und freute sich, dass sie beim Klang des Türglöckchens aufschaute.

Lächelnd erhob er die Hand zum Gruß, erstarrte dann aber in der Bewegung, als er sah, dass ihre Augen sich verengten und sie die Lippen aufeinanderpresste. Fast hätte er sich umgedreht, irritiert über die Kälte, die sich plötzlich auch im Laden auszubreiten schien. Bestimmt bildete er sich das nur ein. Er hörte, wie das Blut in seinen Ohren rauschte und sein Atem schwerer ging, hörte gedämpft die Geräusche des Ladens. Seine Augen huschten zurück zu Clara. Sie wandte sich von ihm ab.

Litt er unter Paranoia? »Ich bin wieder da«, rief er fröhlich und schritt zur Kasse. Vielleicht hatte sie irgendetwas abgelenkt? Vielleicht war sie kurzsichtig und hatte ihn nicht erkannt? Vielleicht spielte sich das alles nur in seinem Kopf ab?

»Schön«, sagte sie mit matter Stimme.

»Ich freu mich schon«, fügte er hinzu und wünschte, dass alles so wäre wie am Morgen – so wie nach dem Verzehr der Pfannkuchen. Mittlerweile war er zu dem Schluss gelangt, dass Clara einfach nur nett war. Die Leute hatten recht.

Sie schaute ihn ausdruckslos an.

»Das Abendessen!«

»Ach so … das.« Sie konnte ihm kaum in die Augen sehen. Was war hier los?

»Gut, ich bin oben«, sagte er und wandte sich zum Gehen. Ihm war am ganzen Körper heiß, als er mit dem Schlüssel herumhantierte. Er wünschte, er hätte sich ins Haus geschlichen, hätte sich direkt in die Wohnung begeben, um erst ein wenig herunterzukommen.

»Ah, Joe«, ertönte eine Stimme. Er hätte fast seine Ledertasche fallen gelassen. Roz trat eilig in den Laden und wäre fast über ein Kleinkind gestolpert, das eine Stoffente an sich drückte, die fast so groß war wie es selbst. »Dachte ich doch, dass ich dich von draußen gesehen habe. Ich bin froh, dass ich dich erwische. Soeben bin ich Paul über den Weg gelaufen, von Strutt and Sons. Es sagt, er sei für den Verkauf zuständig.«

Joe nahm wahr, wie sich ihr Mund bewegte, und hörte die Worte wie durch einen Nebel hindurch. Verkauf? Paul? Dann fiel ihm der Name wieder ein. Strutt and Sons. Deshalb hatte ihm Clara die kalte Schulter gezeigt. Eigentlich sollten die doch erst nächste Woche kommen. Den Anruf am Morgen hatte er abgewiesen, um sich später zu melden.

»Er hat mir eine ungefähre Schätzung genannt, aber

darüber können wir ja reden, ganz unter uns. Offenbar hast du noch nichts bestätigt. Ich bin ein bisschen enttäuscht, dass du über einen Makler gehst, die Gebühren hätten wir uns sparen können. Aber …«, ein Lächeln breitete sich auf ihrem Gesicht aus, an ihren Schneidezähnen klebte dunkelroter Lippenstift, »… an deiner Großzügigkeit habe ich keinen Zweifel. Sollen wir oben weiterreden?«

Unwillkürlich nickte er, da er der eisigen Atmosphäre im Laden möglichst schnell entfliehen wollte. Clara knallte Wechselgeld auf die Ladentheke und musterte ihn unverhohlen verächtlich.

Roz redete unentwegt, als sie die Treppe hochstiegen. Als Joe die Tür öffnete, bereute er es schon, sich auf das Gespräch eingelassen zu haben.

Lady CaCa war derselben Ansicht und begrüßte ihn entsprechend: »WENN ICH NUR WÜSSTE, WIE ICH VON DIR LOSKOMME.«

»Tut mir leid«, murmelte er und stellte seine Tasche ab. Auf dem Küchentresen stand ein Teller mit Brötchen, daneben lag ein Zettel mit einem Smiley. Den musste sie gemalt haben, bevor der Immobilienmakler gekommen war. Gott weiß, was für ein Emoticon sie sonst hinterlassen hätte.

Roz schritt durch die Wohnung, öffnete Türen und Schränke und kritzelte Dinge auf einen Zettel. »Ich freue mich so, dass sie verkauft. Fast hatte ich die Befürchtung, dass dieses dänische Mädchen sich länger hier einnistet. Der Zeitungsartikel hat sämtliche Alarmglocken bei mir ausgelöst.«

»Zeitungsartikel?«, fragte Joe verwirrt.

Roz holte die Lokalzeitung aus der Tasche und drückte sie ihm im Vorbeigehen in die Hand. »Seite sechs. Fotogen ist sie ja, deshalb haben sie natürlich den Bericht mit einem riesigen Bild von ihr aufgemacht. In der Online-Ausgabe wird er auch erscheinen. Clickbaiting nennt man das.«

Joe vernahm ihre weiteren Fragen kaum, starrte einzig auf das Foto: Clara im Laden, umgeben von Spielzeug und Kindern, über das ganze Gesicht strahlend.

»Hat deine Mutter eigentlich jemals einen Antrag für einen Anbau gestellt?«

»Ist das eine Brandwand nebenan?«

»Wann wurde der Boiler eingebaut?«

Was hatte er nur getan? Wieso hatte er Roz hereingelassen? Bei dem Versuch, ihre Fragen zu beantworten, wurde ihm klar, dass er so gut wie nichts über die Wohnung wusste. Immerzu stand ihm vor Augen, wie Clara ihn im Laden angeschaut hatte. Er verschränkte die Arme vor der Brust. Warum hatte er ihr nicht gesagt, dass er bei einem Immobilienmakler gewesen war? Aber wie hätte er auch ahnen können, dass dieser Typ ausgerechnet heute aufkreuzen würde.

Roz war nun im Bad und fuhr mit dem Finger über die Badewanne. Dann schaute sie aus dem Fenster, als könne sie durch das Milchglas etwas erkennen.

»Was für einen Wasserdruck hat die Dusche? Gibt es einen Wasserenthärter?«

»ICH HAB DA EIN GANZ MIESES GEFÜHL.«

Roddy, der den Stimmungswechsel offenbar spürte,

schmiegte sich an Joes Bein und rieb sich an seinen Waden.

»LAUF, FORREST, LAUF.«

»Gibt es einen Wäschetrockner?«

»Ist der Geschirrspüler ein Einbaugerät?«

»Ist das ein Gasherd oder ein elektrischer?«

»EHRLICH GESAGT, MEINE LIEBE, DAS IST MIR EGAL.«

Joe verspürte den überwältigenden Drang, beide anzuschreien, sie sollten die Klappe halten. Er hatte nicht darum gebeten. Bei dem Gedanken, dass seine Mutter im sonnigen Spanien war, verspürte er Neid. Er wollte am Strand liegen und die Sonne auf der Haut spüren, statt frostige Blicke, neugierige Nachbarinnen und endlose Listen von Fragen über sich ergehen zu lassen, während die Sprüche dieses verdammten Papageis in seinem Kopf widerhallten.

»Wo sind die Zähler?«

»Gibt es einen Haupthahn?«

Er musste alles erklären. In linkischen Halbsätzen beantwortete er Roz' Fragen. Gleichzeitig dachte er darüber nach, was er Clara erzählen sollte, damit sie ihn nicht mehr so anschaute. Er würde ihr sagen, dass seine Mutter verschiedene Optionen brauchte, um ein Leben nach ihren Wünschen führen zu können. Nach so langer und harter Arbeit sollte sie wissen, dass es nicht umsonst gewesen war. Er dachte an die anfängliche Unsicherheit, als sie hierhergezogen waren. Ständig hatte sie sich wegen der Rechnungen Gedanken gemacht, und er hatte sich verzweifelt gewünscht, dazu beitragen zu können, dass sie sich nie wieder solche Sorgen machen musste.

Es dauerte Ewigkeiten, bis er sich Roz vom Hals schaffen konnte, und das auch nur mit dem Versprechen, sie sofort anzurufen, wenn er sich mit dem Makler handelseinig geworden war. Er musste sie praktisch zur Haustür hinausschieben. Danach holte er tief Luft und trat durch die Seitentür in den Laden. Er drückte die Schultern durch und wappnete sich, um Claras enttäuschtem Blick und ihrer grimmigen Miene zu entgegnen.

Allerdings war sie wie ausgewechselt. Sie amüsierte sich prächtig und lächelte, auf den Tresen gestützt, schüchtern zu dem Mann empor, der neulich auch da gewesen war, diesem Lokalreporter. Jetzt kicherte sie über einen seiner Kommentare und blickte ihn aus ihren blauen Augen an.

Was tat der denn schon wieder hier? Wie ein übler Geruch hing er im Laden. Mit seinen langen braunen Haaren und dem löchrigen Pullover sah er aus wie ein Statist aus *Gefährliche Brandung*. Joe hörte sie plaudern, als er einen Jungen umrundete, der an einem Minion-Schlüsselring kaute. Fast wäre er über zwei Mädchen gestolpert, die in den Gängen mit Rennautos spielten. Claras helles Lachen erklang, als sie wieder hinter die Kasse trat und ihm einige Worte zurief. Etwas an der Art und Weise, wie sie das tat, ließ ihn die Fäuste ballen. Er ging zu ihr hinüber.

»Hätten Sie es mir eigentlich noch mitgeteilt?«, schnaubte er.

Der Journalist schaute auf und runzelte die Stirn. Joe ignorierte ihn und blickte demonstrativ Clara an.

»Was mitgeteilt?« Sie reckte trotzig das Kinn

Warum führte er sich so auf? Er wusste, dass er sich entschuldigen sollte, aber diese seltsame Nähe zwischen den beiden brachte ihn auf die Palme. Mr Lokalreporter musterte ihn durch seine rechteckige Brille, als würde er sich als Brillenmodell bewerben.

»Dass Paul da war«, fuhr er fort. »Hat er Fotos gemacht? Messungen vorgenommen? Was hat er gesagt? Oder haben Sie ihn einfach weggeschickt?«

Clara wirkte beleidigt. Ihre Augenbrauen zogen sich zusammen, ihr Blick war eisig. So hatte er sie noch nie gesehen; er wich einen Schritt zurück.

»Ich habe ihn nicht zum Teufel gejagt. Er hat fotografiert und vermessen. Dann hat er in der Wohnung alles mit seinen dreckigen Fingen angefasst und Ihnen das hier dagelassen.« Sie warf ihm eine Karte zu, die an ihm vorbeiflog und auf dem Boden landete.

Er hob sie auf und kam sich albern vor. »Aha, gut. Dann rufe ich ihn wohl mal an.«

»Das sollten Sie besser tun«, stimmte Clara zu, die Wangen jetzt rot gefleckt. »Und falls es Ihnen nichts ausmacht: Ich rede gerade mit einem Kunden, da es vorerst ja noch einen Laden zu führen gibt.« Sie zeigte auf den Journalisten, der ihrem Wortwechsel ungeniert gefolgt war. »Sie könnten sich übrigens bei Sam bedanken, dass er einen so wunderbaren Artikel geschrieben hat. Wegen ihm ist der Bastelraum ein so großer Erfolg geworden.« Sie warf dem Journalisten ein strahlendes Lächeln zu und wandte sich von Joe ab.

»Ich hab's gesehen.«

»Gern geschehen, Kumpel.« Der Journalist griente. Seine grünen Augen durchbohrten Joe.

Clara kehrte ihm immer noch den Rücken zu. Er war hier offenbar überflüssig. Er spürte, dass sein Mund aufklappte, aber die passende schneidende Bemerkung lag ihm nicht auf der Zunge. Zweifellos würde sie ihm einfallen, wenn er die Unterredung später rekapitulierte.

Er sollte sich nicht rechtfertigen müssen. Er hatte es nur seiner Mutter zuliebe gemacht. Er wollte, dass es ihr im Alter gutging. Sie hatte immer alles für ihn getan, und er wollte sicherstellen, dass er nun alles Menschenmögliche für sie tat. Er schaute Clara an, aber all die vorbereiteten Sätze lösten sich in Luft auf. Warum war er in die Offensive gegangen? Warum hatte er sein Problem an ihr ausgelassen?

Er drehte sich um und erblickte den Jungen, der auf dem Minion herumkaute. »Den wirst du bezahlen müssen«, sagte er und marschierte quer durch den Laden zur Tür.

Louisa: Ich weigere mich, QI anzuerkennen – das ist ein albernes, selbst erfundenes Wort. Zu den akzeptablen Worten mit Q gehört: QUEEN, QUIZ, QUINTESSENZ, aber nicht QI, was NICHTS bedeutet.

Gavin: QUINTESSENZ wird nie vorkommen.

Louisa: Nun sei nicht albern. Natürlich kann es vorkommen. Man braucht nur ESSENZ und muss dann beim nächsten Zug QUINT hinzufügen. Und überhaupt: Hör auf, mich von der Tatsache ablenken zu wollen, dass du ein kompletter QI bist (ich habe mir eine eigene Definition dafür ausgedacht).

Gavin: Bedeutet QI liebenswerter, sexy Schurke?

Louisa: Auf die Idee kann nur ein QI kommen.

Gavin: ☺

Gavin: Davon mal abgesehen … willst du wirklich verkaufen?

Kapitel 22

Clara hatte den Laden spät geschlossen, schleppte sich zur Wohnung hoch, schaufelte Katzenfutter in Roddys Schüssel und füllte Lady CaCas Napf nach.

»THAT'S THE WAY A-HA A-HA I LIKE IT.«

Sie schenkte dem Papagei ein schwaches Lächeln.

Als sie die Zutaten auf dem Küchentresen betrachtete, verspürte sie das überwältigende Bedürfnis, alles auf den Fußboden zu fegen, ihren Rucksack zu packen und zur Tür hinauszugehen. Was für ein Tag: Der Laden war die ganze Zeit brechend voll gewesen, der Umsatz gewaltig, und ihre Beine schmerzten vom vielen Stehen. Sie hatte sogar daran gedacht, neue Ware zu bestellen. Die Regale hatten sich geleert, und ein paar Artikel waren bereits komplett ausverkauft. Aber was machte das jetzt noch für einen Sinn? Ihre Augen huschten zu Joes Zimmertür. War er da? Erstellte er Tabellen und Kalkulationen? Errechnete er den Profit? Kontaktierte er Agenten oder potenzielle Käufer? Sie merkte, dass sie auf Zehenspitzen durch die Küche schlich und erstarrte, als eine der Holzdielen verräterisch knarrte. Vorsichtig hob sie den Fuß, um sich Joes Zimmertür zu nähern.

»ICH BIN DEIN VATER«, schrie Lady CaCa im selben Moment, als die Tür aufflog und Joe auftauchte.

»Aah«, schrie Clara und schlug die Hand an die Brust. Krampfhaft versuchte sie den Eindruck zu zerstreuen, sie würde vor seinem Zimmer herumlungern.

Er zog eine Augenbraue hoch, als sie sich auf den Boden warf und an einem imaginären Flecken herumrieb. »Schlecht geputzt«, murmelte sie in der Hoffnung, nicht knallrot zu werden.

»LUKE, ICH BIN DEIN VATER.«

»Halt den Schnabel, Lady C«, sagte Joe, was ein hörbares Schnauben und das Flattern von Federn zur Folge hatte. Dann drehte sich Lady CaCa in ihre Ecke.

»ALLES KLAR, SCHEISSKERL.«

Joe streckte die Hand aus, als wollte er Clara aufhelfen. Sie ignorierte ihn und kehrte in die Küche zurück, wo sie sich die Hände wusch, um seinen Blick zu vermeiden. »Ich werde jetzt das Fondue vorbereiten«, rief sie über die Schulter. Warum hatte sie ihn überhaupt eingeladen? Vielleicht würde er das Haus ja auch verlassen.

Es herrschte Stille, und sie fragte sich schon, ob er überhaupt noch da war.

»Klingt toll«, sagte er. »Kann ich irgendwie helfen?« Offenbar würden sie nicht über das Vorgefallene sprechen. Würde er sich dafür entschuldigen, dass er sie so angefahren hatte?

»Nein, alles im Griff«, sagte sie und dachte an die tausend Dinge, die sie noch zu tun hatte. Aber sie wollte nicht, dass er neben ihr stand und half. Sie hoffte, dass er den Wink kapiert hatte und verschwand.

»Dann lassen Sie mich wenigstens Wein kaufen.« Sie hörte, wie er den Wagenschlüssel nahm, und wagte einen Blick über die Schulter.

Er zog gerade seinen Mantel an und schenkte ihr ein verhaltenes Lächeln. Sie schaute weg und griff zu einer Knoblauchzehe, um sie klein zu hacken.

»Danke«, sagte sie, blickte aber nicht mehr auf, sondern wartete darauf, dass er die Tür öffnete. Er blieb noch ein paar Sekunden stehen. Sie hörte einen leisen Seufzer, dann war er verschwunden.

Erleichterung breitete sich in ihr aus. Clara ging zum Radio und stellte es lauter. Sie genoss es, das Essen vorzubereiten, was durch Joes Abwesenheit begünstigt wurde. Immer wieder nahm sie kleine Mengen von dem geriebenen Käse und wartete darauf, dass der Biersud zu köcheln begann. Als sie den gehackten Knoblauch und das Senfpulver hinzugefügt hatte und nach der Worcestershiresauce griff, hörte sie Schritte auf der Treppe. Im nächsten Moment kam Joe mit einer riesigen Kiste hereingestakst. Sein Mantel war durchnässt, sein Haar feucht.

Er stellte die Kiste auf den Küchentresen und holte mehr als ein halbes Dutzend Flaschen heraus. »Ich war mir nicht sicher, was zu Fondue passt«, erklärte er, »daher habe ich von allem etwas gekauft.«

Auf dem Tresen standen Champagner, Prosecco, ein teurer Rotwein, drei verschiedene Weißweine und ein Dessertwein. Clara nahm die nächstbeste Flasche und studierte das Etikett.

»Das ist wohl ein Dessertwein«, sagte er schnell. »Normalerweise bin ich kein großer Freund von so etwas, aber ich weiß, dass Sie süße Dinge mögen.«

Sie warf ihm einen scharfen Blick zu. Wollte er ihr irgendetwas über ihre Figur mitteilen? Sein Gesichtsausdruck war allerdings neutral, und als er sich mit der Hand durchs dunkle Haar fuhr, meinte sie sich fast einzubilden, dass er nervös war.

»Ich decke den Tisch«, sagte er und ging zum Sideboard, um Untersetzer, Kerzenleuchter und Servietten herauszuholen. Er arrangierte alles so, wie sie es ein paar Abende zuvor getan hatte, und trat dann zurück, um sein Werk zu bewundern. Dann fiel ihm auf, dass noch etwas fehlte, und er holte eine Vase unter der Spüle hervor.

»Bin gleich zurück.« Damit war er schon wieder verschwunden. Clara ging in ihr Zimmer, zog schnell ein anderes Kleid an, schminkte dezent ihre Augen und spritzte sich ihr Lieblingsparfum auf die Handgelenke.

Das Fondue blubberte, als Gavin, Lauren und Patrick eintrafen. Gavin öffnete den Champagner und stellte fest, dass Louisa stolze Besitzerin von äußerst hübschen Kristallgläsern war.

»Zum Wohl«, sagte er und prostete Clara zu. Dann lehnte er sich an den Küchentresen und nippte an seinem Getränk.

»Wo ist denn Joe?«, fragte Lauren in dem Moment, als dieser im Flur erschien, ein Bündel Zweige in der Hand. Sein Mantel war nun triefnass, seine Haare tropften. Er sah aus wie Heathcliff, der aus dem Moor kam. »Die sind für den Tisch«, erklärte er.

»Lassen Sie mich das machen«, sagte Lauren, eilte durch den Raum und nahm ihm die dürren Zweige ab.

Patrick blickte Clara an und zog eine Augenbraue hoch. Lauren konzentrierte sich angestrengt darauf, die Zweige in der Vase auf dem Tisch zu arrangieren.

Was denn?, fragte sie stumm, als sie zu ihrem Ehemann aufschaute.

»Also, Joe …« Mit diesen Worten begann Patrick, Joe nach seiner Arbeit und seinen sportlichen Interessen auszufragen, und ging mit ihm in Richtung Wohnzimmer, wo Gavin in einem Wildlesersessel saß und sich sichtlich zu Hause fühlte.

»Joe ist … stattlich!«, bemerkte Lauren und schenkte sich Champagner nach.

Clara konnte sich ein Kichern nicht verkneifen. »Ich dachte, du kannst ihn nicht ausstehen«, sagte sie leise.

»Mmh.« Lauren schaute zerstreut zu den Männern hinüber. »Ja, in der Tat. Er ist so rüpelhaft aufgetreten, aber … Er ist nicht unattraktiv, oder?«

»Du *tøs*.« Clara stupste sie an.

»Was heißt das denn?«, fragte Lauren.

»Das willst du gar nicht wissen.«

»Gemein«, sagte Lauren und mopste ein bisschen Käse.

»He!« Clara schlug nach ihrer Hand, verfehlte sie aber knapp. Unwillkürlich verspürte sie eine große innere Wärme. Es waren Menschen in der Wohnung, am nächsten Tag war Sonntag, draußen regnete es. So sollte es im Leben sein. Was kümmerten sie Joes Pläne? Sie würde sich den Abend nicht vermiesen lassen, sondern sich auf alles andere konzentrieren und den Umgang mit ihm auf ein Minimum reduzieren.

»Das Essen ist fertig«, rief sie und bat alle an den Tisch.

Das Fondue war ein großer Erfolg. Gavin lehnte sich zurück und klopfte sich auf den Bauch, Lauren gab unentwegt leicht obszöne Laute von sich, Patrick konnte gerade noch einen Rülpser kaschieren, und Joe leckte fast den Teller ab. Clara wurde gebeten, gemütlich sitzen zu bleiben, während alle anderen aufstanden, den Tisch abräumten und den Abwasch erledigten. Sie lehnte sich wohlig zurück, nippte an ihrem Chablis und beobachtete ihre Gäste, die redeten und lachten. Nur Gavin war schon den ganzen Abend sehr still. Sie musste an sein Gesicht denken, als ihm klar geworden war, dass Joe das Geschäft verkaufen würde. Nun betrachtete er ihn mit einem eigentümlichen Ausdruck, als hecke er etwas aus.

Schließlich setzten sich alle wieder an den Tisch, und Clara stand auf, um die Crème double aus dem Kühlschrank zu holen und den Nachtisch zuzubereiten. Ganz ins rhythmische Schlagen versunken und mit den Gedanken meilenweit weg, wurde sie plötzlich von Joes Lachen in die Gegenwart zurückgeholt. So hatte sie ihn selten lachen hören. Es war ein unkontrolliertes Geräusch, ein tiefes, langes, ansteckendes Poltern, und sie spürte, dass ihr Mund ebenfalls zuckte. Ihr wurde bewusst, dass sie Joe noch nie so lange hatte stillsitzen sehen. Normalerweise sprang er ständig auf, um Anrufe zu beantworten oder eine Telefonkonferenz aufzubauen oder auf seinem Laptop die Börsenkurse abzurufen. Im Moment wirkte er vollkommen entspannt. Sein blasses Gesicht sah im Kerzenlicht weicher aus, und seine grauen Augen wurden von den dunklen Augenbrauen noch betont. Seine Haare, die mittlerweile getrocknet waren, lockten sich an den Spitzen. Jetzt lachte er über etwas, das Patrick gesagt hatte, und schlug sich mit der flachen Hand auf den Schenkel. Clara ertappte sich dabei, dass sie die Hand anstarrte.

»Alles in Ordnung?« Lauren war neben ihr aufgetaucht und schaute in den Topf. »Es brodelt.«

Clara riss sich vom Anblick der Hand los. Lauren hatte recht, ihr Nachtisch wollte gerade überkochen. Schnell drehte sie am Herdschalter, um die Hitze zu reduzieren.

Lauren zog eine Augenbraue hoch und blickte zu Joe hinüber. »Du und er … Ihr versteht euch doch, oder?«

»Klar«, krächzte Clara und beugte sich über die Schalen, die sie bereits aus dem Schrank geholt hatte.

»Klar«, wiederholte Lauren mit einem merkwürdigen Unterton, bevor sie zum Tisch zurückkehrte und allen Gästen Wein nachschenkte.

»Gibt es noch etwas zu tun?« Joe war aufgestanden und füllte nun die kleine Küche mit seiner Anwesenheit.

Clara fühlte, wie ihr der Wein zu Kopf stieg. »Alles in Ordnung, nur noch ein paar Minuten.«

»Danke für die Einladung«, sagte er mit einer sanften Stimme, die so gar nicht zu dem Joe passte, den sie früher am Tag im Laden erlebt hatte. Welcher war der echte Joe?

»Keine Ursache. Sie wohnen schließlich hier.« Sie zuckte mit den Achseln und verspürte leichte Schuldgefühle, als sie sah, dass sich sein Blick verdüsterte. »Nicht mehr lange natürlich«, fügte sie hinzu, ohne zu wissen, warum sie alles ruinierte. Aber sie konnte die Wut, die sie zuvor empfunden hatte, einfach nicht unterdrücken.

»Wegen dieser Geschichte …« Joe trat einen Schritt näher. »Ich hätte Ihnen sagen sollen, dass ich bei diesen Leuten war.«

»Oder Sie hätten gar nicht erst hinfahren sollen«, stellte Clara fest, die Stimme leicht erhoben.

Joe wollte etwas sagen, schloss den Mund aber wieder. Schließlich erklärte er leise: »Das ist nicht Ihre Entscheidung.«

»Ob es Ihre ist, scheint mir nicht ausgemacht«, sagte sie, schaltete den Herd ab und holte eine Schöpfkelle.

»Es ist das Zuhause meiner Mutter«, murmelte Joe, da ihm bewusst wurde, dass am Tisch plötzlich Schweigen herrschte. »Sie soll ihre Optionen kennen.« Seine Hände ballten sich zu Fäusten, als er auf ihre Antwort wartete.

Das Wort *Zuhause* raubte Clara jeden Kampfgeist. Diese Stadt, diese Wohnung waren nicht ihr Zuhause. Einst hatte sie genau gewusst, wo sie zu Hause war, aber das war Vergangenheit. Sie fragte sich, ob sie je das Gleiche für einen anderen Ort empfinden würde. Joe reckte trotzig das Kinn, aber sie zuckte nur müde mit den Schultern. »Sie haben recht. Es geht mich nichts an«, gestand sie kleinlaut. »Es ist Ihre Mutter.« Damit trat sie um ihn herum und rief: »Der Nachtisch ist fertig.« Mit einem Blick auf Joe beendete sie das Gespräch.

Er nickte kurz.

Sie kehrten zum Tisch zurück, wo Lauren versuchte, Gavin die Aussprache von *hygge* beizubringen.

»Nein, Gavin, *hü-gä* heißt es«, sagte sie.

»*Hai-gie.*«

»Nein, *hüh-gäh.*«

»*Hai-gäärrrrh.*«

Sie brachen in Gelächter aus. Clara sprach das Wort noch einmal vor, ganz langsam, und lauschte dann, als die anderen es mit unterschiedlichem Erfolg nachsprachen.

»Was heißt *hygge* eigentlich?«, fragte Gavin schließlich, immer noch darum bemüht, es richtig zu prononcieren.

»Na ja, eine wörtliche Übersetzung gibt es nicht«, sagte Lauren, die nun fast wie eine dänische Mitarbeiterin des Fremdenverkehrsamts klang. »Aber es bedeutet so etwas wie ›gemütlich‹, nicht wahr, Clara? Deshalb zündet Clara auch immer Kerzen an. Die Idee dahinter ist: Wenn die Dinge gemütlich und schön und *hüüü-gäääh* sind, dann ist der Mensch glücklich. Da die Dänen als das glücklichste Volk der Welt gelten, natürlich neben den Norwegern, scheint es zu funktionieren.«

Sie warf Clara einen beifallheischenden Blick zu. Clara fühlte sich überhaupt nicht wie die glücklichste Person der Welt, aber sie wollte die Stimmung auch nicht verderben und tat ihr Bestes, um die Idee zu erklären, die die Briten so faszinierte.

»Es geht nicht nur um Kerzen und bestimmte Dinge, es geht um einen Lebensstil. Darum, was einem wichtig ist. Wenn wir daheim sind und uns mit Freunden, Familie, gutem Essen und schönen Sachen umgeben, dann haben wir eine *hyggelige* Zeit.«

Joe war verstummt. Clara fragte sich, ob er überhaupt zuhörte oder ob er an ihr Gespräch in der Küche zurückdachte.

»Seht ihr!«, verkündete Lauren. »Es ist der Schlüssel zum Glück.«

»Ist das etwa der Grund dafür, dass du diese absurd teure Lampe kaufen willst?« Patrick schaute Lauren an. »Jene, die du mir kürzlich im Internet gezeigt hast?«

»Die ist von Arne Jacobsen«, erklärte Lauren großspurig. »Wie Clara sicher bestätigen kann, ist sie für mein Wohlbefinden unabdingbar.« Sie warf Clara einen bedeutungsvollen Blick zu.

»O ja. Sie ist absolut unabdingbar, Patrick«, schaltete Clara sich ein. »*Hygge* hat sehr viel mit Beleuchtung zu tun.«

»Absurd teure Lampe«, brummte Patrick erneut und kratzte den Rest Nachtisch aus seiner Schale.

»Soll dein Heim denn nicht *hüü-gääh* sein?«, fragte Lauren.

»Nicht unbedingt«, sagte er mit vollem Mund. »Ich bin eigentlich sehr zufrieden mit unserem Licht. Würde es nicht auch etwas von IKEA tun?«

»NEIN!«, riefen Lauren und Clara im Chor.

Clara spürte, dass ihre Laune merklich stieg. Als alle aufgegessen hatten, setzte sie sich zufrieden mit einem Glas Dessertwein aufs Sofa und legte den Kopf an Laurens Schulter. Gavin hatte sich still verabschiedet, und Joe und Patrick wuschen das restliche Geschirr ab.

»Und?«, flüsterte Lauren. »Wie läuft es mit …?« Sie nickte zu den beiden Männern hinüber, die sich an der Spüle angeregt unterhielten.

Clara verdrehte die Augen. »Gäh«, stöhnte sie.

»*Hüüü-gäääh*?« Lauren kicherte.

»Nein, definitiv nicht *hüüü-gäääh*.« Clara seufzte. »Im Gegenteil.« Sie hob den Kopf und schaute Lauren an. »Ich gestehe hiermit offiziell meine Niederlage ein.«

Kapitel 23

In der Nacht war Joe unruhig und klammerte sich an seine Wärmflasche, als könne sie ihm Antworten auf seine Fragen geben. Er dachte daran, wie Clara die Creme aufgeschlagen hatte. Ihr blondes Haar hatte im Licht geschimmert, ihr Körper leicht vibriert. Sie war sauer auf ihn, aber er wollte, dass sie ihn verstand. Dass er sie wegen des Immobilienmaklers nicht vorgewarnt hatte, tat ihm leid. Aber sie musste auch einsehen, dass er für seine Mutter mitdenken musste, seine verrückte, sorglose Mutter, die stets ihren Launen nachgab.

Die Sache war schiefgelaufen. Er hatte nichts erklärt und mit ansehen müssen, wie das Leuchten aus ihren Augen verschwand. Sie war zu Recht sauer. Ihr war es zu verdanken, dass der Laden wieder lief, und wenn man sie im Umgang mit den Kunden beobachtete, schien sie wirklich aus dem einzigen Grund helfen zu wollen, dass sie ein netter Mensch war.

Er schnaubte und drehte sich auf die Seite. War er naiv? Sie mochte so schöne große Augen haben und so nett mit den Kindern plaudern und lachen, aber was, wenn das alles nur gespielt war? Reine Fassade? Führte sie irgendetwas im Schilde? Wenn er daran dachte, dass sie ihn angeschaut hatte, als wolle er aus der Situation seiner Mutter Profit schlagen, ballte er noch immer die Fäuste. Das Teufelchen auf seiner Schulter flüsterte weiter auf ihn ein, als er sich im Bett hin und her wälzte. Auf dem Nachttisch lag die Tablettenschachtel, ungeöffnet. Er schaute wohl zum hundertsten Mal hin, aber irgendetwas hielt ihn davon ab, danach zu greifen.

Er träumte von Clara, ihrer glatten Haut, ihren ebenmäßigen Zähnen, ihrem Lachen, wenn sie am Tisch ein dänisches Wort erläuterte. Zwischen Schlafen und Wachen ging ihm jedes ihrer Gespräche durch den Kopf, und er dachte daran, was sie alles für ihn getan hatte, all die netten kleinen Gesten. Dann dachte er an ihre Erläuterungen dieser Idee, dieses *hygge*, ihrer Lebensphilosophie. Er hatte so viele Experten dafür bezahlt, dass sie ihm halfen, in Einklang mit seinem Schicksal zu leben. Sollte er etwas Simples übersehen haben?

Als er die ersten Vorboten des neuen Tags durch die Vorhänge kriechen sah, zog er den Stoff beiseite und betrachtete den rosigen Schein am Horizont, das sanfte Morgenlicht auf den Feldern. Einen Moment lang hatte er das Gefühl, dass er die Landschaft zum ersten Mal wahrnahm. Kein Wunder, dass seine Mutter mit dieser Aussicht erwachen wollte.

Ehe er sich's versah, hatte er Turnschuhe angezogen, seinen Schal genommen und sich aus seinem Zimmer geschlichen. Ging es bei *hygge* um Gemütlichkeit und schlichte Vergnügungen, konnte er auch gleich mit dem Schönsten beginnen. An der Tür hielt er noch einmal inne und schaute zurück zu der Tablettenschachtel und seinem Handy. Dann drehte er sich um und schlich sich an Lady CaCa vorbei zur Treppe – er konnte darauf verzichten, dass sie lautstark seine Anwesenheit verkündete.

Der Morgen war frisch und der Gehweg noch feucht vom Regen der vergangenen Nacht, mit kleinen Tröpfchen gesprenkelt. Joe ließ den Laden hinter sich und ging durch eine gepflasterte Seitenstraße zu einem Fußweg, den er als Junge immer genommen hatte. Der Durchschlupf zu dem Feld dahinter war enger, als er es in Erinnerung hatte. Er zwängte sich hindurch und blieb mit dem Ärmel an einem Dornenzweig hängen. »Mist«, fluchte er, was einen Schwarm Vögel in den Himmel aufstieben ließ. »Verdammt.« Von *hygge* konnte kaum die Rede sein.

Er war noch nicht weit gekommen, als er feststellte, dass er in die Erde einsank und sich die Turnschuhe versaute. Aber es war ein gutes Gefühl, bei Sonnenaufgang draußen zu sein, ohne einer Menschenseele zu begegnen. Die dichte Baumreihe vor ihm erinnerte ihn an die sorglosen Jahre, in denen er mit den anderen Kindern aus dem Ort herumgestromert und geschwommen und Wettrennen gefahren war, bevor er dann der furchtbar coole Teenager wurde. Zum ersten Mal seit Jahren fragte er sich, was aus den Jungen und Mädchen geworden war, mit denen er damals gespielt hatte. Und die in den Laden gekommen waren, um das Spielzeug in den Regalen zu bestaunen. Wohnten sie noch in der Gegend? Hatten sie selbst Kinder? Suchten sie noch diesen Wald auf?

Als sein Magen knurrte, machte er kehrt. Auf der High

Street hielten mittlerweile ein paar Wagen, und man sah Menschen herumlaufen. Er dachte an die Mahlzeiten, mit denen Clara ihn versorgt hatte, und betrat die Postfiliale, um etwas fürs Frühstück einzukaufen.

Roz stand hinter der Kasse und blätterte achtlos in einem Magazin. Die Haare hatte sie zu einem straffen Knoten zusammengebunden, der ihr die Haut aus dem Gesicht zog.

»Joe«, rief sie und zog eine ihrer gezupften Augenbrauen hoch. »Du bist aber früh unterwegs. Ich habe gerade erst geöffnet. Bist du hier, um über den Laden zu reden? Hat sich Paul schon mit konkreten Zahlen gemeldet? Du weißt hoffentlich, dass Immobilienmakler den Wert immer zu hoch ansetzen, diese gierigen Bastarde. Was hat er denn gesagt?«

Unwillkürlich schüttelte er den Kopf. Er wollte nicht darüber reden. Roz erinnerte ihn an den vergangenen Tag, dabei wollte er nur etwas fürs Frühstück besorgen.

»Ich habe noch nicht mit ihm gesprochen«, sagte er und begann, in rasender Eile Dinge in seinen Korb zu werfen: Brötchen zum Aufbacken, Butter, Müsli, Kaffee, Würstchen. Er musste an *Supermarket Sweep* denken, die Sendung mit der Einkaufsrally, die er oft mit seiner Mutter gesehen hatte, auf dem Sofa aneinandergekuschelt. Dabei hatten sie den angesichts der Warenvielfalt vollkommen verlorenen Teilnehmern Sätze zugeschrien wie: »DAS STEHT DOCH NICHT BEI DEN MILCHPRODUKTEN, IHR VOLLTROTTEL.« Der Gedanke zauberte ihm ein Lächeln ins Gesicht, als er an die Kasse trat.

»Da ist aber jemand glücklich«, befand Roz, als sie das erste Produkt einscannte.

Joe hatte keine Lust, sich zu erklären, und murmelte etwas über das herrliche Wetter.

»Na ja. Deine Mutter hat sicher mehr Sonne in Griechenland – oder wo auch immer sie hingedüst ist.«

Joes Interesse, sie zu korrigieren, war gleich null. Er merkte, dass ihre Bewegungen immer hektischer wurden. »Wird dieses schwedische Mädchen noch lange bleiben?«, fragte sie und tippte grimmig etwas in die Kasse, weil der Strichcode nicht funktionierte.

»Dänisch«, stellte Joe richtig. »Keine Ahnung«, sagte er dann und merkte, dass er es wirklich nicht wusste. Plötzlich war ihm der Gedanke, Clara könne abreisen, nicht sehr angenehm.

»Das ist doch alles Europa, oder? Alles Ausland«, fügte sie hinzu.

Joe hörte nicht zu, sondern wollte nur in die Wohnung zurück. Er schob ihr ein paar Geldscheine hin und nahm das Wechselgeld mit einem Nicken entgegen. Dann sammelte er seine Tüten zusammen und verabschiedete sich mit einem lauten Dankeschön. Roz redete ohne Unterlass, selbst als er die Tür öffnete und den Laden verließ.

Clara war noch nicht aufgestanden, als er zurückkehrte – falls sie nicht auch in aller Herrgottsfrühe das Haus verlassen hatte. Wenn er an ihr müdes Gesicht vom Vorabend dachte, konnte er sich gut vorstellen, dass sie Schlaf brauchte. Er fing an, seine Einkäufe auszupacken und die Würste in einer Pfanne zu verteilen. Vor allem das Brutzeln der Würstchen hätte jeden aus dem Bett gelockt, und tatsächlich erschien Clara wenig später in ihrer Zimmertür, das blonde Haar verwuschelt, an einer Wange Wimperntusche. Sie trug einen gestreiften Schlafanzug und gähnte.

Als sie ihn erblickte, schien der Schreck sie wachzurütteln. »Ich muss schnell ins Bad«, sagte sie und wollte schon verschwinden.

Joe trat vor, beide Hände vor sich ausgestreckt, als habe er es mit einem unberechenbaren Hund zu tun. »Ich bereite gerade das Frühstück zu. Vielleicht können wir es ja zusammen einnehmen«, erklärte er und freute sich, dass sich ihr Gesichtsausdruck veränderte. Ihre Überraschung konnte sie nicht verhehlen.

»Oh, äh … Das geht nicht. Ich bin heute Morgen mit Gavin verabredet. Er möchte, dass ich ihm helfe, im Pub ein paar Dinge umzugestalten. Ich bin sogar schon spät dran«, erklärte sie und ging in Richtung Badezimmer.

Da er spürte, dass man ihm seine Enttäuschung ansah, drehte er sich wieder zu der brutzelnden Pfanne um. »Aha, tolle Idee«, sagte er betont munter.

Sie schien unschlüssig vor dem Badezimmer stehen zu bleiben. »Auch Pläne?«, fragte sie, die Stimme jetzt sanfter. Hatte sie Schuldgefühle?

»Nur Arbeit. Das Übliche.« Sein Lachen klang gekünstelt.

»Ach so, klar, Arbeit«, wiederholte sie, betrat das Badezimmer und schloss die Tür. Joe häufte sich viel zu viele Brötchen und Würstchen auf den Teller. Natürlich wollte sie nicht mit ihm frühstücken, nach allem, was er am Vorabend von sich gegeben hatte. Sollte er das richtigstellen, wenn sie aus dem Bad kam? Er biss in ein Wurstbrötchen, die Augen auf die Badezimmertür gerichtet. Als Clara wieder auftauchte, fuhr er zusammen und ließ ein Stück Wurst auf den Teller fallen.

Wenige Augenblicke später trat sie aus ihrem Zimmer, in schwarzen Jeans und einem hellblauen Pullover. »Ich hoffe, bei der Arbeit läuft alles gut«, sagte sie und marschierte an ihm vorbei, ohne ihn anzusehen. Noch ehe er antworten konnte, hatte sie die Wohnungstür hinter sich geschlossen und stieg mit schweren Schritten die Treppe hinab. Er schaute sich in der Wohnung um. Allein in ihr, wirkte sie riesig. Dass Lady CaCa nun schrie: »MEIN BABY GEHÖRT ZU MIR!«, rief ihm in Erinnerung, dass er noch Gesellschaft hatte.

Den Großteil seines Frühstücks warf er in den Mülleimer und kehrte dann mit hängenden Schultern zurück in sein Zimmer. Es wäre gut, überlegte er, die neuesten Nachrichten aus der City abzurufen. Diese Woche hatte er die Vorgänge, die seine Arbeit betrafen, nicht allzu aufmerksam verfolgt, daher sollte er sich einen Überblick über Börsendaten und potenzielle neue Kunden verschaffen. Hatte sich etwas von Wichtigkeit ergeben, wollten seine Bosse, dass er als Erstes mit einer Lösung aufwartete.

Als er sich am Fußende seines Bettes niedergelassen hatte, schwand seine Gelassenheit, weil sein iPhone vierzehn neue E-Mails verzeichnete. Andererseits war Sonntag, sicher musste er sie nicht sofort beantworten. Sollte Tom nachhaken, würde er einfach sagen, dass er mit einem möglichen Kunden über einen wahrscheinlichen Geschäftsabschluss gesprochen oder die neuesten Zahlen studiert hatte. Ein paar seiner Kollegen saßen sicher auch mit ihren Familien am Frühstückstisch und verschwendeten keinen Gedanken an ihr Handy. Tom hatte keine Familie.

Entschlossen schaltete er sein iPhone ab und warf es auf die andere Bettseite. Dann schnappte er sich seinen Bademantel, der innen an der Tür hing, inspizierte das Bücherregal im Wohnzimmer und begab sich ins Bad.

»ICH SEHE TOTE MENSCHEN«, schrie Lady CaCa, als er an ihr vorbeikam.

»Du willst immer im Mittelpunkt stehen«, sagte er grinsend.

Er hatte die Wohnung für sich. Das wurde ihm augenblicklich klar, als er sich an die Tür lehnte. Eigentlich könnte er einen perfekten *hygge*-Tag einlegen. Er entdeckte eine Streichholzschachtel und zündete die Dutzenden von Kerzen an, die Clara in Gläser gestellt und im Raum verteilt hatte. Nachdem er die Jalousie heruntergezogen und die Lampen ausgeschaltet hatte, entfalteten sie ihre Wirkung. Der warme Schein der Lichter tanzte im Badezimmerspiegel und verlieh seiner Haut einen orangefarbenen Schimmer. Er lächelte seinem Spiegelbild zu und fühlte, wie seine gute Laune allmählich zurückkehrte.

Während er sich das Bad einlaufen ließ, sichtete er die Toilettenartikel, schmierte sich genüsslich Meeresschlamm ins Gesicht und goss großzügig schäumendes Öl ins dampfende Wasser. Dann ließ er sich in die

Wanne sinken, lehnte den Kopf zurück, nahm das Buch, das er entdeckt hatte, und begann zu lesen. Von Wärme und Stille umhüllt glitt er tiefer ins Wasser hinab und spürte das Prickeln der Bläschen an der Nasenspitze.

Mit dem Fuß drehte er am Wasserhahn, um heißes Wasser nachlaufen zu lassen, und versenkte sich wieder in sein Buch. Da sich im Bad keine Uhr befand, hatte er keine Ahnung, wie viel Zeit vergangen war, aber die schmerzenden Muskeln erholten sich, und seine Hände waren schon ganz verschrumpelt. Plötzlich war vor der Tür ein Knall zu vernehmen. Er fuhr zusammen und verspritzte Wasser. War Roddy irgendwo hinuntergesprungen? War Lady CaCa aus ihrem Käfig ausgebrochen?

Dann klapperte die Türklinke. Joe schoss hoch, bedeckte seine Blöße, wo der Schaum es nicht tat, und im nächsten Moment stand Clara in der Tür. Sie starrte ihn an, dann hielt sie sich die Augen zu, verließ das Bad und schloss die Tür hinter sich.

»O Gott, Entschuldigung, ich …«

Warum hatte er nicht abgeschlossen? Und wieso war sie schon zurück? »Eine Sekunde«, rief er, die Stimme drei Oktaven höher als sonst.

»Nein, ist okay, tut mir leid. Ich …«, stammelte sie, während er aus dem Wasser stieg und nach seinem Bademantel griff.

»Warten Sie«, sagte er, schob die Arme in die Ärmel und öffnete die Tür. Eine Dampfwolke entwich in die Wohnung.

Clara starrte ihn mit offenem Mund an, als sie ihn tropfnass vor sich stehen sah. Er zog den flaschengrünen Bademantel zusammen und fragte sich, wieso sie so überrascht war. Im Badezimmer flackerte noch das Kerzenlicht, in der Badewanne hatten sich Schaumberge gebildet, und in der gesamten Wohnung roch es nach Lavendel. Als er die Anspannung in seinem Gesicht spürte, fiel ihm plötzlich die Schlammmaske wieder ein, die er nicht entfernt hatte. Seine Wangen brannten. Schnell zog er sich wieder ins Bad zurück und knallte die Tür hinter sich zu.

Mit geschlossenen Augen lehnte er sich dagegen. Was war er nur für ein Idiot. Er hätte einiges darum gegeben, die letzten Minuten ungeschehen zu machen. Ihm blieb jedoch nichts anderes übrig, als, nach Rasierwasser duftend, durch die Tür zu treten, ein makelloses Bad zu hinterlassen und Clara im Vorübergehen entspannt zuzunicken. Er starrte auf sein Spiegelbild mit den vollen Lippen, der grünlichen Haut und dem beängstigenden Weiß der Augen. Schließlich reinigte er sein Gesicht. Sein Kiefer war schon knallrot, aber er rieb und spülte und spritzte, bis sämtliche Schlammspuren beseitigt waren und er wieder erhobenen Hauptes ins Wohnzimmer treten konnte.

»Ich habe ein Bad genommen«, sagte er kleinlaut.

»Klasse Idee«, sagte Clara. Sie saß auf dem Sofa, die Fernbedienung in der Hand, aber der Fernseher war noch ausgeschaltet. Bebten etwa ihre Schultern? Er ging schnell in sein Zimmer, da er sich nicht traute, den Mund aufzumachen.

»SIE KÖNNEN DIE WAHRHEIT DOCH GAR NICHT VERTRAGEN«, verkündete Lady CaCa.

Für den Moment will ich dir die QI-Geschichte nachsehen, weil ich sonst niemandem von Corralejo erzählen kann. Der Ort ist wunderbar und hat Tausende von Restaurants und ein recht aufregendes Nachtleben. Ich habe eine Menge deutscher Freunde gefunden. Wir gehen zusammen zum Sandstrand, der so lang ist, dass du das Ende nicht sehen kannst. Ich habe mich auch im Bodyboarding versucht, weil mir Klaus sein Brett geliehen hat. Obwohl ich das halbe Meer geschluckt habe, war es ein Riesenspaß. In Suffolk kann man nicht surfen, das scheint mir sicher.
Kürzlich haben wir einen Ausflug nach Lobos gemacht, das ist eine winzige unbewohnte Insel direkt vor der Küste. Das kleine Fischerboot, mit dem wir hingefahren sind, hat so wild hin und her geschaukelt, dass ich schon die Befürchtung hatte, wir würden alle über Bord gehen. Dabei möchte ich nicht sterben, bevor ich nicht die Halbe-Beladung-Option des Geschirrspülers ausprobiert habe. Ich muss unbedingt herausfinden, was das bedeutet. Reinigt er nur die Hälfte der Teller und Tassen? Wir sind aber wohlbehalten auf der Insel angekommen und durften ausschwärmen. Es war ein herrlicher Tag, und der Wind ist mir in die Haare gefahren. Mittlerweile trage ich gar keine Hüte mehr, sondern wickele mir nur noch bunte Tücher um den Kopf. Ich bilde mir gern ein, dass ich ein kleines bisschen wie Greta Garbo aussehe, aber vermutlich hält man mich eher für eine alte Putzfrau, die sich hierher verirrt hat.
Auf der Insel gibt es einen Vulkan – nun, einen halben Vulkan. Man kann ihn besteigen und über den Krater-

rand schauen, unter dem sich schwarzer Sand befindet. Das ist ziemlich unheimlich. Dann sind wir zurück zum Anleger gegangen, wo man in flachem türkisfarbenem Wasser schwimmen kann. Direkt unter der Oberfläche sieht man ganze Schwärme silberner Fischchen hin und her flitzen.

Was meinst du mit verkaufen? Hat Joe wirklich jemanden in den Laden bestellt? Ich will aber nicht verkaufen. Es klingt doch so, als würde in meiner Abwesenheit alles wunderbar laufen. Clara hat sicher alles im Griff. Aber ich muss schon sagen, dass ich fast ein bisschen neidisch werde, wenn ich von dem Abendessen in meiner Wohnung höre. Was meinst du mit ›sie hat mit Decken und Kerzen eine Menge bewirkt‹? Und was ist hygge? Das klingt alles ziemlich seltsam. Ist sie vielleicht eine Art dänischer Guru? Werde ich bei meiner Rückkehr feststellen müssen, dass ihr alle meine Ersparnisse gespendet habt und in einer Kommune auf dem Feld hinter deinem Pub lebt?

Ich werde wohl versuchen müssen, Joe zu erreichen, aber es ist so nervig, immer mit seiner depressiv klingenden Assistentin reden zu müssen. Die teilt mir ohnehin nur mit, dass er sich gerade in einer internationalen Telefonkonferenz befindet, was so beängstigend wichtig klingt, dass ich den Mut verliere und ihm nicht einmal eine Nachricht hinterlasse. Ich kann mir gar nicht vorstellen, dass er zu Hause war und Ärger gemacht hat. Allerdings ist er sehr fürsorglich und will stets nur das Beste für mich. Er kann nicht aus seiner Haut und muss immer wie ein furchterregendes Alphatier auftreten. Vermutlich habe ich überkom-

pensiert, als David mich verlassen hat. Ich dachte immer, ein kleiner Junge, der alleine mit seiner Mutter aufwächst, wird unweigerlich ein Weichei, das in der Schule gehänselt wird. Daher bin ich mit ihm zu Boxkämpfen gegangen und habe ihn schon vor seinem achtzehnten Lebensjahr alle Fortsetzungen von Stirb langsam *sehen lassen. Habe ich ihm damit vielleicht nachhaltig geschadet? Sag ihm, ich weiß es zu schätzen, dass er mir helfen will, aber ich vertraue Clara. Und dir natürlich auch.*

Kapitel 24

Sie war nur in die Wohnung zurückgekehrt, um ihr Portemonnaie zu holen – Gavin wollte mit ihr nach Norwich fahren, um ein paar Sachen für den Pub auszusuchen. Sie hatten über verschiedene Ideen gesprochen und den Platz für neue Möbel ausgemessen. Jetzt wartete er mit laufendem Motor in der High Street, begierig darauf, endlich loszulegen und dem Pub ein neues Gesicht zu verpassen.

Eigentlich hatte sie nur schnell aufs Klo gehen wollen, als sie ins Badezimmer geplatzt war. Viel hatte sie nicht gesehen, nur rosiges Fleisch und eine absurde Menge an Schaum.

Dann war sein Gesicht mit der grünen Maske daraus aufgetaucht und hatte sie entsetzt angestarrt – als hätte sie ihn in flagranti erwischt. Er stand unter einen solchen Spannung. Als er dann aus dem Bad kam und sie anschaute, verflüchtigte sich ihr Unbehagen vom Vorabend. Er trug einen eleganten Bademantel mit gesticktem Emblem auf der Brusttasche, sein Haar stand ab, und sein Gesicht war mit Schlamm bedeckt. Vor allem aber sah er aus, als würde er am liebsten im Erdboden versinken. Zum ersten Mal hatte sie das Gefühl, einen Hauch vom echten Joe zu erhaschen.

Auf der Fahrt nach Norwich musste sie immer wieder an die Szene denken und sich beherrschen, um nicht zu kichern. Er hatte sämtliche Kerzen angezündet und so getan, als würde er gar nicht merken, dass das Bad in Schaum versank. Es hatte gerochen wie auf einem Lavendelfeld.

Sie verspürte eine gewisse Zuversicht, dass er vielleicht doch kein hoffnungsloser Fall war. Dabei hatte sie ihn eigentlich schon abgeschrieben. Sie konnte es kaum erwarten, Lauren davon zu erzählen – wobei sie die Einzelheiten vielleicht besser für sich behielt. Er hatte so hilflos gewirkt, als er da, barfuß und sprachlos, vor ihr gestanden hatte. Sie wollte nicht den Eindruck erwecken, sie mache sich über ihn lustig. Andererseits hatte er immer noch den Plan, den Laden zu verkaufen, ohne seine Mutter vorher gefragt zu haben. Und mit seinem Handy schien er weiterhin verwachsen zu sein. Aber sein Gesichtsausdruck, als er in der Badezimmertür auftauchte, umwallt von Lavendelduft …

»Alles in Ordnung mit dir?«, fragte Gavin und warf ihr einen Seitenblick zu.

Sie nickte, lehnte sich zurück und half Gavin, ein Wort mit vier Is, einem T, einem U und einem F zu finden.

»Futiiii … le?«, schlug sie vor.

»Nicht sehr hilfreich.«

»Fuit.«

»Ist das ein Wort?« Er klang überrascht.

»Irgendwo auf der Welt bestimmt.« Clara zuckte mit den Achseln, innerlich viel sorgloser als zuvor. Sie freute sich auf den Tag und die Aufgabe, den Pub zu renovieren.

»Auch nicht gerade hilfreich.«

Sie luden Kissen, Teppiche, Lampen und anderes Zeugs in den Wagen. Auch den Kofferraum stopften sie voll und klappten die Rücksitze herunter, um alles unterzubringen. Auf dem Rückweg ließen sie sich Zeit und hielten unterwegs an, um etwas zu essen. Währenddessen planten sie weiter.

Nach ihrer Rückkehr schleppten sie sämtliche Möbel des Pubs in eine Ecke, stellten Hocker und Stühle auf die Tische und saugten den abgewetzten Teppich. Sie hatten kleine Läufer gekauft, um sie auf ihn zu legen, in warmen Rottönen mit ein wenig Schwarz. Nachdem sie die Tische gesäubert hatten, stellten sie die Möbel um und bewunderten die Wirkung des dunklen Holzes und der leuchtenden Farben. Die cremefarbenen Wände und die Holzbalken passten wunderbar zusammen. Für die Lampen an der Bar hatten sie Schirme besorgt, die das Licht der nackten Glühbirnen dämpften und Ruhe ausstrahlten.

Gavin hatte den alten Kamin gereinigt und zu beiden Seiten Holzscheite aufgestapelt. Nun entzündete er in der eisernen Kohleschale ein Feuer. Sie legten Kissen in die Sessel, wischten staubige Brettspiele ab und deponierten sie in einem Bücherregal, zusammen mit einer Auswahl an Romanen und Biografien, die sich die Gäste ausleihen konnten. Auf Simse, Tische und Fensterbänke stellten sie Glasgefäße mit cremefarbenen Wachskerzen, die mit ihren schnurgeraden Dochten nur darauf warten, angezündet zu werden. An die Wände hängten sie Bilder und über den Kamin einen großen alten Spiegel.

Der Tag verging wie im Fluge. Clara war sich bewusst, dass sie darüber hinaus das Schaufenster gestalten und sich Details für ihre nächste Auslage ausdenken musste. Noch blieb aber genügend Zeit, und es war wunderbar zu erleben, wie Gavin völlig in seiner Aufgabe aufging. Im Moment polierte er jede einzelne Flasche hinter dem Tresen. Der Raum sah fantastisch aus und wirkte nun wie ein warmer, einladender Pub auf dem Land. Als es draußen dunkler wurde, zündeten sie die Kerzen an, setzten sich in einen Sessel, legten die Füße auf abgewetzte Lederhocker und tranken Pale Ale. Sie wärmten ihre schmerzenden Glieder und freuten sich über die Reaktion der Anwohner, die von dem orangefarbenen Schein des Feuers angelockt wurden. Alle blieben da, um dem Knistern der Scheite zu lauschen und sich in den gemütlichen Ecken zu unterhalten.

Als Clive, der mit dem Handy am Ohr hereinkam, aufschaute, blieb er wie angewurzelt stehen. »Wow«, rief er. Dann erinnerte er sich an sein Gespräch und hielt das Telefon schnell wieder ans Ohr.

Gavin bediente gerade einen Kunden, als Clara aufstand, ihr Glas auf den Tresen stellte und gehen wollte. Er schaute zu ihr hinüber.

»Warte kurz, Clara«, sagte er, spülte ein Pint-Glas aus und schenkte ein Lager ein.

Sie sah zu, wie er es über den Tresen schob und sich

die Hände abwischte. Dann griff er in die Tasche. »Nur ein kleiner Dank. Ich möchte, dass dir klar ist, wie sehr ich das alles zu schätzen weiß.« Er reichte ihr ein Päckchen. Sie öffnete es und zog ein wunderschönes feines Silberkettchen heraus. »Ich bin so froh, dass du in unsere Stadt gekommen bist«, sagte er mit rauer Stimme. »Du bist ein tolles Mädchen. Wenn ich eine Tochter hätte, würde ich mir wünschen, dass sie so wäre wie du.«

Clara spürte, wie ihr die Tränen kamen und ihre Kehle sich zusammenschnürte. Sie starrte auf das Kettchen, zu nichts anderem fähig als einem Nicken. Dann umarmte sie Gavin mit einem Arm und wankte fort. *Wenn ich eine Tochter hätte.* Auf dem gesamten Rückweg hallten die Worte in ihrem Kopf nach. Hätte er das auch gesagt, wenn er wüsste, was für eine Tochter sie war?

Sie ging in den Laden, weil sie nicht in der Wohnung sein wollte. Sie brauchte unbedingt Zeit für sich. Die neue Schaufensterauslage war die perfekte Ablenkung. Nachdem sie alles Nötige herausgelegt hatte, begann sie mit der Gestaltung des Hintergrunds. Aus Stoffballen in verschiedenen Grüntönen und den Blättern, die sie auf ihren Spaziergängen gesammelt hatte, schuf sie auf dem Boden des Schaufensters einen wilden Urwald. Dann arrangierte sie die Figuren. Einer Barbie klebte sie einen langen Zopf an, Ken ließ sie vor ihr knien; die Geschichte von Rapunzel erwachte zum Leben. Der Zauber nahm Clara gefangen und ließ sie ihre Stimmung vergessen, ließ sie alles vergessen, was sonst noch in ihrem Leben passierte. Hier ging es einfach um die Gestaltung einer schlichten Szene.

Kapitel 25

Allmählich waren Clara die Pfade vertraut. Selbst im Winter gab es im Wald viel zu sehen: kahle, stachelige Äste und zusammengerollte Blätter, die den Waldboden wie einen Teppich bedeckten. An diesem Morgen war sie auf eine Stelle mit wunderschön geformten Pilzen gestoßen, blassrote Kappen, die mit gelben Punkten übersät waren. Sie hätten perfekt in ihre jüngste Schaufensterauslage gepasst.

Nachdem sie den ganzen Morgen im Laden verbracht und das Fenster zu Ende gestaltet hatte, brauchte sie diese Verschnaufpause. An den Zweigen hing immer noch Raureif, und auf den Feldern lag ein silberner Glanz. Das Flüsschen war stellenweise zugefroren; Blätter und anderes steckten im Eis fest. Clara genoss die Stille des Waldes und lauschte auf die kaum wahrnehmbaren Geräusche der Insekten, den Ruf eines nahen Vogels, einen Flügelschlag, ein Rascheln im Unterholz. Sie setzte sich auf einen umgestürzten Baum und trank heiße Schokolade aus ihrer Thermoskanne. Ihr Hinterteil war schon taub vor Kälte, aber sie wollte noch nicht weitergehen.

Das Rascheln wurde lauter, dann hörte sie ein Bellen hinter sich, gefolgt von einem Schrei: »Gus, NEIN! Nein, Gus, aus!«

Sie stand auf und schaute in die Richtung, aus der die Laute gekommen waren: Zweige knackten, Schritte knirschten auf dem Blätterboden, Hecheln, abermals Bellen. Dann sprang ein Cocker Spaniel auf die Lichtung, und die Zweige eines Busches schnellten wieder in die ursprüngliche Position zurück. Lächelnd trat Clara vor und ging in die Hocke. Der Hund kam mit wehenden Ohren auf sie zugestürmt, lauter Kletten im lockigen Fell. Er legte ihr eine Pfote aufs Bein und hinterließ einen matschigen Abdruck auf ihrer Jeans. Sie wuschelte ihm über den Kopf und grinste, als er vor Begeisterung um sie herumtobte, erst links herum, dann rechts herum.

»Gus, ich hatte doch gesagt … Oh!« Sam trat zwischen den Büschen hervor und richtete sich auf, als er Clara mit dem Hund sah. »Sie haben ihn also aufgespürt«, sagte er und holte eine Leine aus der Tasche seiner Wachsjacke. Sein Haar war windzerzaust, und seine Wangen waren gerötet von der Kälte und der Anstrengung. »Was meine Stimme anbelangt, scheint er taub zu sein.« Er seufzte, während Gus wieder an Clara hochsprang und ihr beide Pfoten auf die Oberschenkel legte. »O je, das tut mir wirklich leid … SITZ, GUS.« Gus reckte eine Pfote, als würde er um etwas betteln.

Clara kicherte. »*Sidde.*« Gus setzte sich sofort hin, und sie sagte zu Sam: »Vielleicht ist er ein dänischer Hund.«

»Ein verdammter Albtraum ist er.« Sam trat vor, um

den Spaniel an die Leine zu legen. »Danke. Wir wollten Sie nicht stören.«

Einen Moment überlegte Clara, ob er ihr wohl gefolgt war, aber dann verwarf sie den Gedanken wieder. Was bildest du dir ein, Clara Kristensen, du bist doch kein Promi, der ständig von irgendwelchen Männern verfolgt wird. »Sie stören überhaupt nicht. Ich wollte sowieso gleich zurückgehen. Ich bin ziemlich erledigt. Morgen gibt es ein neues Schaufenster.«

»Natürlich.« Sam nickte. »Amber hat mich gestern noch daran erinnert. Ich muss unbedingt mit ihr hingehen und es anschauen. Das letzte hat sie geliebt. Mich kostet die Sache allerdings ein Vermögen«, fügte er hinzu.

Clara lächelte und sah, wie er seine Hand ausstreckte, um Gus hinter den Ohren zu kraulen.

»Dann begleite ich Sie zurück. Ich habe keine Lust, den Rest des Tages hinter diesem Vieh herzujagen.«

Ihr Blick ruhte noch immer auf seiner linken Hand. Einen Ring trug er nicht, wie sie feststellte. »Sehr schön, wunderbar«, sagte sie ein bisschen zu überschwänglich und spürte, wie ihre Haut trotz der Kälte heiß wurde.

Sie kehrten auf einem der gewundenen Waldpfade zurück. Sam hielt Äste beiseite, damit sie nicht zurückschnellen konnten, und reichte Clara die Hand, als sie an eine Stelle kamen, wo die Erde besonders aufgewühlt war.

»Danke«, sagte Clara. Ein bisschen albern war das schon, da der Matsch so hartgefroren war, dass man problemlos hinüberlaufen konnte.

Als sie zwischen den Bäumen hindurch ins Freie traten, lag die Sonne hinter einem weißen Nebelschleier, eine dunstige Scheibe mit blassrosa Rändern.

»Ich liebe diese Stimmung«, sagte Sam und sprach Clara aus der Seele. »Das perfekte Licht zum Fotografieren. Ich habe schon viele Fotos um diese Tageszeit gemacht.«

»Sie sind auch Landschaftsfotograf?«, fragte Clara.

Sam nickte. »Das ist eine gute Ergänzung zum Schreiben. Ein paar Fotos habe ich auch schon verkauft.« Er zuckte mit den Achseln und wirkte höchst zufrieden. »Fotografieren ist ein tolles Hobby, wenn man viel allein ist«, fügte er hinzu und schaute sie von der Seite her an.

Clara spürte, wie ihr Gesicht unter seinem Blick heiß wurde. »Das kann ich mir vorstellen. Ich bin jedoch nicht dazu imstande, ein anständiges Foto zu machen. Dafür bin ich viel zu unkonzentriert und verwechsele ständig all die möglichen Einstellungen.«

Er zog eine Augenbraue hoch, und sie wandte schnell den Blick ab, als hätte sie etwas Schlimmes gesagt. Sie lachte nervös und war dankbar, dass Gus sich jetzt zwischen sie beide drängte und zu ihr aufschaute, als erwarte er eine Belohnung.

Sam sah sie weiter an, den Kopf zur Seite geneigt. »Sie haben eine wunderbare Haut«, sagte er.

Wieder spürte sie, wie ihre Wangen glühten. Komplimente war sie nicht gewöhnt. Sie stotterte irgendetwas.

»Ich würde Sie gerne noch einmal fotografieren, vielleicht im Freien«, sagte er mit einem breiten Lächeln. Clara entdeckte eine Stelle an seinem Kinn, die er beim

Rasieren übersehen hatte, und fragte sich, wie es wäre, die Hand auszustrecken und sie zu berühren.

»O Gott, nein, ich bin nicht fotogen«, sagte sie und zog die Mütze über die Ohren. »Ich stehe stocksteif da oder habe die Augen geschlossen.«

»Nein, Sie sind das perfekte Motiv«, widersprach Sam mit einem Lachen, das gar nicht zu seiner Stimme passte.

Clara ging weiter, und Sam passte sich ihrem Tempo an. Irgendwann kletterten sie über einen Zauntritt, während Gus unten durchschlüpfte. Die Leine blieb hängen und hielt Sam auf, als hätte er ganz vergessen, dass er einen Hund an der Leine hatte.

»Nun«, sagte Clara, als die weinrote Fassade in Sicht kam, »da bin ich.« Sie zeigte auf den Laden und fragte sich selbst, warum sie das tat. Er wusste doch genau, wo sie arbeitete. Schließlich kam er ständig vorbei.

Er blieb vor dem Geschäft stehen und starrte die geschlossenen Fensterläden an. »Was haben Sie sich diesmal einfallen lassen?«

»Sie müssen sich schon gedulden«, sagte Clara.

»Kommen Sie«, sagte er und betrachtete mit durchdringenden Augen das Schaufenster, als hätte er einen Röntgenblick. »Können Sie mir nicht einen kleinen Tipp geben?«

Clara musste lachen. »Sagen wir mal, dass ich Märchen liebe«, antwortete sie und kramte nach ihrem Schlüssel. Irgendwo oben im Haus spürte sie eine Bewegung, sah aber nicht hoch, weil sie von Sam abgelenkt war.

»Dann wird Amber begeistert sein. Hören Sie«, sagte er und legte ihr die Hand auf den Arm. Sie erstarrte und betrachtete die perfekt gefeilten Fingernägel. »Lassen Sie mich noch einen Artikel schreiben. Die Auslage wird sicher wieder großartig, und es interessieren sich so viele Menschen für den Laden.«

»Ich weiß nicht.« Clara kaute auf der Lippe herum.

»Ich war neulich dabei, als der Immobilienmakler aufkreuzte«, sagte er leise. »Ein weiterer Artikel wäre mehr als eine schlichte Meldung. Ich möchte helfen. Gerade im Moment wäre das wirklich wichtig, wo doch die High Street allmählich verkommt und die Geschäfte reihenweise schließen. Wir könnten uns mit allen Kräften dagegen wehren, dass es auch Ihren Laden trifft.« Er hatte sich in Fahrt geredet.

Sie entzog ihm sanft ihren Arm. »Es ist nicht mein Laden«, erinnerte sie ihn.

»Dann lassen Sie uns wenigstens versuchen, das Weihnachtsgeschäft zu beleben.« Er ließ nicht locker.

Wieder bewegte sich etwas über ihr. Wurde der Vorhang in der Wohnung zurückgezogen? Stand da jemand? Sie fragte sich, ob Joe sie beide beobachtete.

»Na gut, einen kurzen Artikel«, sagte sie. Das konnte nicht schaden, oder? »Nur um die Kunden vor Weihnachten anzulocken, mehr nicht«, fügte sie mit einem warnenden Unterton zu.

»Natürlich, großes Indianerehrenwort«, sagte er, beugte sich vor und küsste sie auf die Wange. »Vielleicht kann ich Sie dann ja überreden.«

Clara neigte den Kopf zur Seite. »Überreden?«

Er hob die Hände, als halte er eine Kamera. »Bis bald. Und viel Erfolg.« Mit diesen Worten trat er einen Schritt zurück und zeigte auf das Schaufenster. Gus bellte zum Abschied. Clara hob die Hand und sah den beiden hinterher, als sie sich entfernten. Gus lief neben Sam und kläffte ausgelassen. Würde sie noch bereuen, was sie soeben zugesagt hatte?

Kapitel 26

Die Begegnung mit Sam war sofort vergessen, als Clara das Päckchen sah, dass man für sie hinterlassen hatte. Vorsichtig nahm sie es in die Hand, blickte es lange an, drehte es hin und her. Sie wusste, was es enthielt, wusste, wann sie es bestellt hatte, als sie verzweifelt war und Sehnsucht nach ihrer Heimat, ihrer Familie gehabt hatte. Die Suche im Internet hatte Ewigkeiten gedauert, und die Versandkosten hatten sie ein Vermögen gekostet. Die Bestellung lag schon eine Weile zurück, und gelegentlich hatte sie daran gedacht, dass die Sendung auf dem Weg war. Und jetzt war sie da. Clara drückte das Päckchen an die Brust und stieg mit brennenden Augen die Treppe hoch.

Als sie in die Wohnung trat, kaute sie auf der Lippe herum. Sie schritt zum Sessel, ließ sich hineinsinken und starrte ewig auf die Buchstaben auf dem braunen Packpapier. Dann fuhr sie mit dem Fingernagel an ihm entlang, holte eine Schachtel aus dem Paket, öffnete sie und entnahm ihr eine braune Bierflasche. Füllmaterial verteilte sich überall.

Sie hielt die Flasche hoch und studierte das Etikett. Im

nächsten Moment fing sie an zu weinen. Sie schluchzte heftig und ließ ihren Tränen freien Lauf. Was hatte sie eigentlich in England verloren? Wie lange würde sie noch bleiben? Sie musste daran denken, wie es vor einem Jahr um diese Zeit gewesen war – vollkommen anders. Sie suhlte sich in Selbstmitleid und überließ sich ihren Gefühlen. Flasche und Wohnung verschwammen, weil ihr die Tränen aus den Augen rannen.

Plötzlich vernahm sie, wie in einem Horrorfilm, das Quietschen einer Tür, die sich unendlich langsam öffnete. »Clara?«, fragte Joe zögerlich.

»Oh, Sie sind doch zu Hause.« Sie wischte sich hektisch über das nasse Gesicht.

Seine Augen weiteten sich, und er eilte zu ihr. »Soll ich Hilfe holen?«

Sie schüttelte den Kopf, unfähig zu antworten.

»Brauchen Sie einen Arzt? Geht es Ihnen nicht gut?«

Wieder schüttelte Clara den Kopf. »Nein«, sagte sie, »es geht mir gut.«

Seine Stimme klang jetzt etwas schriller. »Soll ich Ihre Freundin holen? Die vom Abendessen neulich?«

»Lauren«, sagte sie mit erstickter Stimme.

»Genau, Lauren. Soll ich sie holen?«

»Nein.« Sie merkte, dass ihr die Tränen über die Wangen rannen. »Es ist gleich wieder in Ordnung.«

Unsicher blieb er in ihrer Nähe stehen. Er legte eine Hand auf die Sofalehne, nahm sie wieder weg und betrachtete Clara, als sei sie ein scheues Tier.

»Tee«, rief er und schien sich förmlich auf das Wort zu stürzen. »Ich kann Ihnen einen Tee kochen.« Ihre Antwort wartete er erst gar nicht ab, sondern eilte direkt in die Küche und stellte den Wasserkocher an.

»Milch? Zucker?«

»Ja, beides«, murmelte sie und tupfte sich das Gesicht ab.

Er wartete in der Küche, angespannt, und schaute alle paar Sekunden besorgt zu ihr. Wenn sie seinen Blick auffing, setzte er ein breites Lächeln auf. »Gleich fertig«, tönte er mit einer Stimme, die sie noch nie von ihm gehört hatte. Den Blick weiterhin auf sie gerichtet, als könne sie sich vor seinen Augen in Luft auflösen, rührte er auf dem Weg zu ihr den Tee um und verschüttete dabei einiges.

Sie spürte, dass sich angesichts seines Unbehagens ein Lachen in ihr Schluchzen mischte. »Super.«

Den Becher in der Hand, als handele es sich um die Kronjuwelen, stellte er ihn vor ihr auf den Tisch. »Tee«, erklärte er lächelnd und zeigte auf das Getränk, als sei Clara zwei Jahre alt und müsse neue Wörter lernen.

Sie nahm den Becher mit beiden Händen, trank einen Schluck und gab sich Mühe, angesichts der Zuckermenge nicht das Gesicht zu verziehen. Er stand neben ihr wie ein Kellner, der auf ein vernichtendes Urteil wartete. »Ausgezeichnet«, sagte sie in der Hoffnung, er würde sie nun in Frieden lassen.

»Gut. Also …« Er ging nicht, sondern blieb vor dem Sofa stehen, um schließlich die Entscheidung zu treffen, sich hinzusetzen. »Schon besser?«, fragte er.

Sie nickte, eigentümlich gerührt von seiner Miene. O Gott, nein, sie war schon wieder den Tränen nahe. Eine vereinzelte rann bereits über ihre Wange. Joe zuckte zusammen, als er sie bemerkte.

»Was ist los? Kann ich irgendetwas für Sie tun?« Seine Stimme war nun sanfter, jede Nervosität war daraus verschwunden. Dankbar registrierte Clara, dass er sich wie ein Mensch benahm und nicht wie der manische Geschäftsmann, den sie bislang so häufig erlebt hatte.

»Ich habe einen bestimmten Tag verpasst«, sagte sie und nahm einen weiteren Schluck Tee, um sich abzulenken, und stellte den Becker zurück auf den Tisch.

Er nickte, leicht verwirrt. »Ihren Geburtstag?«, riet er.

Lächelnd schüttelte sie den Kopf. »Nein, Julebryg, der Tag, mit dem bei uns die Weihnachtszeit beginnt. Er liegt schon eine Weile zurück, aber in Dänemark ist das eine große Sache.«

»Aha«, sagte Joe und legte seine Finger unters Kinn. »Und wieso die Tränen?«

Sie nickte zu der Bierflasche hinüber. »Die habe ich bestellt, keine Ahnung, warum. Das trinken wir an Julebryg.«

»Bier?«

»Genau diese Marke«, erklärte Clara. »Alle setzen sich blaue Zipfelmützen auf, und es gibt in jedem Ort ein riesiges Straßenfest. Überall ist Schaum, denn das Bier wird von Pferdekarren aus ausgeschenkt.«

Joe wirkte höchst irritiert und schaute in Richtung der Flasche, auf die sie zeigte.

»Aha … Schaum … Bier.«

»Das klingt albern, ich weiß«, gab sie zu.

»Nein, überhaupt nicht«, sagte er, vielleicht weil er so glaubte, sie würde nicht wieder zu weinen anfangen.

»Doch, klar ist es das«, sagte sie und wischte sich die Augen. »Es ist nur so, dass es mich daran erinnert, was … danach kommt.«

Joe wagte keine Prognose.

»Weihnachten«, erklärte sie leise.

»Mögen Sie Weihnachten nicht?«

Sie schniefte und versuchte, neuerliche Tränen herunterzuschlucken. »Doch. Ich liebe Weihnachten, aber ich …«

Joe kaute auf seiner Lippe und gab sich sichtlich Mühe, ihr zu folgen. »Was ist denn dann das Problem?«

Clara schluckte, legte beide Hände auf die Oberschenkel und versuchte, ihre Fassung wiederzugewinnen. »Eigentlich gibt es gar kein Problem. Es ist einfach ein bisschen kindisch, wie ich mich aufführe. Ich habe nur … Na ja, es weckt ein paar Erinnerungen.«

»Das Bier?«

»Das Bier.« Sie lachte und fühlte sich etwas besser. »Das wird schon. Danke für den Tee.« Sie nickte zu dem noch fast vollen Becher hinüber.

Joes Wangen röteten sich. »Gern geschehen.« Er stand auf, als hätte sie ihn fortgeschickt, zögerte dann aber. Schließlich trat er zu ihr und legte ihr die Hand auf die Schulter. »Ich hoffe, es wird Ihnen bald besser gehen.« Dann hustete er und zog sich zurück. »Gut, ich werde jetzt … Ich werde nun …«, und damit eilte er in sein Zimmer.

Noch lange, nachdem sich die Tür geschlossen hatte,

blieb ihr Blick auf dieser liegen. Dann schloss Clara die Augen, lehnte sich zurück und ließ das Geschehene im Geiste noch einmal vor sich ablaufen. Sie stöhnte auf. Merke: Wenn du das nächste Mal losheulen willst, vergewissere dich vorher, dass niemand in der Wohnung ist. Als sie an die Unterhaltung zurückdachte, musste sie allerdings grinsen. Was um Himmels willen musste er von ihr denken? Wie hätte sie das alles erklären sollen? Plötzlich wurde sie von einem Lachen geschüttelt. Im selben Moment wurde die Tür aufgerissen.

»Alles in Ordnung?«, rief Joe panisch.

Sie fuhr hoch und wischte sich über die Nase.

»Alles klar. Ich habe nur … äh … gelacht.«

Joes Augen wurden größer. »Oh … Das ist gut«, sagte er und hielt kurz inne, bevor er die Tür zum zweiten Mal schloss.

Clara blieb, wo sie war, ein erstarrtes Lächeln im Gesicht – bis sie das Geräusch des Riegels hörte. Sie schlug sich mit der Hand an die Stirn.

»AUTSCH«, sagte Lady CaCa direkt hinter ihr.

Eine Generalüberholung des Pubs? Wie schön. Was habt ihr denn angestellt? Schickst du mir Fotos? Ich vermisse den Pub, aber das nur am Rande. Natürlich bin ich hier rundum glücklich. Die Hitze ist herrlich, und ich bin schon tiefbraun. Ich sehe aus, als hätte mich jemand mit Lack in einem Mahagoniton angepinselt, fast wie eine Spanierin. Ich denke darüber nach, die Haarspitzen blond färben zu lassen. Bei den Deutschen hier ist das sehr in Mode – wie du siehst, bin ich vielleicht schon viel zu lange allein. Natürlich mache ich das nicht. Ich beschränke mich darauf, immer und überall ein Fußkettchen zu tragen, was mich irgendwie davon abhält, etwas allzu Dauerhaftes zu tun.
Aber jetzt muss ich wirklich mal sagen, dass VAR kein Wort ist, Gavin. Ich habe sämtliche Deutschen in meinem Hotel gefragt: Sie sprechen viel besser Englisch als ich, und alle haben mir bestätigt, dass es sich um eine grässliche Lüge handelt und du dir den Sieg erschleichen willst. Tut mir leid, dass ich so direkt bin, aber ich muss dich bitten, deine Worte ab sofort klar zu definieren, wenn du schon darauf bestehst, eine komplett erfundene Sprache zu benutzen. Vielleicht hast du eine Version des Spiels, die nicht die englische ist. Britisches Englisch. Überprüf das doch mal. Ich warte auf deine Antwort, bevor ich weiterspiele.

Kapitel 27

Er war die gesamte Woche dort gewesen, in seinem Büro mit den endlosen Arbeitstagen, um die letzte Phase der Übernahme zu überwachen: ständige Telefonkonferenzen, Berichte an seine Chefs, demonstrative Abmahnung eines überarbeiteten, sichtlich ausgelaugten Trainees, damit Tom es auch ja mitbekam. Am ersten Abend war er in seine Wohnung geeilt und hatte im Türrahmen gestanden, die kühlen, nackten Oberflächen in sich aufnehmend. Er hatte das Gefühl gehabt, als wäre das kalte Grau von draußen in die Wohnung eingesickert. In jener Nacht hatte er ewig am Laptop gesessen, hatte die Arbeit an den Kalkulationen weitgehend reduziert und stattdessen im Internet gesurft, um Lampen, Decken und Kerzenleuchter von einem sündhaft teuren Designer zu kaufen, den Clara mal erwähnt hatte, Verner Soundso. Außerdem bestellte er ein Fell für eine Wärmflasche und ein neues Paar Hausschuhe. Am nächsten Tag verließ er das Büro mit dem überwältigenden Bedürfnis, den Stress des Tages abzuschütteln, in seine Wohnung zurückzukehren und sich etwas zu essen zu kochen. Sein Leben schien sich zum Positiven zu ändern. Er hatte mehr Energie, weniger Kopfschmerzen und fühlte sich insgesamt besser.

Nun war Samstagabend. Normalerweise würde er sich über eine App mit einer Frau verabreden oder sich in einem Casino vergnügen, bis der Morgen dämmerte. Oder arbeiten: Artikel nach Insider-Informationen durchforsten, Dokumentationen studieren, die sein Team für ihn vorbereitet hatte, E-Mails der vergangenen Woche beantworten. Stattdessen fand er sich im Wagen wieder und fuhr in das verschlafene Suffolk zurück. Sein Herz machte Freudensprünge bei der Vorstellung, dass er nach der vielen Zeit im Büro endlich dorthin zurückkehren würde, als wäre es sein Zuhause. Als er vor der Wohnung parkte, umspielte ein Lächeln seine Lippen. Er schaute zu den Fenstern hoch und fragte sich, ob Clara wohl da war.

Seit der großen Heulorgie wegen dieser Bierflasche hatte er sie nicht mehr gesehen. Er hatte immer noch nicht begriffen, worum es überhaupt gegangen war – irgendetwas mit Schaum und blauen Zipfelmützen. Offenbar eine dänische Sitte. Oder eine Frauensache. Oder beides. Er würde sich verhalten wie jeder anständige Mann und einfach so tun, als wäre nichts passiert, dachte er, als er ausstieg und nach seiner Ledertasche griff. Als er durch den Flur ging und die Treppe hochstieg, wappnete er sich für die Begegnung. Er wünschte, er wäre in der Woche gelegentlich dort gewesen. Clara derart aufgelöst zu sehen hatte ihm bewusst gemacht, dass sie nicht ständig die glückliche und zufriedene Person war, die sie zu sein schien. Kurz vor ihrem Weinkrampf hatte er sie mit diesem Journalisten vor dem Haus gesehen. Hoffentlich suchte sie nicht bei ihm Trost.

Im Wohnzimmer war sie nicht. Vermutlich war sie noch unten, um den Laden zu schließen, oder arbeitete an einer neuen Schaufensterauslage. Er würde sie suchen und fragen, ob er für sie auch etwas zu essen bestellen sollte. Gerade als er sich umdrehen wollte, um die Treppe hinabzusteigen, trat sie aus ihrem Zimmer. Normalerweise trug sie bequeme Pullover und Jeans, aber heute hatte sie ein schwarzes Oberteil mit irgendetwas Glitzerndem an der Schulter angezogen, dazu eine stahlblaue Hose. Ihre Beine wirkten noch länger als sonst. Er merkte, dass er sie anstarrte, als sie ihren Mantel überwarf.

»Oh, hallo. Sie sind zurück.«

»Ich bin zurück«, sagte Joe viel zu laut und stellte seine Tasche ab.

»Lauren und ich wollen ins Kino«, sagte sie mit Blick auf ihren Aufzug. »Vermutlich habe ich es etwas übertrieben, aber ich bin schon seit Ewigkeiten nicht mehr ausgegangen.« Ihre Augen waren dunkel geschminkt, fast verrucht, und ihre Lippen glänzten. Joe hatte das Gefühl, dass sein Gehirn gleichsam eingefroren war, obwohl sie sichtlich eine Reaktion erwartete.

»Sie sehen ...« Dann fand er die Sprache wieder. »Kino, super«, sagte er und wollte sich lässig an den Kamin lehnen, verfehlte aber mit der Hand den Sims. Nachdem er sich wieder gefangen hatte, nickte er. »Läuft etwas Gutes?«

»Irgendetwas mit Ryan Gosling, hat Lauren gesagt.« Clara zuckte mit den Schultern.

Joe nickte. »Attraktiver Typ. Lässig. Einfach eine Erscheinung.« Was redest du da, Joe? »Nun, dann bleibe ich einfach hier und warte. Nicht auf Sie, natürlich. Sie wissen schon: gemütlicher Abend daheim. Oder vielleicht doch irgendwo anders, das weiß ich noch nicht.« Was faselte er da bloß? Was war nur mit ihm los? Hatte es mit diesem Glitzerzeug an ihrem Oberteil zu tun? Hypnotisierte es ihn vielleicht?

»Klingt nach einem ausgezeichneten Plan. Es regnet wieder.«

Joe verdrehte die Augen und schnalzte missmutig mit der Zunge. Bevor ihm ein besseres Thema als das Wetter einfiel, griff Clara nach ihrer Handtasche und schenkte ihm ein Lächeln.

»Bis später dann«, sagte sie und trat durch die Tür.

»Ja«, rief er aufgekratzt, »okay, okay.«

Mit einem irritierten Blick verließ Clara die Wohnung. Joe sank aufs Sofa, als hätten ihn die letzten Minuten erschöpft. Nun, immerhin schien nichts zwischen ihnen zu stehen. Er erhob sich wieder und holte sich ein Bier.

Eine Stunde und drei Biere später fühlte er sich schläfrig. Er ging durch die Wohnung und zündete sämtliche Kerzen und den Holzofen an. Ihr flackernder Schein hüllte das Wohnzimmer in ein warmes Licht. Joe zog seinen Schlafanzug an, warf seinen Bademantel über und grub dann noch die überdimensionierten, mit Klauen besetzten Hausschuhe aus, die seine Mutter ihm mal zu Weihnachten geschenkt hatte. In diesem häuslichen Aufzug kehrte er zum Sofa zurück, ein Tablett mit Flaschen und Snacks in der Hand. Er hatte keine DVD mehr angeschaut, seit er einmal drei Tage mit einem grippalen Infekt im Bett gelegen hatte. Und selbst damals hatte er sich für *Wall Street* entschieden, um beim Thema zu bleiben.

Er nahm einen Schluck von seinem nächsten Bier und sichtete die DVD-Sammlung seiner Mutter. Die Auswahl war spärlich. Von Nicholas Sparks hatte er noch nie etwas gehört, aber er konnte es ja mal versuchen. Als ihm auffiel, dass Ryan Gosling mitspielte, musste er unwillkürlich lächeln. Clara hätte gar nicht das Haus verlassen müssen.

Der Regen trommelte gegen das Fenster, und der Wind heulte in der Ferne. Joe kuschelte sich in eine Decke, die Wärmflasche an die Brust gedrückt. Die Schokoladentaler schmolzen in seinem Mund, das Bier floss ihm durch die Kehle. Claras *hygge*-Theorie hatte etwas für sich. Auf die richtige Weise daheimzubleiben, war die neue Form auszugehen. Sein Körper entspannte sich spürbar; die Welt um ihn herum löste sich auf, bis nur noch er selbst zurückblieb, wohlig eingehüllt, einzig ein DVD-Film zur Gesellschaft.

Eineinhalb Stunden später strömten ihm die Tränen übers Gesicht, und seine Nase tropfte. Er überhörte die Schritte auf der Treppe und das Geräusch der Wohnungstür. Als Lauren und Clara eintraten, fuhr er zusammen und wischte sich hektisch übers Gesicht. Nicholas Sparks würde für ein paar Erklärungen herhalten müssen. Er spürte, dass er einen Kloß im Hals hatte, und tupfte sich mit dem Ärmel des Bademantels die Nase trocken.

»Hallo«, krächzte er und ließ die Wärmflasche fallen, die zwischen seinen riesigen Klauenfüßen landete.

Clara und Lauren blieben wie angewurzelt stehen.

»Wieso erwischen wir uns immer beim Heulen?«, fragte Clara und brach das Schweigen.

Joe bekam immer noch kein Wort heraus.

»Was haben Sie sich denn angeschaut?«, wollte Lauren nun wissen. Sie trat zu ihm und entdeckte die Hülle der DVD.

»O Gott.« Sie griff danach und fuchtelte damit herum. »*Wie ein einziger Tag*. Ganz alleine. Wie verrückt sind Sie denn? Für so etwas braucht man Unterstützung von ein paar echt guten Freunden. Ist alles in Ordnung? Sollen wir Sie in den Arm nehmen?«

Clara kicherte, als Lauren mit ausgestreckten Armen auf ihn zutrat.

Joe wich unwillkürlich zurück, leicht benebelt vom Bier. Die Kerzen warfen Schatten an die Wände. Waren diese nicht düster? Er hatte noch nie bei einem Film geweint. Okay, bei *Gefährliche Brandung* schon. Aber das hatte daran gelegen, dass seine Mutter den Film zehn Minuten vor Ende mit einer Folge von *Nachbarn* überspielt hatte. »Mir geht's prima«, sagte er und richtete sich auf. Er war froh, dass bereits der Abspann lief. »Bestens«, bestätigte er mit festerer Stimme.

»Ich liebe den Film«, sagte Lauren. »Dieser Kuss im Regen ist einfach …« Sie verlor sich in Tagträumen.

»Wie war's im Kino?« Joe hockte sich mit verschränkten Armen in die Sofaecke und gab sich Mühe, so interessiert wie möglich zu wirken.

»Mmh«, sagte Lauren versonnen, da sie nach einem heftigen Unwetter noch immer in Ryan Goslings Armen in einem Ruderboot saß.

Clara, die auf dem Weg ins Bad war, rief über die Schulter: »Lauren ist verliebt!« Sie gluckste.

Joe schaute Lauren an und wäre am liebsten in sein Zimmer geflüchtet.

Lauren ging es ähnlich, denn sie sah sich in der Wohnung um und suchte krampfhaft nach einem Gesprächsthema.

»Es sieht wirklich sehr *hygge* hier aus«, stellte sie schließlich fest.

Joe folgte ihrem Blick, betrachtete die Kerzen, die Decke, die Wärmflasche. »Ich dachte, ich sorge dafür, dass es … ein bisschen hübsch ist«, sagte er und kam sich albern vor.

Clara verließ das Badezimmer und ging in die Küche.

»Zu Joe meinte ich gerade«, rief Lauren mit hoher Stimme, »dass es sehr *hygge* hier ausschaut. Findest du nicht auch, Clara?«

Joe runzelte die Stirn. Warum warf sie Clara einen so eigentümlichen Blick zu?

Clara wirkte für einen Moment überrumpelt und schwieg. »Es ist sehr gemütlich«, stammelte sie nach einer Weile.

Irgendetwas ging zwischen den beiden vor. Joe fühlte sich wie jemand, der einen Insiderwitz nicht verstand.

»Hmm«, sagte er, schritt durch den Raum und blies die Kerzen aus. Der beißende Geruch, der sich nun ausbreitete, trieb ihm zum hundertsten Mal an diesem

Abend die Tränen in die Augen. Hatte er überhaupt noch welche? Seine Augen mussten knallrot sein, sein Gesicht geschwollen. Er musste unbedingt hier raus. Dass er erlebt hatte, wie Clara wegen einer Bierflasche und blauen Mützen geheult hatte, machte es kein bisschen besser. Er war es nicht gewöhnt, sich eine Blöße zu geben. »Schlafen Sie gut«, sagte er mit kratziger Stimme.

»Sie auch«, rief Lauren ihm hinterher.

Als er die Tür schloss, hörte er, wie Clara etwas zischte. Dann vernahm er ein Kichern.

Kapitel 28

Als Clara erwachte, war es totenstill. Sie streckte die Hand aus, um den Vorhang zurückzuziehen. Es regnete nicht mehr, und der Himmel war blau. Am Horizont hingen Wolken. Sie reckte sich. Aus der Küche war ein Husten zu hören. Joe war früh auf. Es war eine Erleichterung gewesen, ihn die ganze Woche nicht sehen zu müssen. Ihr Zusammenbruch wegen Julebryg war ihr immer noch peinlich, und was mit dem Laden geschah, stand in den Sternen. Als sie aber jetzt das Husten hörte, musste sie unwillkürlich lächeln. Sie ließ sich wieder ins Bett sinken und lauschte. Als sie sich schließlich eine dicke Strickjacke überzog und die Tür öffnete, stellte sie überrascht fest, dass er am Küchentisch saß und sich über seinen Laptop beugte. Das Kinn in die Hand gestützt starrte er mit blutunterlaufenen Augen auf den Bildschirm. Die *hygge*-Stimmung vom Vorabend war verflogen. Clara verspürte einen Anflug von Traurigkeit.

»Hallo«, sagte sie leise, aber er fuhr trotzdem zusammen.

Er tippte auf der Tastatur herum, bevor er wieder auf den Bildschirm starrte.

»Kaffee?«, fragte sie und ging an ihm vorbei, um den Wasserkocher anzustellen.

»GUTEN TAG, GUTEN ABEND UND GUTE NACHT«, rief Lady CaCa.

Clara warf ihr ein paar Futterbröckchen in den Käfig.

»NUR FLASCHEN ESSEN ZU MITTAG«, rief der Papagei, der sich offenbar von Joes Stimmung anstecken ließ.

Roddy strich um Claras Beine, als sie Milch in zwei Becher goss und Joe einen reichte.

»Danke«, sagte er und nahm ihn entgegen. Ihr fiel auf, dass seine Hand zitterte. »Alles in Ordnung?«, fragte sie und verspürte Mitleid mit ihm.

»Ja, bin nur beschäftigt … Ich muss das Chaos beseitigen, das auf den Konten meiner Mutter herrscht«, sagte er und schaute stirnrunzelnd auf den Küchentisch, wo sich Quittungen, Kontoauszüge und Schulhefte mit Eselsohren türmten. »Und ich kann nur hoffen, dass mein Team morgen nicht den größten Deal des Jahres in den Sand setzt.«

»Klingt anstrengend.« Sie schnitt eine Scheibe Malzbrot ab und strich Butter darauf. »Hier«, sagte sie und reichte ihm den Teller. »Frühstück. Waren Sie noch lange wach?«, erkundigte sie sich, als sie einen Haufen leerer Chipstüten und drei Gläser mit den Überresten verschiedenfarbiger Flüssigkeiten entdeckte, außerdem eine schmale silberne Schachtel, aus der alle acht Tabletten herausgedrückt waren.

Er nahm den Teller entgegen, ohne sie anzuschauen. »Ja, schon. Nach dem Film konnte ich nicht gleich ins Bett gehen, zumal mir klar war, dass ich eigentlich hätte arbeiten müssen. Aber ein bisschen habe ich wohl doch geschlafen.« Er schaute auf den Teller in seiner Hand, dann auf Clara, und schien sich zu besinnen. »Danke«, sagte er. Ein unergründlicher Ausdruck huschte über sein Gesicht. Im selben Moment hörte man ein *Ping* von einem der Programme vor ihm.

Clara lehnte sich an die Arbeitsplatte, trank ihren Kaffee und musterte die Schatten unter seinen Augen, seinen grauen Teint. Eigentlich hatte sie angenommen, dass er auf dem besten Weg war, auch mal abschalten zu können. Sobald sich Laptop und Handy in der Nähe befanden, schien er aber vollständig von einer anderen Welt absorbiert.

»Lassen Sie uns irgendwohin fahren«, sagte sie laut.

»Was?« Er biss von seinem Brot ab und tippte mit der anderen Hand auf der Tastatur herum.

»Lassen Sie uns rausfahren«, wiederholte sie. »Wie es normale Leute am Wochenende tun.«

Das Brot steckte zwischen seinen Zähnen, weil er beide Hände zum Tippen brauchte. Sein Blick schoss zu Clara hoch, aber er war offenbar nicht bereit, aufzunehmen, was sie ihm gesagt hatte.

Irgendwann hielt er inne, nahm das Brot aus dem Mund und schluckte. »Raus?«

Clara nickte und strich sich eine Haarsträhne hinters Ohr. »Ich würde gerne das Meer sehen.«

»NA, LOS DOCH, MAKE MY DAY.«

Clara wurde rot und tat so, als habe sie nichts gehört. Lady CaCa beobachtete sie von ihrer Stange aus.

»Das Meer?«

Clara nickte. Joe schaute sie irritiert an, als habe sie vorgeschlagen, auf der Stelle einen Flug ins Ausland zu buchen.

»Jetzt kommen Sie schon«, fuhr sie fort. »Das würde bestimmt Spaß machen.«

»Nun«, sagte er langsam, »das wäre vielleicht eine Überlegung wert.«

Clara klatschte in die Hände und verspürte unvermittelt Freude. Ihr war gar nicht bewusst gewesen, wie sehr sie eine Auszeit brauchte. »Super. Ich zieh mich nur schnell an, dann können wir aufbrechen.«

Joe klappte seinen Laptop zu. »In Ordnung. Ans Meer«, bestätigte er und wirkte immer noch schockiert.

Clara war schon auf dem Weg zu ihrem Zimmer. »Ach so, eine Bedingung noch«, sagte sie und drehte sich um. »Kein Handy.« Sie zeigte auf den Stein des Anstoßes in seiner Hand.

»Aber was ist, wenn von der Arbeit …«

»Es ist Sonntag.« Sie schnitt ihm energisch das Wort ab. Auf diese Stimme, ihre alte Stimme, hatte man einst gehört. »Niemand sollte jeden einzelnen Tag in der Woche arbeiten müssen. In Dänemark gibt es die Vierunddreißig-Stunden-Woche. Das haben Sie schon nach zwei Tagen erreicht.«

»Die Vierunddreißig-Stunden-Woche?«, fragte Joe, während er den Papierkram zusammenschob und den Stecker seines Laptops herauszog. »Wie schaffen es die Leute da, etwas zu erledigen?«

Clara lief in ihrem Zimmer herum, kramte Sachen zusammen und warf sie in eine Tasche. »Das Leben besteht doch nicht nur aus Arbeit«, rief sie durch die offene Tür. »Bei uns denkt man, dass man einfach nicht effizient genug arbeitet, wenn man in dieser Zeit nichts hinbekommt.«

Sie war froh, dass sie sein Gesicht nicht sehen konnte. Als sie zurückkehrte, herrschte Stille. Er tippte auf seinem Handy herum.

»Ich meine das ernst«, sagte sie, marschierte zu ihm und streckte die Hand aus, als sei er ein Kleinkind, das eine verbotene Süßigkeit in der Hand hielt.

»Das kann ich nicht tun. Sie verstehen das nicht. Sie kennen solche Jobs nicht«, protestierte er. Sie wollte etwas sagen, schloss den Mund dann aber wieder.

»Von uns wird erwartet, dass wir jederzeit erreichbar sind«, beharrte er. »Tom, der andere Teamleiter, ist ein scharfer Hund. Er würde mich vermutlich liebend gerne loswerden.«

»Aber das ist nicht gesund«, sagte Clara, die Hand weiterhin ausgestreckt. Joe starrte sie an, als wolle sie ihn angreifen.

»Ich kann es ja stumm schalten.«

»Nein.«

»Ich lasse es im Wagen.«

»Joe.« Claras Stimme klang jetzt verzweifelt.

»Sie begreifen das wirklich nicht«, sagte er und schaute besorgt auf den Zankapfel.

Sie ließ die Hand sinken und holte tief Luft. »Tatsächlich verstehe ich es sogar sehr gut«, sagte sie mit einem Seufzer. »Ich war auch mal mit meinem Handy verwachsen. Als ich als Wertpapierhändlerin in London gearbeitet habe, sechs Jahre lang.«

Joe hatte etwas erwidern wollen. Nun saß er mit offenem Mund da.

»Ich habe sechzehn Stunden am Tag gearbeitet, immer bis weit in die Nacht hinein. Monatelang bin ich nicht in Dänemark gewesen und habe meine Familie und meine Freunde vernachlässigt«, fügte sie mit leiser Stimme hinzu und schaute in die Ferne. Dann wandte sie sich von Joe ab, damit er ihr Gesicht nicht sehen konnte.

Eine Weile herrschte Schweigen, und sie fragte sich, ob er schon wieder an seinem Handy herumfummelte. Als sie sich unauffällig umsah, blickte er sie aber an.

»Sechs Jahre?«

Sie nickte.

»Aber warum haben Sie … Sie haben als … Aber Sie sind doch so …«

Es war fast amüsant, ihn um Worte ringen zu hören. Clara hasste es, über diese Zeit zu reden. Sie war der Grund dafür, dass sie ihr Leben geändert hatte. Noch immer setzte es ihr zu, dass sie nicht gemerkt hatte, wie sehr die Arbeit sie aufgefressen hatte – so sehr, dass sie nicht einmal wichtige Veränderungen im Leben geliebter Menschen registriert hatte. So bei ihrer Mutter. Die Arztbesuche, mit denen Clara sich nicht weiter beschäftigt hatte, ihre permanente Abwesenheit, ihr Desinteresse.

Sie schluckte. »Das ist schon eine Weile her. Aber egal.« Sie wünschte, sie hätte gar nicht erst davon angefangen. Es war ihr nur gegen den Strich gegangen, dass Joe dachte, sie begreife ihn nicht – *könne* ihn gar nicht begreifen. Sie wusste genau, wie es sich anfühlte, wenn man sich in den Händen anderer befand. Wenn Handy und Laptop das Dasein beherrschten, weil es keine Trennung mehr zwischen Arbeit und Privatleben gab. Rund um die Uhr bekam man Anrufe oder E-Mails, und irgendjemand erwartete immer eine sofortige Reaktion. Wenn man nicht selbst reagierte, tat es ein anderer, und dann war man schnell raus aus dem Job.

Sie ging zur Tür. Wenn sie nicht an den Strand fuhren, würde sie eben alleine etwas unternehmen. Dann vernahm sie seine Stimme.

»Warten Sie.« Er legte sein iPhone auf den Tisch und hielt die Hand hoch. »Geben Sie mir zwei Minuten.« Er ging in sein Zimmer, und sie hörte, wie er Schränke und Schubläden öffnete. »Sie haben aber nicht vor, schwimmen zu gehen, oder?«, rief er.

»Es ist Dezember, Joe.«

Sein Kopf erschien im Türrahmen. »Darf ich das als Nein interpretieren?«, fragte er unsicher.

»Natürlich. Es herrschen drei Grad minus.« Sie schaute ihn an, als sei er verrückt geworden.

»Sie scheinen der Typ zu sein, der solche Dinge tut«, sagte er und kramte erneut in Schränken herum.

Sie fragte sich, was er wohl damit meinte. Wirkte sie so aktiv? So impulsiv? Ernsthaft geisteskrank?

»Fertig«, schnaufte er und tauchte mit einem Rucksack auf. Er trug eine Mütze, die sie noch nie auf seinem Kopf gesehen hatte. Irgendwie wirkte er verändert, obwohl sie im ersten Augenblick nicht wusste, warum. Dann wurde ihr bewusst, dass sie ihn zum ersten Mal in Freizeitkleidung sah.

»Die Mütze gefällt mir«, sagte sie und fühlte sich eigentümlich schüchtern.

Unsicher fasste er mit der Hand danach. »Danke. Die habe ich schon eine Weile nicht mehr getragen.« Er nahm seinen Schlüssel. »Okay, lassen Sie uns gehen, der Strand wartet«, verkündete er, eilte zur Tür und hielt sie ihr auf.

»MÖGE DIE MACHT MIT DIR SEIN«, krächzte Lady CaCa, als Clara sich noch einmal umschaute. Joes Handy lag auf dem Tisch, wo er es hinterlassen hatte. Sie schenkte ihm ein Lächeln, trat an ihm vorbei und stieg die Treppe hinab.

Im selben Moment, als sie losfuhren, begann er, Clara mit Fragen zu bombardieren. »Welche Bank?«

»UBS.«

»Großes Institut.«

»Tja.«

»Was war der größte Deal, den Sie je abgeschlossen haben?«

»Was soll das werden? Ein Wettbewerb? Ich werde nichts dazu sagen. Es waren viele. Ziemlich viele sogar.«

»Beweise!«, sagte er und schlug mit der Hand aufs Lenkrad, ein Lächeln im Gesicht.

»Was meinen Sie damit?« Clara lehnte sich zurück und lachte.

»Beweisen Sie, dass Sie so etwas getan haben. Sagen Sie irgendetwas, das ein Wertpapierhändler sagen würde.«

»Was denn? Wie man über ein Händlertelefon redet? Oder wie ich meine Tage damit verbracht habe, die Indikatoren zu beobachten, die für die Kursentwicklung relevant sind, einschließlich der Preisfluktuation und der Liquidität des Orderbuchs …«

»Sie haben tatsächlich als Wertpapierhändlerin gearbeitet.« Er warf ihr einen Seitenblick zu.

»Hab ich doch gesagt.«

»Ich dachte, das sei eine Lüge, um mich an den Strand zu locken.«

»Ich wollte Sie auch an den Strand locken, aber so manipulativ bin ich dann doch wieder nicht.«

»Also …« Joe stand offenbar kurz davor, mit seiner Befragung fortzufahren.

»Hören Sie«, ging Clara dazwischen. »Ich habe sechs Jahre meines Lebens damit verbracht, Menschen auf dem Börsenparkett anzuschreien und zu verfluchen. Manchmal fehlt mir dieser Wahnsinn. Er war es, der mich überhaupt an dem Job gereizt hat. Ich wollte beweisen, dass ich das kann. Eigentlich möchte ich aber nicht mehr darüber reden. Dieser Teil meines Lebens ist passé. Ich habe es einfach nicht mehr ausgehalten. Ich war nicht glücklich.«

»Okay, aber Sie haben …«

Sie betrachtete sein Gesicht, das auf einmal sehr lebhaft wirkte. »Genug«, sagte sie freundlich.

Joe registrierte ihre Miene. »Genug«, stimmte er zu. »Ich kann mir aber gut vorstellen, dass Sie auf dem Parkett etwas Furchteinflößendes gehabt haben dürften«, fügte er hinzu und biss sich auf die Lippe.

Clara lächelte, den Kopf an das weiche Leder gelehnt. Sie konzentrierte sich auf die Straße vor ihnen. Der Wagen war tadellos. Ihre Füße verloren sich im gewaltigen Innenraum, und das Reifengeräusch war kaum zu vernehmen, als sie über die schmalen Straßen an die Küste fuhren.

Und dann lag es plötzlich vor ihnen, ein Silberstreif unter schweren grauen Wolken. Clara merkte, dass sie lächelte, als sie sich an Joe wandte. »Das Meer.«

Sie fuhren an der Küste entlang. Joe machte sich ständig Gedanken – ob der Parkplatz kostenpflichtig sei, ob das Auto gestohlen werden könnte, ob er seine Mütze aufsetzen sollte. Sobald sie aber den Steinstrand erreichten und die Kiesel unter den Füßen knirschen hörten, schien er ruhiger zu werden und seine Umgebung wahrzunehmen. Sie spazierten am Strand entlang. In der schwachen Brise rollten die Wellen ans Ufer, zogen sich zurück, kehrten wieder. Eine Möwe schwebte über dem Meer. In der Ferne zog langsam eine Fähre vorbei, und nicht weit vom Ufer tanzte eine Reihe rosafarbener Bojen auf dem Wasser, winzigen Köpfen gleich.

»Hier sind Mum und ich am Wochenende oft gewesen«, sagte Joe, den Blick aufs Meer gerichtet. »Wir haben Steine hüpfen lassen und dann Fish and Chips gegessen, aneinandergekuschelt auf einem kleinen Handtuch. Es hat noch tagelang nach Essig gerochen.«

Clara wartete gespannt. Joe hatte bislang kaum etwas über seine Kindheit und seine Mutter erzählt. Es gefiel ihr, ihn sich als kleinen Jungen vorzustellen.

»Was ist eigentlich mit Ihrem Vater?«, fragte sie, weil ihr auf einmal bewusst wurde, dass von ihm bislang nie die Rede gewesen war.

Joe blieb stehen, anschließend setzte er sich in den Kies. Clara ließ sich neben ihn nieder und fragte sich, ob er sie überhaupt gehört hatte. Er harkte mit den Fingern durch die Steine. »Der hat uns verlassen. Als ich acht war.«

»Oh«, sagte Clara. »Das muss hart gewesen sein.«

Joe nahm einen Kieselstein in die Hand und drehte ihn hin und her. »Das war es. Wir sind oft umgezogen. Meine Mum … na ja … die ist aus allen Wolken gefallen. Sie hat es nie länger an einem Ort ausgehalten …«

Clara betrachtete ihn, während er sprach. Plötzlich hatte sie das Gefühl, ihn ein bisschen besser zu verstehen, auch sein Bedürfnis, Stabilität in das Leben seiner Mutter zu bringen.

»Haben Sie Kontakt zu ihm?«

Joe schüttelte den Kopf. »Nicht mehr viel. Einmal im Jahr essen wir zusammen zu Mittag. Früher habe ich immer seine Nähe gesucht, wollte wie er sein, wollte ihm zeigen, was ich alles geleistet habe. Ich wollte in der City arbeiten und so wichtig sein wie er.« Er lachte, aber es war ein hohler Laut. Clara verspürte den Wunsch, Joe zu berühren.

»Er sollte sehr stolz auf Sie sein«, sagte sie.

Joe schaute sie an. Seine grauen Augen wanderten über ihr Gesicht. »Danke.« Dann wurde ihm wohl bewusst, dass sich die Stimmung verändert hatte, und er stand wieder auf. »Wollen wir weitergehen?«

Clara erhob sich ebenfalls und folgte ihm.

»Und was ist mit Ihnen?«, fragte Joe. »Vermissen Sie Ihre Familie?«

Clara war froh, dass sie sich bewegte. Sie spürte das vertraute Brennen in ihren Augen. »Meine Eltern haben sich getrennt, als ich klein war. Mein Vater hat sein eigenes Leben, aber wir haben uns immer gut verstanden. Er hat sich stets um mich gekümmert. Ich habe noch zwei Halbschwestern, Zwillinge. Sie sind vierzehn.« Das sollte an Informationen reichen.

»Und Ihre Mum?«, fragte er weiter.

Clara blinzelte aufs Meer hinaus, das von demselben Grau war wie Joes Augen. Kein vorbeifahrendes Schiff kam ihr zu Hilfe, kein Blitzschlag, nur das unerbittliche Geräusch der Wellen und ihr eigenes Schweigen lagen in der Luft.

»Sie war krank«, sagte sie schließlich; ihre Stimme wurde fast vom Wind verschluckt. »Sie war krank und ist letztes Jahr gestorben.«

Joe blieb stehen. Clara war schon ein paar Schritte weitergegangen, bevor sie es merkte.

»Das tut mir sehr leid«, sagte er bestürzt.

»Ist schon in Ordnung«, sagte sie und wischte sich mit der Hand übers Gesicht. »Na ja, in Ordnung nicht gerade. Aber trotzdem danke.«

»Wie ist sie denn … Darf ich das fragen?«

Clara schluckte. »Sie hatte Bauchspeicheldrüsenkrebs. Sie war in Behandlung, aber man hat den Tumor erst gefunden, als er schon gestreut hatte. Das Ende kam dann … sehr schnell.«

Joe schaute sie an. »Das tut mir sehr leid, Clara.«

Sie konnte seinem Blick nicht lange standhalten. »Meine Mutter hat mir nicht viel verraten«, sagte sie. Jetzt, da sie erst einmal zu erzählen begonnen hatte, sprudelte es nur so aus ihr heraus. »Ihr war klar, dass ich mein Leben in London hatte, und sie machte sich Sorgen um mich.« Clara brach in Tränen aus, unfähig, sie zurückzuhalten. Sie dachte an all die Male, in denen sie sich Zeit für kurze Telefonate mit ihrer Mutter freigeschaufelt und sie mit den Mühen des Lebens in der City gelangweilt hatte: Auseinandersetzungen mit Kollegen, verlorene Geschäfte, sinkende Aktienkurse – während ihre Mutter am anderen Ende der Leitung starb, ohne etwas verlauten zu lassen.

»Sie hat dich vermisst«, sagte Joe einfühlsam, eine Hand auf ihrem Arm.

Clara nickte und presste die Lippen zusammen. »Ich habe sie geliebt.«

»Natürlich hast du das«, sagte Joe und zog sie an sich.

Sie spürte seinen Arm um ihren Körper und legte ihr Gesicht an seine Brust. Ihr Körper entspannte sich, während sie allmählich die Fassung zurückgewann. So blieben sie stehen, bis sich Claras Atem normalisiert hatte und sie den Duft von Holzrauch und Aftershave wahrnahm. Dann blinzelte sie, unsicher, wann sie sich von ihm lösen sollte.

Schließlich zog er sich zurück, beide Hände an ihren Oberarmen. »Möchtest du noch ein Stück laufen? Ein Stück weiter gibt es einen Laden, wo man Donuts kaufen kann.« Er schaute sie an, ein trauriges Lächeln im Gesicht. Offenbar gab er sich große Mühe, sie aufzuheitern.

»Ein Donut wäre gut«, sagte sie und wischte sich noch einmal über die Augen.

Viel redeten sie nicht mehr an diesem Tag. Sie wanderten am Meer entlang, kamen an einem Karussell vorbei und kehrten zum Wagen zurück. Joe öffnete Clara die Tür und ließ sie einsteigen.

Als sie wieder den Laden erreicht hatten, stellte er den Motor ab. Eine Weile blieben sie schweigend sitzen.

»Da wären wir wieder«, sagte Joe und trommelte auf dem Lenkrad herum. »Danke, dass du mich an die frische Luft geschleppt hast.«

»Ich bin froh, dass wir es getan haben«, bemerkte Clara. Als sie seinen Blick auffing, erkannte sie etwas Neues darin. »Danke dir.« Sie hatte das Gefühl, dass so viel mehr in diesen Worten mitschwang.

Joe nickte, löste seinen Sicherheitsgurt und stieg aus.

Wortlos gingen sie durch den Flur und stiegen die Treppe hinauf. Bildete sie sich das nur ein, oder zögerte er, als sie vor der Wohnung standen?

»MEIN NAME IST MAXIMUS DECIMUS MERIDIUS, KOMMANDEUR DER TRUPPEN DES NORDENS!« Lady CaCas Schrei ließ sie beide zusammenfahren. Und als hätte der Vogel den Bann gebrochen, griff Joe beim Eintreten nach seinem Handy, und was auch immer zwischen ihnen passiert war, löste sich in Wohlgefallen auf.

Eine Stunde später saß er an derselben Stelle am Tisch wie am Morgen, das Handy am Ohr und den leuchtenden Bildschirm vor sich – als wären die Stunden am Strand zwei völlig anderen Menschen in einer ganz anderen Welt widerfahren. Nur sein Blick, als sie ihm eine gute Nacht wünschte und er mit leicht geöffnetem Mund an seiner Zimmertür stand, deutete darauf hin, dass sich etwas verändert haben könnte.

Heute hat Lady CaCa Geburtstag – sag Clara unbedingt, dass sie ihr etwas Besonderes zustecken soll. Wenn du mich fragst, passt es ihr gar nicht, dass ihr Geburtstag so nah an Weihnachten liegt. Vielleicht sollte ich ihn auf Juni verschieben, wie die Queen es tut. Das würde Lady CaCa sicher gefallen.

Ich freue mich riesig, dass alles so gut läuft und du so viele Gäste hast. Daraus, dass es immer ewig dauert, bis du mal antwortest, schließe ich, dass du alle Hände voll zu tun hast. Oder herumrätselst. Hast du viele Vokale? Wenn nicht, ist es schwer. Andererseits habe ich viele Us, und was soll man schon mit einem U groß anfangen?

Hier herrscht im Moment eine Hitzewelle – angeblich weht heiße Luft aus der Sahara herbei. Festliche Stimmung kommt nicht auf, dazu scheint viel zu viel Sonne. Wer verschwendet schon einen Gedanken an Weihnachtsschmuck, wenn er unter einem knallblauen Himmel liegt? Man kann sich aber auch nicht beschweren, wenn man den ganzen Tag in Badeanzug und Sarong herumläuft.

Der Verwalter ist soeben da gewesen, um mich zu fragen, ob ich die Wohnung nächsten Monat auch noch mieten will. Er ist ein witziger Mann, ungefähr einen Meter groß, aber mit einem gewaltigen Bart. Für ein Remake dieser Hobbit-Filme wäre er die perfekte Besetzung. Schick mir doch ein paar Fotos von den Wäldern und Feldern hinter der Stadt. Du weißt ja, dass ich sie im Winter besonders liebe, wenn alles weiß gefroren ist.

Kapitel 29

Eigentlich hatte Joe am Sonntagabend aufbrechen wollen, um früh am Montag im Büro zu sein. Der Abschluss der Übernahme stand bevor, die Unterzeichnung der Verträge. Ein großer Tag für ihn und sein Team. Dann aber konnte er Clara nicht alleine lassen, er hatte in der Wohnung bleiben und ein Auge auf sie haben wollen. Also hatte er sich zu nachtschlafender Stunde die Treppe hinuntergeschlichen, als ganz Suffolk noch schlief. Erst als er über die Autobahn Richtung London gerast war, hatte es am Horizont gedämmert.

Nun war das Geschäft unter Dach und Fach, die Verträge unterschrieben. Die Chefs hatten vor dem Büro gewartet, um den Kunden die Hand zu schütteln, bevor sie das Gebäude verließen. Joe hatte sie vor dem Aufzug stehen und reden sehen. Andy hatte einem der Kunden auf den Rücken geklopft, und Karen hatte ausgesehen, als habe sie im Lotto gewonnen. Was im Prinzip nicht ganz falsch war. Er, Joe, sollte euphorisch sein. Sie hatten dem Unternehmen einen viele Milliarden Pfund schweren Abschluss beschert. Monatelang hatten sie an der Übernahme gearbeitet. Normalerweise würde er das gesamte Team zur Feier des Tages zum Essen einladen und den Abend in einem Nachtclub bei Champagner ausklingen lassen.

Als er ins Büro zurückkehrte, tranken sie bereits Schnaps; sie schoben ihm die Flasche hin und jubelten und frotzelten. Er hörte kaum hin, sondern schnappte sich seinen Mantel und eilte zum Parkplatz. Innerhalb weniger Minuten saß er im Wagen und verließ die City. Mit jeder Meile geriet stärker in Vergessenheit, was hinter ihm lag. Er war jetzt ganz auf sein Ziel konzentriert.

Als er ankam, war die Wohnung leer; alles war aufgeräumt und sauber. Der große Esstisch war abgewischt, in der Mitte stand eine Vase mit frischen Blumen. Die Decken waren zusammengefaltet und lagen über den Lehnen von Sofa und Sessel. Beim Anblick der ordentlichen Räume fühlte sich Joe gleich ruhiger. Roddy war das Einzige, was das Bild störte, ein großer rötlicher Ball, der auf dem Teppich vor dem wärmenden Holzofen lag.

Unter ihm war Stimmengewirr zu hören. Es wurde lauter, als er die Wohnungstür öffnete und die Treppe hinunterschaute. Durch die Milchglasscheibe der Seitentür konnte er die Silhouetten von Menschen erkennen. Offenbar war der Laden gerammelt voll. Er kehrte wieder in die Wohnung zurück, um sich umzuziehen und zu helfen. Auf die neue Schaufensterauslage war er äußerst neugierig. Nachdem sie vom Strand zurückgekommen waren, hatte Clara den Rest des Sonntags im Laden verbracht und ihn nicht hineingelassen, weil er sich, wie sie erklärt hatte, wie alle anderen gedulden müsse. Er schaute in den Spiegel. Schaufensterauslage?

Hatte er sie noch alle? Und doch lächelte er töricht vor sich hin.

Clara stand hinter der Kasse, als er eintrat, und plauderte mit einer Frau mit wilden Locken. Er konnte sich nicht beherrschen und marschierte direkt zum Schaufenster, um einen Blick auf die Auslage zu werfen. Die Gestaltung hatte sicher Stunden gebraucht. Unmengen von grünem Stoff schufen die Illusion von Feldern, die von schmalen Plastikzäunen durchzogen waren. Auf den Weiden grasten Tiere. Clara hatte sämtliche Bauernhoftiere aufgetrieben – Schweine, Kühe, Pferde, Hühner, Schafe – und sie gruppenweise aufgestellt. Ein Bauer, eine Melkerin, ein glänzender roter Traktor und ein Pflug vervollständigten die Szene. Das war das ländliche England, das Leben auf einem Bauernhof an einem herrlichen Sommertag. Das Grunzen der Schweine, den Schrei des Hahns und das Wiehern der Pferde konnte Joe förmlich hören.

»Ich habe den Laden geöffnet, obwohl Montag ist. Hoffentlich hast du nichts dagegen. Aber es ist wirklich wahnsinnig voll.« Sie redete, nur um etwas zu sagen. »Gefällt es dir?«, fügte sie dann hinzu. Sie stand dicht hinter ihm und biss sich auf die Unterlippe, als komme es auf sein Urteil an.

Er war begeistert und hätte es ihr sofort sagen sollen. Etwas an der Szene rührte ihn. Sie erinnerte ihn an seine Kindheit, wenn seine Mutter auf dem Boden seines Zimmers gesessen hatte und einen großen gelben Traktor aufheulen ließ. Es war ihr immer wichtig gewesen, dass er das Spielzeug bekam, das er sich wünschte, und dass sie mit ihm spielte, wenn er alleine war.

»Ich …«

»Clara«, rief eine Frau von der anderen Seite des Raums. Clara machte sich sofort auf den Weg, während er immer noch stumm dastand.

Er betrachtete erneut den Bauernhof. Dann fiel sein Blick auf einen Vater, der draußen vor dem Schaufenster stand, einen Jungen an der Hand, der auf die Tiere in der Auslage zeigte. Selbst jetzt noch, nach fünfundzwanzig Jahren, verspürte Joe einen Stich, als der Mann lächelte und seinem Sohn in den Laden folgte. Joe kehrte zur Kasse zurück, erstaunt, so viele Menschen zu sehen, viele mit selbst bemalten Spielzeugen in der Hand. Clara hatte dem Laden wirklich Leben eingehaucht, und es tat ihm leid, dass seine Mutter das nicht sehen konnte. Sie liebte Menschen, und sie liebte Rummel. Mit einem Mal fühlte er sich furchtbar einsam, obwohl sich so viele Leute an ihm vorbeischoben.

»Joe! Joe, dürfte ich dich um etwas bitten?«, rief Clara und riss ihn aus den Gedanken. Er fuhr sich mit der Hand übers Gesicht, besorgt, sie könnte in seinen Kopf hineinschauen.

»Ich muss ganz schnell in den Bastelraum und ein Spielzeug holen.« Sie zeigte auf die Kasse. »Es dauert nur eine Sekunde oder zwei. Na ja, ein paar mehr vielleicht doch …« Sie plapperte vor sich hin und strich sich dabei eine Haarsträhne hinters Ohr.

»In Ordnung, mach ich«, sagte er und nahm ihren Platz hinter der Kasse ein. Er streckte den Arm aus, um von einem kleinen Mädchen, das kaum über die Ladentheke schauen konnte, die Schachtel mit der »Holiday Barbie«

entgegenzunehmen. »Lass dir Zeit«, fügte er hinzu, eine kleine Wiedergutmachung dafür, dass er eigentlich viel mehr hätte sagen müssen.

»Ich habe heute Geburtstag«, verkündete das Mädchen und trat zurück, um auf ihren Mantel zu zeigen, an dem eine große glitzernde Sechs prangte.

»Oh, herzlichen Glückwunsch«, sagte Joe und spürte, wie sich unwillkürlich seine Mundwinkel nach oben zogen, eine Reaktion auf ihr breites Grinsen, bei dem sich ihre Stupsnase kräuselte.

Ihre Mutter reichte das Geld über die Theke, eine Hand auf den Kopf des Mädchens gelegt. »Und jetzt gehen wir nach Hause und backen einen Kuchen«, erklärte sie. »In Form eines Raumschiffs.«

»Toll«, sagte Joe und gab ihr das Wechselgeld. Dann schaute er wieder auf das Mädchen hinab. »Meine Mum hat mir auch immer Kuchen in den verschiedensten Formen gebacken. Einmal hat sie sogar ein Piratenschiff gebacken, mit einem Schleuderbrett, um Leute über Bord zu werfen und so.«

Er hatte keine Ahnung, wieso er gerade daran denken musste, registrierte aber dankbar, dass ihn das Kind mit offenem Mund anschaute. Kuchenbacken, sechsjährige Mädchen – das war nicht seine Welt. Seine Welt bestand aus Männern in Anzügen und Gesprächen, die oft an Hahnenkämpfe erinnerten. Was sein Team wohl sagen würde, wenn sie ihn jetzt sehen könnten, umgeben von kleinen Kindern, Puppen und Luftballons. Er reckte sich, spürte einen Blick auf sich ruhen und drehte sich gerade noch rechtzeitig um, um mitzubekommen, dass

Clara schnell wegschaute. Hatte sie seine Bemerkungen etwa mit angehört?

Den Rest des Nachmittags blieb er im Laden, half hinter der Theke, holte Spielzeug aus dem Bastelraum und wunderte sich, wie viele Leute kamen und Clara begrüßten. Sie schien in wenigen Wochen mehr Freunde in Yulethorpe gewonnen zu haben, als er in Jahren in London. Allmählich begriff er, warum seine Mutter immer von dem Städtchen geschwärmt hatte. Alle sprachen miteinander, als wäre es das Normalste auf der Welt, selbst wenn man sich gar nicht kannte. In London würde man sofort denken, der andere wolle Geld.

Die Zeit verging wie im Flug. Joe gewöhnte sich schnell an das Kindergeschrei und die begeisterten Juchzer, und am Ende des Tages blieb er einfach da und suchte sich neue Aufgaben. Er schloss die Fensterläden, fegte den Boden und sperrte hinter dem letzten Kunden die Tür ab. An sein Büro hatte er kaum einen Gedanken verschwendet, und er fragte sich auch nicht, ob sein Team ihn wohl vermisste. Er wollte einfach nur im Laden sein, in Claras Nähe.

»Nun denn«, begann Joe, als das Geschäft plötzlich im Halbdunkel lag. Er fühlte sich unbehaglich, weil er mit Clara alleine war, und wollte etwas über die Schaufensterauslage und den Laden sagen. Clara saß auf ihrem Hocker an der Kasse und sortierte Banknoten und Münzen. Die Haare fielen ihr ins Gesicht, was Joe schmerzhaft an etwas erinnerte: seine Mutter, die mit hüpfenden Locken um die Ladentheke herumgeeilt war, um einem Kunden ein neues Spielzeug zu zeigen, während er selbst mit ernster Miene auf dem Hocker an der Kasse saß und darauf wartete, dass die Uhr fünf anzeigte. Sie würden zusammen die Kasse machen. Joe würde die Unmengen von Münzen bewundern, die seine Mutter in Klarsichtbeutel füllte, während sie die Banknoten in ein Portemonnaie stecken und das wiederum in seinen Rucksack verstauen würde. Dann würden sie das Geschäft verlassen und die Tageseinnahmen zur Bank in der High Street bringen.

»Ich dachte, heute Abend könnte ich mal kochen«, sagte er. Seine Stimme klang leise in dem großen Raum. Er räusperte sich.

Clara schaute von ihrer Tätigkeit auf. Er bemerkte violette Schatten unter ihren Augen; vor ein paar Tagen waren die noch nicht erkennbar gewesen. »Bist du sicher? Mir macht das nichts aus.«

»Unbedingt sicher.« Er sollte sich bedanken, weil sie an so vielen Abenden für ihn gekocht hatte, und heute hatte er vielleicht die Gelegenheit dazu. Worte waren noch nie seine Sache gewesen. Seine Dankbarkeit zeigte er ihr am besten anders.

»Ich bin gleich wieder zurück.« Er hielt den Autoschlüssel hoch.

»Prima«, erwiderte sie und gab sich große Mühe, ihre Überraschung zu verbergen.

Er sah, dass sie ihm nachschaute, als er in den Wagen stieg, und hob unwillkürlich die Hand. Sie nickte, wurde rot und wandte sich schnell wieder den Geldstapeln auf der Ladentheke zu.

Eine halbe Stunde später wanderte er durch einen

Supermarkt und brauchte endlos viel Zeit, um sich für zwei gewaltige Filetsteaks, Zuckererbsen und eine Tüte Gourmetkartoffeln zu entscheiden. Als er schon fast an der Kasse war, fiel ihm ein, dass Clara oft ein Dessert gemacht hatte. Also begab er sich zu den Kühlfächern und geriet angesichts der gewaltigen Auswahl an Pies, Crumbles und sonstigem Gebäck in Panik. Was mochte sie wohl? Er dachte an Claras Nachspeisen. Irgendetwas Schlichtes, ohne Schnickschnack. Seine Hand schwebte bereits über einem Apfelkuchen, als er einen mächtigen, großzügig glasierten Schokoladenkuchen entdeckte. Er zögerte und handelte sich ein Kopfschütteln von einer älteren Dame ein. Schließlich beschloss er, beide zu kaufen; einer würde Clara sicher zusagen. Er fragte sich, warum ihn ein Nachtisch derart in Verlegenheit bringen konnte. Seine Hand fuhr automatisch zur Innentasche seines Jacketts, hielt aber mitten in der Bewegung inne.

Seine Küche in London war ziemlich spärlich eingerichtet. Normalerweise brachte er sich etwas von einem Restaurant mit, wenn er überhaupt mal zum Abendessen zu Hause war. Er war sich nicht einmal sicher, ob er außer Bier und Champagner etwas im Kühlschrank hatte. Früher hatte er durchaus gekocht – seine Mutter hatte es ihm beigebracht –, und so marschierte er nun durch ihre Küche, summte vor sich hin, schnitt Gemüse klein und probierte.

Die Steaks bereitete er im Ofen zu, den er vorgeheizt hatte. Die brutzelnde Pfanne stand parat. Er wollte bis zum letzten Moment warten, um sicherzustellen, dass das Fleisch perfekt für den letzten Schritt war. Clara war schon vor einer guten Stunde ins Bad gegangen, ein Buch unter dem Arm, eine Streichholzschachtel in der einer Hand und ein zusammengerolltes Frotteetuch in der anderen.

Nach weiteren fünf Minuten begann er allmählich, sich Sorgen zu machen. Er hatte nichts mehr von ihr gehört. Vielleicht war sie im Wasser eingeschlafen und ertrunken. Sie hatte so müde gewirkt. Er ging zur Tür und hustete laut. Keine Reaktion. Unschlüssig blieb er stehen. Sicher ging es ihr gut, und sie genoss nur ihr Bad. Er lauschte angestrengt. Kein Laut. Kein Geräusch vom Wasser oder vom Umblättern der Seiten. Mit hoher Stimme rief er: »Das Abendessen ist in zehn Minuten fertig!«

Ein leises Plätschern. »Wunderbar. Danke.«

Er fuhr zusammen. Es hatte so nah geklungen, als stünde sie direkt hinter der Tür, nur wenige Zentimeter entfernt. Er wich zurück und kehrte zu seiner Pfanne zurück. »Super«, rief er.

»SCHAFF MICH INS BETT, ODER ICH WECHSLE DAS REVIER.«

»Was?«, fragte Clara durch die Tür.

Joe wäre vor Scham am liebsten tot umgefallen. Er warf Lady CaCa einen finsteren Blick zu.

»Das war nur der Papagei«, rief er und drohte mit dem Finger in Richtung Käfig.

Lady CaCa drehte sich auf einer Klaue um und stolzierte über die Stange zurück. »SIE KÖNNEN DIE WAHRHEIT DOCH GAR NICHT VERTRAGEN.«

Aus Sorge, Clara könnte den Eindruck gewinnen, er würde herumstehen und auf sie warten, ging er zu dem großen Schrank und holte den Staubsauger heraus. Sie hatte die Wohnung zwar geputzt, aber an diesem Abend sollte alles makellos sein. Das Gerät war uralt und hatte noch aus Zeiten, in denen Joe um die Beine seiner Mutter herumgesaugt hatte, einen Raketenaufkleber auf der Vorderseite. Joe stöpselte den Hoover-Staubsauger ein, schaltete ihn an und reinigte den Teppich. Roddy stupste er aus dem Weg, woraufhin der Kater ihm einen beleidigten Blick zuwarf und sich auf die andere Seite wälzte. Nach getaner Arbeit schwitzte er leicht. Clara stand bereits in der Küche, die Haare zu einem hohen Knoten gesteckt. Sie trug eine dicke Strickjacke, Strick-socken und Leggings.

»Toll, du bist fertig«, sagte er und ging zum Ofen. »Setz dich.« Er zeigte auf den Tisch, der für zwei Personen gedeckt war.

Sie zog eine Augenbraue hoch. »Du hast Kerzen angezündet«, bemerkte sie.

Er war froh, dass er in den Ofen schauen musste. »Na, ich wusste ja, dass dir das so wichtig ist«, murmelte er, halb verlegen, halb erfreut.

»DU HATTEST MICH SCHON NACH DEM HALLO«, rief Lady CaCa aus ihrer Ecke.

Joe servierte das Essen, glücklich über die dunklen Röstspuren der Steaks und das zarte rötliche Innere, als Clara hineinschnitt.

»Wunderbar«, sagte sie, die Hand vor dem Mund, weil sie noch kaute. »Perfekt.«

Joe verspürte enormes Behagen. Endlich entspannte sich sein Körper. Er griff nach seinem Rotwein und genoss die Aromen des Fleischs, das besonders gut zu schmecken schien, vielleicht, weil er es selbst zubereitet hatte. Zum ersten Mal seit langer Zeit überkam ihn ein Gefühl des Friedens.

Seit dem Strandspaziergang verspürte er nicht mehr den Zwang, mit Clara Small Talk betreiben zu müssen. Jetzt lauschten sie einfach dem Wind und den wispernden Geräuschen des Winters draußen vor dem Fenster, während sie drinnen gemütlich bei Kerzenschein am Tisch saßen. Das Licht ließ Claras Züge weicher wirken, und er hatte das Bedürfnis, den Arm auszustrecken und sie zu berühren. Sein Blick blieb an ihrer Hand hängen, die neben der Gabel lag.

Was war nur los mit ihm? Den ganzen Abend über hatte er keinen einzigen Gedanken an die Arbeit verschwendet. Noch eigentümlicher war: Als er jetzt daran dachte, verspürte er keinerlei Panik und auch kein Engegefühl in der Brust, nicht einmal den Zwang, sich nach dem Stand der Dinge erkundigen zu müssen. Sein Team würde längst ein neues Geschäft anbahnen; der nächste Unternehmenskauf war nur eine Frage der Zeit. Die Kurse an der Börse stiegen und fielen, Deals kamen und gingen, aber heute Abend konnte ihm nichts gleichgültiger sein.

Clara nahm ein Stück von dem Apfelkuchen. Beim Anblick der beiden Desserts hatte sie gelacht.

»Ich habe eine Idee«, sagte Joe, schob lautstark seinen Stuhl zurück und stand auf. Er zog den Stuhl durch den

Raum, stieg darauf, öffnete eine Luke in der Decke und klappte eine Leiter aus. »Intime Ortskenntnisse«, sagte er lächelnd, als er sich zu ihr umdrehte. »Möchtest du mal sehen?«

Clara nickte und erhob sich mit ihrem Weinglas.

»Warte. Ich klettere zuerst hinauf, dann kannst du mir alles reichen«, sagte er und ging durch die Wohnung, um so viele Decken wie nur möglich zusammenzutragen. Mit ihnen stieg er die Leiter hoch und betrat das Flachdach, wo ihn kalte Luft umfing. Er legte die Decken auf den Boden und drehte sich um, als Clara in der Dachluke erschien und ihm eine Weinflasche entgegenhielt. Nachdem sie sich aufgerichtet hatte, holte sie Teelichter aus ihrer Jackentasche und zündete sie an.

»An dir ist wirklich ein Pfadfinder verloren gegangen«, sagte er und lachte über ihre irritierte Miene.

Sie saßen nebeneinander, Decken um die Schultern gelegt, und schauten in den Himmel. Von ein paar zarten Wölkchen abgesehen, war das mitternächtliche Blau mit unzähligen Sternen gesprenkelt. Die High Street lag ruhig da. In wenigen Fenstern brannte Licht. Ein paar Kamine rauchten, und in der Luft hing der Geruch von Holz und Feuer. Die flackernden Flämmchen der Teelichter trennten sie vom Rest der Welt.

»Wunderbar«, flüsterte Clara.

Joe ging es ebenso. Was er um diese Tageszeit sonst tat, war in weite Ferne gerückt. Es war ihm egal, dass sich sein Handy in der Wohnung befand. Selbst der Gedanke, es nie wieder anzufassen, schreckte ihn nicht. Er nahm einen Schluck aus der Weinflasche. »Ich fühle mich wie mit vierzehn. Damals habe ich mich heimlich mit meinen Freunden hier hochgeschlichen. Wir haben getrunken und geraucht und hielten uns für extrem clever – bis Mum mal Aschenbecher hier oben deponierte. Da wurde uns klar, dass sie es immer gewusst hatte.«

»Deine Mum ist wunderbar.« Clara lächelte und verspürte den vertrauten Schmerz. Sie verdrängte ihn, da sie die Stimmung nicht zerstören wollte.

Joe nickte. »Ja, das ist sie.« Er stellte sich vor, wie sie irgendwo in Europa herumschwirrte. Zum ersten Mal seit ihrem Aufbruch hatte er das dringende Bedürfnis, sie zu sehen und zu umarmen. Er hätte ihr sagen sollen, dass sie ihre Reise genießen soll. Warum hatte er das nicht getan? Warum hatte er sich das alles versagt?

»Meine Mum war auch wunderbar.« Claras Stimme war nur ein Flüstern. »Ich hätte es ihr öfter sagen sollen.« Sie biss sich auf die Lippe und schaute wieder in den Himmel.

Joe blickte auf seine Hände und fragte sich, wie er sich an Claras Stelle fühlen würde. »Sie wird es auch so gewusst haben«, sagte er schließlich und legte seine Hände auf ihre.

Clara schaute ewig darauf. Den ganzen Abend über hatte er geahnt, dass dieser Moment kommen würde. Joe, wie elektrisiert, nahm Claras Gegenwart, wenige Zentimeter von seinem Körper entfernt, nur zu deutlich wahr. Als er sie anschaute, um etwas zu sagen, betrachtete sie ihn mit seltsamer Miene. Unwillkürlich nahm er ihr Gesicht in seine Hände und zog sie behutsam zu sich.

Die Welt um sie herum löste sich auf, als sie sich küssten. Die Eiseskälte, die Geräusche der High Street, der Wind – alles schien nicht mehr existent zu sein. Es gab nur noch sie beide, ihre Lippen, Claras Atem an seinem Gesicht.

»Hallo, ihr Schätzchen!«, drang eine Stimme zu ihnen herauf, eine laute Stimme. Vertraut. Joe kniff die Augen zusammen, der Kuss geriet ins Stocken. »Hallöchen!«

Joe zog sich zurück. Bildete er sich das nur ein, weil sie über sie gesprochen hatten? Das war definitiv nicht der richtige Zeitpunkt. Er bat seine Mutter inständig, aus seinem Kopf zu verschwinden. Claras Lippen, inzwischen ohne die blassrosa Farbe, waren schmerzhaft nahe. In ihrer Miene spiegelte sich seine eigene Verwirrung. Schließlich blickten sie beide zur Dachluke hinüber.

Louisas Gesicht erschien am oberen Ende der Leiter. »Überraschung!«, rief sie und kam auf das Dach geklettert. »Oh«, sagte sie dann, als sie die Decken und die Kerzen sah. »Störe ich?«

Kapitel 30

Louisa ließ ihnen keine Zeit, etwas zu sagen. Clara meinte, vor Scham in den Boden versinken zu müssen, weil sie dabei ertappt worden war, wie sie mit dem Sohn ihrer Vermieterin auf dem Dach herumknutschte. Sie äugte über die Dachkante und überlegte, ob sie hinunterspringen sollte. Es war ziemlich hoch, aber ein gebrochenes Bein war es vielleicht wert, wenn sie dadurch dieser peinlichen Situation entkam.

Joe war zurückgewichen, als habe Clara Arsen an den Lippen. Er fuhr sich mit den Fingern durchs Haar, als sie beide zusahen, wie Louisa die Arme ausbreitete, zu den Sternen aufschaute und rief: »Wie zauberhaft. Das ist ja wirklich überwältigend.« Sein Mund bewegte sich, ohne dass ein Laut herauskam. Die ganze Situation war surreal, als wäre das Vorangegangene gar nicht passiert. Der Kuss war vom Schrecken dieser Ankunft wie ausgelöscht. »Clara, Sie sind so clever.«

»Joe hat angefangen«, flüsterte Clara.

Louisa schien es kaum zu hören. Sie ging zu einer Decke, die von Teelichtern eingerahmt war, und machte es sich gemütlich. »Herrlich. Kommt und setzt euch zu mir – du auch, mein Schatz.« Sie winkte Joe herbei, der immer noch wie ein Fisch glotzte. »Clara, meine Liebe, es sieht alles so wunderbar aus. Die Wohnung könnte glatt als Modell für ein Chalet in Winterzeiten durchgehen. Das ist wahrer nordischer Schick.«

»Clara ist ja auch Dänin«, sagte Joe leise, als er sich neben Louisa niederließ. Clara konnte ihm kaum in die Augen schauen, als sie auf der anderen Seite folgte.

»Gavin hat mir natürlich davon berichtet, aber so etwas hätte ich mir nicht träumen lassen. Woher haben Sie nur all diese hübschen Decken und Überwürfe? Und dann diese Kerzen in den Gläsern – ganz wunderbar. Als ich in die Wohnung kam, fühlte ich mich sofort relaxed, es war, als würde ich in einen warmen Pool eintauchen. Der Flug war entsetzlich, und dann diese Kälte, o Gott. Aber sobald ich die Wohnung betreten hatte, wollte ich einfach nur noch alles vergessen und mich auf dem Sofa zusammenrollen. Sie sind so clever. Sie müssen mir alles erzählen. Offenbar haben Sie hier Wunder bewirkt …«

Louisa redete so viel, dass sie fast das Atmen vergaß. Clara konnte sich gar nicht auf die Antworten konzentrieren. Die Schaufensterauslagen, der Bastelraum, alles ging bunt durcheinander. Dabei konnte sie nur an Joe denken, der völlig verstummt war.

Unfähig, noch irgendetwas zu erwidern, sprang sie unvermittelt auf. Sie war froh, dass sie Joes Gesicht nicht erkennen konnte. »Ich packe schnell meine Sachen, Louisa. Ich habe in Ihrem Zimmer gewohnt, aber jetzt gehe ich natürlich in den Pub …«

Louisa wollte protestieren, wurde im nächsten Moment aber abgelenkt. »Schau mal, Joe, der Große Wagen, wie hell der heute ist. Kannst du dich noch erinnern, dass ich dir den Oriongürtel gezeigt habe, als du klein warst und wir immer hier hochgekommen sind? Es ist so wunderbar, dich hier anzutreffen, du siehst umwerfend aus. Dieser Pullover gefällt mir sehr. Kaschmir löst jedes Mal den Wunsch in mir aus, dich ganz fest an mich zu drücken und nie wieder loszulassen. Das tu ich natürlich nicht, ich will dich ja nicht verärgern …«

Joe antwortete mit Ein-Wort-Sätzen. Clara klammerte sich beim Abstieg an die Leiter.

»Warte!« Das war Joes Stimme. »Mum, sollen wir … Clara«, rief er. »Warte …«

Clara ließ ihnen nicht die Zeit, sie aufzuhalten, sondern eilte durch ihr Zimmer, raffte ihre Sachen zusammen, zog das Bett ab und schleppte ihren Rucksack zur Tür. »Ist schon in Ordnung, wirklich«, quasselte sie. »Ihr habt euch so viel zu erzählen, und ich wohne gern im Pub. Gavin hat gesagt, ich sei jederzeit willkommen …«

»Oh, Gavin«, sagte Louisa, die fast von der letzten Sprosse gefallen wäre, wenn sie sich nicht an Joe festgeklammert hätte. »Ein toller Typ. Würden Sie ihn bitte von mir umarmen, ganz fest, und ihm ausrichten, dass ich morgen vorbeischaue? Ich kann es kaum erwarten, ihn wiederzusehen.«

Clara nickte und zog die Schnur von ihrem Rucksack zu. Den Mantel schleifte sie hinter sich her, einen Ärmel im Mantel, den anderen draußen, als sie an der Küche vorbeiging.

Joe stand wie angewurzelt neben der Leiter und schaute ihr nach.

»Ich bin also im Pub«, rief Clara so fröhlich wie möglich.

Diesen Moment nutzte Lady CaCa prompt, um sämtliche Filmzitate herunterzurasseln, die sie im Repertoire hatte: »HASTA LA VISTA, BABY … SHOW ME THE MONEY … HAKUNA MATATA … DU MISTSTÜCK …«

Louisa ignorierte den Papagei, zog Joe zum Sofa und bombardierte ihn mit Fragen. Clara blieb eine Weile im Türrahmen stehen, da er zu ihr herüberschaute, dann drehte sie sich um und stieg die Treppe hinab. Schwer wie Blei lastete es auf ihr, als die Stimmen der beiden immer leiser wurden. Schließlich trat sie auf die High Street hinaus und schloss die Tür hinter sich. Augenblicklich hörte sie nichts mehr.

Als sie am Pub ankam, fühlte sie sich erschöpft. Sie musterte die vertraute Fassade, dachte an ihren ersten Abend hier und betrachtete die Veränderungen: die dicken roten Samtvorhänge, die jetzt in den Fenstern hingen, die Stechpalmenzweige, der mit Bändern verzierte Kranz an der Tür, die gemütliche Wärme des flackernden Kaminfeuers, die sie sogleich umfing, als sie zur Tür eintrat.

Es war, als würde sie den Abend vor all den Wochen, als sie schnaufend mit dem schweren Rucksack an dieser Stelle gestanden hatte, noch einmal durchleben: Zur Linken sah man, am selben Tisch wie damals, Clives kahlen Schädel, wieder über ein Pint gebeugt. Auch

Roz saß wieder auf ihrem Barhocker am Tresen, trommelte mit dunklen Nägeln an ihr Glas und schaute zu Clara herüber, die Lippen rot vom Wein.

Clara trat an den Tresen, erleichtert, dass Gavin ihr bereits einen fragenden Blick zuwarf.

»Kann ich hierbleiben?«, erkundigte sie sich und hätte fast den Rucksack auf den Boden geworfen, um ihm sofort alles zu erzählen.

Gavin riss die Augen auf. »Hier? Was ist denn mit der Wohnung? Hast du dich mit Joe überworfen?«

»Nein, ich …« Sie brachte es nicht über sich, ihm alles zu beichten. Womit hätte sie auch beginnen sollen? Mit einem Mal war sie unsäglich traurig darüber, dass der Abend vorbei war und ihr Abenteuer dort, wo es begonnen hatte, endete. »Kann ich das Zimmer haben?«

Gavin blickte sich plötzlich panisch um. »Oh, da wohnt schon jemand.«

Clara schwieg. Ihre Muskeln protestierten, als sie sich den Rucksack wieder auf die Schultern hievte. »Und ein anderes Zimmer gibt es nicht?«

Gavin zögerte. »Nein, tut mir leid«, murmelte er schließlich, konnte ihr aber nicht in die Augen schauen.

Clara fühlte Wut in sich aufsteigen – nach allem, was sie für ihn und den Pub getan hatte. Sie dachte an die Tür oben und glaubte ihm kein Wort. Trotzdem wandte sie sich zum Gehen, seine Rufe und Roz' Fragen nach Joe und dem Laden ignorierte sie. Nachdem sie den Pub verlassen hatte, schleppte sie sich über die High Street.

Als sie sich dem Laden näherte, bemühte sie sich, nicht

allzu lange hinzuschauen. Ganz ignorieren konnte sie ihn allerdings auch nicht, und so warf sie im Vorübergehen einen schnellen Blick über die Schulter. Die Fenster der Wohnung waren noch erleuchtet. Sie stellte sich vor, wie Joe mit seiner Mum auf dem Sofa saß und mit ihr plauderte. Morgen würde Louisa den Laden ohne sie aufschließen. Tränen brannten in ihren Augen. Sie schalt sich, dass sie je hatte glauben können, die Dinge könnten sich anders entwickeln. Hier war kein Platz für sie; sie war nur auf der Durchreise. Louisa war zurück, und sie selbst würde weiterziehen.

Wenige Minuten später stand sie vor Laurens Cottage. Die Fenster im ersten Stock waren dunkel, aber eine Rauchfahne über dem Kamin und ein Lichtschimmer hinter den Gardinen des vorderen Raums machten ihr Hoffnung. Vorsichtig klopfte sie an. Sie ließ die Schultern kreisen und dachte sich eine Erklärung aus. Hoffentlich kam nicht Patrick an die Tür, sie kannte ihn ja kaum. Nach einem einzigen Fondueabend konnte man nicht darauf spekulieren, ein Nachtlager zu erhalten. Keine Reaktion. Sie klopfte noch einmal.

»Hallo?« Laurens Stimme auf der anderen Seite der Tür klang zögerlich.

»Ich bin's«, flüsterte Clara.

»Der Weihnachtsmann?«

»Äh … Clara«, sagte sie ein wenig lauter.

Sie hörte, wie sich der Schlüssel im Schloss drehte, und sah ein Auge im winzigen Türschlitz erscheinen. »O Gott«, sagte Lauren, als sie Clara erblickte. »Was machst du denn hier?« Sie hielt ein Fläschchen Nagellack in der

Hand. Die Nägel an der einen Hand waren rot lackiert, die an der anderen nicht.

»Kann ich bleiben?« Clara stand auf der Fußmatte. Ihre Finger waren steif gefroren, ihre Haare hingen seitlich herab.

»Ja natürlich. Aber was ist denn passiert? Geht es dir gut? Komm rein, komm rein.« Lauren winkte sie in den Flur und beäugte kommentarlos den riesigen Rucksack. »Patrick ist nicht da, und ich schaue mir einen Film an. Gerade ist der Hund gestorben. Du scheinst mir in der richtigen Stimmung zu sein, um mir Gesellschaft zu leisten.«

Sie eilte in die Küche, holte ein zweites Glas, klopfte Kissen auf und schob Zeitschriften zusammen, damit Clara Platz auf dem Sofa hatte. Dann schenkte sie ihr, ohne zu fragen, ein Glas Wein ein. Clara lehnte sich zurück und legte den Kopf in die Kissen.

Lauren widmete sich wieder ihren Nägeln und gab Clara so Gelegenheit, erst einmal einen Schluck zu trinken. Als Clara ihr Glas abstellte, schaute Lauren sie besorgt an. »Was ist denn geschehen? Ist alles in Ordnung?«

Sie blickte derart ängstlich, dass Clara ein schlechtes Gewissen bekam. »Lebensbedrohlich ist es nicht, aber es ist …« Sie hielt inne und drehte ihr Glas. Sollte sie Lauren von dem Kuss erzählen? Sollte sie erzählen, dass sie gedacht hatte, zwischen ihr und Joe habe sich etwas verändert? Bei ihrem letzten Besuch hier hatte sie furchtbar über ihn geschimpft. Das schien nun eine Ewigkeit her.

»Und?«, drängte Lauren und schenkte ihr nach.

Clara holte Luft. »Louisa ist heute Abend zurückgekehrt.«

»Aber … so schlimm ist das doch gar nicht, oder?«

»Ich bin ausgezogen«, sagte Clara, sie musste das klarstellen.

»Verstehe. Hat sie dich rausgeschmissen? Das sähe ihr gar nicht ähnlich. Hat sie Sams letzten Artikel gelesen? Ist sie vielleicht neidisch?«

Clara runzelte die Stirn. »Was für einen Artikel?«

Lauren rutschte auf dem Sofa herum. »Ach, nichts von Belang, nur etwas Lobhudelei. Er hat dich die ›dänische Perle‹ genannt.« Sie zog eine Augenbraue hoch.

»Sam?« Clara konnte sich kaum konzentrieren, weil ihr ständig die Ereignisse des Abends durch den Kopf gingen. Was hatte denn Sam mit der Sache zu tun?

»Ehrlich gesagt habe ich mir schon Sorgen gemacht, dass du dem Charme von Mr Octopussy erliegen könntest. Wir waren schließlich alle nicht dagegen gefeit.« Lauren seufzte.

»Mr Octopussy?« Nun war Clara vollends verwirrt.

Lauren beugte sich zu ihr. »So nennen wir ihn. Weil er einen mit tausend Tentakeln dazu zu bringen versucht …«

Clara hob die Hände. »Wow, verstehe.«

Lauren lachte bitter. »Sag also nicht, ich hätte dich nicht gewarnt. Seine arme Frau«, fügte sie hinzu.

Clara schaute sie mit großen Augen an. »Er ist verheiratet?« Sie dachte an ihr Gespräch zurück. Außerdem hatte sie ihn immer nur mit seiner Tochter gesehen.

»O ja, ziemlich verheiratet. Seine Frau pendelt und arbeitet mittlerweile wieder Vollzeit. Hat er sie nie erwähnt?«

Clara schüttelte den Kopf. »Wahnsinn. Das hätte ich nie gedacht.«

Lauren schüttelte den Kopf. »Darauf legt es Mr Octopussy natürlich an. Hat er dir übrigens vorgeschlagen, dich zu fotografieren? Hat er dir gesagt, dass du eine wunderschöne Haut hast? Was in deinem Fall natürlich absolut berechtigt wäre. Trotzdem, hat er es gesagt?«

Clara schüttelte sich innerlich, als sie Laurens Fragen lauschte, und nickte langsam. »Ja. Er hat gesagt, ich wäre ein wunderbares Motiv.«

Lauren verzog das Gesicht. »Oje, das tut mir leid. Ich hätte dich rechtzeitig alarmieren sollen. Er hat es bei der Hälfte aller Mütter hier versucht. Meiner Freundin Cressida hat er gesagt, dass sie eine Haut wie eine frisch geöffnete Auster habe – was noch nicht einmal Sinn ergibt. Sie hätte damals fast ihren Ehemann für ihn sitzen lassen. Mach dir also keine Vorwürfe.«

Clara schüttelte den Kopf. »Nein, mit Sam hat das nichts zu tun.« Sie trank noch einen Schluck Wein. »Es ist nur … Na ja, da Louisa nun zurück ist, muss ich wohl gehen.« Sie merkte, dass sie noch nicht bereit war, Lauren von Joe zu erzählen.

»Aha«, sagte Lauren. Falls sie mehr vermutete, ließ sie es sich jedenfalls nicht anmerken.

»Louisa und Joe haben einiges nachzuholen.«

»Klar«, sagte Lauren und trug eine weitere Schicht Nagellack auf. Der beißende Geruch hing in dem kleinen Raum und führte dazu, dass sich Clara ganz benebelt fühlte.

»Sie wird den Laden wieder übernehmen, und ich werde …« Clara schweifte ab und spürte, wie sich ihre Mundwinkel herabzogen. Die alte Hoffnungslosigkeit ergriff Besitz von ihr. »Ich werde wieder weiterziehen.«

Lauren schaute auf und neigte den Kopf zur Seite. »Möchtest du das denn?«, fragte sie. Jegliche Ironie in ihrer Stimme war nun verflogen.

Clara nickte. »Ich war lange genug hier. Eigentlich wollte ich nirgendwo allzu lange bleiben.«

Lauren streckte eine Hand aus. »Und warum?«

Clara nahm wahr, dass sich Tränen in ihren Augen bildeten. Sie brachte kein Wort hervor.

»Warum bist du unentwegt auf Achse, Clara?« Laurens Blick war unerbittlich. Clara hatte das Gefühl, dass der ganze Raum den Atem anhielt und auf ihre Antwort wartete.

»Ich suche nach einem Ort, an dem ich mich zu Hause fühlen kann«, flüsterte sie. Die Tränen liefen nun und hinterließen Spuren auf ihren Wangen.

»Einem Ort wie Dänemark?« Lauren zog die Nase kraus, um ihrer Frage Nachdruck zu verleihen. Clara kicherte und schluchzte gleichzeitig. Sie wischte sich mit der Hand übers Gesicht.

»Einem Ort, an dem ich geliebt werde«, sagte sie und merkte, wie schlicht ihr Wunsch eigentlich war und wie schwer zu erfüllen. »Ich liebe Dänemark, aber mein Vater hat jetzt eine eigene Familie. Bis letztes Jahr gab es noch mich und Mum, aber die ist nun tot. Es ist nicht mehr das Gleiche.«

Lauren schaute sie an. »Das tut mir leid, Clara. Das wusste ich nicht.«

»Sie war länger krank. Und ich habe immer nur gearbeitet. Und dann habe ich verpasst, wie sie … wie sie …« Clara konnte den Satz nicht beenden. Ihr Inneres schnürte sich zusammen unter der Last der Worte. Die Tränen flossen jetzt schneller, und der Raum verschwamm, als sie an ihre letzte Begegnung mit ihrer Mutter dachte. Sie hatte den Besuch verkürzt, um zu einer Besprechung mit einem Kunden wieder in London zu sein. Ob sie ihre Mutter zum Abschied geküsst hatte, wusste sie schon nicht mehr. Ihre Mutter hatte sie nie um etwas gebeten. Vielmehr war sie stolz auf ihre vielbeschäftigte Tochter gewesen, hatte ihren Freunden Fotos von ihr gezeigt und ihnen von ihren Auszeichnungen erzählt. Dann der schnelle Abbau der Kräfte. Kerzengerade hatte Clara auf einem Plastiksitz am London City Airport gesessen, auf den ersten Flug in Richtung Heimat gewartet und den Sonnenaufgang am Horizont beobachtet, wissend, dass jede Sekunde kostbar war. Als sie zu Hause eingetroffen war, hatte Freja, die Freundin ihrer Mutter, mit tränenverschmiertem Gesicht nach ihrem Arm gegriffen und sie nach oben geführt. Ihre Mutter hatte mit dem Gesicht nach unten im Bett gelegen. Zu spät, um Abschied zu nehmen.

Lauren hatte sich neben Clara aufs Sofa gesetzt und zog ihren Kopf an ihre Schulter. »O Gott, du Arme. Sie wusste es aber, Clara, nicht wahr? Sie wusste, dass du sie geliebt hast.«

Clara nickte, unfähig, ein Wort herauszubringen. Ihr Oberteil war feucht von Tränen. Joe hatte dasselbe gesagt. Die beiden hatten recht. »Sie wusste es«, stimmte sie zu und verspürte einen gewissen Trost. Sie war froh, hier zu sein.

Eine Weile blieben sie noch schweigend im Wohnzimmer sitzen. Als sie ins Bett ging, hatte Clara das Gefühl, dass sich in ihrem Inneren etwas gelöst hatte. Ihr war nicht klar gewesen, dass sie über die Sache hatte reden müssen. Sie folgte Lauren die Treppe hoch und lächelte matt, als sie den Raum sah, in dem sie schlafen sollte: Auf einem Spielteppich mit den Buchstaben des Alphabets war eine Campingmatratze ausgerollt; das Peppa-Wutz-Oberbett würde sie kaum zur Gänze bedecken.

»Luxuriös ist es nicht gerade, aber ich hoffe, du kommst zurecht«, sagte Lauren und legte ihr eine Hand auf den Arm. »Du kannst natürlich so lange bleiben, wie du willst«, fügte sie leise hinzu.

»Danke.« Clara hatte einen Kloß im Hals. Sie streckte die Arme aus und umarmte Lauren. »Du bist eine wunderbare Freundin.«

»Ah, du *tøs*.« Lauren lächelte und knuffte sie. In der Tür blieb sie noch einmal stehen, eine dunkle Silhouette vor dem Flurlicht. »Du wirst ihn schon finden.«

Clara nickte ihr vom Bett aus zu. Sie wusste, was Lauren meinte. Als sie sich das Oberbett übers Kinn zog, fragte sie sich für einen kurzen Moment, ob sie ihn bereits gefunden und dann nicht festgehalten hatte.

Kapitel 31

Clara trank schon ihr zweites Bier, dabei war es noch nicht einmal Mittag. Draußen auf dem Gehweg lag eine dünne Schneeschicht, was sie unwillkürlich an zu Hause erinnerte. Was hatte sie in Suffolk verloren? Das war nicht ihre Heimat. Und doch hatten die letzten Wochen etwas in ihr ausgelöst: Sie hatte das Gefühl, wieder irgendwohin zu gehören. Das Städtchen hatte sie gebraucht, und sie hatte das Städtchen gebraucht. Sie dachte an die Schaufensterauslagen und die Kinder, die sie nicht mehr sehen würde, an das Gekicher im Bastelraum, wenn sie malten und entwarfen, an das Chaos und die Schmierereien, an die begeisterten Gesichter, mit denen die Kinder ihren Eltern ihre Kreationen zeigten, an die kleinen Ansammlungen auf dem Gehweg, wenn der Countdown bei null angelangt war.

Lauren hatte sie vor einer Weile mit einer Tasse Tee und einem KitKat Chunky geweckt, bevor sie mit Rory zur Tür hinausgestürzt war, um ihn zum Kindergarten zu bringen. Clara hatte nicht alleine im Haus bleiben wollen, aber sie konnte auch nirgends hingehen.

Gavin polierte noch immer dasselbe Glas und warf ihr

gelegentlich einen Blick zu. Er hatte sich tausendfach entschuldigt, als er bei Lauren auf der Matte gestanden hatte, um Clara dann in den Pub mitzuschleppen. Jetzt versorgte er sie mit Freigetränken, um wiedergutzumachen, dass er sie am Abend rausgeworfen hatte.

»Ich habe mir solche Sorgen gemacht. Ich hätte dich niemals gehen lassen dürfen«, hatte er unterwegs gesagt. »Überall habe ich nach dir gesucht, selbst an der Bushaltestelle und im Geräteschuppen. Louisa und Joe haben mir geholfen, wir waren sogar im Wald. Sie ist so wunderbar …« Seine Stimme hatte sich verloren, sein Blick hatte verklärt gewirkt.

Clara hatte das Gefühl gehabt, dass sie nach Joe gar nicht erst fragen musste. »Seid ihr eigentlich … du und Louisa …?«

Gavin hatte langsam genickt. »Ich denke, das ist ein Erfolgsmodell«, hatte er erklärt und Anführungszeichen in die Luft gemalt. »Wir waren die ganze Nacht wach.«

Clara hatte eine Augenbraue hochgezogen.

»Um zu reden!« Das hatte Gavin fast gerufen, als sie den Pub erreichten. Clara konnte sich ein Kichern nicht verkneifen.

»Schau mal!« Er hatte auf das Fenster gezeigt. Der Fenstersitz war gepolstert, darauf lagen Kissen; in die Wand hatte er ein Bücherregal eingebaut. Es war der perfekte Ort für ein gemütliches Lesestündchen.

»Hübsch«, hatte Clara widerwillig zugegeben. Unwillkürlich war sie hingegangen und war mit dem Finger über die Buchrücken gefahren. Bier zu trinken und zu lesen, war vielleicht der einzige Weg, sich zu verlieren und alle Probleme abzuschütteln, hatte sie gedacht. Seither saß sie hier.

Und dann stand plötzlich Louisa in der Tür. Clara hörte einen Schrei und ein Klirren, als Gavin das Glas fallen ließ, das er gerade polierte.

»Gavin!« Sie stiefelte in den Raum, tiefbraun, die Augen leuchtend, der rote Mantel schneebedeckt. »Heißer Cider. Was für eine wunderbare Idee. Ja bitte«, sagte sie.

»Das war Claras Einfall. Er hat sich schon ziemlich bewährt«, rief Gavin, der hinter dem Tresen auf dem Boden hockte und die Scherben in eine Kehrschaufel fegte. »Sie sitzt bei den Büchern.«

»Clara?« Louisa drehte sich zum Fenster, wo sie wie ein Häufchen Elend saß. Bei dem Anblick des leuchtend roten Mantels kam sie sich furchtbar langweilig vor. Sie richtete sich auf und gab sich Mühe, nach den Bieren nicht aufzustoßen. »Du hast sie gefunden! Oh, Gavin, wie schön. Du bist ein Held!«

Rote Flecken bildeten sich auf Gavins Wangen, als er Louisa ihr Getränk reichte.

Louisa trat um den Tresen herum und drückte ihm die Lippen auf seine. Clara schaute weg.

»Clara«, sagte Louisa schließlich und ließ Gavin mit kirschroten Flecken am Mund stehen. »Es tut mir entsetzlich leid, dass ich gestern Abend so hereingeplatzt bin. Ich hätte Sie nie gehen lassen dürfen, aber ich war so glücklich, Joe zu sehen. Ich bekomme ihn ja kaum zu Gesicht, und er wirkte so entspannt und zufrieden, da war ich einfach hin und weg. Aber als Gavin dann auftauchte und uns erzählte, dass er Sie weggeschickt hat, realisierte ich, dass Sie wirklich über alle Berge sind, und da haben wir uns auf die Suche gemacht. Joe war fürchterlich aufge– Gavin, mein Schatz.« Sie musste lachen, als er jetzt zu ihnen trat. »Du hast im ganzen Gesicht Lippenstift … Na ja, wie ich schon sagte …«, damit wandte sie sich wieder an Clara, doch offenbar hatte sie den Faden verloren. »Jedenfalls, es ist einfach himmlisch, Sie hier anzutreffen.«

Sie trank einen Schluck von ihrem heißen Cider. »Ich glaube, Lady CaCa trauert auch. Sie war den ganzen Morgen von der Rolle. Wenn ich *Top Gun* einlege, bekommt sie normalerweise sofort gute Laune, aber diesmal konnte nicht einmal Maverick die alte Dame aufheitern. Sie verliert sogar Federn. Ein trauriger Anblick. Sie müssen sie unbedingt besuchen.«

»Ich bin doch noch keine zwölf Stunden fort«, sagte Clara und spürte, wie sich ihre Mundwinkel hochzogen.

»Sie ist ein sensibler Vogel«, sagte Louisa.

Gavin war zum Bücherregal gegangen und nahm Brettspiele heraus, um sie für die Nachmittagsgäste bereitzuhalten. Mittlerweile suchten eine Menge Leute den Pub auf, um am großen Kamin zu spielen.

»Ach, habt ihr eigentlich schon gehört?«, sagte Gavin. Sein Kopf tauchte hinter einem Sessel auf. »Bertie macht wieder auf. Die Stadt hat dann ein Restaurant. Ist das nicht großartig?«

Louisa klatschte in die Hände. »Wie wundervoll! Seine Dessertvitrine habe ich immer geliebt.« Ein träumerischer Ausdruck erschien auf ihrem Gesicht. »Er hat mir nie verraten, wie er es schafft, dass seine Baisers so leicht werden. Meine sind jedes Mal platt wie Pfannkuchen und irgendwie zäh.«

Clara freute sich ebenfalls. Im nächsten Moment wurde ihr allerdings bewusst, dass sie zur Eröffnung des Restaurants gar nicht mehr da sein würde. Sie konnte nicht bleiben, sie hatte hier keine Aufgabe mehr. Sie fragte sich, ob Joe noch in der Wohnung war. Ein Anflug von Hoffnung machte sich in ihr breit.

»Werden Sie denn jetzt weiterreisen?«, fragte Louisa, als könnte sie Gedanken lesen. »Dann müssen wir Sie aber gebührend verabschieden, im ganz großen Stil. Meinst du nicht auch, Gavin?«

Gavin saß auf dem Boden zwischen den Brettspielen, beide Beine ausgestreckt. Er nickte, den Blick auf den Teppich gerichtet. Nach einer Weile sah er auf. »Nun …«, er räusperte sich und erhob sich langsam, »ich denke, ich sollte euch etwas zeigen.«

Clara spähte zu Louisa hinüber und runzelte die Stirn. Gavin verhielt sich, als wollte er ihnen ein schreckliches Geheimnis anvertrauen.

Louisa schien ähnlicher Meinung zu sein. »Sehr mysteriös«, sagte sie und lachte.

Gavin fummelte nervös am Bündchen seines Pullovers herum. »Es ist, äh, oben.«

Louisa zog eine Augenbraue hoch. »*Was* ist oben?«

»Meine …«, stammelte Gavin und hielt dann inne. »Ach, kommt einfach mit. Ihr müsst es euch selbst anschauen.«

Clara war vom Fenstersitz aufgesprungen, ihr Herz

klopfte. Vielleicht würde sie endlich herausfinden, was sich hinter der verschlossenen Tür befand. Damit musste es zu tun haben. Sie hatte sich nicht getraut, ihn danach zu fragen, weil er immer so furchtbar nervös gewirkt hatte. In ihrer Fantasie hatte sie sich eine verrückte Ehefrau in einem zerrissenen Nachthemd vorgestellt, auch einen Raum voller Skelette oder ein geheimes Sadomaso-Studio. Nichts davon passte zu dem Bild, das sie sich von Gavin gemacht hatte. Jetzt schwanden sämtliche Befürchtungen, und sie stieg pflichteifrig hinter ihm die Treppe hoch.

»Ich bin ein bisschen nervös, Gavin«, rief Louisa, als sie Clara folgte. »Du wirst uns doch nicht bitten, dich ab sofort Gail zu nennen, oder?«

Gavin war vollends verstummt, als er oben im Flur vor der Tür stehen blieb. Er schloss sie auf, betätigte die Klinke, holte tief Luft und trat zurück. Dann bedeutete er ihnen, sich den Raum anzuschauen.

Clara blieb im Flur stehen, unschlüssig, ob sie überhaupt mehr wissen wollte. Jeder Mensch hatte das Recht auf Geheimnisse, und der arme Gavin wirkte hochgradig nervös. Er zupfte erneut an seinem Pullover herum und mied ihren Blick.

»Los«, sagte er barsch. »Ich hätte es schon vor Ewigkeiten offenbaren sollen. Dich letzte Nacht wegzuschicken, Clara, war unverzeihlich.«

Clara verschränkte ihre klammen Hände ineinander, bevor sie vorsichtig die Holztür aufschob und sich in das Zimmer wagte. Louisa hängte sich ihr so dicht an ihre Fersen, dass sie ihren Atem im Nacken spürte.

»Ach, du liebe Güte«, rief Louisa.

Clara nickte stumm. Das war also das große Geheimnis. So viel sich dazu auch sagen ließe, ihre erste Reaktion war Erleichterung.

Der Raum war vollgestopft mit Hunderten von Teddybären. Teddybären in allen Größen, Teddybären, denen ein Auge fehlte, angekleidete Teddybären, braune, schwarze und graue Teddybären. Gavin musste sie schon seit Jahren sammeln. Irgendwo stand auch ein Bett, und zwischen den Bären, die auf Decken saßen und verschiedene Posen einnahmen, konnte man den Teppich erahnen.

Gavin war aschfahl, als er hinter ihnen in den Raum trat.

»Überraschung!« Seine Stimme war so matt, als würde er gleich umkippen.

Louisa schaute ihn lange an, dann streckte sie die Arme aus und grinste. »Du großes Kind.« Mit diesen Worten stürzte sie sich auf ihn.

Sie lachten noch, als Louisa eine halbe Stunde später auf die Uhr schaute und derart schnell aufsprang, dass sie ihren Cider verschüttete.

»Verflucht, ich bin spät dran«, sagte sie und hielt sich an Claras Stuhllehne fest. »Wahnsinn, das Zeug hat's aber in sich.« Sie betrachtete das Glas, als enthielte es Diamanten.

»Wo wollen Sie denn hin?«, fragte Clara und stieß Gavin an. »Du bist dran.«

Gavin starrte noch einmal auf seine Buchstabenplättchen.

»Ein gutes Spiel ist ein schnelles Spiel«, neckte sie ihn. Diese Scrabble-Partie schien ewig zu dauern. Louisa hatte trotzdem die richtige Eingebung gehabt.

»Ich gehe zu Roz«, sagte Louisa und verdrehte die Augen. »Schreckliche Frau.«

»Louisa«, sagte Gavin in einem warnenden Tonfall. »Es ist ein gutes Angebot.«

»Ich weiß, ich weiß«, beschwichtigte ihn Louisa.

Clara erstarrte, die Buchstaben waren vergessen. Bevor sie sich erkundigen konnte, wie Roz' Angebot denn lautete und wofür sie es überhaupt abgegeben hatte, fiel schon Louisas nächster Satz.

»Und Joe sagt, er würde das alles für mich regeln. Über den Makler.«

»Joe!«, wiederholte Clara und realisierte, dass sie den Namen laut hinausposaunt hatte. Sie hustete und versuchte, ihr Interesse zu verbergen. »Wo ist er eigentlich?«

»Joe?« Louisa zog ihren Mantel an und verhedderte sich im Ärmel. »Der ist wohl noch in der Wohnung, aber ich glaube nicht, dass er ein Auge zugetan hat. Nachdem wir Sie heute Nacht gesucht haben, bekam er einen Anruf von einem Kollegen, verschwand in seinem Zimmer und tippte auf seinem Laptop herum. Typisch.« Sie lächelte. »Vielleicht ist er aber auch schon nach London aufgebrochen. Dieser Junge hat Hummeln im Hintern. Ich war höchst beglückt, ihn gestern Nacht zu sehen, aber sicher hat er sich längst in diese Tretmühle zurückbegeben. Ich muss ihn noch darüber informieren, dass wir Sie gefunden haben.«

»London«, bemerkte Clara, der bloße Gedanke daran

ließ Panik in ihr aufsteigen. Schnell erhob sie sich. Er durfte nicht nach London fahren, bevor sie nicht miteinander gesprochen hatten. Wusste er eigentlich, dass sie noch hier war? Sie verfluchte sich, dass sie so lange im Pub gehockt hatte.

»Alles in Ordnung?«, fragte Gavin, als er zusah, wie sie ihren Mantel schlüpfte.

»Ich muss fort«, murmelte Clara und knöpfte prompt ihren Mantel falsch zu. »Ich muss sehen … habe mich erinnert … an etwas«, sagte sie und mied den Blick der anderen.

»Aber Ihre Buchstaben!«, rief Louisa. »Ich weiß, dass Sie das X haben.«

»Hab ich auch«, rief Clara und eilte zur Tür hinaus.

»Super.« Louisa stürzte sich auf ihr Buchstabenbänkchen.

Clara eilte die High Street entlang. Ihr Herz klopfte, als sie die weinrote Ladenfassade sah. Sie hantierte mit dem Schlüssel herum, betrat das Haus und stieg schnell die Treppe hinauf. Vor der Wohnungstür hielt sie inne, strich sich das Haar glatt und rückte ihr Oberteil zurecht. Nun ging es ums Ganze. Sie drehte den Schlüssel im Schloss herum und trat ein.

»Joe«, rief sie, weil sie ihn nicht bei einem Schlammbad oder einer Telefonkonferenz stören wollte. »Joe«, wiederholte sie, aber sie verspürte bereits die Last der Stille.

Dann hörte sie das Schwirren von Federn, das sie auf das einzige Lebewesen im Raum aufmerksam machte. Lady CaCa beäugte sie von ihrer Stange. »HOUSTON, WIR HABEN EIN PROBLEM«, rief sie.

Die Wohnung war leer, der Abwasch erledigt. Die Weingläser standen zum Trocknen auf einem Geschirrtuch. Die Arbeitsplatte war geputzt. An der Seite lag ein Zettel. Clara las: *Mum, bin nach London gefahren. Rufe dich später an. Ich liebe dich, J x.*

Sie ließ sich schwer auf einen Hocker sinken, den Zettel in der Hand. Wieder und wieder las sie die Worte. Er war nach London zurückgekehrt, ohne sich von seiner Mutter zu verabschieden – oder von ihr. Sie fiel in sich zusammen. All die Dinge, die sie ihm hatte sagen wollen, lösten sich in Luft auf; ihre Aufregung war von einem Moment auf den anderen verschwunden. Er war weg, zurückgekehrt in die City, zurück in seinen Job. Vielleicht hatte sie sich geirrt, die Veränderung, die sie an ihm wahrgenommen zu haben glaubte, war wohl eine Täuschung gewesen. Offenbar war er noch ganz der Alte.

Dann fiel ihr Blick auf den Küchentisch. Dort lag eine aufgeschlagene Zeitung mit einem großen Foto von Clara, die hinter der Kasse stand und grinste, von Kindern umringt; der Laden wirkte bunt und laut und von Freude erfüllt. Clara betrachtete das Bild und fuhr mit dem Finger die Konturen ihres Gesichts nach. Sie wirkte unglaublich glücklich, sie strahlte vollkommene Zufriedenheit aus. Es war eine wunderbare Zeit gewesen – die Mienen der Kinder, wenn sie eine neue Schaufensterauslage gestaltet hatte, die Gespräche mit den Eltern. Als ihr bewusst wurde, dass das nun der Vergangenheit angehörte, verspürte sie einen Stich. Aber sie sollte ihren Weg fortsetzen. Hier hielt sie nichts mehr.

Ihre Augen hefteten sich auf die Schlagzeile des Artikels – RETTET UNSEREN LADEN! Wachsendes Unbehagen befiel sie, als sie den Bericht las. Er rief dazu auf, sich mit allen Mitteln gegen den Verkauf zu stemmen, und war mit lauter Zitaten von Bewohnern der Stadt gespickt. Die beklagten sich darüber, dass ein weiterer Laden an der High Street schließen und dem Internethandel noch mehr Vorschub geleistet werden würde, ein Desaster für die Gemeinden. *»Die Vorstellung, dass ein hochnäsiger Londoner hierherkommt und den Laden verkauft – einen Teil der Stadt, ihr schlagendes Herz …«*, wurde ein anonymer Passant zitiert. *»Es ist nicht mein Laden«, sagt Clara Kristensen, die mit großen Augen vor dem zum Untergang verurteilten Geschäft steht. Die Dänin, die dem Laden wieder Leben eingehaucht und einen magischen Ort für die hiesigen Kinder geschaffen hat, wirkt am Boden zerstört bei dem Gedanken, dass er bald für immer die Pforten schließen wird.*

»O Gott«, flüsterte Clara und schlug die Hand vor den Mund, als sie den Beitrag zu Ende las. Er war vernichtend. Sie stellte sich vor, wie Joe ihn gelesen, ihr Bild betrachtet hatte und erfahren musste, dass sie mit einem Journalisten über den Laden gesprochen hatte.

Langsam erhob sie sich. Sie konnte nicht glauben, dass er wirklich fort war und es ihr verwehrt war, die Sache klarzustellen. Als sie in sein Zimmer ging, registrierte sie, dass die lederne Reisetasche fehlte. Er war tatsächlich abgereist. Sie hatte ihn verpasst und wusste nicht, wann oder ob er überhaupt zurückkehren würde. Sie lehnte sich an den Türrahmen und sah ins Leere, unschlüssig, was sie tun sollte. Am liebsten hätte sie die Zeit zurückgedreht.

Kapitel 32

Alles war wie gehabt. Joe trat auf den Gehweg, drehte sich um und gab dem Fahrer, der erfreut wirkte, ein Trinkgeld. Tauben flatterten vor ihm auf, als er zur Drehtür ging. Er verrenkte sich den Hals, um an der nackten, das Sonnenlicht reflektierenden Glasfassade hochzuschauen. Welches Fenster in den gleich aussehenden Reihen seines war, konnte er nicht feststellen. Hinter ihm schimpfte jemand in sein Handy. Ein Radfahrer fuhr in einem großen Bogen um ihn herum, die Hose in die Socken gestopft. Joe versuchte, die nötige Energie aufzubringen, um die letzten Schritte zum Gebäude zurückzulegen.

Er dachte an den Vorabend zurück, an die Szene auf dem Dach, geschehen in einem anderen Leben. Claras Gesicht im Kerzenschein, ihre Hand, die auf der Decke ruhte. Ewig hatte er auf ihre Finger gestarrt und sämtlichen Mut zusammennehmen müssen, um Clara zu berühren und zu küssen. Dann die überraschende Rückkehr seiner Mutter und seine Erstarrung, wissend, dass sich schon wieder alles ändern würde. Claras Miene, als sie ihren Rucksack durch die Küche zerrte, seine

Füße wie angewurzelt, als er sah, wie sie die Wohnung verließ.

Er trat durch die Drehtür, nickte dem Pförtner zu und ging zum Fahrstuhl. Als er seinen Etagenknopf drückte, kam jemand angelaufen. Er hielt ihm die Tür auf.

»Danke«, schnaufte der Mann, Tränensäcke unter den Augen. Seine Krawatte saß schräg.

»Kein Problem.« Joe lächelte, nicht gewillt, sich heute hetzen zu lassen. Letztlich war er unfähig, sich aufs Wesentliche zu konzentrieren, in Gedanken war er immer noch in Suffolk. Er fragte sich, wohin Clara wohl gegangen war. Sie hatten eine ganze Weile nach ihr gesucht. Warum besaß sie kein Handy? Seine Mutter hatte ihm eine SMS geschickt, dass sie noch in der Stadt sei, aber da war er bereits aufgebrochen.

Der Aufzug erreichte seine Etage, die Türen öffneten sich. Joe schritt zum vertrauten Empfangsbereich, hielt seine Ausweiskarte vor den Scanner und schob die Tür auf.

Als er die Geräusche hörte – die erregten Stimmen, das Geklapper der Computertastaturen, das Klingeln der Telefone, das Brummen eines Kopiergeräts –, hatte er das Gefühl, gegen eine Wand zu laufen. Fast hätte er auf dem Absatz kehrtgemacht und wäre dorthin zurückgefahren, wo er herkam. Niemand sah auf, als er quer durch den Raum zu seinem Schreibtisch schritt. Alle waren mit ihrer Arbeit beschäftigt, schrien in ihre Telefone, knallten den Hörer auf, fluchten.

Diese Energie, diese aufgeladene Spannung hatten ihn anfangs an dem Job gereizt. Ade verschlafenes Suffolk, ade einsame Abende mit seiner Mutter. Hier konnte er der Mann sein, der er sein wollte, ein Mann wie sein Vater, große Deals aushandelnd, Millionenbeträge verschiebend, wichtig. Aber jetzt hatte die Aussicht auf seinen Arbeitstag, einen Tag, der vermutlich erst in den frühen Morgenstunden enden würde, etwas Erschöpfendes: sein überquellender Posteingang, die vielen unbeantworteten E-Mails, die angestrengten Gesichter seines Teams, scharf wie die von Windhunden vor einem Rennen, weil jeder ihn als Erster mit den neuesten Daten versorgen wollte.

Er ließ sie reden und trank seinen Kaffee, ohne auch nur den Computer einzuschalten. Ihre Worte vernehmend und voller Bewunderung für ihren Einsatz schaute er über ihre Schultern hinweg zum Fenster, in den blauen Himmel eines perfekten Wintertags. Er fragte sich, ob Clara in Gummistiefeln und mit roten Wangen durch den Wald streifte. Dann musste er an den Zeitungsartikel denken, an ihre Kommentare gegenüber dem Journalisten. Entsprach das tatsächlich ihrer Gefühlslage? Er hatte sofort da rausgemusst. Diese Welt war nichts für ihn; sie war nichts als ein seltsamer, flüchtiger Traum von einem anderen Leben gewesen. Jetzt war es vorbei. Seine Mum war zurück, und er war in London.

»… und da Pam nächstes Jahr geht, haben wir Vorstellungsgespräche für deine neue Assistentin anberaumt …«

Plötzlich war Joe hellwach. »Pam verlässt uns?«

Mercer blickte ihn an, als sei er schwer von Begriff. »Sie geht in den Ruhestand. Nach fünfundvierzig Jahren.«

In diesem Moment erschien Pam, Aktenordner unter dem Arm, die Haare zurückgesteckt, einen verirrten Bürostuhl umrundend.

Joe sprang auf, das Gesicht rot vor Scham, und nahm ihr die Akten aus der Hand. »Pam. Ich hatte ja keine Ahnung. Ruhestand!«

Sie riss die Augen auf, hatte sich aber schnell wieder gefasst. »Oh. Ich hatte es Ihnen in den Kalender geschrieben, aber Sie sind ja ein vielbeschäftigter Mann.«

Joe fühlte sich entsetzlich. Er hatte es immer für selbstverständlich gehalten, dass Pam da war. Sie hatte einen ausgleichenden Charakter, war sachlich, organisierte seine Telefonate, gab Kunden das Gefühl, willkommen zu sein, meldete sich nie krank, unterstützte Joe in jeder Hinsicht. Warum hatte er seine Wertschätzung nie bekundet?

»Sie sind eine fantastische Mitarbeiterin. Was soll ich ohne Sie nur tun?«, sagte er und bemerkte, dass sie rot wurde.

»Seien Sie nicht albern«, schnaubte sie, am Bündchen ihrer Bluse zupfend. »Wir werden schon einen mehr als zufriedenstellenden Ersatz finden.«

»Aber es wird nicht dasselbe sein.«

»Unsinn«, sagte Pam und nahm eine schmutzige Tasse von einem Schreibtisch in der Nähe. »Sobald ich eine abräume, steht irgendwo schon wieder eine herum«, fügte sie hinzu, um die Aufmerksamkeit von ihrer Person wegzulenken.

Joe nahm sich vor, etwas für sie zu besorgen, etwas, das ihr klarmachen würde, wie sehr er ihre Arbeit wertschätzte. Und wahrnahm. Dann wurde er rot, weil ihm aufging, dass er nichts über sie wusste. Er hatte nur über die Arbeit, Deadlines und Kunden mit ihr gesprochen. Er hatte es ihr durchgehen lassen, dass sie persönliche Fragen einfach abtat, sodass sie sich irgendwann nur noch auf professioneller Ebene begegneten. Jetzt bedauerte er das. Er hoffte, dass sie im Ruhestand Schönes tun würde.

»Andrew hat darum gebeten, dass Sie gleich nach Ihrem Eintreffen bei ihm vorbeischauen, Joseph«, sagte sie im Gehen. »Tatsächlich hat er sogar zweimal darum gebeten.«

Das war einmal mehr, als Andrew Bitten zu äußern wünschte, also eilte Joe sofort zum Aufzug. Auf dem Weg nach oben richtete er sich die Krawatte und vergaß die Dinge, die ihm im Kopf herumschwirrten. Stattdessen rekapitulierte er die Details des letzten Deals und bereitete sich darauf vor, so zu tun, als wäre er im Bilde. Nun galt es, gut Wetter zu machen. Er räusperte sich und klopfte ungeduldig mit dem Fuß auf den Boden. Mit jedem Stockwerk, das an ihm vorbeisauste, rückte Suffolk weiter weg.

Er trat in den Flur mit dem Marmorbrunnen und dem auf Hochglanz polierten Schreibtisch, an dem eine Frau mit Headset saß. Sie hatte knallrote Lippen und dunkles, weich schimmerndes Haar. Noch vor wenigen Wochen hätte er sie vielleicht nach ihrer Telefonnummer gefragt. Jetzt bat er sie nur, ihn vorzulassen.

Man ließ ihn warten. Nervös saß er auf dem Sofa und blätterte in der *Financial Times*, ohne sich auf einen Artikel konzentrieren zu können. Die Börsenkurse schossen hoch, Unternehmen gingen Pleite, Geld wurde gemacht, immer und ewig das gleiche Spiel. Plötzlich durchfuhr es ihn siedend heiß. Ihm war eingefallen, dass er sein Handy unten gelassen hatte. Nach einer Ewigkeit forderte ihn die Frau mit den glänzenden Haaren auf, ins Büro zu gehen.

Andy saß hinter seinem riesigen Glasschreibtisch. Karen hockte auf einer Ecke davon, als habe Joe soeben ein beiläufiges Gespräch unterbrochen. Er wusste es besser, wusste, dass sie anwesend sein sollte. Die lockere Haltung war eine mit Bedacht eingenommene Pose. Andy schaute auf und nahm seine Anwesenheit zur Kenntnis. Karen erhob sich und schüttelte ihm mit klirrenden Armreifen die Hand. Ihre Falten hatten sich nach einer offenbar kürzlich erfolgten Operation minimiert. Joe ertappte sich dabei, dass er auf ihre Hand starrte; braune Flecken und sanfte Fältchen waren die einzigen Hinweise auf ihr Alter.

»Schießen Sie los«, sagte Andy, der nur in Klischees und Zahlen dachte. »Erzählen Sie uns von der letzten Übernahme und vom nächsten Geschäft.«

Joe brachte sie auf den neuesten Stand, hielt gelegentlich inne, um in seinem Gedächtnis nach Einzelheiten zu kramen, und geriet für einen Moment ins Wanken, als ihm der Name eines der Unternehmen nicht einfallen wollte, mit denen sie Deals abgeschlossen hatten. Karen korrigierte ihn und kratzte sich mit ihrem rosafarbenen Fingernagel im Nacken.

»Nun, Joe«, sagte Andy schließlich, »es war ein gutes

Jahr, ein überragendes Jahr sogar. Aber dieser letzte Deal bereitet uns etwas Sorgen. Die Gerüchteküche brodelt, und wie Sie wissen, neigen wir zu der Überzeugung, dass es keinen Rauch ohne Feuer gibt.«

Joe fragte sich, um was für Gerüchte es sich handelte. Er spürte, dass sich an seinem Haaransatz Schweiß bildete.

»Wir dachten, Matt offiziell zu verwarnen würde die Sache wieder einrenken, aber man hat uns mitgeteilt, dass wir nicht in ruhige Gewässer zurückgefunden haben. Sie, Joe, haben in den letzten Wochen einige Zeit außerhalb des Büros zugebracht, und Ihr Team musste wirklich die Ärmel hochkrempeln, damit alles glattlief. Es heißt, dass Sie oft bei Kunden waren«, Andy hielt inne und zog eine Augenbraue hoch, »aber Ihr Terminkalender wirkt erstaunlich leer. Und von neuen Kunden haben Sie noch nichts verlauten lassen.«

Unwillkürlich ging Joe in Verteidigungshaltung. In diesem Metier musste man ständig ums Überleben kämpfen, das war nichts Neues. Immer gab es jemanden, der einem ans Leder flicken und den eigenen Job übernehmen wollte. »Ich habe die Verhandlungen geleitet und das Team auf dem Laufenden gehalten. Über die Fähigkeit, delegieren zu können, haben wir ja geredet. Alle Mitglieder meines Teams müssen immer den gesamten Prozess überschauen, von Anfang bis Ende. Sie haben sich selbst übertroffen, was sich ja auch daran zeigt, dass wir das Geschäft durchgebracht haben.«

Er fragte sich, wer von ihnen in die Chefetage geschlichen war, um von seiner Abwesenheit zu berichten.

Unwillkürlich dachte er an seine Mitarbeiter, die unten auf ihn warteten. Vorwerfen konnte er es ihnen nicht. Noch vor wenigen Monaten hätte er dasselbe getan.

»Die Arbeit aus der Ferne wird also demnächst beendet sein, nicht wahr.« Das war keine Frage. Andy stand auf und schaute auf Joe herab, seine eindrucksvolle Körpergröße nutzend, um ihn einzuschüchtern, ein alter Trick. Die Hände im Rücken, blickte er ihn erwartungsvoll an. Dieser Mann war es nicht gewohnt zu warten. »Wir würden Sie ungern verlieren«, sagte er und lachte bellend.

Joe verstand die Warnung und nickte unwillkürlich. Wie aus weiter Ferne sah er, wie sein Leben Fahrt aufnahm, als säße er in einer Achterbahn und der Bügel würde soeben heruntergeklappt. Es konnte keine Rede mehr davon sein, nach Suffolk zurückzukehren und von einem Leben zu träumen, in dem man nicht ständig auf dem Gaspedal stehen musste. Seine Arbeit konnte man nicht von einem Städtchen aus erledigen; man musste sie kultivieren und vierundzwanzig Stunden am Tag verfügbar sein. Einst hatte ihn dieser Gedanke morgens aus dem Bett springen lassen. Stolz hatte er sich zu einem der elegantesten Londoner Gebäude fahren lassen. Nie hatte er sich lautstark über die Achtzehn-Stunden-Tage beschwert, über die vielen Dienstreisen, das Essen zwischen Tür und Angel, die Kundenmeetings, die immer in einem Nachtclub in Mayfair endeten. Plötzlich fühlte er sich müde. Diese Energie und diesen Antrieb musste er erst wiederfinden.

Die Unterredung wurde beendet, während Karen

blieb, um mit Andy über ihn zu sprechen. Schweigend sahen sie ihm hinterher, die Köpfe zur Seite geneigt. Er fragte sich, was sie wohl dachten und ob sie spürten, dass er sich verändert hatte.

Den Rest des Tages verrichtete er mechanisch seine Aufgaben, beantwortete E-Mails, prüfte Zahlen und lachte mit den Kollegen. Manchmal war er vielleicht eine Zehntelsekunde zu langsam und musste seine Antworten erst aus den Sphären holen, in denen sein Geist zwischendurch weilte. Als er das Gebäude verließ, war es dunkel. Der Gehweg war nass vom Regen, ein feuchter Geruch hing in der Luft. Er lehnte sich an die Kopfstütze des Dienstfahrzeugs und versuchte, den Kopfschmerz zu vertreiben, der ihn seit dem Mittagessen quälte.

Vor seinem Wohnblock blieb er stehen. Er hatte das Gefühl, dass sich alles in seiner Welt verschoben hatte, seit er zum letzten Mal durch diese Tür getreten war. Schließlich holte er tief Luft, fuhr mit dem Aufzug hoch und verspürte bei dem Gedanken, dass er eine leere Wohnung betreten würde, Trostlosigkeit.

Das Penthouse lag im Dunkeln, kalte Luft zog hindurch. Entschlossen schaltete Joe seine neuen Lampen an und ging durch das Wohnzimmer in die Küche. Alle Oberflächen waren poliert, die ganze Wohnung makellos sauber, seine Sachen ordentlich verstaut.

Erfolglos kramte er in Schubladen nach Streichhölzern. Er konnte die Kerzen, die er gekauft hatte, nicht anzünden. Schließlich kehrte er ins Wohnzimmer zurück. Sein Ledersofa war zu steif, um es sich darauf gemütlich zu machen. Er schaltete den Fernseher ein, zappte durch die

Kanäle, konnte sich aber für keine Sendung entscheiden. Programme wechselten, Gesichter kamen und gingen, Musik war zu hören, um schließlich der Stille Platz zu machen.

Die Ruhelosigkeit blieb, und er stand auf, um ins Badezimmer zu gehen. Als er eingezogen war, hatte er als Erstes die Badewanne herausreißen und durch eine doppelte Dusche ersetzen lassen. Eine Badewanne war ihm witzlos erschienen, da er sowieso keine Zeit hatte, darin herumzuliegen. Der Raum hätte sich nicht stärker von dem kleinen Badezimmer seiner Mutter unterscheiden können. Die Wände waren mit schwarzem Onyx ausgekleidet, der verchromte, beheizbare Handtuchhalter glänzte, um das Waschbecken und den Spiegel herum waren Strahler eingelassen, die erste Wärme der Fußbodenheizung war bereits spürbar. Der Wert der Einrichtung betrug sicher das Zehnfache, warum also vermisste er die frei stehende Wanne, das Fenster, durch das man auf die Felder hinter der Stadt sah, die Fläschchen und Tuben am Wannenrand, deren Inhalt dem Wasser einen so herrlichen Duft verliehen, die Toilette, bei der man zweimal schnell hintereinander ziehen musste, damit sie richtig spülte?

Im nächsten Moment kehrte er zurück ins Wohnzimmer und wusste selbst nicht, was er tat. Schließlich landete er im Schlafzimmer. Dort holte er einen neuen Schlafanzug aus der Schachtel und zog ihn an. Sofort entspannte er sich ein wenig. Normalerweise ging er in Boxershorts ins Bett oder schlief sogar, vollständig angekleidet, auf der Decke ein.

Im Bett blieb er sitzen und starrte vor sich hin. Er dachte an den Tag und die Ereignisse der letzten Wochen zurück; die Eindrücke verschwammen ineinander. Schließlich streckte er die Hand aus und griff nach den Notfalltabletten, die er im Nachtschrank verwahrte. Nachdem er zwei in die Hand gedrückt hatte, schaute er sie lange an.

Er kroch unter die Decke und merkte sofort, dass etwas nicht stimmte: keine Wärmflasche. Clara hatte ihm oft eine hingelegt. Seine Füße fühlten sich eiskalt an, sein Bett war viel zu groß. Zum x-ten Mal an diesem Tag fragte er sich, ob Clara die Stadt inzwischen verlassen hatte.

Nach der SMS hatte er eine E-Mail von seiner Mutter bekommen: Sie wolle den Laden verkaufen – Roz habe ein anständiges Angebot gemacht, und sie selbst habe nicht die Kraft, ihn noch länger zu führen. Erleichtert hatte er registriert, dass sie offenbar wusste, was sie wollte. Er hatte auch wahrgenommen, wie sie gestrahlt hatte, als Gavin in der Nacht aufgetaucht war. Dennoch hatte er die High Street morgens unwillkürlich nach einer Masse glänzender blonder Haare, einer violetten Mütze und einem groben Strickpullover abgesucht. Vergebens, und er verfluchte sich, weil er Clara hatte gehen lassen.

Jetzt war er zurück in London, wo auch sie einst gelebt und gearbeitet hatte. Er fragte sich, ob sie mal an ihm vorbeigelaufen war oder an denselben Konferenzen oder Gesprächen teilgenommen hatte. Es wollte ihm nicht gelingen, sie in dieser Welt zu verorten, in einem strengen Kostüm und High Heels. Sie passte einfach nicht ins Bild. Würde sie in Yulethorpe bleiben? War sie bereits weitergezogen? Er brauchte Schlaf, um einen klaren Kopf zu bekommen. Nachdem er die Tabletten nochmals angeschaut hatte, schluckte er beide hinunter.

Kapitel 33

Clara wusste, dass sie dankbarer sein sollte. Gavin und Louisa hatten sie am Vorabend zu einem wunderbaren Abschiedsessen eingeladen und hinterher angefangen, an einer Überraschung für sie zu arbeiten. Den ganzen Vormittag über hielt sie das schon beschäftigt. Clara hegte den heimlichen Verdacht, dass es etwas mit Gavins verbotenem Zimmer zu tun haben musste. Sie dachte nun an Louisa. Louisa war überhaupt nicht imstande, leise zu sein. Jedes Mal, wenn sie gestern Abend wild gestikulierend eine Geschichte erzählt hatte, hatte sie prompt ein Glas umgeschmissen. Sie, Clara, war vollkommen hingerissen von ihr gewesen.

Dennoch hatte sie sich einsam gefühlt, als sie den beiden am Tisch gegenübergesessen hatte. Sie hatten eine so unbeschwerte Art gehabt, miteinander zu scherzen. Gavin hatte seine Hand auf die von Louisa gelegt und ständig übers ganze Gesicht gestrahlt, und hatte sie etwas gesagt, kräuselten sich seine Augenwinkel. Clara hatte sich für die beiden gefreut, aber diese traute Zweisamkeit hatte sie ihr Single-Dasein noch deutlicher spüren lassen. Dabei hatte es ihr nie etwas ausgemacht, keinen festen

Freund zu haben. Sie war lieber frei. So konnte sie tun und lassen, was sie wollte, das war besser, als sich auf eine halbherzige Partnerschaft einzulassen. Jetzt verspürte sie aber eine gewisse Sehnsucht, weil sie in einem Moment puren Glücks einen Blick in die Zukunft getan hatte.

Immer wieder kam ihr diese Nacht in den Sinn – wie er seinen Kopf zu ihr herabgeneigt hatte. Wie richtig sich das angefühlt hatte. Dann dachte sie daran, wie sie zum ersten Mal eine Veränderung an ihm wahrgenommen zu haben glaubte, damals, als er höchst zufrieden aus dem Bad gekommen war, um dann panisch die Augen aufzureißen, weil ihm die Schlammmaske eingefallen war. Noch jetzt musste sie grinsen – bis ihr schmerzhaft bewusst wurde, dass es vorbei war. Sie lebte nicht mehr mit Joe in einer Wohnung, und sie musste ihn auch nicht mehr davon überzeugen, wie verdammt gut es für ihn wäre, *hygge* zu sein. Er war abgereist, und sie stand wieder ganz am Anfang, wohnte in der Dachkammer im Pub.

Ein Klopfen an der Tür riss sie aus ihren Gedanken. »In einer halben Stunde sehen wir uns vor dem Laden«, rief Louisa. »Das hier aufsetzten, bitte.« Eine rosafarbene Augenbinde wurde unter der Tür durchgeschoben, und Clara musste unwillkürlich lächeln.

»Ich werde da sein.«

Sie musste sich zusammenreißen, ein strahlendes Lächeln aufsetzen und ihre traurige Stimmung abschütteln. Die beiden waren so großzügig. Louisa hatte sogar angeboten, sie für ihre Arbeit im Laden zu bezahlen. Clara hatte das strikt abgelehnt, aber die Geste hatte sie trotzdem gerührt.

»Darum ist es mir nie gegangen«, hatte sie beharrt. »Der Laden ist fast eine Art Zuhause geworden.«

Sie hatte sich auf die Lippe gebissen, als ihr die Worte herausgerutscht waren, aber gleichzeitig war ihr klar geworden, dass sie es genauso empfand. Stumm hatte sie zugelassen, dass Louisa ihr statt einer Entlohnung das größte Stück Tiramisu zuteilte, aber sie hatte es kaum herunterbekommen.

Jetzt schleppte sie sich ins Bad, begutachtete im Spiegel ihr Gesicht und holte ihr Make-up heraus. Puder, Wimperntusche, Lippenstift. Mit jedem Pinselstrich, mit jedem Mascaraauftrag fühlte sie sich besser und tauchte als glamouröse, selbstbewusstere Version ihrer selbst wieder auf. Dann zog sie eins ihrer Lieblingskleider an und betrachtete sich im schmalen Türspiegel. Das Dunkelgrün brachte ihr blondes Haar wunderbar zur Geltung. Sie drückte die Lippen gegeneinander, nahm ihren Mantel und die Augenbinde und trat hinaus auf die High Street, entschlossen, alles zu genießen.

»Sie kommt.«

»Da ist sie.«

»Dort!«

Zu ihrer Überraschung stellte sie erstaunt fest, dass sich vor dem Laden eine kleine Menschenmenge versammelt hatte. Der kleine Junge, für den Joe die Ente gemalt hatte, winkte ihr ungestüm zu. Gavin ging mit einem Tablett herum und verteilte Tassen; in manchen Getränken schwammen Marshmallows. Bei Claras Anblick hätte er das Tablett fast fallen gelassen.

»Augenbinde, Clara. SOFORT!«, rief er.

Hastig gehorchte sie und fühlte sich mehr als töricht, als die Welt in Dunkelheit versank und sie sich vorsichtig vortasten musste, die Arme vor sich ausgestreckt, um niemanden anzurempeln.

Erleichtert spürte sie, dass jemand ihren Arm nahm; es roch nach Basilikum. Dann wurde sie über den Gehweg geführt, und Louisa sagte: »Ganz langsam … Ich bin vollkommen aus dem Häuschen … Pass auf, ein Kind. Das war knapp …«

»Louisa«, protestierte Clara. Sie spürte, dass sich Menschen an ihr vorbeidrängten und sie selbst jemanden streifte.

»Keine Sorge, das war nur Roz. Für die würde eine Welt zusammenbrechen, wenn sie sich ihr Getränk über den Kamelhaarmantel schütten würde. Schokolade bekommt man bekanntermaßen nicht raus … Ups, ich glaube, das hat sie gehört. Hallo, Roz …«

Clara kicherte vor sich hin. »Ist die Augenbinde wirklich nötig?«, fragte sie.

Louisa ignorierte die Frage und machte mit ihrem Spiel weiter. »Oh … Überall sind Kinder, absolut himmlisch, und alle sind begeistert von Lady CaCa. Gavin hat ihren Käfig aus der Wohnung geholt, aber sie nennt alle ›Miststück‹, daher würde er sie am liebsten wieder hochtragen … Er ist so fürsorglich«, hauchte sie und seufzte wie ein verliebter Teenager. »Er kann den Gedanken nicht ertragen, deine Reaktion zu verpassen. Er hat ein so großes Herz …«

Clara musste schon wieder kichern, als Louisa plötzlich stehen blieb. »SHOW ME THE MONEY«, schrie Lady CaCa.

»Also, dann mal los.« Louisa stieß sie an. »Wir sind da. Du darfst jetzt schauen.«

Langsam nahm Clara die Augenbinde ab. Sie stand vor dem Laden, umringt von der Menge, und schnappte nach Luft. Das gesamte Schaufenster war voll mit Gavins Vintage-Teddybären, hoch stapelten sie sich übereinander. Ihre aufgestickten Gesichter waren der Straße zugewandt, die Kinder drückten sich ihre Nasen platt, um sie alle sehen zu können: bekleidete Bären, sitzende Bären, Bären, die tollkühn herumjonglierten. Die Wirkung war unglaublich. Mit einem Lächeln betrat Clara den Laden und erblickte noch mehr Bären, die sich auf den Regalbrettern ausbreiteten. Aus den Lautsprechern ertönte fröhliche Musik.

»Wie entzückend ist das denn«, sagte sie, als ihr Blick auf einige Teddybären fiel, die mit ein paar Barbiepuppen auf der Theke Tee tranken. Lauren stand hinter der Kasse und reckte nur schnell den Daumen, weil sich die Schlange der Kunden quer durch den Laden zog.

»Das verdanken wir nur dir, Darling. Sieh dir das an.« Louisa ließ den Arm durch den Raum schweifen, und ihre Armreifen klirrten. »Dieses Getümmel, die strahlenden Gesichter, das Gelächter – du hast wieder Leben hierhergebracht. Genauso war es früher, als wir herkamen und den Laden zusammen geschmissen haben, Joe und ich …«

Clara merkte, dass ihre Miene erstarrte. Der Name versetzte ihr einen Stich. Er wäre sicher begeistert, das alles mitzuerleben. Und es würde ihn freuen, seine Mutter so voller Elan zu sehen. Traurig, dass sie den Laden tatsächlich verkaufen wollte.

»Im Übrigen wollte ich dich noch etwas fra–«

Louisa sprach ihren Satz nicht zu Ende. Gavin war erschienen, ein schüchternes Lächeln im Gesicht, was ihr offensichtlich die Sprache verschlagen hatte. Sie schaute ihn an, als hätte sie ihn noch nie gesehen. »Das ist doch schöner, als wenn sie sich in meiner Dachkammer stapeln, oder?«, sagte er. Die Tätowierung an seinem Hals lief rot an.

»Es ist überwältigend«, bestätigte Clara.

»Was für eine Dummheit von mir, sie all die Jahre zu verstecken. Ich hätte sie mit der Welt teilen sollen. Kinder lieben Teddybären.«

»IST HEUTE DEIN GLÜCKSTAG, PUNK?«

»Herrgott, wir müssen diesem Vogel Fernsehverbot erteilen.« Gavin war zusammengefahren, als der Schrei durch den Laden hallte. »Das wird Beschwerden hageln«, sagte er und hakte sich bei Louisa unter.

»Man kann sie nicht zähmen«, erklärte Louisa bestimmt. »Sie ist ein Freigeist, wie ich.«

»Nur nicht so hübsch«, sagte Gavin, küsste Louisas Haar und wurde wieder rot.

»Wir haben noch eine Kleinigkeit für dich, Clara«, fügte Gavin an, löste sich von Louisa und ging zur Kasse. Er griff zu einem Bär, der etwas in Händen hielt.

Clara lachte, als sie sah, dass es sich um die dänische Flagge handelte. »Das kann ich nicht annehmen.« Sie drückte den Bären an die Brust.

»Natürlich kannst du das. Wir sind es, die dir nicht genug danken können. Auch für das, was du für den Pub getan hast. Im Sommer sollen wir sogar eine Hochzeit ausrichten. Und laut Clive ist im Stadtrat die Rede davon, nächstes Jahr den Weihnachtsmarkt zurückzuholen. Du hast unsere Stadt gerettet, Clara, das ist eine beachtliche Leistung.«

Clara glühte. Es machte sie glücklich, dass sie der kleinen Stadt etwas gegeben hatte. Sie würde den Ort immer lieben.

»Und deshalb haben wir …« Gavin schaute Louisa an. »Hast du es ihr schon gesagt?«

»Nein.« Louisa schnaubte. »Ich komm ja nicht zu Wort, wenn du die ganze Zeit redest.«

Gavin grinste. »Entschuldigung, Eure Majestät, fahren Sie fort.«

In diesem Moment bemerkte Clara, dass sich Roz in einer Ecke des Ladens herumdrückte. Sie runzelte die Stirn. Was tat sie hier? Louisa hatte zu reden angefangen, aber Clara konnte nicht richtig zuhören. »Ich wollte ihn an Roz verkaufen … ein gutes Angebot … aber dann …«

Übelkeit übermannte sie. Kein Wunder, dass Roz hier war. Sie inspizierte ihr neues Terrain und plante schon, was sie alles herausreißen und erneuern wollte.

»Jetzt ist sie schwer beleidigt, dass ich einen anderen Käufer gefunden habe …«

»Einen anderen?« In Claras Kopf drehte sich alles. Roz bekam den Laden also doch nicht? Ein anderer Käufer hatte ihn ihr vor der Nase weggeschnappt?

»Er ist übrigens hinten und prüft das Investment …«

Clara spürte Eiseskälte in sich aufsteigen. All die Anstrengungen, die sie unternommen hatte, all die Kinder, die den Laden jetzt mit ihrer Begeisterung füllten. Louisa hatte den Laden wirklich verkauft und wollte hier weggehen. Clara fragte sich, ob der neue Besitzer das Geschäft überhaupt als Spielzeugladen betreiben würde.

»Ich ziehe in den Pub«, sagt Louisa und konnte ihre Freude kaum verhehlen. »Aber wir haben uns gefragt, ob du vielleicht eine Partnerschaft mit dem neuen Käufer in Erwägung ziehen würdest …«

Clara konnte keinen klaren Gedanken fassen. Sie musste hier raus, musste raus aus der Stadt, bevor ihr Herz wieder brach. Louisa zog zu Gavin und sah bereitwillig zu, wie der neue Besitzer alles über den Haufen warf? Wie konnte sie nur? Sie hatte so glücklich gewirkt, all die Menschen in ihrem Laden zu sehen.

»Er würde seine Pläne für die Zukunft gerne mit dir besprechen …«

Ihre Augen füllten sich mit Tränen, als Louisa und Gavin sie in Richtung Bastelraum schoben, obwohl ihre Füße in die andere Richtung rennen wollten. Den neuen Besitzer wollte sie gar nicht kennenlernen, seine Pläne interessierten sie nicht. Möglicherweise hatte er Luxusappartements im Sinn oder etwas ähnlich Abstruses.

»Wirklich, ich …« Sie wand sich, weil sie nur noch von hier fortwollte.

Louisa und Gavin ließen aber nicht locker, und so stand sie schließlich in der Tür zum Bastelraum. Der Tisch war mit Farben übersät. Auf den kleinen Hockern saßen Kinder, Pinsel in der Hand, und schauten konzentriert auf die Spielzeuge, die sie bemalten. Sonne flutete durch die Fenster. Kaum zu glauben, dass das alles bald vorbei sein sollte. Dass der Raum sich wieder in ein staubiges Hinterzimmer verwandeln sollte, verwahrlost und mit kaputten Möbeln zugestellt.

Der neue Besitzer drehte ihr den Rücken zu und beugte sich über eines der Kinder am Tisch. Er brach in schallendes Gelächter aus, als der Junge ihm mit dem Pinsel auf die Nase tupfte.

Als der Mann aufstand, konnte Clara kaum atmen: die gerade Nase, das dunkelbraune Haar, die langen Wimpern. Er trug eine schwarze Jeans und einen rostbraunen Pullover. Jetzt drehte er sich zu ihr um. Sein Gesicht begann zu leuchten, als er sah, dass sie ihn anstarrte.

Eine Ewigkeit blieben sie so stehen und schauten sich an.

»Ich verstehe nicht …«, flüsterte Clara und drehte sich zu Louisa und Gavin um, aber die waren still in den Laden zurückgekehrt.

Joe trat zu ihr, zog sie in eine Ecke und nahm ihre Hände.

»Hallo«, sagte er.

Clara konnte nicht sprechen. Dabei hatte sie so viele Fragen. Sie schaute über Joes Schulter, als könnte es sich nur um ein schreckliches Missverständnis handeln. Vielleicht befand sich irgendwo im Raum noch ein kleiner, glatzköpfiger neuer Besitzer, während Joe lediglich den Verkauf abwickelte. Aber sie nahm nur Kinder und Mütter wahr. Zuversicht machte sich in ihr breit.

»Ich habe den Laden gekauft«, erklärte Joe. »Ein echtes Schnäppchen.« Er griente. »Eine alte Dame wollte ihn loswerden und hat ihn mir zu einem Spottpreis überlassen.«

»Aber ich ...«

»Sie möchte in den Ruhestand gehen, viel verreisen ... Na ja, eigentlich möchte sie vor allem mit Gavin herumknutschen ...« Er schüttelte sich, und Clara konnte sich ein Grinsen nicht verkneifen. »Der Deal macht großen Sinn, denn der Laden läuft wunderbar. Außerdem hatte ich ... nun ja ... die Hoffnung, du würdest vielleicht bleiben. Dass der Laden boomt, liegt nur an dir. Das ist allein dein Werk.« Er drehte sich um und betrachtete die Kinder, die sich um den Tisch drängten.

Clara verspürte plötzlich eine große Leere. Darum ging es: ein geschäftliches Arrangement. Sie würde den Laden führen, und Joe würde nach London zurückkehren, in die City, zu seinen Tabletten, seinen wechselnden Frauenbekanntschaften, seinem aufreibenden Leben.

»Was wirst du ...« Aber sie wollte es im Grunde gar nicht wissen.

Joe ließ ihre Hände los. Das kam so überraschend, dass sie diese zu Fäusten ballte.

»Ich habe meinen Job gekündigt«, sagte er. »Er hätte mich umgebracht. Man zahlt mir eine großzügige Abfindung. Ich dachte, dass wir vielleicht ein paar gemeinsame Pläne schmieden könnten. Lauren hat sich schon bereiterklärt, im Laden auszuhelfen, falls wir irgendwohin fahren wollen oder ...«

Sie bekam nichts mehr mit. Seine Worte schwirrten

in ihrem Kopf, als sie zu begreifen versuchte, was er da gerade gesagt hatte. Er hatte London verlassen, er war für immer zurückgekehrt, er fragte sie, ob sie Pläne mit ihm schmieden wolle. Sie fühlte sich auf einmal leicht, als sie ihn anschaute. Seine Augen, die auf ihr ruhten, wirkten vollkommen ernst.

»Wahnsinn«, sagte sie, unfähig, etwas anderes hervorzubringen.

»Bedeutet *Wahnsinn* so viel wie ja? Falls es so sein sollte, habe ich etwas für dich«, sagte er und hielt ihr eine kleine Schachtel hin.

Clara war sich sicher, dass ihr Verstand ausgesetzt hatte. Das ging alles viel zu schnell. Wie konnte man sich in dem einen Moment so elend fühlen und in dem anderen so glücklich? Ihre Hände zitterten, als sie die Schachtel entgegennahm und langsam öffnete. Sie musste breit grinsen. Es stimmte, er würde bleiben, und sie könnte es auch tun.

Sie nahm die Duftkerze heraus. »Das wäre doch nicht nötig gewesen«, sagte sie lachend, als sie das Glas betrachtete.

»Die ist für die Wohnung«, sagte Joe lächelnd. »Unsere Wohnung«, ergänzte er. Dann beugte er sich zu ihr, nahm ihr Gesicht in seine Hände und küsste sie. Und Clara wusste, dass sie endlich ein Zuhause gefunden hatte.

In eigener Sache

Zuallererst möchte ich mich dafür bedanken, dass Sie beschlossen haben, *Ein Laden voller Hygge-Glück* zu lesen. Vermutlich hat Sie das Cover dazu verleitet, aber ich hoffe, dass Sie auch die Lektüre genossen haben. Wenn Ihnen das Buch gefallen hat und Ihre gute Tat für heute noch aussteht – dann haben Sie Glück! Es wäre GROSSARTIG, wenn Sie das Buch bei Amazon oder wo auch immer rezensieren könnten. Eine Rezension zu schreiben ist ganz einfach. Sie muss nicht lang und überschwänglich sein, ihre bloße Existenz macht schon einen Unterschied. Ich lese alle Rezensionen und weiß es zu schätzen, dass Sie sich Zeit dafür genommen haben. Wenn Ihnen das zu mühsam ist, erzählen Sie einfach jedem, dem sie begegnen, ob nun im Internet oder im wahren Leben, wie sehr Ihnen das Buch gefallen hat. Oder falls Sie über Bargeld verfügen, mieten Sie ein Flugzeug mit Werbebanner. Das sind aber nur IDEEN. Es ist einzig und allein Ihre Sache, wie Sie es anstellen.

Wenn Sie sich mit mir austauschen oder eine beste Freundin werden wollen – oder mir Neues über Leute erzählen wollen, die in den ersten drei Staffeln von *Love Island* auftreten –, fühlen Sie sich so frei, mich online zu kontaktieren. Sie können das über Twitter tun

(@RosieBBooks), besonders wenn Sie sinnlose Banalitäten, Buchempfehlungen oder Fotos von Katzenbabys auf Bechern und sonstigem Zeug schätzen. Auf Instagram bin ich auch (@RosieBBooks), falls Sie Aufnahmen von Babys, Flüssen oder dem Himmel mögen. Auf Facebook finden Sie mich unter Rosie Blake, und meine Website lautet: www.rosieblake.co.uk. Wirklich, es gibt keinerlei Entschuldigung dafür, keinen Kontakt aufzunehmen.

Noch einmal mein aufrichtiger Dank. Es stimmt einen wirklich demütig, wenn Menschen das eigene Buch lesen, obwohl es doch so viele großartige Bücher gibt. Ich hoffe, ich werde noch viele, viele Jahre schreiben.

Rosie x

Dank

Es hat viel Spaß gemacht, dieses Buch zu schreiben, und ich hatte dabei reichlich Hilfe. Einen großen Dank an Paddy Burrowes für eine lange Sitzung, in der er mir Geschichten aus Canary Wharf erzählt und dabei den coolen Jargon der City nähergebracht hat. Dann an Fabio Priori für sein Wissen als Banker. An Isabelle Broom, weil sie mir erklärt hat, wie Tinder funktioniert. An Will Round, weil er mir die Zeitzonen erklärt hat. An Luc Golding, dem ich den Satz »Box mich ins Pipimännchen« verdanke.

Dank an Maddie West, meine wunderbare Lektorin, durch die der gesamte Prozess eher als Spaß denn als Arbeit erschien; ich bin so froh, dass ich bei Little, Brown mit dir zu tun habe. Dank an den Rest des Teams, dass ihr so unermüdlich an diesem Buch gearbeitet habt, besonders an Thalia Proctor und Jane Selley für die Korrekturen und an Cath Burke für den warmen Empfang und ihre Begeisterungsfähigkeit. Dank an die Lizenzabteilung für ihr Bemühen, das Buch bei anderen Verlagen unterzubringen und die Liebe zu *hygge* zu verbreiten. Hannah Wood danke ich für das überwältigende Cover.

Wie immer möchte ich dem Team von Darley Anderson danken. Dir, Clare Wallace, meiner fantastischen

Agentin, ein Dank für alles, was du tust. Kristina weiß die E-Mails über Steuerformulare so zu formulieren, dass man sie gerne liest. Mary, Emma und Sheila von der Rechtsabteilung heben mein Buch beharrlich in den Himmel. Ich bin dankbar, dass ich von einer so exzellenten Agentur vertreten werde.

Meine Schreibkollegen möchte ich einfach nur fest umarmen. Besonders danken möchte ich Kirsty Greenwood, die immer nette Dinge über meinen Stil sagt, wenn ich selbst zu zweifeln beginne. Und den Bloggern: Ihr habt es absolut drauf. Danke, dass ihr endlose Posts und Rezensionen zu meinem Buch mit mir teilt, mich kontaktiert, mich zum Kichern bringt und überhaupt unglaublich seid.

Dank an Aleksandra und Lauren, die sich um Barnaby gekümmert haben, während ich über *hygge* schrieb. Ihr seid unendlich liebevoll. Dank an meine Eltern, die sämtliche Nachrichten über das Buch begeistert aufnehmen. Zu guter Letzt geht ein großer Dank an Ben, der es mir »erlaubt« hat, seine Werkstatt in den schönsten Schreibschuppen der Welt zu verwandeln. Ich bin untröstlich. Falls du dich dadurch besser fühlst, ich habe mich ins eigene Fleisch geschnitten: Dieses Jahr ist unser fünfter Hochzeitstag, die »Hölzerne Hochzeit«, und vermutlich bekomme ich einen gekauften Löffel. Ich liebe dich.

Dieses Buch ist Barnaby gewidmet, weil er uns jeden Tag irrsinnige Freude bereitet. Obwohl du regelmäßig deine Anfälle bekommst, bist du wirklich ein absolut wundervolles Kind. Wir lieben dich über alles und sind sehr dankbar, deine Eltern sein zu dürfen.

Unsere Leseempfehlung

320 Seiten
Auch als E-Book erhältlich

Eigentlich ist Anni glücklich. Mit ihrem Freund Thies lebt sie in einem hübschen Bremer Häuschen, sie arbeitet als Game-Designerin und in ihrer Freizeit entwirft sie Poster- und Postkartenmotive. Doch dann will ihr Chef, dass sie das neue Büro in Berlin leitet. Und Thies will auf einmal heiraten. Nur Anni weiß nicht mehr, was sie will. Da meldet sich ihre Jugendfreundin Maria aus Norderney, und Anni beschließt spontan, eine Auszeit zu nehmen. 6 Wochen Sand und Wind, Sterne und Meer. Danach sieht sicher alles anders aus. Wie anders, das hätte Anni sich allerdings nicht träumen lassen ...